# 如果再重來

# Ask Again, Yes

Mary Beth Keane

瑪莉・貝絲・琴恩 ———著 李麗珉 ———譯

致

歐文和艾默特

# 前言

一九七三年七月

高瘦的法蘭西斯．葛雷森穿著一身粉藍色的警察制服，從大太陽底下躲進四一分局那棟石造建築的陰影底下。靠近一六七街那棟建築的四樓防火梯上，掛著一雙正在晾乾的絲襪，法蘭西斯在等待著另一名菜鳥警員史坦霍普的時候，注意到那雙薄紗的長腿處於完全靜止的狀態，襪子盡頭的小巧曲線想必就是腳跟所在之處。另一棟建築在前一天晚上發生了火災，法蘭西斯心想，那棟房子現在在四一分局就像其他房子一樣：除了一座發黑的樓梯之外，建築物裡什麼也沒有剩下。在那個六月第一個真正的大熱天裡，附近的孩子們都把他們的床墊拖到屋頂和防火梯上，圍觀著那場大火。此刻，法蘭西斯可以聽到孩子們在一條街之外的地方，乞求著消防員不要關掉最後一根消防栓。他可以想像他們在發燙的人行道上來回地跳腳，企圖閃避腳底的熱氣。

他看了看手錶，再把目光轉回警局大門，猜想著史坦霍普可能跑到哪裡去了。

還不到上午十點鐘，氣溫就已經來到華氏八十八度（約攝氏三十一度）了。這是美國讓人震撼的地方，冬天冷到足以刮傷人的臉龐，夏天則濕熱到彷如身處沼澤。「你就像個愛爾蘭裔的美國人一樣唉唉叫，」他的叔叔派西那天早上這麼說他。「熱死了、熱死了、熱死了。」然而，派西自己整天都在涼爽的酒吧裡倒啤酒。不出十五分鐘，法蘭西斯的腋下就要濕透了。

「史坦霍普到哪兒去了?」法蘭西斯問了幾個走出警局要去巡邏的菜鳥警員。

「他的櫃子出了問題吧,我猜。」其中一個人回答他。

終於,又過了整整兩分鐘之後,布萊恩・史坦霍普從警察局的台階上跳了下來。他和法蘭西斯是在上警校的第一天認識的,巧的是,他們最終都分發到了四一分局。在警校的時候,他們曾經上過同一堂戰術課,大約在一週左右之後的某一天,當他們魚貫走出教室時,史坦霍普主動接近法蘭西斯身邊。「你是愛爾蘭人,對嗎?我的意思是,剛移民來的愛爾蘭人?」

法蘭西斯告訴他,自己來自於愛爾蘭西部的高威。他是搭飛機來的,不過,他並沒有提及這個部分。

「我想也是。我女朋友也是。她是從都柏林來的。我想要問你一件事。」

對法蘭西斯而言,都柏林之於高威就像紐約距離高威一樣遠,不過,他猜,對一個美國人來說,都柏林和高威大概沒什麼不一樣。

法蘭西斯在心裡準備好會聽到他不想被問及的更私人的問題。關於美國,這是他最早注意到的幾件事情之一:每個人似乎可以很稀鬆平常地問彼此任何他們想要問的問題。你住在哪裡,你和誰住在一起,你的房租多少錢,上個週末你都做了些什麼?對法蘭西斯這樣一個連把自己買的雜貨放在灣脊區雜貨店收銀台輸送帶上都感到尷尬的人來說,這些都有點過頭了。「大日子喔。」那裡的收銀員上次在幫他結帳時曾經擅自發表過評論。當時,他買了一箱六瓶裝的百威啤酒。兩顆馬鈴薯。身體除臭劑。

布萊恩說,他注意到他的女友不會和其他愛爾蘭女孩在一起。她才十八歲。你以為她是和朋友或者表親或者什麼認識的人一起來美國的，但是，她卻是獨自一個人來的。他覺得她至少可以找到一群愛爾蘭女孩一起住。畢竟，到處都是愛爾蘭人。她在蒙特菲羅接受護士的訓練，和一名黑人女孩一起住在醫院宿舍裡，那個黑人女孩也是個護士。愛爾蘭人都這樣嗎？因為他曾經和一個俄羅斯女孩約會過一陣子，而那個女孩只會和俄羅斯人在一起。

「我也是愛爾蘭人，」史坦霍普說，「不過那是很久以前的事了。」

這是關於美國的另一件事。每個人都是愛爾蘭人，不過，都是祖宗八代以前的事了。

「也許，她那樣做很聰明，和我們大部分的愛爾蘭人都保持距離。」法蘭西斯面無表情地說。這讓史坦霍普一時沒反應過來。

---

在畢業典禮上，法蘭西斯坐在第三排的座位，帶著一種奇妙的心情，看著只在電視上看到過的林賽市長本人站在講台上。法蘭西斯在紐約出生，不過，他在嬰兒時期就被帶回了愛爾蘭，一直到十九歲生日之前，才帶著十元美金和美國公民的**身分**回到了美國。他父親的哥哥，派西，在甘迺迪機場接到他之後，將他的圓筒旅行袋丟進了車子後座。「歡迎回家來。」派西說道。把這個人山人海的外國城市稱之為家，讓他覺得有點困惑。在他來到美國的第一天，派西讓他到酒吧的櫃檯後面工作，派西經營的酒吧位於灣脊區第三大道和第十八街的交叉口。酒吧的大門上有一朵鑲了框的酢漿草，酢漿草是愛爾蘭的國花。在他上工之初，一名女子走進酒吧點了啤酒，他拿

出一只高球杯，放在女子面前。「這是什麼？」她問，「半人份的啤酒？」說著，她看了一眼同樣坐在吧檯的其他客人，全都是男人，只見每個人面前都擺著一品脫的啤酒杯。

他拿出一品脫的啤酒杯。「你要這個？」他問，「倒滿嗎？」最終，在知道他才剛來到美國之後，她往前捧起他的臉，拂去他前額的頭髮。

「就是這個，親愛的。」她說。

在法蘭西斯來到紐約一年之後的某一天，一對年輕的警察走進了酒吧。他們帶著一張素描，上面畫了一個他們正在找尋的人，然後問酒吧裡的人是否認得那個人。他們和派西、法蘭西斯以及其他人開著玩笑。當他們打算離開的時候，法蘭西斯萌生起美國人的那股好奇心。要當警察有多難？薪水有多少？有那麼幾秒鐘的時間，他們臉上的神情看起來令人難以捉摸。時值二月，法蘭西斯還穿著派西的麻花花紋舊毛衣，站在身著工整外套、頭戴警帽的兩名警員旁邊，他覺得自己更加不稱頭了。最後，比較矮的那名警員表示，在當警察之前，他曾經在他堂兄位於法拉盛大道上的洗車廠工作過。即便是自動洗車，噴水器也經常噴得他一身濕，讓他在冬天的時候整天都要凍僵了。那實在太殘忍。此外，如果他告訴女孩子他是個警察的話，遠比說他在洗車廠工作聽起來要帥氣多了。

另一個年輕的警察對這番話似乎有點不屑。他說，他之所以加入警察的行列，是因為他的父親是個警察。他的兩個叔叔也是，還有他的祖父也是。他天生就要當警察。

整個冬天，法蘭西斯都在想這件事，也更加留意鄰近地區的警察、在地下鐵移除障礙的警察，以及電視上看到的警察。他還到當地的警察局去詢問關於警察招考的資訊，以及考試的時間等等。當法蘭西斯把自己的計畫告訴派西叔叔時，派西覺得那是個不錯的想法，他只需要二十年的時間，就可以拿到他的退休金。法蘭西斯注意到，當派西說「二十年」的時候，彷彿那不算什麼，只是一眨眼的時間而已，雖然，對當時的法蘭西斯而言，二十年就是他整個的人生。在二十年之後，只要他沒被殺掉的話，他就可以做自己想要做的事了。他看到自己的生命被二十等分成好幾份，這是他有史以來第一次對自己能有多少個二十年感到好奇。往好的方面來看，二十年之後，至少他還算年輕。派西告訴他，但願他自己在法蘭西斯這個年紀的時候也曾經想到要這麼做。

——

畢業之後，他的那一班被分組到紐約市不同的地區進行實地訓練。他和其他三十個人，包括布萊恩．史坦霍普在內，都被送往布朗斯維爾，然後又到了布朗克斯，開始他們實際的工作。那一年，法蘭西斯二十二歲，布萊恩則是二十一歲。法蘭西斯和布萊恩並不熟，不過，在集合的時候能看到房間裡有一張熟悉的臉孔，多少還是讓人感到安慰。一直到那個時候，他們都還不曾遇到在課堂上和實習時被告知會發生的狀況。這間警察局和法蘭西斯當年決定申請警校時所想像的完全相反。警局外面已經夠糟了——建築物外牆斑斑駁駁，覆蓋著鳥屎和帶刺的鐵絲網——不過，裡面就更不像樣了。警局裡面沒有任何一個地方不潮濕、不黏滑或者不剝落的。召集室裡的暖氣爐已經破成了兩半，有人還在暖氣爐底下擺了一只舊鍋，好盛接暖氣爐滴下來的水滴。天花板上的灰泥時不時掉落在他們的桌上、頭上和文件上。只能關兩三個犯人的牢房裡卻擠了三十個人。所有的新手都沒能和老鳥搭檔，而是讓菜鳥搭配菜鳥上街巡邏。「瞎子給瞎子引路，」羅索警佐曾經開玩笑地說，並且保證這只是暫時而已。「千萬不要做出任何的蠢事。」

法蘭西斯和布萊恩從還在冒煙的建築物旁走開，朝北而行。遠處傳來另一道火警的警笛聲。這兩名年輕的巡警都很清楚他們的分局在地圖上的管轄界線，不過，他們至今都還沒有親眼見到過那些界線。巡邏車都由資深的警員來分配，而資深的警員也佔據了上午八點到下午四點的排班分配。他們大可搭乘巴士到最遠的界線，然後再走路回來，不過，史坦霍普說，他討厭穿著制服搭巴士，討厭在從後門上車時，全車的人都回頭看他的那種緊張感。

「好吧，那我們就用走路的。」法蘭西斯提議道。

現在，他們的後背已經汗濕成河了，他們走過一條又一條的街道，各自身上都帶著警棍、手銬、無線電、手槍、彈藥、手電筒、手套、鉛筆、筆記本，皮帶上還吊著一串鑰匙。有的街道上除了碎石瓦礫和被燒過的車子之外，什麼也沒有，他們得在這些殘骸中留意是否有什麼動靜。一個女孩正在朝一棟建築物扔擲網球，然後等球回彈時再接起來。一對拐杖擋在了路中間，布萊恩一腳將之踢開。任何建築物只要還有殘牆存在，幾乎都佈滿了各種塗鴉。一個個的簽名塗鴉以色彩鮮豔的環結和線條，呈現出動態和生命的感覺，在顏色單一的灰色背景牆上造成了強烈的對比。

法蘭西斯知道，八點到四點的巡邏就像一份禮物。除非有拘捕令需要執行，否則的話，到午餐之前，街道上幾乎都會很安靜。當他們終於轉到南方大道時，兩人儼然就像是行經一整片沙漠，終於抵達沙漠另一頭的步行者。和那些空無一人、彷若鬼街的小路比起來，南方大道上車水馬龍，除了一間販售各色男性內褲的專賣店之外，還有一排烈酒店、一間卡片行和一家理髮廳。遠處，一輛巡邏車對他們閃了閃車燈，然後在打完招呼之後繼續往前駛離。

「我老婆懷孕了，」在兩人安靜了好一陣子之後，布萊恩普突然開口說。「預產期大概在感恩節的時候。」

「那個愛爾蘭女孩？」法蘭西斯問，「你和她結婚了？」他試圖要記起：當布萊恩在警校向他提起那個女孩時，他們當時是否已經訂婚了？他算了算距離十一月還有多久——還有四個月。

「對啊，」布萊恩說，「兩週前。」那是在市政廳舉行的婚禮。晚餐則安排在一間位於第十二街的法式餐廳，那是他從報紙上得知的一個地方；由於他不會唸法文，因此，他只能用手指指著菜單點菜。安得在最後一刻換掉衣服，因為她原本計畫要穿的衣服已經太緊了。

「她想要在孩子出生的時候，找一位牧師幫我們證婚。我們找不到任何一個教區在這麼短的時間內還有空檔，即便他們看到她的肚子已經這麼大了。安說，也許她以後可以找到一位牧師能在同一天幫我們主持婚禮，並且幫孩子進行洗禮。」

「反正婚都已經結了。」法蘭西斯說著，誠心地恭喜布萊恩結婚了。他希望布萊恩沒有發現他剛才曾經試著在計算時間。他其實並不在乎，只不過那是他從家鄉帶來的習慣而已，一個他在美國待得越久，就毫無疑問越來越失去的習慣。在這裡，人們會穿短褲和T恤去參加彌撒。不久之前，他還看到一個女人開計程車。還有人會穿著短褲在時代廣場走來走去。

「你要看她嗎？」史坦霍普一邊問，一邊把帽子拿下來。只見帽子的內襯裡塞了一張大頭照，照片裡是一個有著細長脖子的金髮美女。照片旁邊有一張大天使聖麥可的祈禱卡。此外，還有一張年少的布萊恩．史坦霍普和一名男子的合照。

「那是誰？」法蘭西斯問。

「我弟弟，喬治。那是我們在謝亞球場拍的合照。」

法蘭西斯還沒想到要在帽子的內襯放任何照片，雖然，他也把一張聖米迦勒的祈禱卡摺在了皮夾裡。法蘭西斯在警校畢業那天，曾經向莉娜．提奧巴多求婚，而她也答應了。現在，他想像很快就會輪到他告訴別人自己快要當爸爸了。莉娜是半個波蘭人、半個義大利人。有時候，當他看著她的時候——當她在她的袋子裡找東西，或者用指關節抵著刀子削水果的時候——他會感到一陣恐慌，因為他想起了自己差點就錯過認識她的機會。如果他沒有來美國的話呢？如果她的父母沒有來美國的話呢？除了在美國以外，一個波蘭人和一個義大利人還能在哪裡結合，然後生下一個像莉娜這樣的女孩呢？如果那天早上，當她走進酒吧，詢問她的家人是否可以預訂酒吧後面的房間開派對時，他剛好不在酒吧裡的話呢？她告訴他，她妹妹要去上大學了，因為她拿到了全額獎學金，她妹妹就是那麼聰明。

「也許，等你從高中畢業的時候，你也會和她一樣。」法蘭西斯說這句話的時候，她笑了，然後告訴他說，她在前一年已經畢業了，她不太可能去上大學，不過她並不以為意，因為她喜歡她的工作。她有一頭狂野的捲髮，那天，她穿著一件無肩帶的衣服，露出了棕色的肩膀。她在第五大道的通用汽車數據處理庫工作，就在FAO施瓦茨樓上幾層樓。他不知道FAO施瓦茨是什麼。當時，他才剛到美國幾個月而已。

「大家都在問我，我們是不是要住在市內。」布萊恩接著說，「我們現在住在皇后區，但是那地方太小了。」

法蘭西斯聳聳肩。對於紐約市以外的地方，他一無所知，不過，他不覺得自己下半輩子都會住在一間公寓裡。他想的是一片土地。一座花園。有呼吸的空間。法蘭斯西只知道，為了省錢，在婚禮之後，他和莉娜會和她的父母住在一起。

「你聽說過一個叫做吉勒姆的城鎮嗎？」布萊恩問。

「沒有。」

「我也沒有。不過，那個叫做傑菲的傢伙？我想他是警佐吧？他說，那個城鎮就在這裡以北二十哩左右，有很多警察都住在那裡。他說，那裡的房子都有很大的草坪，報童都得騎腳踏車送報，就像脫線家族那部電視劇裡演的那樣。」

「那地方叫做什麼名字，你再說一次？」法蘭西斯問。

「吉勒姆。」布萊恩回答。

「吉勒姆。」法蘭西斯重複了一遍。

到了另一條街的時候，布萊恩說他很渴，也許喝杯啤酒也不錯。法蘭西斯假裝沒有聽到他的提議。在布朗斯維爾巡邏的警員偶爾會在執勤中喝酒，不過，那只有坐在巡邏車裡的時候才如此，而非在大庭廣眾之下。雖然，他不是個膽小鬼，不過，他們的警察生涯才剛開始而已。如果他們任何一個人惹上麻煩的話，兩個人誰都脫不了干係。

「我不介意喝點汽水加冰淇淋。」法蘭西斯說。

當他們走進一間小餐館的時候，法蘭西斯立刻感到了一股窒息的熱氣，儘管店家的大門已經用兩塊磚頭抵住而沒有關上。櫃檯後面那名年長的男子頭上戴著一頂已經泛黃的紙帽，領口的蝴蝶結也已經歪掉了。正當男子的目光在兩名警員之間來回梭巡之際，一隻肥大的黑色蒼蠅在男子的頭附近猛烈地拍打著翅膀。

「老兄，汽水夠冰嗎？牛奶新鮮嗎？」布萊恩問道。他的聲音和寬闊的肩膀填滿了原本安靜的空間，法蘭西斯低頭看著自己的鞋子，然後又看向佈滿裂縫、並且用膠帶貼住了裂縫的厚玻璃板。他告訴自己，這是一份好工作。一份值得驕傲的工作。曾經有謠言說，在市政府大砍預算之下，甚至不會有一九七三級的畢業生，但是，他的那一班還是勉強撐過來了。

就在此時，他們的無線電響了。一路上，無線電偶爾傳來早晨的閒聊，還有一些呼叫的對答，不過，那些和這次的狀況並不一樣。法蘭西斯把音量調大。位於南方大道八〇一號的雜貨店傳出槍響，可能正在發生強盜案。法蘭西斯看了一眼小餐館的大門：八〇三。櫃檯後面那名男子指了指牆壁，八〇一就在牆壁的另一端。「多明尼加人。」男子的話飄浮在空氣裡。

「我沒有聽到槍聲。你有聽到嗎？」法蘭西斯說。無線電那頭的調度員又重複了一次訊息。一股戰慄從法蘭西斯的喉嚨竄到了他的鼠蹊，不過，他還是朝著小餐館的門口移動，一手同時笨拙地摸索著無線電。

法蘭西斯帶頭，布萊恩跟在他身後，兩名菜鳥新手一邊接近雜貨店門口，一邊解開胯上的槍套鈕釦。「我們不要等等嗎？」布萊恩問道，不過，法蘭西斯繼續往前移動，經過了一具付費電話，以及一盞運作中的風扇。「警察！」他們一踏進雜貨店，他立刻就大聲喊道。如果搶劫發生的時候，店裡有任何顧客的話，現在也全部都不見了蹤影。

「法蘭西斯。」布萊恩說著，朝著他們面前那個收銀機後面沾滿血跡的一排香菸紙盒點了點頭。鮮血的痕跡顯示出某人強而有力的心跳：偏紫的血跡遠遠地濺到了有水漬痕跡的天花板，在生鏽的通風口處留下了一層濃稠的液體。法蘭西斯很快地看了一眼收銀機後面的地板，然後沿著駭人的血跡來到了第三排的貨架，終於看到一名男子蜷曲著身體，側躺在一具清潔工具櫃前面的地板上，男子的面容整個垮了下來，身邊是一灘面積持續在增大的血池。在布萊恩透過無線電呼叫的同時，法蘭西斯將兩隻手指壓在男子下巴底下的凹陷處。然後再把男子的手臂拉直，同樣地用兩隻手指壓在他的手腕上。

「這裡太熱了。」布萊恩鎖緊眉頭看著眼前的屍體。隨即打開身旁的冰箱，拿出一瓶啤酒，用櫃子的邊緣撬開了瓶蓋，一口氣把酒灌進了嘴裡。法蘭西斯想起了布萊恩提起過的那個小城鎮，想像著赤腳走在沾滿露水的沁涼草皮上。生命要往哪裡走是無法預期的。一個人無法真正地去嘗試某一件事，再判斷自己是否喜歡——這是他在告訴他的派西叔叔說他已經進入警校時所選擇的說法——因為你一試再試、試得越久之後，你就變成那個模樣了。前一分鐘，他還站在大西洋另一端的泥塘沼澤裡，下一分鐘，他就變成了警察。在美國。在全世界最知名的城市裡最糟糕的地帶。

看著男子的臉色變得灰白，法蘭西斯不禁覺得這個人看起來是多麼地絕望，他伸長的脖子，抬高的下巴，彷彿一個溺水的人努力想要浮上水面一樣。這是他第二次看到屍體。第一次是在四月的時候，一個漂浮物出現在冬天過後的紐約港，不過已經無法辨識是否為人體，或許也因為如此，那次的經驗對他來說並沒有什麼真實感。帶他到現場的副警監告訴他，如果他想吐的話，可以到船邊去吐，不過，法蘭西斯表示自己沒事。他想起基督教的兄弟曾經說過，身體只不過是一個容器，靈魂才是一個人自我的領航燈。第一具屍體像一塊泡過水的肉，被撈起來擱在了船甲板上，早在法蘭西斯看到它之前，它就已經和它的靈魂分開了，然而，眼前這具屍體——法蘭西斯卻親眼目睹了它的靈魂一點一點地離去。在他的故鄉，此時，會有人打開一扇窗戶，讓這個男子的靈魂飛出去，不過，在布朗克斯南端的這裡，任何離開身體的靈魂，只能在四面牆壁的圍繞下遊蕩，直到它們筋疲力竭地在熱氣中凋零，被人遺忘為止。

「把那扇門打開，好嗎？」法蘭西斯大聲地說道。「我都快無法呼吸了。」語畢，法蘭西斯聽到了什麼，立刻僵住不動。他很快地把手放在了槍上。

布萊恩看著他，瞪大了眼睛。那個聲音又出現了，那是球鞋在油氈地板上輕輕移動的聲音，對方也在傾聽著他們的動靜，法蘭西斯按兵不動地留意著聲音的來源，此時此刻，三個人的心臟在各自的胸腔裡劇烈地跳動，還有一個人則動也不動地躺在地上。「把手舉高，出來。」法蘭西斯的聲音才剛落定，他們立刻就看到了他：一個穿著白色汗衫、白色短褲、白色球鞋的高瘦青少年，正躲在冷凍櫃和牆壁之間的縫隙裡。

---

一個小時之後，法蘭西斯握著那個孩子的手，將他的每一根手指沾上油墨，分別印在卡片

上，然後是四根手指一起，然後是拇指。先是左手，接著是右手，然後再來一次左手，總共蓋了三張卡片——本地的、州立的，還有聯邦的。在印完第一張卡片之後，接下來的過程就自成了一種節奏，彷彿一種古老的舞步一樣：抓起手、按壓、鬆開。那個孩子的手很暖，不過卻很乾燥，至於他是不是感到緊張，法蘭西斯無法判斷。布萊恩已經在寫他的報告書了。早在救護車抵達之前，雜貨店的老闆就已經斷氣了，現在，兇手就在這裡，他的手柔軟得像個孩子一樣，他的指甲修剪得很乾淨整齊。那個孩子的手很放鬆、很順從。印到第三張卡片的時候，他已經知道了該怎麼做，也開始幫忙。

稍後，在所有的報告都完成之後，資深警員說，根據慣例，每個警察在完成第一次的逮捕行動之後，都要被帶出去慶祝一番。這次的逮捕歸功於法蘭西斯，不過，他們也帶上了布萊恩，布萊恩在喝了一輪又一輪之下，每次描述的版本都不一樣。那個孩子走出來威脅他們。鮮血從每一面牆壁上滴下來。當法蘭西斯把犯人摔倒在地時，布萊恩則擋住了出口。

「你的搭檔，」一名資深警員對法蘭西斯說，「他真是有創意。」

布萊恩和法蘭西斯彼此對看了一眼。他們是搭檔嗎？

「直到警監告訴你們另有安排之前，你們都會是搭檔。」那名資深警員說。

廚師在這個時候從廚房裡走了出來，手裡端著堆滿漢堡的盤子，並且告訴他們這些都算餐館請客。

「你要回家了？」稍後，布萊恩問法蘭西斯。

「對，你也該回去了。回到你懷孕的老婆身邊吧。」法蘭西斯對他說。

「老婆懷孕正是他為什麼流連在外的原因。」一名警員打趣地對他們說。

---

搭乘地鐵回到灣脊區花了一個小時又十五分鐘的時間。法蘭西斯一踏進室內，立刻就脫掉制服，穿著內褲爬上那張派西為了他而塞進起居室裡的床。有人打了電話給那個孩子的母親。另外有人則把孩子載到了拘留所。那個孩子說他很渴，因此，法蘭西斯從販賣機拿了一罐汽水給他。孩子將汽水一飲而盡，然後問他是否可以在罐子裡裝滿水龍頭的水。法蘭西斯因而把罐子拿到洗手間裝滿水。「你是個傻瓜。」一名穿著便服的警員對他說。他還記不清每個人的名字。誰知道呢？也許那個雜貨店老闆對那個孩子做了什麼不好的事。也許他只是自作自受而已。

派西不在家裡。法蘭西斯打了電話給莉娜，暗自祈禱她會接起電話，這樣，他就不用透過她母親去叫她了。

「今天發生了什麼事嗎？」在他們聊了幾分鐘之後，她問道。「你通常不會這麼晚打電話來。」法蘭西斯看了時鐘一眼，發現已經幾乎午夜了。那些報告和啤酒耗掉的時間，比他預期的還要久。

「抱歉。回去睡覺吧。」

她沉默了很久，久到他以為她睡著了。

「你害怕嗎？」她問。「你得要告訴我。」

「沒有。」他說。他確實沒有感到害怕，或者，至少他並沒有感到他所認知的害怕。

「那是怎麼了？」

「我不知道。」

「試著不要把事情藏在自己心裡，法蘭西斯。」她對他說，彷彿她聽到了他的思緒一樣。

「我們有一個共同的計畫，你和我的計畫。」

# 吉勒姆

# 1

吉勒姆確實很不錯，但是卻很孤寂。這是莉娜・提奧巴多第一次看到吉勒姆的想法。吉勒姆是那種如果她去度假的話，頭兩天她會很喜歡，但是到了第三天，她就會開始期盼著離開的地方。它似乎不太真實：蘋果樹和楓樹，有著前廊的木瓦屋、玉米田、牛奶廠，孩子們在街頭玩著棍球，彷彿完全沒注意到自家的房子就座落在半畝的草地上。稍後，她發現那些孩子玩的遊戲，正是他們在城市長大的父母小時候所玩的遊戲。棍球。跳房子。踢罐子。當一名父親在教兒子投球時，他把孩子帶到了路中間，彷彿他們是在一條擠滿房子的街道一樣，因為，他自己的父親就是在那樣的街區道上教他投球的。她之所以答應要到吉勒姆，只是為了找點事情做，因為，如果那個週六她待在家裡的話，她母親一定會叫她送食物到維納德太太家，維納德太太自從兒子在越南失蹤之後，整個人就不對勁了。

她表姊凱洛琳娜的衣服就吊在莉娜臥室房門後面的鉤子上，已經修改好等著莉娜在六天後穿上。她也承接了表姊的鞋子和頭紗。除了等待，她已經沒有什麼事情好做了，因此，當法蘭西斯問她，要不要一起去看看他一個同事提起過的那個小鎮時，她答應了。那天是一個美好的秋日，如果可以到鄉下去個幾小時應該很不錯，於是，她準備了一個野餐盒作為午餐。他們在公共圖書館外面的一張長椅上打開了午餐盒，在他們打開三明治的包裝、吃完三明治、喝完保溫瓶裡的茶這段期間，只有一個人走進了圖書館。一輛往北的火車駛進月台，三個乘客下了車。小鎮廣場的對面是一家熟食店，熟食店隔壁有一間五分錢商店，只有一輛手推車停在店門外。法蘭西斯開了莉娜父親的那輛達特桑——車裡的音響還插著莉娜弟弟凱洛拷貝來的齊柏林飛船樂團的錄音帶。莉娜沒有駕照，也不知道要如何開車。她一直都認為自己不需要學開車。

「你覺得如何？」稍後，在回程的路途上，當他們開在帕利塞德公路時，法蘭西斯問她。莉娜搖下車窗，點燃了一根香菸。

「很漂亮，」她回答，「很安靜。」她脫掉鞋子，把腳抬高到儀表板上。她申請了兩週的假期——婚禮前一週和婚禮後一週——而週六那天，剛好是她三年來首度放長假的第一天。

「你看到火車了？也有開往中城區的巴士。」他說。她胡亂地想著那些零星的訊息，直到她發現他其實是想住在那裡時，才彷若小腿肚被踢了一腳一樣的恍然大悟。他並沒有說他想要搬到那裡。他只說他想要開車出去轉一轉，去看看他聽說過的一個地方。她以為他只是想要暫時從有關婚禮的話題中喘一口氣而已。來自義大利和波蘭的親友都已經陸續抵達了，她父母的公寓裡每個小時都塞滿了食物和親友。沒有人從愛爾蘭飛來，不過，法蘭西斯有一些移民到芝加哥的親戚則送了一件愛爾蘭的瓷器作為賀禮。法蘭西斯說他不介意沒有人從愛爾蘭來參加婚禮。反正，那天是屬於新娘的日子。不過，現在，她看到了他腦子裡的計畫。這個計畫似乎太過牽強，因此，她決定不要再提起，除非他主動說起。

幾星期之後，婚禮結束了，他們的賓客也早已離開。莉娜冠著一個新的名字、手指上戴著一枚新的戒指，回到了工作崗位上，法蘭西斯在這個時候表示，是他們搬出莉娜父母公寓的時候了。他說，只要莉娜的妹妹娜塔西亞在起居室裡看書的話，所有的人在經過那間狹窄的起居室時，都得要躡手躡腳。凱洛似乎永遠都在不高興，也許是因為這對新婚夫婦佔據了他原本的臥室。整間公寓裡，沒有一個地方可以獨處。法蘭西斯說，他待在那裡的每一分鐘，都覺得自己應該要主動幫忙什麼，應該要做些什麼。他們的結婚禮物都堆在角落裡，而莉娜的母親也不時都在警告大家要小心，提醒大家不要打破了那些水晶。莉娜一點都不以為意，她覺得六個人坐在一起晚餐也很好，有時候還不止六個人，人數端視來訪的人是誰而定。這是她第一次感到好奇，覺得自己對法蘭西斯的了解是否已經足夠到可以嫁給他。

「可是，我們要搬去哪裡？」她問。

他們去看了史塔頓島，也在灣脊區內找房子。此外，他們也前往約克維爾、晨邊高地、格林威治村。他們參觀了很多房子，裡面都塞滿了屋主的物品、壁架上展示著屋主的照片、房子裡擺放著各式的人造花。在這些參觀的行程中，莉娜可以看到通往吉勒姆的道路，就像高速公路上的出口一樣出現在他們眼前。他們把婚禮的禮金都儲存了起來，加上他們大部分的薪水，終於足以支付房子的訂金。

一九七四年一月的一個週六早晨，在他結束一個午夜的巡邏和幾個小時的超時加班之後，法蘭西斯回到灣脊區，叫莉娜帶上外套，他說他找到了他們的房子。

「我不要去。」她面無表情地從她的咖啡上抬起頭來對他說。安傑羅．提奧巴多正坐在她的對面玩著填字遊戲。歌西亞．提奧巴多剛打了兩顆蛋到煎鍋裡。六呎二吋（約一八八公分）高的法蘭西斯穿著巡邏制服，臉頰發燙地站在桌邊。

「他是你丈夫。」安傑羅對女兒說道。聽起來像是一種訓斥。彷彿她把她的玩具四處散落在地毯上，忘了收起來一樣。

「你不要插嘴。」歌西亞示意他閉嘴。「我們要出去吃早餐。」說著，她關掉了炒鍋底下的爐火。

「我們就去看看吧，莉娜。我們不需要做任何你不想做的事。」

「喔，那是當然的。」莉娜回答。

一小時二十分鐘之後，莉娜把額頭壓在乘客座窗戶的玻璃上，看著那棟將會屬於他們的房子。屋外有一面醒目的出售招牌。會在六月開花的繡球花，現在看起來只是一叢受到霜害的枯枝。現任的屋主在家，因為他們的福特汽車就停在車道上──因此，法蘭西斯並沒有熄火。

「那是什麼？岩石嗎？」靠近房子的後方有五座巨石依照高低次序成排豎立，可能幾萬年前就已經存在那裡了，最高的一塊也許有五呎高。

「巨石，」法蘭西斯回答。「這個地區到處都有這樣的巨石。房產經紀人告訴我說，建造商在房子和房子之間留下了這些天然的屏障。這讓我想起愛爾蘭。」

莉娜看著他，彷彿在無聲地說，所以，那就是你帶我來這裡的原因。他已經見過了房產經紀人。他的心意已決。座落在那條街上——傑佛遜街——以及附近其他街道上——華盛頓、亞當斯、麥迪遜、蒙羅——的房子，在棟距之間顯得較為緊密，不像其他距離小鎮較遠的房子那樣。法蘭西斯說，那是因為這些房子比較老舊，大多是在一九二〇年代建造的，當時，鎮上有一座製革廠，所有的人都是走路去工作的。他以為莉娜會喜歡這樣。房子前面還有一座門廊。

「我要和誰說話？」她問。

「和我們的鄰居，」他說，「和你遇到的人。你比任何人都容易交到朋友。此外，你每天也還是會到城裡去。你還是會和原來的那些女同事一起工作。巴士站就在街尾的地方。你甚至不需要學開車，如果你不想學的話。」他開玩笑地說，他可以當她的司機。

他無法對她解釋說，他需要那些樹和安靜的氛圍，來平衡他在工作上所看到的那些事，為什麼越過一座橋、讓一座實質的橋橫隔在他和他的巡邏路線之間，就可以讓他感覺到自己就像離開了一種生活，走進了另一種生活一樣。在他的想像裡，他把一切都安排好了：葛雷森警官可以存在那頭，而法蘭西斯．葛雷森則可以存在這頭。在警校的時候，有一些老一輩的教師說過，在他們三十年的警察生涯裡，他們從來都沒有掏過槍，然而，法蘭西斯才上任六個月，就已經拔過好幾次槍了。他分局裡的一名警佐最近就在一場位於布拉克諾快速道路的對峙中，開槍射中了一名三十歲男子的胸膛，結果那人當場就死亡了。不過，大家都說那槍開得好，因為那名男子是眾所皆知的毒癮患者，而且身上也有武裝。警佐似乎一點都不在乎。法蘭西斯也點頭附和了其他人的看法，然後在結束巡邏任務之後，和他們一起去喝了酒。然而，當該名男子的母親以及他孩子的母親在隔天怎麼都不肯離開會客室的時候，警局勢必得要有人去會見她們，並且向她們解釋發生了什麼事，而法蘭西斯似乎是唯一一個對此感到擔憂的人。那個人也有母親。他也是一個父親。他並非一直都是個癮君子。法蘭西斯站在咖啡壺旁邊，在暗自希望那兩個女人可以趕快回家的同時，他彷彿可以看見那名男子還活著的時候——而非只是他手持那把點二二迷你手槍的那一刻。

雖然，他並沒有對莉娜提及這件事，只是告訴她說工作沒有問題，說警局裡很忙，然而，她可以察覺到他沒有說出口的事情，於是，她再度看了看房子。她想像著前廊底下會有一排顏色鮮明的花叢。他們可以有一間客房。從吉勒姆到曼哈頓中城區的巴士路程，確實比從灣脊區搭乘地鐵到中城區要省時多了。

——

一九七四年四月，就在他們租了一輛卡車，把家當搬到吉勒姆北邊的幾星期之後，一名當地的檢驗師在他位於電影院旁邊的小辦公室裡完成了一次內診，然後告訴莉娜，她已經懷孕九週了。他說，再過一陣子，她就不能跑著追巴士了。她現在唯一的工作就是要好好吃東西，要保持心情的平靜，不要花太多時間站著。當她告訴法蘭西斯的時候，他們正在房子四周尋找適合種植番茄的角落。他停下了腳步，臉上出現了困惑的神情。

「你知道這是怎麼回事，對吧？」她面色凝重地問。

「你應該要坐下來的。」他說著，放下手中的植物，抓住了她的肩膀，將她帶到露台上。前屋主留下了兩張生鏽的鐵椅，他很高興自己當時並沒有把椅子給扔了。他先是站著，隨即在她對面坐下來，然後又站了起來。

「我應該要在這裡待到十一月嗎？」她問。

她在第二十五週的時候就不再去上班了，因為她母親快把她逼瘋了，她母親說在港務局客運總站行色匆忙的路人可能會用手肘撞到她，可能會把她推倒。在她最後一次把打字機的防塵罩蓋上的那一天，辦公室裡的其他女孩在公司的午餐室裡，幫她舉辦了一場派對，還把包裝在禮物上的緞帶裝飾在一頂嬰兒帽上面，讓她戴上。

她整天待在家裡的閒暇時間，遠比她這一輩子所經歷的還要多，她才剛認識住在他們右手邊的那對老夫妻沒多久，老太太就死於膀胱癌，兩週之後，老先生也因為致命的中風而去世。有一陣子，那棟空屋就一直保持著原來的模樣，莉娜開始以一個家人的立場，一個沒有被告知發生了什麼事的家人，來看待那棟房子。他們吊在信箱上的風鈴依舊會發出叮噹的聲響。他們的垃圾桶蓋子上那副手套也還在，彷彿有人可能會回來把垃圾桶拉走。最後，他們的草坪邊緣開始變得雜亂不整。報紙在雨水的浸潤下膨脹，在太陽的曝曬下褪色，一份一份地堆疊在他們的車道上。由於似乎沒有人採取行動，因此，有一天，莉娜走過去清理了那堆報紙。偶爾會有房產仲介帶著一對夫妻出現在車道上，但是，每次的看房似乎都沒有結果。終於，莉娜發現到，她可以一整天都不說話，如果她關掉電視的話，她甚至連一點人聲都聽不到。

娜塔莉．葛雷森在一九七四年十一月出生，距離法蘭西斯和莉娜的第一個結婚週年紀念日還有一個月。莉娜的母親來住了一個星期，但是，她無法把安傑羅獨自留在家裡太久。因為那個傢伙連煮水泡茶都不會。她說，她是來幫忙莉娜的，然而，她大部分的時間都只是靠在搖籃邊上，輕聲細語地說：「我是你奶奶，小可愛。很高興認識你。」

「你每天都帶嬰兒出去，不管天氣怎樣，然後在這附近走上一個小時，」歌西亞建議女兒。娜塔莉裹著一張羊毛毯，睡在嬰兒車裡。「看看四周的樹，看看四周平坦的人行道。和你的鄰居揮揮手，想想你是個多麼幸運的女孩。她是個多麼幸運的嬰兒。她已經有了滿滿一個抽屜的衣服。法蘭西斯是個好人。一遍又一遍地告訴你自己這些事。到商店裡去。告訴他們你叫什麼名字，讓他們知道你剛搬來這裡。每個人都喜歡新生兒。」

莉娜開始哭泣。當巴士抵達的時候，她覺得有一股衝動，想要跟在她母親的身後爬上車，把孩子抱在懷裡，讓嬰兒車留在人行道上，再也不要回到這裡。

「在你出生的時候，我曾經幻想過把你留給雪佛林太太——記得雪佛林太太嗎？我當時的想法是，等我把一桶牛奶用完時，我會拜託她幫忙看著你，然後我就去買牛奶再也不回來了。」

「什麼？真的嗎？」莉娜說著，淚水瞬間停了下來。這個突如其來的訊息讓她破涕為笑，但是卻因為笑得太厲害而又開始流淚。

---

之後，在一九七五年陣亡將士紀念日的那個週五，莉娜一邊在樓上的搖椅裡照料著娜塔莉，一邊透過窗戶往外看，只見一輛卡車在外面停了下來。她才剛知道自己又懷孕了，而且已經懷孕兩個月，她的醫生開玩笑說，她的愛爾蘭丈夫差點就給了她一對愛爾蘭雙胞胎。幾週之前，房產

公司的出售招牌就已經被移除了，現在，她回想起來，才想起法蘭西斯似乎說過那棟房子已經賣掉的事情。她近來總是有倦怠感，因此很難在腦子裡記住什麼事情。

她把娜塔莉抱在臂彎裡，衝下樓跑到前廊上。「哈囉！」她對著她的新鄰居大聲喊道，稍後，當她向法蘭西斯描述這次的見面時，她說她擔心自己說了什麼老套的話，或者給對方留下了什麼不好的印象。當時，娜塔莉還飢腸轆轆地在吸吮自己的小拳頭。

一名穿著漂亮網眼背心裙的金髮女子兩手各拿著一盞燈，正在走上車道。

「你們買了這棟房子，」莉娜用高八度的聲音對她說。「我是莉娜。我們去年剛搬到這裡。歡迎！你需要幫忙嗎？」

「我是安，」她的新鄰居回答，莉娜從她的話裡聽出了一絲愛爾蘭的口音。「那是布萊恩，我丈夫。」她禮貌地笑了笑。「小孩多大了？」

「六個月大。」莉娜告訴她。終於，在今年第一個溫暖的日子裡，有一個新的人對孩子表達了興趣，還伸出了一根手指讓娜塔莉抓在手裡。一時之間，她有千百個問題想要問她的新鄰居。他們是從哪裡搬來的，他們結婚多久了，他們為什麼選擇了吉勒姆，他們是如何相遇的，他們喜歡什麼樣的音樂，安是從愛爾蘭哪裡來的，等他們的行李都拆箱之後，他們要不要過來喝點東西？

莉娜注意到安很漂亮，但是卻有種說不上來的感覺。莉娜的老闆艾登曾經在升遷的機會上跳過莉娜，當時他表示，那無關乎莉娜在工作上的表現，只不過是因為另一個女人比較體面，而那次的升遷職務意味著要和客戶打交道。莉娜不知道他那些話的意思是什麼，不過，她不想要表現出聽不懂的蠢樣，因此，她接受了老闆的解釋，默默地走回了自己的座位。也許是因為她的口音吧。太布魯克林了。也許是因為她習慣在午餐後，坐在座位上整理自己的頭髮。有一次，她的臼齒之間卡了一根芹菜纖維，如果不用手指的話就無法剔除，所以，她把手指伸到嘴裡，用指甲把菜葉摳了出來。現在，她不禁懷疑，體面是否正是她的新鄰居所擁有的，是不是一個人與生俱來的特質，而非後天可以學習到的東西。

安把雙手放在自己平坦的肚子上，回頭看著她的丈夫，然後壓低了聲音說道：「再過幾個月，她就會有同伴了。」

「太好了！」莉娜回應。

還沒有和莉娜打招呼的布萊恩．史坦霍普剛好走過她們身後的草地，聽到了他妻子所說的話。他搖晃了一下，彷彿踩到了什麼東西一樣，他原本看似要走到兩名女子身邊，不過卻突然轉身，繼續卸下卡車上的東西。莉娜問安是否覺得疲累，是否覺得不舒服。她告訴安，那很正常。每個人懷孕期間的症狀都不一樣。也許放一些零食在床邊會有所幫助。如果她讓自己處於飢餓的狀態，那她一整天都會覺得不舒服。安點了點頭，不過，莉娜的建議似乎只是耳邊風，而且她似乎並不想要在布萊恩聽得到的情況下討論這個話題。莉娜記得自己也沒有太聽從別人的建議。每個女人都是從自身上學得經驗的。

最後，布萊恩終於走到她們旁邊。「我和法蘭西斯一起工作，」他說，「嗯，曾經。直到幾個星期前，我都還在四一分局。」

「你是在開玩笑吧，」莉娜說道，「這實在太巧了！」

「不盡然，」布萊恩咧嘴笑道。「是他告訴我關於這間房子的事。他沒有告訴你嗎？」

稍後，等到法蘭西斯回家時，她問他為什麼沒有告訴她他們要搬到隔壁的事。如果她早知道的話，她就可以辦一個歡迎派對，可以準備一些食物。不過，他堅持他曾經說過。她告訴他，他是說過那棟房子已經賣掉了，但是，他並沒有說是賣給了他的朋友。

「呃，我不確定能不能稱為朋友。」法蘭西斯說。

「你和他在一起工作。你和他一起吃飯。打從警校時期你就認識他了。你們不是還當過搭檔嗎？他是你的朋友。」莉娜說道。

「很抱歉，」法蘭西斯表示。「我忘了。他調職了。我已經好幾星期都沒有見過他了。」他把她拉到胸前。「他老婆看起來如何？他們失去了一個嬰兒，我有告訴過你這件事嗎？我想是生出來就夭折了。大概是兩年前的事了。」

莉娜屏住了呼吸，想起娜塔莉溫暖的小肚子正在樓上的搖籃裡平緩地上下起伏。「真可怕。」她驚駭地記起在她提出建議時，安是如何默默地接受了她的那一番話。

——

莉娜很留意她鄰居的肚子是否日漸隆起，不過，她穿得很寬鬆——上班日就穿著過大的護士服，休息日則是寬鬆的農民襯衫和裙子，長到幾乎都要拖到地面上了。莉娜經常看到安在早上的時候手握鑰匙，匆匆地走向她的車子，這讓她對安的自由感到了一絲的嫉妒。有時候，當她看到安在屋外的時候，她會走出去檢查信箱，試圖要靠近安，試圖和她說話，然而，大部分的時候，安只是微微地向莉娜揮手，然後就逕自回到了屋裡。有好幾次，當她看到安的車子停在車道上時，她會走到他們家門口敲門，但是卻沒有人來應門。還有一次，她在他們的信箱裡塞了一張紙條，問他們是否想要找個週六晚上到他們家來晚餐——他們可以自己定日期——但是卻什麼回音也沒有。

法蘭西斯說，也許他們沒有收到那張紙條。也許是被郵差拿走了。「你可以問布萊恩嗎？」她問他。

「聽著，」法蘭西斯對她說，「別擔心了。有些人就是不喜歡和身邊的人交朋友。這種事我可以理解，你也可以嗎？」

「我完全可以理解。」莉娜說著，把娜塔莉抱到懷裡，上樓走進他們的臥室，在床邊坐了下來。

---

夏天來了又走了。某個週六，布萊恩在他們的院子裡耙著草地時，莉娜看到法蘭西斯和他站在兩家車道之間那條狹長的草地上聊天。法蘭西斯笑得很開心，甚至得要微微彎腰，才能好好地呼吸。莎拉出世了，又一個健康的女孩，只不過這回莉娜沒有辦法在嬰兒休息時也跟著休息，因為正在學步的娜塔莉也在家裡，永遠都搖搖晃晃地往樓梯撲去。最終，距離史坦霍普家搬來也已

經過了整整九個月，不管他們搬來時安是否才剛懷孕，小史坦霍普這時候也應該出生了。莉娜從來沒有察覺到隔壁有什麼危機，那棟房子籠罩在一種失去孩子所帶來的悲傷裡。有一天，莉娜從雜貨店購物回到家時，兩個小孩正在後座上嚎啕大哭，莉娜站在打開的後車廂前，看著十幾個需要拿進屋裡的袋子時，剛好瞄到安正站在自家前廊的尾端看著她。莉娜已經學會開車，但是她對自己的技術並沒有信心。在沒有法蘭西斯的陪同下，她唯一敢開的路線就是從家裡往返雜貨店的路途。她很害怕自己是否做錯了什麼，而剛好被安看到了。

「哈囉！」莉娜對她打招呼，不過，安卻立刻轉身走進了屋裡。

——

快到莎拉一歲生日時，莉娜觀察到安的肚子顯然變大了。她纏著法蘭西斯，要他下次見到布萊恩的時候記得問他。

「啊，別這樣，」法蘭西斯對她說，「如果他們想告訴我們的話，就會主動說的。」

不過，他一定找機會問過了。有一天，莉娜正在幫法蘭西斯的襯衫縫補鈕釦時，他走進廚房來洗手。他沒有從水槽轉過身來，就直接說她是對的，史坦霍普家確實要有新生兒了。身為男人，他並沒有多問細節，不過，當安的車子整天都停在自家車道上，而且似乎也不再去上班時，莉娜知道安的預產期一定近了。莉娜等待著對的日子、對的時機到來，然後把莎拉放在遊戲護欄裡，幫娜塔莉打開電視，把舊的嬰兒鞦韆折疊起來，穿過被髒雪覆蓋的車道，走向史坦霍普家的前門。安似乎被這個突來的造訪嚇了一跳，她雖然並沒有邀請莉娜進屋，不過，她還是問莉娜是否介意示範如何折疊鞦韆，如何使用上面的吊帶。莉娜興奮地脫下她的連指手套，在史坦霍普家的前廊打開鞦韆，展示給她看如果需要清洗時，要如何拆卸鞦韆的布帶，以及要如何把布帶吊在架子上固定。在她們聊天的同時，身上只穿著一件單薄羊毛開襟衫的安表示，她的預產期就在下週，而莉娜也告訴她自己又懷孕了，這件事她甚至都還沒告訴過她母親。她估計自己的預產期應該比安晚六個月，因此，她認為史坦霍普家的嬰兒應該可以先佔用鞦韆六個月——那也是製造商在產品使用說明上標示的最大年齡限制——六個月之後，安可以再把鞦韆還給她。她們可以看看各自有些什麼，然後彼此幫忙。安打算先留在家裡照顧孩子一陣子之後，再決定工作上的事情。她像告白一般地告訴莉娜她喜歡工作，而莉娜在感覺到這是一個相互交流的開始之下也表示，她可以理解在家帶孩子比外人看起來的要困難許多，也沒有想像中那麼容易。

「如果你有任何需要的話——如果你臨盆時布萊恩不在家的話——或者有任何需要，你知道可以在哪裡找到我。」當她穿過車道走回家的時候，她暗自在想：她也許因為失去了孩子而無法面對有兩個孩子的我。她在想：也許我不知道怎麼地得罪了她，在完全不自覺的情況下，不過，現在一切都已經事過境遷了。

彼得在不到一週之後出生了，體重九磅又十盎司（約四三六六公克）。

「真是怵目驚心。」布萊恩對法蘭西斯說。

「據我所知，他們都是那樣的，」法蘭西斯說完，立刻又補了一句：「你沒有看到……那次……？」

「不，不。那次不是這樣的。你知道的，醫生他們事先已經知道了。」

「我無意——」

「沒關係。沒事的。」

從醫院回家的路上，安把兒子抱在腿上，當她把兒子抱進家門的時候，孩子身上那條藍色厚毛毯的一角在二月的冷風裡不停地鼓動。莉娜、娜塔莉和莎拉隨手畫了一張「歡迎回家」的塗鴉，放在了史坦霍普家的門外，並且用她當天剛烤好的罌粟籽麵包壓在紙上。

翌日早上，當法蘭西斯在等待著茶壺的水煮滾，而莉娜也正在把燕麥舀到碗裡時，大門的電鈴突然響了。疾風吹得整棟房子徹夜嘎嘎作響，晨間新聞報導說，前一夜裡的大風把全郡的很多樹枝都吹斷了。法蘭西斯以為門鈴響應該和這件事有關，可能是有人需要幫助，也可能是有人前來警示他們，例如電線桿倒了，或者道路封鎖了。然而，當他打開門時，卻看到安·史坦霍普站在門外，她身上穿著一件及膝的漂亮駝毛外套，釦子緊緊扣到了喉嚨，手裡還拿著那張嬰兒鞦韆。她的嘴上塗著鮮紅的唇膏，但是眼睛底下卻圍著重重的黑眼圈。「拿去。」她把鞦韆遞給他。

「一切都還好嗎？」莉娜在丈夫身後問道，「嬰兒還好嗎？」

「我可以照顧得了我自己的嬰孩，」安說道，「我也可以幫我自己的丈夫烤麵包。」

莉娜瞪大了眼睛說不出話來。「你當然可以！」她終於擠出一句話。「我只是知道一開始都很辛苦，所以，我想——」

「一點都不辛苦。他是一個完美的孩子。我們很好。」

在莉娜反應過來之前，法蘭西斯先開了口。「喔，謝謝。」說著，他接過鞦韆，準備要關門，然而，莉娜卻阻止了他。

「等一下。一下下就好。我想應該是有什麼誤會吧。把鞦韆留著吧。」她說，「孩子會在上面睡著的。真的。我們現在也用不到。」

「你有在聽嗎？」安對她說，「我不要。如果我需要給我兒子什麼東西的話，我完全有能力自己買。」

「很公平，」法蘭西斯說完，真的就把門關上了。他把鞦韆扔向沙發，結果鞦韆從椅墊上彈下來，大聲地掉落在了地板上。看著莉娜手握一柄木湯匙，張大嘴巴站在起居室中間，法蘭西斯聳聳肩地說：「我為他感到難過。他是個好人。」

「我到底對她做了什麼？」莉娜問道。

「你什麼也沒做。」法蘭西斯一邊說著，一邊走回廚房去拿他的茶和報紙。「這裡有點不對勁。」他敲了敲自己的腦門。「你就不要再理她了。」

---

六個月之後，凱特在濕熱的八月天裡誕生了。莉娜總是說她無法照顧凱特，因為，只要她們貼著彼此的肌膚，兩人就立刻全身汗濕到孩子可能會從她懷裡滑落。才一兩天她就放棄了，當法蘭西斯結束午夜的值班回到家時，他立刻就在門邊放下所有的東西，然後餵給凱特那一天裡的第一瓶牛奶。那對莉娜來說是一大解脫，此外，看著凱特在喝奶的同時，父女兩人彼此注視的畫面

實在太暖心了，莉娜不禁希望自己能親手用奶瓶餵食三個女兒。「你是我最寵愛的女兒。」當凱特喝完奶時，法蘭西斯總是對孩子這麼說，然後讓孩子趴在他的肩上打飽嗝。

當凱特裸著肚子，正在學習抬頭時，比凱特早六個月出生的彼得已經在吃麥片和蘋果泥了。後來，他們雙雙都對各自的腦子是從何時開始注意到對方感到好奇。當兩家的窗戶都開著的時候，彼得可以聽得到凱特的哭聲嗎？當他學會站在前廊圍欄邊時，他是否曾經看到凱特的姊姊們拖著坐在迷你拖車裡的她，沿著她們家的車道在散步，然後猜想那是誰呢？

---

在她後來的生命裡，每當被要求回想起她最早的記憶時，凱特都會想起自己看到他拿著一顆紅色的球，在他家周邊跑來跑去的畫面，那時，她就已經知道他的名字了。

# 2

照理說，風雪應該要掃過吉勒姆邊緣，應該要穿越哈德遜到西徹斯特郡，然後在橫掃康乃狄克州之後出海。然而，當杜文太太叫她的六年級學生打開他們的社會課本時，教室裡的每一個人都可以聞得到空氣裡瀰漫著風雪即將來臨的味道。彼得在他的筆記本上寫著「一九八八」，雖然時序早已進入一九八九年整整兩個月了。教職員室裡音量被調低的收音機正在播報新聞，說風雪已經改變了路徑，大雪已經為哈德遜以西的城鎮在週末時帶來了九吋高的積雪，而現在恐將還會迎來額外的十二吋積雪。「雪！」潔西卡．達安吉利斯把頭轉向右邊，指著教室裡那扇面對教師停車場的窗戶說道。杜文太太開關著教室裡的燈，用閃爍的燈光來提醒學生們專心。但是，她突然好像忘記了自己為什麼走到電燈的開關旁邊，而只是站在變暗的教室裡，讓視線越過學生們的頭頂，投向外面的天空。

當廣播系統響起之際，他們都可以聽得到瑪格麗特修女的呼吸聲透過麥克風傳送出來。「由於風雪即將來臨，所有的班級都將在今天中午放學。你們的父母已經收到通知了。要搭校車的孩子們得在十一點五十五分開始排隊。」

即便在平常日的時候，凱特都很難安靜地坐在座位上，更遑論課表被暴風雪打亂的現在了——他們得從午餐架上把他們的便當盒拿回來，原封不動地放回他們的背包裡；他們得在十點的時候複習詞彙，因為等到一點十五分的時候，他們就已經不在學校了——她覺得自己彷彿失去了聽力。彼得在自己的座位上就可以感覺到她興奮的能量，而他們的座位事實上還隔著兩排的距離。杜文太太還在教室前面講話，還在拍著黑板，告訴他們動也不要動一下，直到她下達指令為止，而凱特卻已經在把檔案和筆記本都收拾到背包裡，甚至還在座位上半轉過身，好看清楚窗外的狀況。她對莉莎．戈登說，她想要在她家的後院裡做一個溜冰場，彼得可以看得出來，莉莎其實並不想搭理她，或者，至少不想被杜文太太看到她對凱特做出回應。凱特說，是她父親給了她這個想法的。

「凱瑟—琳．葛雷—森！」杜文太太故意把凱特的名字分開來唸，這樣聽起來就好像訓斥了她四次一樣。不過，杜文太太並沒有像平常那樣將凱特趕出教室，讓她到走廊上罰站，而只是嚴厲地看了她一眼，然後指著時鐘。到了十一點五十五分整的時候，凱特、彼得和其他要搭校車的孩子，魚貫地沿著走廊離開。凱特晃蕩著背包，踮著腳尖走路，彷彿隨時都可以飛奔而出一樣。當他們走到室外之後，她滑過一片黑色的冰面，像卡通影片裡的人物一樣轉動著雙臂。

彼得跟在她身後，在校車上一路衝撞到緊急出口的那排座位。她在座位上停了下來，讓他閃過她身邊——打從幼兒園開始，他就一直都坐在靠窗的位子。一如既往地，彼得把自己的背包丟到地上，然後滑坐在座椅上，直到膝蓋抵住了前排的塑膠椅背為止。凱特面朝後方跪坐在椅子上，這樣她就可以看到、並且和後面的每個人說話。

「你今天早上打了約翰。」凱特在他旁邊坐下來時說道。「他生氣了嗎？」每天早上，男生都會玩壁球，而女生則會成群地圍觀。在今年年初的時候，有一次，凱特站在了男生們的旁邊，當其中一個男孩問她以為自己在幹什麼的時候，她四下張望了一下，彷彿那是全天下最明顯不過的事情了，彷彿她要加入玩球的行列是再正常不過的事情了，然而事實上，在他們就讀於聖巴特的那些年裡，從來就沒有任何女孩會一起打壁球。她的動作很快，那讓她在起初的幾分鐘裡完全不違和，不過，男孩子畢竟更為強壯，而且也理所當然地對她找碴。她再一次地漏接了球。過不了多久，她就已經被三振了，只能把手撐在牆壁上，任由男孩們一個接一個地把球扔向她的屁股。約翰．迪爾斯在助跑之下，近距離地把球擊向她，近到連彼得都皺起了眉頭，而凱特也在被擊中的時候，將一隻手從牆壁上鬆脫下來摀住了被球打到的地方。

「你真是個混蛋。」當約翰竊笑著回到自己的位置時，彼得對他說道。圍觀的女孩目光在凱特和男孩們之間來來回回，不知道應該要為哪一方加油才好。輪到彼得的時候，他輕輕地拋出了球，因此，球幾乎連凱特的後腿都沒有碰到，他也因此被抓包。「這個規則太愚蠢了。」他說著，拒絕再丟一次，不過，奇怪的是，最惱怒的人居然是凱特。「你為什麼不真的丟？」稍後，她生氣地對他說，同時左右張望地確定沒有人聽得到他們在說話。他結結巴巴地回覆說，他怕自己會打傷她。結果，接下來的一整天裡，她都沒有再和他說過話。

「嘿，凱特。」他開口說道。當杜文太太在黑板上列出回家作業的時候，他的腦子裡出現了一個念頭，他想到他母親在黎明時走進他的房間，在他的書櫃上找著什麼東西。早餐的時候，她一直在醞釀著什麼。他知道自己最好什麼也別問。不過，等到幾個小時之後，當每個人都在教室裡埋頭抄寫杜文太太列在黑板上的作業時，他把那天早上的情況和他最後一次看到那艘模型船的事情連結在了一起，那艘模型船是他母親上週在晚餐後給他的。他的生日還沒到。聖誕節也剛過而已。那艘模型船和任何真船一樣可以航行，他母親當時很驕傲地告訴他說，那是按照法蘭西斯．德瑞克的金鹿號所複製的迷你模型，每一根桅杆和每一片船帆都和金鹿號一樣，模型上的每一個零件，從船首、船舵到船軸的尺寸比例，都有歷史的根據。當他父親問他母親那艘模型船花了多少錢時，他母親卻完全無視於這個問題。他父親看著那個包裹的盒子，又檢查了上面的郵戳，企圖要找出包裹的收據。那個模型很重，很堅固。不算是個玩具，但那又是什麼呢？

「你知道我前幾天給你看的那艘模型船嗎？」彼得問她，「你記不記得我們把它留在屋外了？」

「不記得，」凱特回答他，「怎麼了？你找不到了？」

「對。我想，我媽媽今天早上在找那個模型船。」

凱特一屁股坐到腳跟上。「我們當時在巨石的旁邊。喔，不過，我們後來把它放到了水上。那是同一天嗎？」陽光融化了一堆的雪，因此，他們把那艘發亮的木船放到了凱特家的車道上，當時有一條細窄的雪水正從車道流向街上。

「我想，在下過水之後，那艘船還在我手裡。」

凱特轉過頭，那雙骨溜溜的淺棕色眼珠定定地注視著他。那就好像看著洶湧的波浪變成了玻璃般的平靜。曾經有一段時間——幼兒園或者一年級的時候——他們其中一個也許會不經意地抓起對方的手，掰著對方的指節，比對著彼此每一根手指的長度和寬度，抵住拳頭玩拇指的相撲遊戲，即便當時，他都可以感覺到，當她全神貫注在他身上時，她內心裡的某個部分就沉澱了下來，安靜了下來。她撥開臉上的髮絲，塞到耳後。其他的孩子正在校車後面叫喚著她的名字。

「你有麻煩了嗎？」

「沒有，沒事。」彼得說著，用指甲摳著關節上的一個結痂。

「可是，我們最好要找到它。」她說。

彼得聳聳肩。「嗯。」

這麼多年以來，只要一提到有關彼得父母的話題，凱特發現彼得就會一反常態地安靜下來。只有一次，當他們坐在那些巨石旁邊時——凱特把黑色的羊毛褲套在頭上，這樣，她就可以假裝那兩條褲腿是她長及腰部的髮辮——她暗示說，相較於其他人的母親，她注意到他媽媽在很多方面都和別人不一樣。那天，當他母親開車出現在街道上時，他們兩人一致地抬起了頭。他們看著他母親把車停下來，在沒有檢查左右來車、也沒有和任何人打招呼的狀況下，行色匆匆地走進了屋子裡。凱特的母親當時正在屋外拔草。馬多納度先生則在幫自家的信箱上漆。而在相隔兩棟房子的距離之外，歐哈拉先生正在院子裡挖洞，打算種植一棵小樹苗，他甚至還邀請街坊鄰居的孩子在他把樹苗種下之後，去幫他把洞填滿。

「你媽媽為什麼會那樣？」凱特那天問他。濃密的樹叢在他們的小庭院裡投下許多樹影。彼得可以從穿透樹枝縫隙的陰影以及越來越響的蟬鳴，判斷出再過不了多久，孩子們就會紛紛進屋去了。他原本希望在他母親回到家之前，歐哈拉先生能開口叫他們過去幫忙。

「我媽媽為什麼會哪樣？」過了一會兒之後，彼得這麼回答凱特。當時他們才小學二年級，剛領過他們的第一次聖餐。彼得張開雙手，彷彿在祈禱一樣，然後俯身在兩塊巨石之間的長草上——無論葛雷森先生怎麼詛咒、怎麼撞擊這個縫隙，他的割草機就是無法觸及這些叢生在石縫裡的雜草——隨即合掌，抓住了一隻蚱蜢。他用拇指夾住蚱蜢的翅膀，好讓凱特可以看個仔細，當他把雙手伸向她的臉時，他可以感覺得到她溫暖的呼吸輕刷過他的手腕。一整個夏天，他們都希望可以抓住一隻蚱蜢，就在他們打算要放棄的現在，一隻蚱蜢竟然就出現在了他們旁邊。

「就那樣啊。你知道的。」

但是，他並不知道，真的。而凱特也不知道。所以，他們就不再談論這個話題。

——

中央大道之後是華盛頓，然後是麥迪遜，接著是傑佛遜，等到校車開過博客伍德家的松樹之後，彼得就看到自家的車道了。

「我們將要開戰。」凱特靠向他，好看清車窗外面。一半的孩子都拿出了他們的午餐和零食。校車裡瀰漫著薯片和果汁的味道。「分成兩隊。二十分鐘製作彈藥，然後就開戰。」

巴士的顛簸讓他們在座位上彈上彈下，前俯後仰。樹枝、天空，然後，他看到了：她那輛深紅色的車。他知道他身邊的凱特也看到了。

「好吧，你會去問的，對嗎？」凱特對他說，「你媽媽也許會准許你出來。」

「是啊。」彼得回答。

他們搖搖晃晃地走下巴士的台階，一個接著一個，走進了下午的氛圍裡。「也許稍後見。」彼得說著，把背包掛到肩膀上。逆光的雲層看起來像散發著磷光一樣。凱特在原地站了好一會兒，彷佛忘記了什麼東西一樣，然後才拾級而上，跑進了屋裡。

他在近乎漆黑的廚房裡，發現她正在幫一落雞腿剝去黃色的皮。她襯衫的袖口不停地碰到那些生肉。「這個你會吧，會嗎？」她頭也沒有回地問。時間是午後十二點二十分。他們在六個小時之內不會吃晚餐。通常，她在煮飯的時候，會把頭髮挽在頭頂上，但是今天，她的頭髮卻黏糊糊地散落在臉上。他試著想要從她肩膀的角度判斷出他即將要面對什麼。他放下背包，拉開外套的拉鏈。昨天的晚餐她什麼也沒有吃，當他父親在講述發生在工作上的一個很長的故事時，他看到他父親一直注視著她。他幫自己倒了一杯酒，然後搖晃著玻璃杯底的冰塊。她看起來似乎很畏縮，並且闔上了雙眼，彷彿不想直視什麼太痛苦的景象，然而，眼前只有彼得和他父親的存在。他們只是坐在桌邊而已。只是在聊著那天發生在他們各自身上的事情而已。

「媽媽不太舒服，」布萊恩．史坦霍普在她終於上樓躺下之後說道。他似乎並不在意她的離席，但是，一待她離開之後，他又幫自己倒了一杯酒，然後扒開一顆烤馬鈴薯，將一片奶油抹在冒著熱氣的白色馬鈴薯上面。「她站了一整天，你知道嗎？不像那種辦公室裡的工作可以坐著。」說著拿起鹽罐。

「你也站了一整天，對嗎？」

「啊，沒有一整天。」布萊恩．史坦霍普說，「而且對於女人來說，那也不一樣。她們需要——我不知道。」

彼得很好奇，他不知道他母親有時候的行為，是否和瑞妮．奧特爾在集會期間被允許去洗手間的行為相關，即便從來都沒有人可以在集會中去上洗手間。凱特不肯在校車上談論這件事。當他們單獨待在巨石旁邊時，她叫他最好不要對其他男孩提起這件事，前一天在學校操場的時候，瑞妮的那個來了，於是，學校的護士教她如何使用護墊。據凱特所知，她是第一個發生這件事的女孩。「我可能會是最後一個。」她一邊說著，一邊把胸口的T恤緊緊拉住，然後對著自己所看到的畫面皺了皺眉頭。

當凱特說到「護墊」的時候，彼得感到體內出現了一股震驚，並且感到自己的臉頰發燙。凱特饒有興趣地把頭歪到一邊。「你知道什麼是生理期，對嗎？」

---

「當然。就像這樣？」彼得說著，抓起滑溜溜的雞皮邊緣撕下。廚房裡昏暗到彼得很難看清她擺放在桌上的那些碗：一個碗裝了打散的雞蛋，另一個則裝了堆成一座小山的麵包屑。當她上樓回房時，他試著要找出她在幫他們做晚飯時可能有的那股節奏。他把油抹在烘焙紙上，就像他經常看到她做的那樣，然後把沾上麵包屑的雞腿排好。他可以聽到孩子們在屋外玩耍的聲音。他把手洗乾淨，一邊聽著瓦斯爐在加熱時發出的微弱滴答聲，一邊站在後門旁邊，瞄著身穿紅藍條紋夾克的賴瑞．麥柏林正走在葛雷森家後面的那條捷徑上。馬多納度家的孩子也會出來。凱特的姊姊、迪爾斯家，還有上公立學校的法蘭克爾家雙胞胎。每個人都會出來加入打雪仗的行列。

當他發現那艘船的時候，他會拿上樓給她看，讓她知道他的船還在他這裡，他沒有弄丟。她曾經那麼興奮地把船給他。他們還一起讀完那張附加的證明，她也說她會帶他去圖書館，找一本關於法蘭西斯．德瑞克的書，或者和木工、造船有關的書，又或者三本書都可以找。那天晚上，當他走到冰箱去拿牛奶時，她把他拉近身邊，就像她經常在他五、六歲時做的那樣，並且小聲地告訴他，那艘模型船需要六百元，另外還要加上七十五元的運費。然後，她瞪大了眼睛，彷彿她不小心說溜了嘴，而不是真的想要告訴他一樣，於是，他知道他絕對不可以對他的父親透露此事。她在一名病患遺落在醫院的一本目錄裡看到了這艘模型船，然後就決定彼得應該擁有它。當她想像自己有兒子的時候，在她的想像裡，他總是會玩類似那艘船的東西。那艘船是在倫敦製造的，她繼續告訴他，眼睛裡充滿了惡作劇的樂趣，彷彿他知道那代表著什麼意思一樣。很久以前，她曾經在英格蘭住過幾近兩年。她對他說，英格蘭有最可愛的東西。關於紐約，她的印象是什麼？她不記得了。工作？有人說紐約比英格蘭要好？以前，她曾經對他說過這一切。當她有心情說話時，那是她最喜歡的話題。當她提及那些陳年往事時，他總是有一種不安的感覺。很顯然地，從她的觀點來看，那是個悲劇，因為她離開了一種生活，結果又陷入了另一種。樹林裡出現了一條岔路，而她選擇了那條會讓她終生後悔的路。不過，彼得很高興自己出生了，他傾聽著她的往事，認為她只要稍微打扮、梳洗過她的頭髮，她就比其他人的母親都要漂亮。她微弱地笑著說，總之就是如此。她很高興他喜歡那艘船，因為那代表了他具有某種特質，確實如此。那說明了他的品味和他的聰明才智。之後，當她在週一早上去上班時——那是唯一一個她必須在校車到達之前就出門的早上——他把船拿出門給凱特看，從那時候開始，他就沒有再看到過那艘船了。

事實上，看著那艘船確實還滿有趣的，但是，在看了幾天之後，似乎就沒有什麼好玩的了。

它浮了起來，就像她保證過的那樣，但是，當他們把它放到凱特家融雪的車道上時，它卻被刮出了幾道和船身平行的刮痕。他立刻就脫掉他的連指手套，用拇指摩擦著那些刮痕，然而，那些刮痕卻無法去除，只是在光亮的木頭表面對著他閃耀。凱特想再一次讓它順流而下，而且，這回她還打算讓它載上一個舊的芭比娃娃，不過，他卻擔心船身會被刮得更嚴重。因此，他把船收到了安全的地方。但是，在哪裡呢？

當她待在自己的房間時，整棟屋子裡的安靜並不是那種圖書館式的寧靜，或者任何接近靜謐的概念。在彼得的認知裡，那更像是一顆炸彈在按下按鈕之後讓人屏息的瞬間，那顆炸彈若非立刻引爆，就是早已遭到拆除。在那樣的時候，他都可以感覺得到自己的心跳。他甚至可以感覺到血液在血管裡的循環流動。

他父親似乎可以就這樣過日子，彷彿他母親只是去上班，或者到商店裡去一樣。當她開始不吃飯的時候，當她的牙齒開始變鈍、開始蒙上厚厚的牙菌斑，當她的姿勢出現改變時，他似乎都沒有注意到。即便她一連在自己的臥房裡待上三、四、五天時，他父親也依然站在水槽邊吃著他的麥片。他也還是大聲地唸著郵報的頭條新聞。當他拿出研磨咖啡的紙袋，卻發現紙袋裡已經空了的時候，他也只是對彼得說：「我們沒有咖啡了。」然後，把這件事記在電話旁邊被安用來寫購物清單的本子上，彷彿她就會從房間裡走出來一樣。當彼得還小的時候——一、二年紀時——他父親有時會在出門上班前和她說話，並且把他們的房門關起來，這樣，彼得就不會走進去。「留意你的校車，小兄弟。」他父親會對他這麼說，而彼得——穿著他的冬衣，背包帶子牢牢地掛在雙肩上——就會小心地盯著桌上的時鐘。當時鐘裡的那隻小手快要接近八、而大手在九和十之間的時候，他就知道自己應該要走到門外去了。

之後，在大約三、四年級時，彼得注意到他父親不再踏進他母親的房間和她說話。偶爾，他會在出門上班之前，抬頭望著樓梯。有時，他會在說完再見之後又繞回來，彷彿他忘記了什麼事情一樣。彼得發現，他父親其實很喜歡他母親一連躲在自己房間好幾天不出來的時候。他的心情似乎更好，也更放鬆。他會在下班後坐在沙發上，把他的酒放在咖啡桌上。有一天晚上，他告訴彼得說，那是他的三十六歲生日，彼得頓時感到很難過，因為那一整天裡，也許都沒有人對他說過生日快樂，不過，他父親似乎一點都不介意。他讓彼得吃烤鬆餅當晚餐。他看著電視上的籃球轉播，一夜都沒有睡覺。電視在凌晨三點的時候還發出嗡嗡的聲音，那比他母親一整個星期都沒有下樓來，更讓彼得感到沮喪，彼得會莫名其妙地醒來，恐慌，就像他沒有聽到鬧鐘而睡過頭、錯過了校車一樣。有時候，他會把枕頭帶到走廊上等著。他知道她會去洗手間。她會俯身在洗手台上，把嘴巴對著佈滿水垢的水龍頭，一口接著一口地喝著冷水，然後才又走回她的房間。

「媽。」他會在她走出房間時叫她，於是，她會停下腳步，把手放在他的頭上，對於自己的孩子在大半夜裡躺在走廊上，她絲毫不感到驚訝。他提醒她——某個月裡，他提前了兩週提醒她——他要去參加一場生日派對，他需要買一份禮物，他需要她幫忙他做學校要求的家譜作業。他告訴她，早餐和午餐，他只吃了一份葡萄果醬三明治，希望這能讓她走出房間。但是，她只是閉上眼睛，彷彿他的聲音很令人討厭，然後又退回到她自己的房間裡，直到她準備好要再出來為止。

而當她在幾天後真的出來時，她通常都以彼得喜歡的母親模樣出現。彼得猜想，她一直感到很疲倦，因此需要休息，而她也獲得了充分的休息。他經常會在連續幾天都只瞄到她幾眼之後，突然在培根、炒蛋和煎餅的香味中醒來。她會輕聲地和他打招呼，然後一邊看著他吃早餐，一邊抽菸，把煙霧吐到後門外。她很冷靜。很安詳。就像一個經歷過什麼悲慘事件，然後在抵達彼岸之後鬆了一口氣的人一樣。

也許她身體又不舒服了，彼得一邊想著，一邊把雞肉放進烤箱，然後在食物櫃裡尋找著應該搭配些什麼。一罐綠豆子。這可以讓她高興點。也許她感冒了。沒什麼好擔心的。稍後，他可以把食物送上樓給她，或者，她可以下樓來，只要她喜歡都可以。當他把一只平底鍋拿出來時，正好聽到他父親開門的聲音。「安？」他出聲叫喚著，隨即在走進廚房看到彼得時說道：「噢。」

「學校提早放學。」

「媽媽呢？」

「在休息，」彼得說，「我正要──」他舉起那罐豆子。

「我們稍後再做吧，小兄弟。等我們準備要吃飯的時候，那只需要花一分鐘的時間就可以弄好了。」

彼得放下罐頭，把平底鍋也放在爐子上等待稍後再用。「那麼，我可以出去玩一會兒嗎？有些孩子──」

「我看到他們了。去吧。好好玩。」

「雞肉──」

「我來處理就好。」

戰爭還沒有開打。兩支隊伍在馬多納度家旁邊的狹長庭院裡集合。凱特是第一個看到他的。「彼得來了！」她大聲地說，引來每個人都轉頭望去。「你找到那艘船了嗎？」當他在她身邊站定位置的時候，她問道。他們畫好了界線——一隊從樹叢後面開火，另一隊則從馬多納度家的凱迪拉克後面進攻。

「還沒有。」他說。

一顆雪球突然在凱迪拉克的輪轂前面炸開。彼得、凱特和其他隊員立刻開始還擊，寒意讓他們的手感覺像在燃燒，而他們在外套底下的身體卻越來越溫暖。凱特盡可能地製造更多的雪球，彼得則蹲在她旁邊，以最快的速度將雪球砸向另外一支隊伍，雪球消耗的速度遠比製造的速度快了許多。他的鼻水不停地往下流，臉頰也因為冰冷而刺痛，他忘記了模型船，忘記了他母親，也忘記了那些但願他父親記得從烤箱裡拿出來的雞腿。凱特笑到無法支撐跌落在一堆雪上面，她的臉首先著地撲在了雪地裡。

他們這隊已經沒有彈藥了。當一半的隊友現身出來打算製作雪球時，原本身為攻擊手的人遭到了對方的攻擊，只能躺在墓園裡。「真討厭，」凱特的姊姊娜塔莉在幾分鐘之後說道。「我要進屋去了。」當她站起身走過戰場，視而不見地踢著那些戰死躺在地上的屍體時，遊戲也宣告結束，戰場又變回了普通的庭院，士兵們也還原成孩子的身分。一個接著一個地，其他人也從掩護中走出來，各自回家。雪開始越下越大。

「你要回家嗎？」莎拉一邊朝著自家大門走去，一邊問凱特。葛雷森家三個姊妹的外貌特徵互有差異。凱特比較像娜塔莉，不過，娜塔莉有一頭深色的頭髮，而且比凱特高了至少四吋。莎拉和凱特都是金髮，但是除此之外，她們其他部分一點都不像。她們三人說話時都會比手畫腳，就像她們的母親一樣。「等一下。」凱特回答。

「你要進去了嗎？」等到只剩他們兩人時，凱特問彼得。

「我想是吧。」他說。

「我媽媽做了熱巧克力。我們可以把保溫杯拿到巨石那邊去。」

「我最好還是別去了。」

「好吧。」她說著，目光越過他，望向他家，看著樓上的窗戶，而他母親正從那扇窗裡往下看著他們。「那是你媽。」凱特說著，不太確定地招了招手。她隨即放下手，似乎在給彼得的母親一個和她揮手的機會。「我媽？」彼得立刻轉身，用手為眼睛遮擋住光線。

「那是你媽媽，不是嗎？你房間的窗戶？」凱特問。

———

等到他脫掉濕漉漉的連指手套、帽子、圍巾、外套和靴子，跑上樓梯回到自己的房間時，那艘船已經分解地擺放在那裡了。有些東西原本就很容易拆解，以防替換零件之需。包括船首的三角帆、帆桁，以及桅樓瞭望台。不過，整個船體都裂開了。看著被漆得發亮、但卻已經破裂開來的木頭內面，彷彿像在看著什麼赤裸庸俗的東西一樣，讓彼得不得不撇開頭。

「它在車庫裡，」她聲音平淡地說。「就放在垃圾桶的蓋子上。」

「我知道，」彼得詫異地說。他覺得頭暈，覺得困惑。「我把它放在那裡了。」現在，他記起來了：當他聽到校車轟隆隆的引擎聲從角落傳來時，他拿起那艘船跑進了車庫，放到某個安全的地方，打算等放學後再來取走。

「你把它放在了它可能滑落下去的地方？你把它放在了它可能會受損的地方？為什麼？」

「我把它拿去玩了。我想要給凱特看。你知道的，因為我很喜歡它。我真的很喜歡我的禮物，媽。我把它留在那裡，是因為我聽到校車來了的聲音。」看著散落在棉被上的殘骸，彼得覺得腦子裡響起了一陣咆哮。他母親把手指放在自己的太陽穴上，就那樣站在那裡。

「你為什麼要給那個女孩看？你為什麼要把它拿到外面去？」

「我不知道。我只是想要讓她看這艘船。」

「那會讓你學到一課的。」她穿過房間，重重地甩了他一巴掌。「你會從中學到一點東西的。」

彼得跌跌撞撞地往後退，他的臉先是麻了一下，左邊的臉頰隨即像是被一千根針刺到了一樣。他用舌頭舔了舔嘴角，試著看看是否流血了。當他摸著自己的臉頰時，他望向他的書，還有他的太陽系海報。他要學什麼？他很努力地想要看出來。他覺得自己彷彿透過一根吸管在呼吸。

「可是，你把它弄壞了，」他說，「你發現它的時候，它還好好的。結果你把它摔壞了。」

他的聲音聽起來很沙啞，他的腦壓沉重到他深怕有什麼就要爆炸了。「你說它很貴。我把它放在那裡的時候，它並沒有壞掉。」突然之間，他抓狂了。他衝到床邊，把棉被和毯子都掀開來，船上原本還沒有散落的那些小零件因而全都飛了起來。他把堆在書桌上的書全都推倒。把他放在架子上的一籃萬用筆丟到地上。然後走到窗台邊，抓起母親在他幼兒園的時候送他的那只玻璃球，玻璃球裡有一個聖誕老人駕著雪橇飛越帝國大廈的屋頂。他把玻璃球高舉在頭頂上。

布萊恩在此時跑上樓來，衝進了彼得的房間，手上還握著電視的遙控器。

「發生了什麼事？」他看到了那艘解體的船。「我的天哪。」

安抓緊了身上的長袍。「問他。問他他是怎麼對待好東西的。」說著，她走向彼得，推了他一把。「問他。」然後又推了一次。「問他啊。」

「住手，安，」布萊恩把她拉開。「住手。」他用手指掠過後腦，然後站到窗口背對著他們好一會兒。當他轉過身來時，他說：「好吧，彼得。」說著，他開始打開彼得的衣櫃抽屜。隨手抓了內褲、一件汗衫，還有運動服。然後把所有的東西都推到彼得胸口，叫他把東西全都塞進他的背包裡。

他母親看著他們。「你在做什麼？」她問。

「是你造成的，」布萊恩冷靜地告訴她。「你的行為。是你造成的。」

當彼得跟著他父親下樓時，他們聽到她在他們身後尖叫，不過，隨著布萊恩把前門關上，她的話也被擋在了門裡。

等待暖車的時間降低了他們離開的戲劇性，而讓彼得幾乎無法呼吸的腎上腺素也已經減緩了下來。他的臉頰依然刺痛，不過，現在已經好多了。把一臉錯愕的母親獨自留在屋子裡，這麼做感覺不對，他又回到之前的那個想法，覺得一定有什麼誤會。在這件事情上，若非是她遺漏了什麼事，要不就是他自己忽略了什麼。

他父親坐在他旁邊，調整著車子的暖氣出風口，好讓它們都朝向擋風玻璃，他似乎陷入了自己的思緒裡，不過，彼得並不知道是什麼。布萊恩突然將掌根重重擊落在方向盤上。然後又重複了一次。街道上和信箱上的積雪已經很厚了，孩子們稍早在戰爭遊戲時，於馬多納度家的側院所留下的痕跡，此刻也已經恢復了平坦。等到他們終於可以倒車開出車道時，車子先是滑向他們的信箱，隨即衝上了街道。為了能在快速擺動的雨刷縫隙之間看清道路，他父親只能往前俯身在方向盤上。他們轉到麥迪遜大道上，接著是中央大道。一輛迎面而來的掃雪機對他們閃了閃大燈，隨即和他們擦身而過，跟在掃雪機後面的是一輛撒鹽的卡車。他們可以看到前方的奧佛路大道陡坡已經被封鎖了。整個鎮上的交通號誌都變成了不停閃爍的黃燈，這樣就不會有人因為紅燈煞車而打滑失控了。彼得緊緊地抱住自己的背包，以至於雙手都開始抽筋了。

他父親讓車子在中央大道的中間停了下來。他們的四周宛如黑白照片裡的無聲世界，一股鬼魅般的寂靜籠罩在停在路邊的車頂上、在無人的遊戲場裡，中央大道上那座在夏日週五會有爵士樂演出的露台，此刻除了靜默，什麼也沒有。雨刷依然在來回地擺動。

「可惡。」他說。

「外面狀況很糟。」彼得說。

「是啊。」

「我們要去哪裡？」

他父親揉了揉眼睛。

「我只是需要思考一下，小兄弟。」

一輛藍色的車子出現在遠處，朝著他們開過來。彼得並沒有認出那是葛雷森先生的座車，直到那輛車停在了他們旁邊。兩個大人都降下了車窗，大雪立刻就掃進車內，彷彿這場暴風雪早就在等待一個機會要將他們捲起。

「路況太糟了！」葛雷森先生大聲喊道，「一切都還好吧？」

「還好！我們沒事！」彼得的父親回答他。那是他的警察語氣。肯定。權威。

「那是彼得嗎？你們要去哪裡？」

「我們要去租影片！」彼得的父親說，「看起來，我們會被困在車裡了。」

「所有的商店都關門了，」葛雷森先生說，「公園大道也是。」有那麼一瞬間，彼得覺得葛雷森先生就要下車，走過來瞄一眼他們的車子裡面。

「我們太晚出門了！等太久了！」彼得的父親帶著一種滑稽的神情大聲說道，彷彿他做了什麼稍後會被取笑的事情，而此刻卻被逮了個正著一樣。雪花打在他的臉上，很快地就在他溫暖的皮膚上化成了水珠。

「別急，慢慢來！」葛雷森先生在咆哮的風雪中喊道。

「會的！」彼得的父親回應他。

等車窗再度升起來時，車子裡似乎更加安靜了。風雪呼嘯而過，每隔一會兒，就有一道勁風捲起地上的雪，讓雪看起來就像從上下左右四面八方落下來的一樣。他們仍然在大街上漫無目的地亂轉。

終於，彼得的父親指著角落的汽車商店。「屋頂都平了，」他說，「你看到了嗎？積雪至少有一呎高了。如果換成是我的話，我會在早晨之前就趕快把雪鏟掉。」

「在這種大風雪裡到屋頂上去不是很危險嗎？」彼得問。

「是很危險，不過，如果他不希望房子倒塌的話。」布萊恩聳聳肩，雙手放在方向盤上十點鐘和兩點的位置。

彼得看著一棟又一棟的建築物，檢查著是否還有已經變平了的屋頂。派和披薩。戀戀指甲。頭殼最大美容沙龍。所有的商店都關門了。

「我不能邀請朋友來，」彼得突然開口，不過卻沒有看向他父親。「永遠都不行。即便在她看起來似乎沒事的時候。」

「是的，沒錯。」

「為什麼？」

「你媽媽，她只是——我不知道。她很敏感。她很容易激動。不過，相信我——有些孩子，他們的狀況比你還糟，小兄弟。糟很多。有些我所看到過的事，你甚至都不會想要知道。」

「可是——」

「聽著。你擁有的很多。你知道我在你這個年紀的時候在幹嘛嗎？我在工作。我在送報紙。我母親？她整天都在喝酒，彼得。你可能還太小，不知道那代表著什麼。她把酒加在她的咖啡裡，加在她的橙汁裡，加在所有的東西裡。在你這個年齡的時候，我常常收到鄰居和雜貨店的電話，『嘿，來把你媽帶回去，布萊恩，她看起來很糟糕。』然後，她就會親吻我——『對不起，親愛的。』——然後，我就得讓她假裝幫我複習功課，這樣，她才不會覺得太內疚。」

「可是，你說有一次她帶你和你朋友去馬球場。你說，她還幫大家買票。」

他回想起過去，臉色和緩了下來，過了一會兒之後，他點點頭。「對。我告訴過你那件事？是啊，我、你叔叔，還有幾個住在同一棟樓的孩子都去了。有一次——我有告訴過你嗎？——我的朋友傑拉德考試不及格，是她幫我朋友在考試卷上簽名的。那天就像今天這樣下著雪，他把考卷拿在手上，一路走回家。考卷都皺了、也濕了，他的名字上面有一個大大的紅色字母F。他需要家長簽名，但是他快嚇死了，所以，他就先到我們家來想對策。她一定一直都在聽我們對話，因為她叫他把考卷給她看看。結果，她就在考卷頂上，用粗大的字體簽下了他母親的名字。『不要那麼擔心。』她對他說完，就給我們錢，讓我們去幫自己買糖果。而我們的老師從來也都沒有懷疑過。」

「你朋友喜歡她嗎？」

「他們愛死她了。我真希望你能認識她。」

語畢，他開啟了車子的警示燈，然後慢慢、慢慢地把車開回家。

# 3

一九九〇年的新年前夕——凱特和彼得八年級的那年——安．史坦霍普走到食物王國的熟食櫃檯，取了一個號碼。她看起來很美。她穿了一件修長的外套。在那個寒冷的天氣裡，她並沒有戴帽子，不過，她的圍巾——一條格子花呢的圍巾——在脖子上繞了兩圈。在鎮上足科醫生辦公室工作的沃瑟姆太太也在那裡等著叫號，她注意到了安那雙高跟鞋的高度——四吋，也許還不止，鞋子看起來很雅緻，特別是在街上蓋滿半融的雪和一堆鹽巴的情況下。她在心裡暗想，好吧，她一定是下班直接過來的，有些人今天並沒有休假，然後，她記起安．史坦霍普是個護士。也許她是去參加派對了吧，沃瑟姆太太這麼告訴自己。在從號碼機拿取號碼、並且沒有和任何人打招呼之下，安站到一旁，和其他同樣在等待的人一樣，等著頭髮被髮網包裹起來的員工轉動櫃檯上的號碼。「四十三！」被叫到了。「四十四！」一個個吉勒姆的居民在被叫到號之後往前走，隔著高大的玻璃展示櫃說出他們要購買的東西。一磅煙燻火腿，厚切。半磅波芙隆起司。那天，店裡很擁擠。人們已經解決了他們聖誕節的剩菜，並且想要在新年有個新的開始。安．史坦霍普拿到的號碼是五十一號。

四十五、四十六、四十七。被母親差遣到店裡的強尼．墨菲看到了一名他高中時代的棒球教練。這是他在大學第一年的假期回家，強尼熱切地和老教練打招呼，然後站在櫃檯邊擋住了櫃檯，直到有人開玩笑說，一流投手先生最好讓一讓。他是拿獎學金進入大學的，他高三那年打敗了更富有、設備更好的鄰近城鎮棒球隊，引發了全鎮的關注。四十八號忘了他老婆在他出門前給他的購物清單，因而站在櫃檯前面哼哈了半天，最終才買了倫敦烤肉和一磅的德國馬鈴薯沙拉。四十九和五十同時被叫到號，分別到了櫃檯的兩端。現在，店裡的步調繁忙了起來，叫號的速度比稍早快了許多，因為店經理加派了人手來幫忙疏通正午的購物人潮。

接下來，安．史坦霍普注意到每個和她一起在等待的人似乎都正在下單，或者似乎都已經買好了。有一些人比她晚到——她無法形容那些人是誰；她只是感覺到旁邊和身後都有人聚集——現在都已經拿著他們的肉、起司和沙拉回家了。只有安．史坦霍普還在那裡。櫃檯後面的員工忙到停不下來，號碼已經叫到五十二號了，然後轉眼又到了六十號。輪到六十一號了。人們圍繞在她旁邊，在她前面，她感覺到了——連指尖都感覺到了——一股甦醒。這種能量感覺起來很熟悉，雖然她已經有一陣子沒有這種感覺了——她的心臟、脈搏，以及某種狂怒，都以一種越來越強、越來越快速的節奏聚集在了一起，她保持安靜的時間越久，她四下張望的頻率就越高，也越加地察覺到了這股感覺。從她的眼角餘光看出去，所有東西的邊緣都變形了，因此，當她突然轉身去看一個東西時，那個變形的部分就不見了。即便當她體內的一切似乎都在加速時，她身體外的一切——其他顧客的動作，箱子和包裹被拿起和放入推車裡——卻變慢了下來。一桶牛奶的紙盒邊緣有一道濕痕正在逐漸成形。一個老男人的鼻尖佈滿了靜脈，以至於鼻子看起來都變成了藍色，而當他用手揉著鼻子時，她看到了他鼻孔裡的細毛，那些細毛就和他身體其他部分的毛髮一樣地私密。在遠端的商店前半部，自動門窣窣地打開，她可以感覺到冷空氣迅速地飛竄到走廊上，爬上了她的衣領。她可以看到她身邊的人們一點都不在乎她的號碼被跳過。她往後退了一步，一切似乎都鮮明了起來——由於她的思緒在類似這樣的時刻特別敏銳，所有的一切都彷如映照在聚光燈底下，以至於原本被她忽略的細節，此時都變得明顯了起來——事實上，基於某種不值得了解、也不重要的私人原因，他們刻意將她遺漏掉。他們冷笑、點頭，並且彼此在打暗號。他們沆瀣一氣地決定要跳過五十一號。

她脫下高跟鞋，好弄清楚發生了什麼事，好為自己辯護，如果需要的話，然後俐落地彎下腰，從地上拎起鞋子，放進了她的籃子裡。隨即拉開她的圍巾。

「等一下！」她大聲地喊道，同時舉起一隻手，宛如突然想到答案的小學生一樣。她往前走到櫃檯前面。

「你還好嗎？」附近的一名女子問道。「你不能把鞋子脫掉。」

「為什麼不可以？」安怒斥了一聲，轉頭看著那名女子。那個女人的嘴唇像香蕉一樣，一副不可信賴的模樣，而且，她臉上還帶著一絲懶洋洋的表情，讓安感到厭惡。她模糊地認出那個女人是聖巴特的一名聖體牧師，她很訝異地發現，在此之前，她竟然都沒有留意到這個人有多麼令人反感。這個女人把她污穢的指尖放在了聖體之上，那是基督的身體，而安還曾經把聖體放進了自己嘴裡。她覺得胃在翻騰，有東西湧到了她的喉嚨後面。她用拳頭壓住自己緊閉的嘴，希望自己不會當場吐出來。

「不准動！」等那股感覺過去之後，她大聲叫道。從海鮮櫃到擺放進口起司的地方，每個人都停止了交談望過來。她拿起她的號碼牌，往前踏出一步。「輪到我了。」她的聲音裡帶著某種悲催的感覺——她自己都可以聽得到，彷彿說話的是別人一樣——而為了不讓他們以為她就要哭了，她又重複了一次，不只更大聲，也更堅決。然而，在她走向櫃檯那短短的幾步裡——她赤裸的腳感覺到油氈地板的冰冷，小腿肚甚至還抽筋了兩次——她忘記了她想要買的東西，或者她為什麼來此的原因，她只知道她附近的人都有計畫地在針對她。

「你也太膽大包天了，」她對著站在義大利麵沙拉前面的老男人說。「不要再看著我了。」

「我很抱歉，」男子立刻靠向旁邊。「你先請。」

「不要再看著我。」她重複了一次。

「我沒有。剛才也沒有。沒有必要那麼大聲，親愛的。」他輕聲地說，每個人都知道他試著在安撫她，因為眼前的狀況可能發展成上百種不同的局面，而他企圖要用最冷靜、最簡單的方式來處理。「我很抱歉。這顯然是誤會，不過，你先請吧。」

「不要看著我，」她對他大吼，隨即又轉身對著店裡其他人大聲說著同樣的話。櫃檯後面頭上罩著髮網的女子中個子比較高的那一個，以堅定的語氣請她小聲點，另一個則趕緊通知店經理。安緩緩地轉了一個圈，環視著店裡所有的東西和所有的人，然後走向堆成一座小金字塔的餅乾——精緻麵粉製的、全麥製的、芝麻製的、一般麵粉製的——用屁股一把撞上去。當餅乾堆倒落的時候，她抱住自己的雙臂，緊緊閉住了雙眼。原本有十幾個人圍繞在她身邊，現在則已經加倍了。甚至還更多。沒有人開口。「不要看著我。」她語調正常地說。接著雙手蓋住耳朵，開始嚎叫起來。

有人透過擴音的廣播系統，再度呼叫了經理。

當彼得聽到遠處傳來救護車的警笛時，他正在車子裡聆聽著前一百名歌曲的倒數，然後看著儀表板上的時鐘。就在警笛聲似乎已經達到極大時，它又變得更大聲了一點，直到救護車停在了超市前面，警笛才驟然停止。他從車側的後視鏡裡看了一會兒，隨即轉身透過車後的擋風玻璃望出去。緊急救護人員正在要求圍觀的人群往後退開。一輛警察巡邏車也在救護車的後面停了下來。第二輛巡邏車則從南邊的停車場駛過來。彼得曾經到過食物王國一次，當時有個男子剛好在那裡心臟病發作。那個人手上拿著一加侖的牛奶，雖然彼得並沒有目睹他倒地，不過，在那個倒地的男子抓住他的肩膀時，他看到了牛奶從罐子裡咕嚕咕嚕地流到乳品區的走道上。在彼得來得及看清楚接下來發生的事情之前，他父親就把他拉走了。現在想起來，彼得不禁懷疑自己為什麼一直到此刻之前，都沒有再想起過那個人。死亡是大人擔心的事情，不過，他知道當他的大限來臨時，他可不希望是發生在食物王國裡。珍妮·傑克森再度入圍了前一百名，彼得陷入了自己的座椅裡。他看不出電台要如何在午夜前播完所有的一百首歌曲，就像DJ保證過的那樣。當他抬起頭來時，只見一名老人站在他們的駕駛座窗外，他認出那是克里斯·史密斯的祖父。史密斯先生用拳頭在空中劃著圓圈，示意彼得把車窗玻璃搖下來。

「你是彼得，對嗎？你認得我嗎？我孫子和你同班。聽著，你媽媽在店裡身體不舒服。沒什麼需要擔心的，不過，他們會把她帶到醫院去。我可以順道載你回家嗎？我很高興看到了你。」

彼得對著史密斯先生眨了眨眼，隨即很快地下車，以至於連車鑰匙都忘了拔出來。「發生了什麼事？」他用一種全新的眼光看著超市前面的群眾問道。他開始小跑步穿越停車場。當他看到有人被用擔架抬出來的時候，他加快了步伐。

「媽？」他從聚集的群眾後面叫喚著。當她聽到他的聲音時，她猛然地抬起身子，導致其中一名緊急救護人員差點絆倒。「彼得！」她大聲喊著，單薄的聲音充滿了急切，彼得感覺到群眾裡的每一張臉都轉過來看著他。他們往後退開，好讓他可以過去。「快點！」她又喊了一聲，但是他不知道她是什麼意思。他注意到第三名緊急救護人員正拎著她的鞋子和圍巾。她的指尖變成了藍色，看起來很冰冷，而她的頭髮散落的方式也和她稍早下車時看起來有所不同。他懷疑他們是否強迫她躺上擔架，她是否也曾經抵抗過他們。她的外套像毯子一樣蓋在她身上。「快點！」她又喊道，她瞪大了雙眼定定地注視著他，但他卻僵在原地，不知如何是好。原本轉過來看著他的那些臉孔，現在已經都轉開了。她的外套偏了一下，他因此看到她的手被綁在了外套底下。她的腳踝也是。他開始發抖。在他們把她抬上救護車的後車廂之後，一名警察揮著手，示意群眾往後退，包括彼得在內。

「彼得！快點！」她在尖叫。

彼得看著擋住他去路的那名警察。「她在叫我，」他小聲地說，「我是彼得。我不能和她一起上車嗎？」

「彼得，」史密斯先生來到他身邊。「何不讓我送你回家，你可以從我家打電話給你爸爸。史密斯太太會幫你做個三明治。」但是，彼得記得他和克里斯住在一起，如此一來，克里斯就會知道，然後他們全班也都會知道。他的肩膀此時劇烈地在顫抖，他知道每個人一定都注意到了。

史密斯先生用一隻手臂摟住他的肩膀，但是，那只是讓他抖得更嚴重而已。

那名警察問道：「你是她兒子？」他自我介紹說他是杜利警官。

「是的。」他回答。

杜利警官問了他的全名和住址，當他沒有出聲時，史密斯先生把彼得的全名告訴了他，並且說他很確定史坦霍普家就在傑佛遜街上。是的，他說彼得和他母親住在一起。是的，他父親也和他們同住。他們現在提到了他父親。杜利警官消失在救護車裡幾秒鐘之後又回來了。似乎沒有人急著要趕往哪裡。

「她是心臟病發作嗎？」當杜利警官回來的時候，彼得問他。

「不是。」杜利警官只是簡單地告訴他，而沒有提及真正發生的事究竟比心臟病發要好還是更糟。

「你爸爸在第幾分局？」杜利警官問道，不過，彼得記不起來。雖然，答案就在他的腦子裡，但是，他卻記不起來。

「他現在在執勤，對嗎？」

彼得點點頭。

最後，他們決定在聯絡上他父親之前，他會暫時待在史密斯家裡。

「等等，」彼得說著，離開手還搭在他肩膀上的史密斯先生身旁，看著救護車的門關上。

「我想要和她一起去。」不過，救護車已經駛離了。

「她沒事的，彼得。她不會有事的。」

「那麼，你不能送我回家嗎？」救護車在中城路的路口停了一下，然後警笛響了兩聲，通知其他車輛他們即將駛過。「我爸爸很快就會回家了。」

「你確定你要這樣嗎？」

「我確定。」

在回家的路上，史密斯先生說，現在是一年裡讓人想起來就覺得疲憊的時候。沒錯，現在是一年中家人團聚和慶祝的美好時刻，不過，對有些人來說，現在也是很難度過的時刻。看看那些被花掉的錢。「而且，對女人來說也很不一樣，」他補充說，「她們總是覺得一切都應該那麼做，包括晚餐和其他的佈置。這個碗需要搭配那個碗。你需要用這根湯匙。以前，人們會做薑餅，也許還會收到一份禮物，但是，現在情況都改變了。」語畢，他看著彼得，彷彿那說明了一切。彼得想要告訴他，他和他父親已經把他們家的聖誕樹架起來了。當學校舉辦各班的餅乾販售活動時，他也獨自烤了餅乾。他只是跟著包裝上的指示操作，結果，烤出來的餅乾非常可口，他也把餅乾放到了一只鞋盒裡，就像他看到過其他孩子的母親所做的那樣。當他母親回到家的時候，她把他罵了一頓，說他忘了在盒子裡鋪上錫箔紙或蠟紙。誰會想要吃被塞在鞋盒裡的餅乾？她說得好像他把餅乾保存在公共廁所裡一樣。所有的材料都浪費了。他把最後一點奶油都用光了。她用力關上冰箱。紅糖也被用完了。櫥櫃的門也被她用力甩上。然而，當她看到烤盤和碗都被清洗乾淨地晾置在流理台上時，她停止了抱怨，彷彿有一隻隱形的手蓋住了她的嘴一樣。她用手指掠過餐桌，發現桌面十分乾淨。然後，她站在鞋盒前面，從那堆餅乾的頂端挑了一塊。他就那樣等待著，看著。終於，她靜靜地說餅乾很好吃，一片只賣二十五分錢實在太可惜了。它們太美味了。

「我們自己留著吧，」她說，「我明天會去糕餅店買一些，讓你拿去學校賣。」

「店裡發生了什麼事？」當他們轉到傑佛遜街時，他問史密斯先生。「有人對她說了什麼嗎？有人很失禮嗎？」

「我不知道，」史密斯先生說，「我真的不知道。」

「她只是很敏感。」彼得說。

當他們開上傑佛遜街的時候，葛雷森先生正在屋外，把一只垃圾桶拉到街邊。他抬起頭，看著史密斯先生的車子緩緩地在彼得家的車道上停下來。「那是法蘭西斯．葛雷森嗎？」史密斯先生靠近方向盤問。他聽起來彷彿如釋重負一樣。

當他們兩人在車道的盡頭說話時，彼得從石頭下面取出鑰匙，開門走進屋裡。等到彼得幫自己倒了一杯水，並且上樓回到自己的房間時，他們還在交談。他背對窗戶喝著水，默默地數到四十。當他轉身時，他們還在那裡，只不過他們已經背對著屋子，彷彿知道他可能會試著從他們的嘴型猜到他們正在說什麼。

---

她的手提包裡有一把槍。她沒有拿出來，甚至連提都沒有提及，不過，他們在救護車裡檢查她的東西時發現了。她只是想讓那把槍的重量偷偷地添加在她的肩膀上，在她翻找手提包裡的錢

包時，可以感覺到那股冰涼堅固的感覺。她沒有打算要用到它。她甚至無法想像要去使用它。那只是她帶在身上的一個東西而已。如果真的拿出來的話，那也只是一個會讓別人嚇一跳的東西；當她記起自己把它放在手提包裡的時候、當她想起它的作用時，那只是一個會讓她感到詫異的東西而已。但是，發現那把槍的緊急救護人員在把她的手提包整個交給警察的時候，卻宛如那把槍已經被使用過了一樣。「你丈夫，他在執勤嗎？」那名警察拿著布萊恩那柄裝了五顆子彈、關上保險的小槍，並且和它保持了一定的距離，彷彿槍枝已經受到污染一樣。「本地還是市區？」他彈開圓柱狀的彈匣。「老天。」說著，他把槍歪到某個角度，讓裡面的五顆子彈滑落到他的掌心裡。安．史坦霍普拒絕回答他的問題。從她在超市裡停止嚎叫的那一刻起，她就無法再說話了。她沒有興趣開口。說話是她幾年前的習慣，在很久以前的過去，而現在，在她不再說話之後，她已經沒有再開口的欲望了。反正也沒有什麼意義——所有那些談話的內容，而且，也沒有人了解彼此。緊急救護人員給了她一個小塑膠杯，杯底裝著一顆黃白相間的大藥丸。他勾起她的頭，把藥丸放在她的舌頭上，卻被她把藥丸吐在了他身上。

「安，你今天為什麼把這柄槍放在你的手提包裡？」她在心裡想著，他們都是白痴。而且一個比一個愚蠢。他們分辨不出細微的差別。他們對於那些不同於他們自己的想法完全沒有概念。「你丈夫。他把這個放在家裡？」他們假設布萊恩在上班，但是，布萊恩並沒有在上班。他就在距離食物王國不到一哩的車庫裡，希望那裡的技工能讓他的雪佛蘭再多開六個月。他把槍放在那個老地方，當他沒有執勤時，他總是把槍放在那裡——在起居室裡那個書櫃的頂部。是的，他應該要把它帶在身上的，但是他覺得沒有必要。他人在吉勒姆。他為什麼需要帶槍？在他注意到之前，安就把槍放回書櫃上的原位了。

---

在醫院走廊的螢光燈下，在可能剛好出現在走廊上的任何人的目光下，他們把她從輪床上解開，將她抬上了醫院的病床。有人把她翻過身來，有人則拉下她的褲子，直到她可以感覺到自己光溜溜的屁股已經暴露在全世界的面前。她開始大笑。他們叫她保持靜止不動，所以，她就搖晃了一下屁股，讓他們知道她不在乎。有人幫她打了一針，她留意到自己正在啜泣。她並沒有注意到自己已經不再笑了。她把臉轉向床墊，這樣他們就不會看到她在哭泣。現在，她臉頰下的床單已經濕了，而且會一直濕到他們換掉床單或者再把她從床上移開為止。有人在她赤裸的腳上套上了厚襪子。

當他們從她身邊走開時，她意識到自己有兩三分鐘的時間。也許更少。這完全要看他們剛才幫她注射的是什麼。那個警察正在護士站閒晃，值班的醫生正在處理另一名病患——因此，她匯聚了全身的力氣，從病床上站了起來。她覺得自己的手腕和腳踝好像被他們綁上了鉛塊一樣。她覺得自己的胸口好像被一塊鉛錨壓住了。她走到走廊上，感覺自己就像回到小時候企圖要在水裡奔跑的那種感覺。右。左。一。二。雖然很努力，卻似乎無法前進。她是在季里尼海灘游泳長大的，潛藏在水裡的石頭總是在海浪之間不安地蠢動，就像袋子裡的骨頭一樣。如果往下潛水，就會有撞到石頭的風險。她張著嘴，只覺得雙唇乾澀。一步一步地，她終於走到了走廊盡頭，從兩扇雙開式的門片之間溜了出去。她的鞋子還在他們那裡，她的外套和她的手提包也是，不過，她家裡還有更多的鞋子，也還有另外一件外套。等她走到大廳的時候，她把手放在櫃檯上面一會兒，好讓自己喘息，而那裡的護理人員甚至沒有注意到她的存在。當她踏出醫院時，外面有一輛值班中的計程車，她用僅存的力氣打開車門，倒在了光滑的座椅上，那是她這輩子坐過最舒服的椅子。計程車裡很暖和，司機從後視鏡裡和她對視，彷彿他一直在等待她上車一樣。那時，她發現自從到了超市之後，一切都改變了，而現在，這個世界正在倒塌，以求贏回她的好感。

「吉勒姆，」她說，「傑—佛—遜街，一—七—一—一號。」她慢慢地說著，宛如在對一個孩子說話一樣。她知道自己無法重複一次。語畢，她闔上雙眼昏睡了過去。

——

等她再度睜開眼睛時，法蘭西斯．葛雷森的臉映入了她的眼簾。他蓄著鬍碴的下巴和布萊恩很不一樣。他有一張好看的臉孔，真的。雖然不如布萊恩英俊，不過也算夠好看的了。看起來很值得信賴。那顆愛爾蘭式的大頭就像一顆白菜一樣。他緊緊地抱著她。她想要問他高威的海浪聲聽起來是否和都柏林的一樣。有一次，他曾經試著和她聊起愛爾蘭。很久，很久，很久以前了。在那些年裡，莉娜．葛雷森一直都在懷孕，身上總是抱著滿嘴口水的嬰兒。不過，現在，安希望自己當時可以厚道一點。他很輕鬆地抱著她，並且彷彿他曾經進到過她家一樣地跨過門檻，一路走上樓，然後把她放到床上。她在心裡告訴自己，如果他企圖要染指她的話，她也會讓他得逞，等到事後再來處理，因為她已經沒有力氣抵抗了。她試著要告訴他錢包裡有錢可以付計程車費，不過，她的嘴卻開不了。而且她的錢包也不在身上。她感到雙腳冰冷。

——

彼得以為他和他母親可以不讓他父親發現這件事，如果他們一起想出對策的話。她沒有告訴他應該怎麼做，不過，他猜他們還有時間；他知道，當他父親回到家看到他母親在樓上睡覺時，也不會覺得有什麼不尋常。不過，在他母親被抱上樓之後，葛雷森先生並沒有按照彼得所預期的回家。「你媽媽在休息。」他對他說，然後問彼得要不要去他家待上一會兒。凱特不在家，不過，彼得可以和娜塔莉和莎拉一起看電影。當彼得拒絕的時候，葛雷森先生只是坐在史坦霍普家的前廊樓梯上，然後就在那裡等著。彼得不記得自己有沒有關掉車子的引擎，還是任由他母親的車繼續在食物王國的停車場裡空轉，繼續播放著一九九〇年的百大流行歌曲。接著，那個曾經在超市問彼得一堆問題的警察出現了；當安被發現在醫院裡失蹤了的時候，他立刻就啟程前往傑佛遜街一七一一號。馬多納度先生正在屋外把他家的聖誕燈拿下來，即便當時天已經黑了，彼得看到他往身穿海軍藍制服的杜利警官看過來。

杜利警官和葛雷森先生在草地上談話，當布萊恩終於回到家時，彼得透過窗戶，看到他們在和他說著什麼，隨即閃到一邊，看著他衝進屋裡，一隻手不斷在書櫃頂上來來回回地橫掃著。史密斯先生打了電話來，想要確定彼得沒事。他一回到家，就把發生的事情告訴了他妻子，他妻子立刻責備他不應該讓彼得下車，讓他獨自一個人在家，特別是天就要黑了，一個小男孩要怎麼自己面對這一切。「慢點。」布萊恩・史坦霍普說著，把電話線盡可能地拉離葛雷森先生和杜利警官。「現在，你可以把事情重新說一遍嗎？」

在接下來的幾個小時裡發生的事，屬於彼得所無法理解的大人層次的事情。他的父親注意到他坐在樓梯上，在漆黑之中聽著大人說話，於是將他趕進了他自己的房間，不過，不出兩分鐘，他就在房間裡繼續聽著他們交談。彼得猜出葛雷森先生和他父親又在同一個分局了，就像他們還是菜鳥時的那幾年一樣，不過，現在，他們的分局在曼哈頓，是靠近哥倫比亞大學的二六分局。他記起來了。葛雷森先生的腔調不同於他母親，不過，他們兩人都把「布萊恩」唸成「布林」——把幾個音節都唸成連音了。

「布萊恩，」葛雷森先生說，「沒有人希望你惹上麻煩。」杜利警官的表情證實了他說的是真話。他父親提高了嗓門。「我在家！我並沒有在執勤！」葛雷森先生指出，事實上，布萊恩並沒有在家。事實上，他當時人在聖提諾街的車行，而現在，情勢對他來說並不妙。葛雷森先生聽起來既生氣又不屑，這是彼得首度猜想凱特的父親是不是他父親的老闆。他試著要想起警察是怎麼分級的。他的父親是一名巡警，而葛雷森先生則是個副警監。

「振作一點，布萊恩，」葛雷森先生說，「你得想一想。」說著，他往自己的頭邊上戳了戳。透過角落那盞燈的微弱燈光，彼得企圖要從樓梯欄杆之間的縫隙，窺探到他父親的臉。

有一次，當杜文太太在全班同學的面前叫彼得要振作起來時，他只覺得自己的臉都紅了，深怕自己就要哭出來。他祈禱著他父親不會哭，不過，他看不到他的臉，只能看到他的膝蓋和他的褲腳。他們無聲地在那裡站了好一陣子。然後，在毫無預警之下，他們似乎決定了什麼。杜利警官把一柄槍遞給了他父親，彼得意識到那正是他父親的槍。他父親伸出手，把槍插進了他的牛仔褲褲腰裡。

他母親一直在沉睡。

---

一九九一年到來，寒假也結束了，彼得又回到了學校。在新的年度開學的第一天裡，他幫自己做了一頓美好的早餐。他把午餐打包好，然後刷了牙。當他清洗他的麥片碗時，他母親下樓來了，但是，一開始的時候，她並沒有對他開口。她只是打開水槽上方的窗戶，然後閉上眼睛，迎接著鑽入廚房的冷空氣。「你完全像他一樣。」過了一會兒之後，她才開口，不過雙眼依然閉著。

「像誰？像爸爸？」彼得問道。他知道那對她而言並非讚美。

「像爸爸？」她模仿著他說話，並且誇大了他的表情，只不過依然沒有看著他，那樣的表情讓她的臉看起來很蠢，彷彿她正在對著一名觀眾表演，希望能夠逗笑她的觀眾。「像爸爸爸爸？像爸爸爸爸爸爸爸爸？」他冷靜地從門邊的鉤子上取下背包，套在肩膀上。突然之間，他覺得好寂寞。他們家裡的一切都很寂寞：深色的瓷器櫃裡擺著一堆從來沒有人會去觸碰的易碎品，沙發旁邊的人造植物、歪斜的窗簾，還有強烈到讓他想要在耳朵邊上拍手打破的寂靜。屋外傳來了校車的喇叭聲。

「再見。」他說。

她朝著空中揮了一下，彷彿在趕一隻蒼蠅一樣。

「你媽媽發生什麼事了嗎？」當他們在校車上坐下來時，凱特問他。

「沒有。」彼得回答。

「我好像聽到我父母在談論。」在學校的時候，沒有任何孩子提到這件事，即便是克里斯．史密斯也沒有說什麼。彼得知道，他可以告訴凱特，但是，他不知道自己甚至應該要說什麼。現在，他母親開始服藥了。這倒是新的現象。他可以告訴凱特說，那些藥在新年那一天出現在了廚房的水槽邊。水槽邊上有兩個琥珀色的瓶子，她從每一個瓶子裡拿出一顆藥，就著一大杯水吞下去。然後，她俯身在水槽上方好一會兒，發出呻吟的聲音。有時候，他父親會拿起那兩個瓶子，對著燈光搖晃著裡面的東西，彷彿在算著裡面有多少顆藥。「媽媽生病了嗎？」有一天晚上，彼得問他。

「誰？媽媽？」他父親說著，並沒有給出回答。

---

在彼得回到學校那週，她也回到了工作崗位。她在聖誕節的時候用掉了她剩餘的休假，而所有的事情就都發生在她休假的那兩週裡。沒有人提及食物王國，或者救護車，或者葛雷森先生把她抱進屋內的事。不過，幾個星期之後，彼得可以察覺到新的不安，空氣裡出現了一種新的變

化，他需要重新將自己朝那個傾斜的方向調整。早餐、學校、作業、玩耍——每一天、每一週看起來都和過去差不多。在週日的彌撒結束之後，他們依然會在其他家庭聚集聊天的時候，從側門偷偷溜出去。現在，他們會到距離兩個城鎮之外的地方購物，而且那間超市價格還比較貴，每當他們購物完離開的時候，他母親總是會站在車子旁邊，撇著嘴檢查超市的收據。不過還不只如此。自從新年以來，他們對彼此所說的話——他和他母親以及他父親——彷彿都是一些言不及義的話。

他母親似乎好多了。當那些琥珀色的瓶子幾乎空了的時候，就會有兩瓶滿滿的瓶子取代它們。在情人節那一天，她在他的晚餐盤子裡放了一塊心形的巧克力，也在他父親的盤子裡放了一塊。有一天晚上，她和他們分享了一個她在上班時聽到的笑話——三個外科醫生走進了一間酒吧——而他的父親臉上也浮現了笑容。一如既往地，他似乎總是要說什麼，但是卻又在最後一刻改變了心意。她也感覺到了。有些晚上，當他不太說話的時候，她會起身在他盤子裡還有第一次盛舀的食物時，再往裡面添加第二輪的食物。她會走到冰箱拿冰塊，讓他放在他的酒裡。她以前從來沒有那樣過。「我來吧。」當他開始要清洗盤子時，她會這麼對他說，然後，他也會讓她接手，自己退到沙發上去坐著。晚一點的時候，彼得會從自己的臥室下樓來，告訴他們他已經做完作業，準備要睡覺了，那個時候，他會發現他們各自坐在起居室的兩端，他父親看著電視，而他母親則在翻閱雜誌，而且每翻一頁就往他父親的方向看一眼。

之後，有一天早上，他正在準備去上學、他母親也正在準備要去上班之際，彼得跑下樓去看看烘乾機裡是否有乾淨的襪子，卻差點因為踩到一張光滑的傳單，而在樓梯底下滑倒。那似乎是一張關於南卡羅萊納一處高爾夫球場的傳單。彼得知道，他父親過去曾經打過高爾夫球，或者至少曾經買過一套球具，希望能夠學打高爾夫球。他曾經保證說，等到彼得長得夠高時，他會帶彼得去高爾夫球場。傳單封面上的那名男子剛揮動球桿，正面帶笑容望著球飛出去。傳單內頁是看似在約會的一對男女的照片。上面還列出了一堆數字和價格。單人套房。一房、兩房、三房的房子。一季的租金或者一年的租金。大部分的時候，家裡的郵件都是彼得負責從郵箱裡拿進門的，不過，他不記得自己曾經看到過那張傳單。他把傳單放在一張桌上，以防那是什麼重要的東西，然後繼續找著襪子，最後回到了自己的房間。當他終於換好衣服時，他從房間的窗戶看出去，望著他父親在三月的一場出乎意料的風雪後，正在幫他自己的車子鏟雪。他看著他父親把雪鏟調轉，用鏟子的把手邊緣拍打著擋風玻璃。玻璃上的冰被拍成碎片之後，他才脫掉一隻手套，將它們一塊一塊地撬開，掃到車道上面。每隔一段時間，他就會用手遮住眼睛，眺望著傑佛遜街的盡頭。

彼得心想，他不想待在這裡。他想要離開。這個想法很輕易地就溜進了彼得的腦海裡，一旦彼得發現了，原本說不通的事情瞬間都說得通了。

他聽到他父親在屋外的腳踏墊上跺腳，企圖把靴子上的雪抖掉的聲音，然後是大門底下的防水橡膠墊在他進門時發出的尖銳摩擦聲。等彼得下樓吃早餐的時候，那張傳單已經不見了蹤影。

不過，一個星期又一個星期地過去了，什麼事也沒有發生。轉眼已是春天。棒球季開始了。他父親說，是彼得該親眼看場球賽的時候了。他拿到了當地球賽的行程表，然後選定了哪一天要去看球賽。葛雷森家外面的鬱金香也沿著屋子長高了。天氣變得越來越暖和，當彼得和凱特每天從校車上下來時，制服的毛衣總是綁在了他們的腰上。他們開始為畢業做準備。凱特被分配和約翰．迪爾斯排在一起。在同年級裡，男孩的人數比女孩多，因此，彼得只得和班上個子第二高的男孩走在一起。他們很快就會上高中了，一旦上了高中，一切就都會開始加速發展。駕照。工作。大學。自由。在此同時，如果一切都維持原樣的話也沒有關係。而在幾個星期之內，一切也確實維持著原貌。

# 4

那堆巨石附近有一小塊地方，如果他們站對位置的話，就可以瞥見彼得母親的車子在轉到傑佛遜街之前，經過馬多納度家的那棵側柏。彼得的前額長了一顆青春痘，他知道凱特注意到了。那天早上，他戴著他的大都會隊棒球帽去上學，並且一直到第二道鐘聲響起時才摘下來。放學的時候，他又從背包裡拿出帽子，放在腿上，準備好在他們開始排隊去搭校車的時候就立刻戴上。凱特的腿因為週末打壘球滑上三壘而留下了一個疤。她似乎沒辦法不讓自己的手一直去摸那個結痂——彷彿想要對比疤痕的粗糙和其他部分的細嫩。彼得發現自己似乎在發呆，任憑目光隨著她的手在移動。最近，凱特指出彼得的腿比她的腿要粗壯多了。

「嘿。」一個下午，她搖晃地坐近他，兩人都穿著短褲和球鞋，一起坐在路邊，等著看其他的孩子是否會出來。「聽著。」當她的皮膚輕刷到他時，他嚇了一跳地挪開了。在那之後，她只是保持著安靜，而當他對她開口說話時——「你聽說喬伊．馬多納度買了一輛車嗎？」——她的臉紅了。

那天，一個五月的下午，他們的背包裡塞滿了課本和八年級畢業典禮的資料，畢業典禮還有幾個星期就要舉行了，彼得發誓要保持輕鬆，但發生在他和凱特之間的這股奇怪的感覺，卻讓他倍感壓力。西恩．巴尼特告訴男同學們說他喜歡凱特，並且確定凱特也喜歡他，而他說這些的時候甚至連看都沒有多看彼得一眼。「你在說什麼啊？」彼得不確定自己在生什麼氣。

「什麼？」西恩說，「你們兩個不是表兄妹或者什麼的嗎？」

「噢，不是。我們絕對不是表兄妹。」

「那你親過她嗎？」

每顆頭都轉向他，聚集在停車場玩棍球的每一個八年級男孩，每一張臉都在等著他的回答。

「你為什麼覺得她也喜歡你？」彼得笨拙地問道，同時感覺到不管他對凱特有什麼樣的佔有權，在那一刻裡都沒有被其他人當一回事。

「我就是知道。」西恩說。

「你怎麼知道的？」彼得追問。「因為我完全不這麼認為。」他的話裡暗示著他的特權，彷彿凱特如果喜歡西恩的話，她一定會告訴他，並且想要藉著這樣的態度來提醒所有人，沒有人像他一樣了解凱特．葛雷森。而他也認為她確實會告訴他。或者，他覺得她會。

凱特最喜歡聽到男孩們在沒有女孩在場時私下所說的事情。不過，他並不想要告訴她關於西恩．巴尼特的事，以免讓她覺得她自己也可以喜歡他。在一眼盯著馬多納度家的側柏之下，他從最矮的那塊巨石走到旁邊最高的那塊，再走到隔壁的那塊，同時告訴她他們班上的男生一致同意要在玩棍球時，輕輕地做球給勞拉．芙瑪嘉麗打擊，這樣，她就可以把球打到雷貝多主教那輛黑色的賓士車之外——那輛車是唯一可以在休假期間停在學校停車場裡的車子。全壘打意味著他們可以在她跑壘時，看到她的胸部在制服底下晃動。

凱特張開四肢大字形地躺在草地上，她點了點頭，臉上的表情和她在上歷史課或初級代數時一樣嚴肅。他可以看到她的神情閃過一絲微微的妒意，不過，只是一閃即逝，她立刻就又對他們的狡猾和團結流露出欽羨。她又點點頭，彷彿完全理解他們的動機。

「你不會告訴她吧？」彼得問。

「當然不會。」凱特說著，覺得自己好像遭到了侮辱。她突然站起身，走到中間那塊巨石，然後完美地展示了一次立定跳遠，宛如腿上裝了彈簧一樣。她回過頭，看看彼得是否為之折服。他雖然只是聳聳肩，不過，臉上卻止不住笑意。她戳了一下他的肚子。「很厲害吧，說出來啊。」就在凱特開始告訴他說，勞拉的母親在她五年級的時候就帶她去胸罩專賣店的時候，他們兩人同時跳向最高的那塊巨石，結果，凱特一個腳滑，從石頭上摔了下來，下巴重重地撞到了石頭的邊緣。

彼得立刻往下跳到她身邊。「凱特！你沒事吧？」他一邊問著，一邊把手放在她的臉上。

「我想我摔斷了一顆牙齒。」凱特告訴他。彼得一隻手插進她的頭髮裡，拇指壓在她的下唇上，示意她張開嘴。他的手指沿著她的牙齒邊緣輕輕刷過。她可以嚐到他指尖上的鹹味。當他看著她時，他發現她的目光緊緊地盯著他，在他的棒球帽緣底下搜索著他的眼睛。

「流了好多血。」他說著迅速地收回了他的手，彷彿被她咬了一口似的。凱特從地上坐起來，俯身吐掉嘴裡的鮮血。她用前臂擦了擦嘴，然後又吐了更多。

「噢。嘿。糟了。彼得。」她突然開口，她的話說得不清不楚，宛如剛補完牙從牙醫診所出來一樣。她朝著彼得家的後門點了點頭，他立刻就回過頭。只見他母親正瞇著眼睛望著院子。

彼得急忙站起身。然而，轉眼之間，他母親已經穿過了院子，在彼得來得及思考之前，站在了他們面前。她彷彿不只看到發生了什麼事，也看到了他們腦子裡正在想什麼，不管他們的腦子裡和心裡正在萌生什麼念頭。

「她剛——」

「進去。」他母親說。

「可是我——」

「馬上。」

「等一下。」凱特突然開口，儘管彼得可以感覺得到他母親的憤怒正在上升，他還是轉向了凱特。

「他只是在幫我而已，」凱特一邊站起來，一邊對彼得的母親說道。「我們只是在聊天，然後我摔倒了。我撞到了下巴。你可以看得出來我正在流血。」凱特抓住彼得的手臂，想要把他留下。

閉嘴，彼得心裡在想。他小心翼翼地搖著頭，他知道凱特看到了，但是她卻選擇無視於他的反應。

「你是護士，對嗎？」凱特說完，俯身吐了更多的血。她的意思再明顯不過了，只差沒有直接諷刺說謝謝你的關心。

史坦霍普太太往前向她走近了兩步。彼得退縮了一下，而凱特也往後退了一步。不過，當史坦霍普太太沒有打她時，有那麼一瞬間，彼得還以為她要出手幫忙。雖然她很生氣，但是，她仍然想要在處置彼得之前，先確定凱特沒事。然而，她卻在即將接近凱特時停了下來，而且似乎完全不想弄清是哪裡流血了。她往前傾身，好像就要在凱特耳邊說什麼秘密一樣。她的眼神上下打量著凱特，從她的頭髮到她的身體，再往下落到她那雙綁著藍色絲帶的白色Keds布鞋，而凱特也注視著她的眼睛。

「你以為自己很聰明。」安終於開口說話。幾天以前的早上，她例行地從瓶子裡拿出兩顆藥丸，不過，她並沒有吞下去，反而把藥丸放到了一只空蛋殼裡，那只蛋殼是當她把蛋打入一個小炒鍋之後才放回蛋盒裡的。她把蛋殼拼湊起來，讓它看起來就像一只完整的蛋一樣，然後放進了垃圾桶裡。

「你應該要那樣做嗎？」彼得問她。

「我應該要哪樣做？」她橫越廚房走向他，把手放在他的臉頰上。起初，那樣的碰觸感覺就像在撫摸，然而，她的力道卻越來越重，直到他不得不把臉轉開。

「什麼？」凱特問。

「我剛才說，你以為你很聰明。不是嗎？」

凱特看著彼得，彷彿他可以幫她翻譯一樣。

凱特這邊的庭院傳來葛雷森家紗門被推開的尖銳聲，隨即是用力關上的聲音。只見莉娜衝了出來。「發生了什麼事？」她的問題裡集合了擔心、關愛和責備的情緒。

她似乎很快地在審視眼前的一切，彼得不禁覺得滿心尷尬。一直以來，大家都知道他母親是什麼樣子，只是從來都沒有人說出來而已。

「進屋去。」莉娜對凱特說。

「我們什麼都沒做。有誰可以告訴我，我們惹上什麼麻煩了嗎？」

「給我進去。」

「什麼狗屁。」凱特才說完，她母親立刻轉身給了她一巴掌。

「媽！」凱特踉蹌地叫了一聲，同時努力不哭出來。

「老天，葛雷森太太，她原本就已經受傷了。」

「你閉嘴。」他母親對他說。

有朝一日，我們要離開他們所有的人，彼得暗自想著，這已經不是他第一次這麼想了。我們會過自己的日子，再也不需要聽這些人的命令。

———

彼得扶住一張廚房椅的椅背，不願意坐下來，而他的母親則在不停地來回踱步。當她終於開口時，她說，那顯示出葛雷森家是什麼樣的人。垃圾。公然在別人面前打人，在鄰居面前，真是令人難以想像。

彼得在腦子裡想著當下他可以對她說的話。他想到自從去年以來，他長高了很多。他現在已經和他父親一樣高了。他可以把廚房裡的每一個櫃子都拆散。他可以用力推開後門，必要的話，他會把她撞倒，然後去找凱特，這樣，他們就可以跳上巴士到其他的地方去。人們不總是這麼做嗎？這點彼得很確定。他已經十四歲了，而凱特到夏天也要滿十四歲了。

「你不能再回去。」他母親的話打斷了他的思緒。

「回去哪裡？」

「回那所學校去。讓像凱特・葛雷森那種垃圾女孩把你困住。」

「好啊！那就不回去。凱特也不會回去的，你知道。我們再三個星期就要畢業了。」

「不，我是說你永遠都不准再回去。明天不能回去。畢業典禮也是。不管怎樣都不能再回去。」

他瞪著她看。「你在說什麼？」

「你聽到我說的話了。」

「我要打電話給爸爸。」

「不，你不能打給他。」她衝過廚房，拿起了電話聽筒。下午的陽光落在桌上，照映出一個方形的光影。彼得可以感覺到陽光的溫度停留在自己的腿上和指尖。

「好，媽。」彼得舉起雙手。「那我就不回去了。每個人都恨你，這點會讓你感到困擾嗎？」

「回你房間去。」

「不要。」

她把電話扔向他，不過，彼得躲過了。他覺得很受傷，真希望自己能長出翅膀飛走。

「回你房間去。」

「不要。」

她打開抽屜，抽屜裡放著勺子、木匙、打蛋器、幾把抹刀，還有一把她用來捶肉的鑄鐵鎚。

她把鑄鐵鎚舉過頭頂，向他衝過來。他一把抓住她的手腕，握住了鐵鎚。

「住手，」彼得說著，「住手。」

他母親鬆開鐵鎚，鐵鎚瞬間掉落在了地板上。她四下環顧，彷彿她把什麼東西放錯了地方，彷彿有什麼重要的東西不見了。彼得把椅子一張張地靠在桌子邊緣，整齊地排列好。

「你不可以再和那個女孩見面。」她說。

「我會的。」他說著從她身邊走開。

——

他父親似乎總是為了要平息事情而認同她。「好，安。」說完，他就會面無表情地看著前方，繼續做著任何可以暫時將他帶離現場、帶離她身邊的事情。他會打開電視，或者消失在車庫裡，又或者到蚱蜢酒吧去待個幾小時。「你是對的。」他會這麼說，然後彷彿處在一種神遊狀態般地四下走動，好像什麼都沒有發生一樣。如果他開口的話，他也只會談及瓦斯價格，只會說鹿的數量近年來是否大為攀升，或者原本就這麼多之類的。

去年的感恩節是個例外，當時，彼得的叔叔——他父親的弟弟喬治——很難得地從桑尼塞德帶著他的新婚妻子布蘭達來吉勒姆探訪他們。喬治．史坦霍普比布萊恩小十歲，而且這對兄弟看起來根本不像親戚。削瘦的布萊恩有一頭金髮，而喬治則因為整天都在搬運鐵柱而練得胸膛厚實、手臂粗壯。他個子矮小，皮膚黝黑，還有一個稍微頂在皮帶上的肚子。他的妻子似乎沒有比彼得年長太多。她在聯邦辦公室上班，處理保險申請和工人的撫卹金，彼得只見過喬治幾次：一次是在布朗克斯的一家熟食店，另一次則是在他父親拖他一起去的一場葬禮，因為那天是一個夏天裡的星期四，他母親得上班。在熟食店那次，喬治假裝他發現了一套全新的棒球卡，然後不經意地問彼得是否感興趣。在葬禮的時候，當所有的大人都站在舉辦儀式的停車場時，喬治把一張二十元鈔票摺起來，塞進彼得襯衫的口袋裡。當時，彼得才六、七歲左右，完全不知道要怎麼處理一張二十元的鈔票。「我敢打賭，你一定不想在這裡。」喬治還在他的耳邊小聲地對他說。還有一次，彼得放學回家，發現喬治正在幫忙他父親把一根樹樁從地上挖出來，那就好像他回到家，竟然發現有個名人在家裡等他一樣。他們三個在午後的台階上一起吃著披薩，雖然彼得希望喬治能待久一點，希望他可以留下來過夜，然後在隔天早上起床後和他們共進早餐，但是，他多少也明白，喬治會在他母親回家之前就離開。

當他父親告訴他說，喬治和布蘭達會在感恩節來訪的時候，彼得小心翼翼地對待著自己的興奮之情，以免計畫生變。多年以來，彼得一直都望著其他的車子在感恩節和聖誕節的時候，停到葛雷森家和馬多納度家外面，但是，從來沒有任何車子會在那些日子停在他家門口。彼得想像著喬治手捧一堆糕餅盒子，穿過他們家前門的模樣，就像葛雷森家的客人那樣。當喬治抵達的時候，他都還來不及介紹他的妻子，就把手放在彼得的肩膀上，彼得頓時覺得自己和他的叔叔很熟，那種熟悉的程度遠超過他們寥寥無幾的幾次相處。

「你還好嗎？」喬治問他。「長得很高了，哈？你爸爸在你的鞋子裡撒了肥料嗎？」

一時之間，一切都很順利。大人們討論著選舉的事，可憐的民主黨候選人麥可・杜卡基斯，他老婆凱蒂是否真的在大學裡燒掉了一面旗子，或者那只是共和黨候選人布希的支持者在造假。

彼得走到屋外，在車道上待了一會兒，檢查著喬治送給他的彈簧單高蹺——凱特從她臥室的窗戶裡和他打招呼，他也朝著她揮了揮手——然而，等他進屋時，房子裡的氣氛已經改變了。在短短十五分鐘的時間裡，彼得的母親似乎就對喬治的妻子布蘭達感到了極大的不悅。每當年輕的布蘭達說話時，她的嘴就開始扭曲，而彼得發現喬治也注意到了。彼得猜測，喬治並沒有舉辦婚禮，不過，他看不出那會讓任何人感到不高興。

喬治首先提高了嗓門。「冷靜點。」他對安說著，舉起一隻手示意他已經受夠了。安也大聲地回嘴，在經過幾分鐘的大吵之後，安走到櫥櫃前面，把吸塵器拿了出來。她把吸塵器舉過頭，朝著眾人揮舞，嚇得喬治的妻子尖叫了起來。他們都閃躲過了，但是有三只玻璃水杯被掃飛出去，還有一些餐具和一盤馬鈴薯泥也是。它們滑過了木地板，掉落到地毯上。他父親以彼得從來沒有看到過的方式對他母親大吼，而他拿著吸塵器的母親則緊緊閉上了眼睛。彼得往後退開一步，隨即又退了一步，直到他感覺到牆壁就在他的身後為止，然後只是站在那裡看著一切。當他母親終於上樓時，她用力地把臥室的門甩上，力道之大讓整棟房子都跟著震動了一下，他們四個人張望著身邊的一團混亂，面面相覷。

「搞什麼，布萊恩，」喬治說道，「她在生什麼氣？我有什麼疏漏嗎？」

「你沒有辦法和一個不講理的人講道理。」布萊恩平靜地說。那是在懇請他弟弟不要再多問。那是在告訴他們，有些事情已經不是他所能控制的了，有些事情是他也無法理解的，而他得要做點什麼，盡快做點什麼。

「我不是告訴過你嗎？」喬治問，「我不是告訴過你——多久？——十五年前？」

「喬治。」布萊恩說著，很快地看了彼得一眼。

然而，喬治卻沒有就此閉嘴，沒有像大多數的大人那樣佯裝氣氛很和諧，他轉而看著彼得。

「你是個很冷靜的傢伙，是嗎？」

是誰第一個笑出來的？也許是喬治。他父親從櫃子裡拿出了一只瓶子，當喬治在玻璃水杯裡倒了四分之一吋的高度，並且將之遞給彼得時，他父親並沒有反對。他母親看起來應該也不會再下樓來。

「你還好嗎，親愛的？」過了一會兒之後，布蘭達問彼得。那對兄弟的聲音越來越大。布萊恩一邊講述著他小時候的某個故事，一邊將拳頭捶向桌面，彼得覺得自己彷彿在聽一個陌生人講話一樣。

「嗯，我沒事。怎麼了嗎？」彼得輕快地回答，彷彿他不清楚她為什麼這樣問。第一口的酒液從他的喉嚨一路燒到了他的肚子裡。當他吐氣時，他覺得自己的呼吸變熱了。他把杯子裡剩餘的酒液一飲而盡，就像他看他父親和喬治喝酒時那樣。

「好，硬漢。很好。」

馬鈴薯還在地板上，玻璃杯也亂七八糟地倒在地毯上。他大可把馬鈴薯再裝回碗裡，然後倒進廚房的垃圾桶裡。他也可以一口氣撿起那些杯子，把它們放到水槽裡，這樣就不會有人因為踩到而割傷腳。他張望了一下，看看每個人是否都穿了鞋子。然而，清掃似乎會破壞掉什麼，因此，他只是轉身背對那團混亂，讓它們就維持在那個狀態。他從來都沒有聽過他父親大聲說話。他也從來沒有看過他捶著桌面。他不知道看到他父親這樣，他是應該高興還是害怕。喬治讓脆弱的椅背往後傾斜，只靠兩支椅腳頂住地面。他們從餐廳挪到了廚房，而那團混亂則依然留在它們稍早掉落的位置。喬治又在彼得的杯子裡倒了四分之一吋高。布萊恩．史坦霍普只是看著，並沒有抗議。

「我打算要……」彼得抓起一坨紙巾，轉身朝向那些散落在地的食物。布蘭達也拿著一塊濕海綿，跟在了他的身後。

——

在葛雷森家裡，當凱特的母親把一塊冰塊包裹在一條薄紗般的廚房抹布裡，要她含在嘴裡時，她試圖要弄清楚發生了什麼事。她的牙齒沒事，不過，她的舌頭被咬得太用力，以至於留下了兩道腫起的紫色痕跡，每當她的頭轉動時，就會又有一點鮮血滲出來。當凱特回想起來時，一切似乎並沒有什麼，不過，整體拼湊在一起時卻顯得不那麼簡單。*你以為你很聰明*。史坦霍普太太這麼說。凱特懷疑這句話之所以讓她感到困擾，是不是因為那是真的：她確實認為自己很聰明。那就好像她撬開了凱特的秘密，然後把手指伸進來攪拌，直到最丟臉的那個部分浮現為止。

整個變化——只不過一分鐘的時間——就像一場夢一樣。也許，凱特心想，身為一個大人，史坦霍普太太在凱特身上看到了什麼東西，而那是不具洞見能力的凱特自己所看不到的。那是她自己的母親也看不到的，因為她母親太愛她了。凱特想起了幾星期前的一個早上，那天是學校的便服日——每個孩子只要繳一塊錢，就可以穿牛仔褲和球鞋到學校，就像公立學校的孩子每天所穿的那樣，而那筆錢將會被用在男孩們的新籃球制服上。那天早上，凱特在臉頰上刷上了粉紅色的腮紅，想像著有些男孩可能會注意到。那天正好是迪肯和嘉樂佛太太每個月都會來學校教授性教育課程的日子。他們有九個孩子——最小的一個和莎拉同班——在學校的執事帶著男學生們穿過走廊之前，他們兩人先在教室前面一起做準備，凱特看在眼裡，不由得想到這兩個人——女的矮小壯碩，就像長了兩條腿的滅火器一樣，男的高大、臉孔有稜有角，頭頂上一根頭髮也沒有——做了那件凱特認為一般人要生出九個孩子都得做的事。

那天晚上很晚的時候，在她姊姊和父母都入睡很久之後，在她舌頭上的抽痛終於麻痺了之後，凱特注意到有一道光投射在她臥室的牆壁上。她一看到——她窗戶對面那道牆壁正中間出現了一個光圈——那個圓形的光圈就閃了一下。然後又出現了。接著又閃了一下。當它再度出現的時候，她立刻走到窗邊。只見彼得在一片漆黑的夜色裡，就佇立在他臥室的窗口邊。他把手電筒轉向自己，然後再轉向他握在手裡的東西。他隨即撥開窗簾，將一個看似紙飛機的東西射進了黑暗之中。他試著想用手電筒的燈光追逐紙飛機，但是，那張亮白的紙和那道圓形的光束卻在競逐之中不停地錯過了彼此，在完美的靜夜裡形成一道壯觀而瘋狂的景象。那架紙飛機最後降落在了凱特這邊的草地上。彼得看到之後，讓手電筒的燈光定定地在它上面停留了一秒鐘，然後再將燈光照向凱特，凱特對他點點頭，又揮了揮手，讓他知道她看到了，讓他知道她知道那是給她的。

# 5

打從校車笨重地穿梭在吉勒姆的大街上開始，星期四那一整天在學校裡的時間，凱特打算和彼得見面的計畫就像捧在手裡的一塊暖石一樣。那架紙飛機已經被露水浸濕了，不過，他早已預料到會這樣，因此，飛機上的訊息是用鉛筆寫成的，如此一來，字跡就不會暈開了。她在早餐之前，在其他人有機會從窗戶裡看出去、發現紙飛機就躺在那叢冬青旁邊之前，就已經衝出後門去把它撿拾起來了。

「你已經出去過了？」她母親在看到凱特赤裸的腳上沾著潮濕的草葉時問她。

「我以為我把一本課本掉在外面了。」凱特回答，不過，在還沒有喝上早晨的第一杯咖啡之下，她母親只是雙眼惺忪地拖著腳步走過她身邊。

訊息上寫著，午夜。他需要和她談談。他可能不會去學校。他希望她的嘴沒事。要她在樹籬笆旁和他見面。

早餐的時候，娜塔莉和莎拉想要知道究竟發生了什麼事。前一天下午，她們有一場田徑運動會，所以很晚才回到家，到家之後還得把作業寫完。當凱特拒絕走出臥室吃晚餐的時候，她們只知道似乎是發生了什麼事，而後她們的母親又禁止她們走進廚房，這樣，她才可以私下和她們的父親談話。

「那是最瘋狂的事了。」凱特壓低了聲音說。

「是嗎？」娜塔莉說著，從水果籃裡拿了一顆蘋果。

「我從巨石上摔下來，咬到了自己的舌頭。流了滿嘴的血。史坦霍普太太很生氣地走出來。她問我說，我是不是覺得自己很聰明。然後，媽媽也出來了，用力地摑了我一巴掌……」凱特發現姊姊們聽到這裡卻面無表情。她無法解釋。她無法把整件事濃縮成一句精采的話。

「你和彼得怎麼了？」娜塔莉問。「你們兩個在幹什麼蠢事嗎？」

「沒有！」凱特大聲喊著，頓時覺得彷彿有一簇光團聚集在她的胸骨底下。

由於凱特還在聖巴特中學，而娜塔莉和莎拉都已經是吉勒姆高中的中高年級生，這樣的事實意味著她的故事怎麼樣都不會比她們的故事來得有趣。在上高中以前，一切都不值一提。

莎拉突然探向凱特的碗好靠近她。「娜塔莉要和達米安．里德約會。」

「莎拉！」娜塔莉叫了一聲。

「她不會說出去的。」莎拉說。

「噢。」凱特覺得自己的故事好像被擱到一邊了。她不知道誰是達米安．里德。

莎拉繼續說道：「她說，如果她懷孕的話，她會租一輛車，開到德州去墮胎，然後告訴爸媽說她是去參加田徑賽。」

「莎拉！」娜塔莉又喊了一聲，這回顯然有點情緒了。「我要殺了你。」

「為什麼是德州？」凱特問。

娜塔莉嘆了一口氣。「不一定非得是德州。任何夠遠的地方都可以。」

「你不會想要有人陪你一起去嗎？」如果她們以為她會大驚小怪的話，她的反應絕對不符合她們的期待。

「莎拉會和我一起去。」娜塔莉說著，看了莎拉一眼，以確定自己說得沒錯。然後，她轉向凱特。「如果你想的話，也可以一起去。不是現在，而是幾年之後。不過，我並不希望發生這種事。」

凱特咀嚼著她的話。

「如果你們哪天需要墮胎的話，你們可以說，你們要來學校看我。」娜塔莉結束了這個話題。秋天的時候，她就要去雪城念大學了。

她們的母親走進來，從冰箱裡拿出她需要的東西和麵包盒子，好幫她們做午餐。「嘰嘰喳喳，嘰嘰喳喳，」她一邊發出聲音，一邊數著六片麵包、三顆黑李、三瓶果汁。然後又打開一罐鮪魚沙拉。「你們最好趕快準備好，校車隨時都會到。今天早上，我可不想開車送任何人。」

---

歐康納太太從她的出勤表上抬起頭來，把他的名字叫了兩遍，才繼續往下。在體育館的時候，史亞逢先生宣布輪到彼得．史坦霍普當隊長，然後環視了一下所有的人，才任命其他男孩取代彼得。每一次他的缺席被注意到時，凱特就覺得內心裡湧起一股混合了害怕和高興的感覺，彷彿他的形體就在她身邊一樣。一整天下來，她都漫不經心地用手觸摸著自己的下巴，那是他在不到二十四小時之前觸碰過的地方。

「彼得在哪裡？」回家的路上，有幾個小孩問道。

「不舒服吧，我猜。」凱特按捺著一絲笑意地回答。

當她跳下校車時，她小心翼翼地不要看彼得家看得太久，以免有人注意到。他母親的車子就停在車道上。他們家的前門是關著的。莉娜．葛雷森站在前廊，手臂底下夾了一疊的信件。當凱特的校車開走時，她朝著校車的司機揮了揮手。

「彼得今天沒有去上學？」她們一進屋，她就問道。

「沒有。」凱特聳聳肩。

「嗯。」她母親哼了一聲回應。

作業、晚餐、洗碗：凱特溫順地把這些都做好，希望不會有人把注意力放到她身上。「你還好嗎？讓我看看你的舌頭。」當凱特說她要上樓、並且在睡覺前念點書時，她母親對她說。凱特張大嘴巴，盡可能地伸長了舌頭。

「看起來沒事。」莉娜說著，幫凱特撥開臉上的髮絲。然後把額頭貼到凱特的額頭上，就像凱特小時候，她常常做的那樣。「你為你朋友感到很難過嗎？」

「什麼意思？」

「他可能再也不能和你玩在一起了，凱特。」

「我們沒有玩在一起，媽媽。天啊。我都快十四歲了。」

「好吧，不管你們在一起做什麼，我相信，他母親都不准他再那麼做了。不過，你也要避開，凱特，好嗎？彼得是個好孩子，但是，他們家是個麻煩。」

那天晚上，凱特躺在她的棉被上，等著時間一分一秒過去。打從凱特出生開始，娜塔莉和莎拉就一直同住在一間房，因為她的白天和夜晚都和她們顛倒。而她們從此也就沒有再換過房間，直到那晚，凱特才想到這是否意味著什麼，這是否是注定好的，由於她自始至終都單獨睡在一間房裡，因此，這麼多年以後，她才得以在半夜裡和彼得見面。

那天晚上，她父親的班是從下午四點到十二點，不過，那表示至少在午夜一點以前，他都不會在家。當她的姊姊們在十點鐘左右上樓時，她覺得自己的神經開始緊張了起來。十一點鐘的時候，她母親原本在看的電視節目裡的罐頭笑聲，因為電視被關掉而驟然停止，整棟屋子因此陷入了一片寂靜。凱特猜想，在不到五十呎之外的彼得應該也和她一樣：躺在黑暗之中，等待著。如果他們臥室的牆壁倒塌的話，他們就可以直接從房間裡走向彼此，而且幾乎立刻就可以到達彼此的身邊。凱特的童年很快就會結束了，不過那沒有關係，因為，那代表著再也沒有人可以告訴她應該做什麼、不應該做什麼，同樣地，也沒有人可以再告訴彼得什麼該做、什麼不該做。有一天，她和彼得會坐在餐廳裡，他們會從菜單上點菜，會輕鬆地聊著那天各自發生的事情。有時候，成年的生活似乎很遙遠，不過，那天晚上，當時鐘終於走到十一點五十八分的時候，當凱特將一件開襟衫罩在睡衣上面時，她覺得自己距離成年已經很近了。而她覺得自己也準備好了。當她躡手躡腳地下樓走到後門，當她把手放在門把上推開門的時候，她覺得自己渾身都流淌著那份準備好的感覺。一走出房子，她立刻就跑到側面的院子裡，彼得已經在那裡等她了。

「我們走。」他小聲地說著，然後抓起凱特的手。他們並肩從傑佛遜街往北跑——凱特的開襟衫在空氣中拍打著，彼得的鞋帶也鬆開著——轉到麥迪遜街，那裡有一棟空屋，屋子前院樹立著一塊歪斜的牌子，牌子上寫著出售。他們繞到屋後的一組舊鞦韆旁邊。這裡曾經是堤貴家的房子，他們的孩子都比娜塔莉要大。當他們最小的孩子上大學時，他們就遷居到南邊去了，而這棟房子從那時候開始就一直空著。鞦韆上方有一個小閣樓，他們必須要爬過一道生鏽的梯子才能到達。彼得把一些汽水空罐推到一邊。凱特可以感覺到她受傷的舌頭上出現明顯的脈動。

「我要尿尿。」凱特說。

「你只是緊張而已。」彼得對她說。此刻，他的一切對凱特而言似乎都像個男人：他寬大的手，他的嘴型，即便他那雙藍色眼睛裡的色彩也是。他們從小就一直在比較彼此的身體，現在，凱特才驚覺到，他的身體一定經過許多鍛鍊，才會比她強壯那麼多，他的細胞成長速度是她的兩倍，他的肌肉拉長了、變壯了。當他們並肩而站時，凱特的頭頂只到他的下巴而已。

「你不緊張嗎？」凱特問。她不確定自己應該要做什麼。她應該要往哪裡看？彼得靠近她，再度拉起她的手，握住她的手腕，讓自己的手指圍繞在她的手腕上，然後同樣地握住了她的另一隻手腕。他把手挪向她的手肘，凱特也讓自己的前臂停靠在他的手臂上。他們兩人看起來似乎準備好要往下跳一樣。兩個人都沒有出聲，空氣中的沉默持續了很久，久到誰都不想打破。他穿著那件兩年來，每星期都會穿兩次的大都會球隊T恤。那件衣服對他來說已經太小了——布料在他的肩膀上都有點被撐開了。

「有一點。」他說。

即便不考慮到他們所處的狀況，即便不考慮到他正握著她的手、彷彿要確定她真的在那裡，凱特也發覺到此刻和他講話的感覺似乎有點不同以往。

「你確定你父母睡著了？」她問。「我最好要在十二點半以前回到家。」

「凱特。」他說著動了一下，然後檢視著她的手指，用自己的手指丈量著她的手指，就像他們小時候那樣。接著，他彎身親了她的指節。再將她的手翻過來，親了她的手掌。凱特的腦子裡在想：我這一輩子就為了這一刻活到現在，他溫暖的嘴就在我的手心裡。他的T恤接縫上有兩個橡皮擦大小的洞。他俯身向她，親吻了她的唇。

他們各自退開來吸了一口氣，雖然凱特對發生的事已經比較冷靜了，但是她依然在顫抖。她用手背擦拭著嘴，隨即注意到他正帶著嘲諷的痛苦看著她。

「噢，對不起。」她大笑。一輛車子行經蒙若伊街，他們的視線雙雙隨著車燈掃過的方向望去。只見車子轉到了中央大道上。

「我爸爸要離開了。」彼得說，「他要搬去皇后區和我叔叔一起住。」

「你們要搬家？」

「只有我爸爸。」

「你是說真的嗎？他什麼時候告訴你的？」

「昨天晚餐後。我媽媽——她發狂了，你知道的，當她看到你和我在外面的時候。所以，她就打電話給我爸爸，他立刻就結束工作回到家裡來，然後，我不知道。她說了很多，我猜，他就是在那個時候決定的。」

「他要你和他一起搬去，而你不想，還是他根本沒有問你？」

彼得摳著一塊木板上凸出來的一個小碎片。「我想，我比他懂得和她相處。」

「那她怎麼說？」

他又摳著另一個碎片。

「嘿，彼得？你確定你不要和你爸爸談一談，讓他帶著你一起嗎？我知道我會想念你，可是——」

「沒那麼簡單，凱特，我不認為如果我離開了，她還能過得好好的。你知道嗎？」

「可是，」凱特思考著要怎麼說，但是，她的說話技巧並沒有比她小時候進步到哪裡去。「她到底有什麼問題？也許有什麼誤會，如果我們——」

彼得搖搖頭。他把那年冬天發生在食物王國的事情告訴了她。那解釋了艾佛古德雜貨店的購物紙袋為什麼會出現在史坦霍普家的垃圾桶裡。艾佛古德甚至沒有賣成袋密封好的堅果和葡萄乾；顧客得要自己從桶子裡舀出來。那已經是五個月之前的事了，但是，她並沒有在學校裡聽說過這件事，因此，這件事情本身也許並不像彼得說的那麼嚴重，不過，她也想到了另一個相反的可能性：因為事情太嚴重，所以，大人們都很謹慎地不在他們的孩子面前談起。

「彼得——」

「我只是想讓你知道，接下來的一陣子，情況可能會變得不一樣。」他再次親吻她，這次吻得更久。她可以感覺到他的手抓緊了她，在她的肋骨和腰之間挪動著。她輕輕地把手放在他的肩膀上，然後緊緊地環繞住他。如果前一天下午，他母親只因為彼得在檢查凱特是否沒事就發瘋的話，那麼，當她今晚要找他，卻發現他不在自己房間裡的時候，她會怎麼樣？凱特往後退開。

「你可以告訴我任何事情，你知道的。我絕對不會告訴別人。」

「我知道。」他往後坐到自己的腳跟上。「當我們還小的時候，事情並不是這樣的，可是現在——我不知道。我想到我有多麼想要把一切都告訴你，有時候，當我家裡的情況不那麼順利時，我會想到你說過的某一件好笑的事。以及你和你姊姊，你父母在一起的樣子。我曾經會想，如果我是你的兄弟，而非你的鄰居的話，我的生命會是什麼模樣，但是，不久以前，我發現我並不想當你的兄弟，因為那樣一來，我們有朝一日就不能結婚了。」

「結婚！」凱特在笑出來之前幾乎用喊的。

「我是認真的。」

隔壁屋子的前廊燈突然亮起，他們立刻就跳開來。「我們最好離開吧。」彼得小聲地說，凱特跌跌撞撞地爬向樓梯，彼得則滑了下去。他們跑到人行道上——凱特在經過出售的招牌時用力拍了一下那塊牌子——沿著麥迪遜街，一路跑到傑佛遜街的盡頭，彼得才停下腳步，一把將她抱入懷裡，在空中轉了一圈，再把她重新放回地上。他們暈頭轉向、步履蹣跚地重新開始奔跑，直到他們的家出現在視線之中。當他們接近房子的時候，他們先在納吉爾家的黃楊木陰影底下蹲了一會兒。

「昨天發生的事，我覺得很抱歉。」彼得對她說。凱特在不均勻的月光下研擬著他的臉，隱約看得出他長大以後會是什麼模樣。當她伸出手放在他的脖子上時，他閉上了眼睛。

「沒關係。」一切都不重要。他剛才說過的話、他的吻，以及他們彼此認識了一輩子的事實，此刻，已經將他們綁在了一起。他們無聲地從黃楊木的樹影底下走出來——彼得走回自己的家，凱特也朝自家後門而去。

——

如果莉娜．葛雷森沒有記起她在晚餐之後，並沒把花園裡澆花的水管關緊的話，他們原本是可以不被發現的。她剛種了那株繡球花，現在，她可能已經讓它被水淹死了。她原本已經睡著了，但是她夢裡的什麼事情提醒了她，讓她突然醒來。她來到廚房，發現後門微微地開著。她看著那扇門，很快地又看向起居室，看看法蘭西斯是否已經回來了，然後懷疑自己是不是真的忘了鎖門。她走到屋外寒冷的夜色裡，關掉了水龍頭。她拖鞋底下的地面都泡在了水裡。回到廚房之後，她順手把門把上的扭鎖扣上。當她上樓檢查凱特的房間之前，一切似乎都很正常。

「你到哪兒去了？」當凱特終於繞過冬青樹叢，走到後門前面時，莉娜正坐在後門的台階上。她的問題讓凱特屏住了呼吸，一隻手壓在了心臟上面。

「媽！」

「我在問你問題。你去哪裡了？」

她的聲音聽起來很冷靜，因此，起初，凱特以為自己也許沒有惹上大麻煩。在此同時，彼得的影子正越過她身後的草地，往他家的後門而去。

「等一下。」莉娜喊著，穿著她那雙亮白的臥室拖鞋，大踏步地走過濕漉漉的草地。「稍等一下。」她經過彼得身邊，敲打著史坦霍普家的後門。

「你在做什麼？媽！等等。求求你。」凱特像個學步中的小孩般拉住她母親的衣袖。「你不明白。你幹嘛要告訴他們？」彼得家一樓的一盞燈亮了。然後是廚房的燈。凱特看著彼得，希望他可以講講話，希望他可以幫忙，但是，彼得只是嘆了一聲。

「你知道嗎，」當布萊恩把門打開，屋內的燈光照亮他們時，莉娜說道。她把身上的睡袍抓裹得更緊了。「你可以告訴你老婆說，她的兒子也不是什麼天使。這是他的主意，他們兩個一起偷溜出去。」然後，從她的睡袍口袋裡掏出那架紙飛機。一輛車子開上了葛雷森家的車道。隨即響起了車門被關上的聲音。每個人都在聽著法蘭西斯走向門口，在門口翻找著他的鑰匙。他先是打開了起居室的燈，然後直接穿過屋內走向敞開著的後門。

「怎麼回事？」他走近時問道，雖然，凱特看得出來他已經猜到了。

「她會告訴你。」莉娜抓住凱特手肘最柔軟的部位，拉著她往自己家走去。布萊恩幫彼得撐著門，只見彼得低著頭經過他父親面前走進了屋子裡。

「哎唷。」凱特叫著，企圖掙脫她母親的手。

「我弄痛你了嗎？」莉娜說著，加重了手的力道。

---

在他們比鄰而居的這麼多年裡，葛雷森家從來都沒有聽到過史坦霍普家大聲吵鬧。現在，聽

著他們吵架——一個女人的聲音，沒錯，他們都可以聽得到，還有一個男人的聲音，加上彼得的聲音——讓他們全都停下來傾聽。凱特覺得原本集中在自己身上的注意力被轉移了一點點。莎拉也來到了樓梯底下。「隔壁好像發生了什麼事。」

語畢，在看到凱特時，她接著又說：「噢，糟了。」她撲通一聲坐到沙發上，然後四下環顧，對接下來會發生的事情顯得興致高昂。

「他要離開他們，」凱特絕望地想要讓他們的注意力集中在史坦霍普家。「史坦霍普先生。他要搬去和他弟弟住在一起。彼得只是想要告訴我這件事而已。」

「那和你無關，凱特，」法蘭西斯對著她大吼，同時重重地在桌面上捶了一拳，連莉娜都嚇得跳了起來。「去交個新朋友，拜託。離那些人遠一點。」這是他的錯，他知道。即便他這麼大聲在吼叫，他知道錯的人是他。安．史坦霍普在他們第一次相遇的時候就給了他警訊，然而，他卻什麼也沒有做。因為他喜歡布萊恩。因為他覺得他們只是小孩子，那會有什麼傷害嗎？除了能有另一個小孩和自己玩以外，一個孩子還會在乎什麼？他們原本可以找到其他的孩子取代彼得，而凱特甚至也不會留意到。娜塔莉和莎拉總是在一起，但是他和莉娜大可讓凱特邀請學校的朋友到家裡來玩。根據莉娜的說法，凱特的一些同學都會這麼做。即便有段路程，還是會邀請住在鎮上另一頭的孩子來家裡玩，雖然，這是很典型的美國人會做的事，不過，他們還是應該那樣做。他們應該要鼓勵她多去馬多納度家走走。蘇珊娜也許有點笨，而她哥哥似乎也總是在打什麼主意，不過，至少他們的父母很正常。然而，莉娜總是說，凱特和彼得彼此作伴是很甜蜜的事。她會站在廚房窗口，看著他們站在院子裡，永遠都在聊天，彷彿有說不完的話。她說，擁有一個好朋友很重要，何況，等他們長大就不會如此了。他們其中一個人會對另一個人感到厭倦，然後開始走自己的路。

「你怎麼知道？」在食物王國的事件發生之後，當他們兩人毫無分開的跡象時，法蘭西斯曾經問她。在新年的戲劇性事件之後，布萊恩對法蘭西斯的友善程度很明顯地降低了，有好幾次，他似乎還公然地露出了敵意。人們在知道自己有問題的時候就會表現得很可笑。

「那叫做青春期，」莉娜回答他，「叫做生命。」

凱特穿著那身睡衣，看起來骨瘦如柴，她窄小的骨架和她幼兒園的時候看起來差不多，只不過四肢拉長了。她是他最疼愛的小女兒，法蘭西斯心裡想著，雖然，他一直都很小心地不要偏心。有時候，當她的姊姊們都待在家裡搽指甲油時，她卻一個人在屋後跑來跑去，不管天氣是好是壞，法蘭西斯看在眼裡，總覺得百感交集。每當他在週六早上去五金行的時候，她總是唯一一個會黏著他的孩子，即便她和他都很清楚地知道，他在五金行裡有一半的時間，都只是和其他被老婆派去修東西、組合東西的警察一起站在那裡。他們都穿著拉到小腿肚的黑襪子和格子短褲——每個人鎖上保險的槍都套在他們扣領的短袖襯衫底下——他們仔細檢查著所有的零件，釘子和螺絲，完全沒有概念要怎麼組合這些東西，因為他們都是從城裡搬遷過來的，當他們住在城裡的時候，他們只需要纏著五金行的老闆，直到東西被修理好為止。在愛爾蘭長大對法蘭西斯來說並沒有造成什麼不一樣的結果，在他的家鄉，他們一點都不想自己動手在後院搭建雪松平台。

「那你們有什麼？」凱特曾經問他，「露台嗎？」他的話讓他笑了。有一次，當她剛脫離包尿布的行列時，她把她的填充動物玩具都放在樓梯上，然後告訴他說，她要對他們進行點召。

現在，她已經十三歲了，他依然會看到她草率地用手心擦鼻子。莉娜總是要她不要再這麼做。

「聽我說，凱特。世界上的麻煩已經夠多了，不需要再出去添亂。」

莉娜把她不能做的事情都列了出來。學校不是即將要舉辦一場盛大的畢業派對嗎？好吧，她可以不把那個算進去。還有：不能打電話，不能看電視。凱特冷笑地交叉著雙臂。反正她也不用電話，甚至不看電視。

「放學後不准出去。」法蘭西斯補充說道，凱特的心立刻就跌落谷底。她感覺到自己的冷笑在消失。「還有不准再搭校車。媽媽或我會開車送你。」

娜塔莉也揉著雙眼下樓來了。「搞什麼鬼？」說著，她的目光越過她母親，越過她父親，瞇著眼睛看著前門。「那是彼得嗎？他在幹嘛？」凱特立刻跳起來，轉過身。那是彼得，就站在熄滅了的前廊燈下，彷彿正在決定要不要敲門。當他看到他們全都注視著他時，他舉起雙手，像是半投降了一樣。

法蘭西斯開了門。「怎麼了？」他問了一聲，看向彼得身後的那一片漆黑。

莉娜開口說：「我想，一個晚上發生這麼多事已經夠了。」

彼得點點頭，接受了她的意見。當他吞口水的時候，他的喉結在他削瘦的脖子上下滑動，他看似越來越緊張地又嚥了一口口水。他回頭看著他家，然後吸了一口氣，彷彿就要潛入一潭水一樣地往前踏進了屋裡。「可以拜託你們打電話給警察嗎？」他問，但是眼光卻只是盯著凱特。不過，他並沒等任何人回答，就走過葛雷森一家，穿過起居室、餐廳，走進了廚房，葛雷森家的電話就掛在牆壁上，位置和他家的一模一樣。他們全都待在原地，聽著電話的塑膠聽筒被從電話座上拿起來的聲音。

莉娜正打算開口，但是，法蘭西斯舉起了一隻手示意她不要說話。「發生了什麼事？」他問著，也走進了廚房。

彼得直視著他，同時對著電話那頭說：「是的。哈囉，你能派人到傑佛遜街一七一一號來嗎？對。請快一點。我母親拿了我父親的槍。」

當莎拉和娜塔莉衝到窗邊的時候，莉娜用手掩住了自己的嘴。凱特只是看著彼得。法蘭西斯搖搖頭，不可能。這孩子一定是搞錯了。這就是為什麼旁觀者總是最糟糕的證人。過去，彼得的母親曾經拿過他父親的槍，所以，這孩子就認為她又犯了。他們以為──他和布萊恩──他們可以不讓孩子們知道這件事，就像他們可以不讓吉勒姆其他的人知道一樣，然而，這些孩子什麼都知道。他們把一切看在眼裡，聽在耳裡，他們知道得太多了。

「我要過去。」法蘭西斯說。

「等等，」彼得說，「等一下。」當彼得拿著那具藍色的電話機，宛如一個托缽的乞討者一般時，凱特知道他正在想辦法要把戲劇性降到最低，正在想辦法讓他們不要捲進來，儘管他不得不借用他們家的電話。凱特驚訝地發現，當他掙扎著要表達他想要說的話時，他看起來和他父親是那麼地相像。他們自我抑制的模樣都一樣，對他們自己的問題輕描淡寫的態度也都一樣。

不過，彼得的時間彷彿已經用盡了。只見法蘭西斯走過莉娜面前，在一眨眼的瞬間就已經站在了史坦霍普家褪色的門墊上，雙腿岔開地站在門口，敲著他們家的大門，凱特從來沒有見過他的這種站姿。「布萊恩！」他大聲叫喊。「安！」他試了試門把。又敲了敲門。他曾經親自把槍鎖給了布萊恩，那是一月的事情了。新年那一天，五金行沒有開門，不過，法蘭西斯有一個多餘的密碼鎖，包裝都還未拆開就被他丟在了他的小棚屋裡。他和布萊恩一起走到那裡，當他開門的時候，撲面而來的是陳年的草味和汽油的味道。他立刻就找到了那把鎖，真是奇蹟，然後看著布萊恩把包裝打開。當法蘭西斯把棚屋的門在身後關上時，他告訴布萊恩不要把密碼寫在任何地方。布萊恩還看了他一眼，彷彿法蘭西斯真的以為他有那麼白痴，法蘭西斯聳聳肩，沒來由地感到一股氣，很想指出布萊恩自己就是曾經把上膛的槍給弄丟的那個混蛋。

所以，那孩子一定弄錯了。也許她發出了什麼威脅。食物王國發生的那宗意外距今已經五個月了，他把那把鎖給布萊恩也有五個月了。幾乎是養成一個習慣所需要的時間。在法蘭西斯考量著要怎麼做的時候，他俯身用手摸過自己的小腿肚，彷彿彼得看到的那把槍有可能是他的。他把槍套打開，但是立刻又扣上。那完全不可能。他記起了一個在家鄉時聽過的故事，就在他啟程來美國之前。一戶和他們同住在一條街的人家失去了兩個孩子，都淹死在他們的井裡，中間隔了三年。第一個孩子死了，三年之後，另一個孩子也死了，死亡的方式幾乎都一樣，死亡的年齡也幾乎一樣。「上帝愛他們，」他母親曾經在他們家的廚房裡，壓抑著悲慟低聲對他父親說。「這種事難道不可能發生在我們任何人的身上嗎？」現在，在過了將近三十年以後，法蘭西斯想要回到那個現場，想要把他母親和父親從死亡裡召回，告訴他們，不，在他有時間可以思考這件事的現在，他不同意那樣的說法。那不可能發生在他們任何人的身上。

「法蘭西斯！」莉娜隔著院子大喊。馬多納度家亮起了一盞燈。納吉爾家也醒了。九一一的接線生指示彼得不要掛斷電話，因此，他一直把電話拿在手裡，現在，他看著凱特，讓凱特知會他外面的情況。他應該要掛斷電話的，他想。情況也許還好。他剛才太緊張，所以反應過度了，結果現在反而把事情弄得更糟。他父親打算在那個週末離開。他說，可能只是離開一陣子而已，而彼得就是在那個時候決定，不管發生什麼事都不要求他，讓他把他想說的任何荒謬的話都說出來，而彼得也會做自己想要做的事。他就是在那個時候把紙飛機射出了窗戶。那就是他決定他不在乎自己是否會被抓到的時候。電話那頭的接線生正在問他發生了什麼事，那是什麼樣的槍，槍是否已經上膛，然而，彼得完全無視於她的問題。「你只要告訴他們快點來，」他說，「越快越好。」

史坦霍普家裡響起了一陣腳步聲。「來了！」安・史坦霍普輕快地回應著，彷彿當下是下午三點鐘一樣。法蘭西斯望向莉娜，揮了揮手，讓她知道一切都沒事。

安把門打開，往後退了幾步。法蘭西斯首先注意到她的雙手是空的。她穿了一件佩斯利花紋的睡衣，布料上一朵朵彩色的小淚珠散掛在纖細的腿上。她看起來彷彿很痛苦的樣子，法蘭西斯瞬間懷疑那個孩子是否把狀況搞混了。事實是，布萊恩已經受夠了，因而伸手拿出距離他最近的東西。

「你受傷了嗎？」他問，試探性地往裡走了一步。安緩緩地往下蹲，坐在了她的腳跟上。法蘭西斯很快地環顧室內，然後看著樓梯，再看向敞開的門後面被陰影籠罩著的地方。遠遠傳來了警笛聲。

「布萊恩在哪裡？」他又往裡面走了幾步。

「我對這一切感到很抱歉。」安開口說道，而當法蘭西斯看著她時，她似乎真的覺得很抱歉。她的臉色蒼白，看起來筋疲力盡，一副心碎的模樣。緊接著，她把手伸到她旁邊的沙發坐墊底下，以法蘭西斯認為不可能的速度，拿出了一把槍，瞄準他，然後開了火。

# 皇后區

# 6

他們在喬治的公寓裡用紙盤子吃飯。每隔幾個月，彼得就會跟著他的叔叔到長島市的批發商，去買喬治每天都要穿的那種一組六袋裝的白色汗衫，以及一箱裝有兩千個高品質的耐重紙盤，回到家後，再把紙盤分成同樣大小的兩疊，堆在流理台上。由於沒有餐桌，所以，他們就把晚餐放在他們的膝蓋上面，坐在電視前面吃飯。至於餐具，他們用的是布蘭達在搬回家和她父母同住時所留下來的銀製餐具，而水槽底永遠都會散落著一些刀叉和湯匙。布蘭達留了一罐面霜在浴室裡，不過早已被喬治推到洗手台的角落，至於洗手台上，已經逐漸擠滿了刮鬍膏、老香料牌的體香膏、去痘膏、漱口水和牙刷，以及隨處可見的水漬。偶爾，彼得會在淋浴完之後，打開那罐面霜，深深地吸入它的味道。黃瓜。烘衣紙。罐子上頭的亮銀色蓋子似乎永遠都不會沾有灰塵，彼得不禁懷疑他父親和喬治是否也會和他做同樣的事。

事情發生之後，布萊恩遭到職務調整的處置，他被調到了無須和大眾大量接觸的行政部門，然後在案子結案之後，調到了交通部門。他們的房子很快就賣掉了，賣給了一個來自洛克威的年輕家庭，房產經紀人也安排了一名銷售員到屋裡，把他們所有的傢俱都貼上標籤。甚至包括他們的碗盤、床單、特百惠塑膠容器、雨傘架和架子裡的三把雨傘、彼得的腳踏車、他的舊林肯積木。每一塊錢都得用來支付法律費和醫藥費，錢一進來就立刻又付了出去，彷彿一扇雙開的轉門一樣。布萊恩犯了一個錯誤，他把一件事告訴了彼得，而從頭到尾都表現得很堅強的彼得，在他母親遭到扣留期間——從郡監獄到起訴、審判、和解，再到州立醫院——也一直很冷靜的彼得，最後卻因為這件事而感到了不安：在他和他父親坐在喬治位於皇后區的沙發上，一起看著益智節目危險邊緣！的時候，將會有陌生人在他們位於吉勒姆的房子裡四處走動，看著他蒐集的貼紙，試坐他那張會吱吱作響的書桌椅。布萊恩看著他接受了這個事實。他們現在幾乎已經一樣高了。他們的手也一樣寬。彼得的臉頰泛紅，布萊恩隨即把目光轉開。他的外型和表現讓人很容易就忘了他年紀還很小。

「那我的東西呢？」彼得問。「那些不值錢的東西。我的筆記本。還有其他東西。」

「我們會拿回來的，彼得。別擔心。那位女士會把東西放到一邊，我們會去取走的。」

「我的錄音帶？」

「會的，我也告訴過她，把那些放到一邊。」

「它們在我衣櫥裡的鞋盒裡。你有告訴她嗎？」

「沒有，不過，我今天會告訴她的。我會打電話給她。」

「還有我的書。」他有一本很漂亮的霍比特人的精裝書，那本書在書名頁旁邊那一頁以及封底之前，都各有一頁厚厚的金黃色頁面。那是他在六年級的防火海報比賽贏得的獎品，在他拿到書的那一刻，他就決定他絕對不會破壞那本書的裝訂。當他對書裡的故事感到無比好奇時，他就到圖書館去借了一本來看，然後把書打開放在他的枕頭上一整天。凱特在那場比賽裡得了第二名，她的獎品是一本清秀佳人。

「嗯，你的書也是。我都會告訴她的。我們會回去拿。」

「什麼時候？」

「我不知道，小兄弟。很快吧。」

彼得點點頭，然後小心翼翼地把他的叉子放在那張被撕破的擦手紙上，那就是他的餐巾。他拿起散落在電視後面的外套，走出了公寓。樓下的熟食店後面有兩台遊戲機，彼得經常會在下午的時候下樓去玩打鴨子或者小精靈。他也很喜歡坐在皇后大道上的麵食店外面，看著七號火車從頭頂上隆隆駛過。

「我說了什麼嗎？」在他離開之後，布萊恩靠回沙發的軟墊上問道。

「他只是想要他的東西而已。」喬治說，「你真的要回去那裡嗎？就像你剛才說的那樣？」

「當然。我為什麼不回去？」

喬治聳聳肩，往公寓關上的大門看了一眼，才重新把注意力轉回電視節目上。

——

布萊恩知道，有些人覺得他應該要被開除，覺得他無能，覺得他是個連自己的老婆都無法控制的蠢蛋。但是，他並沒有犯罪；犯罪的人是她。他是證人。甚至是個受害人。布萊恩聽說法蘭西斯・葛雷森的臉已經好多了。雖然並不是完全正常，不過，當你看到的時候，可能不需要把目光轉開了。他可以說話，也可以進食。他現在也會走路了。他們當下幾乎立刻就知道他會活下來。當他熬過最初的十二個小時之後，希望就出現了。當他度過了二十四小時之後，很顯然地，他比任何人預期的都要堅強，可是，然後呢？他活下來了，但是會以什麼樣的面貌活下來？在那件事發生之後幾個月，就在犯罪訴訟和解之前，布萊恩從一疊文檔裡得知，當他們第一天晚上把他推進手術室時，一名護士告訴莉娜．葛雷森說，他已經接受過一輪的輸血，並且詢問她，如果必要的話，他們是否應該要再幫他輸血。一開始，莉娜並不明白那個問題，以及問題背後的問題，然而，等她弄懂之後，她開始變得很兇暴，並且告訴他們，如果必要的話，就用他們自己的血；她說，只要救得了他，他們就算榨乾自己的血也要幫他輸血。之後，她在手術室外面等了六、七、八個小時，只為了看他十分鐘。隔天的白天和晚上，她也在那裡，在接下來的三個月裡，她都在那裡，直到他被轉到紐約州北部的一間康復醫院。有些護士對她頑固的態度感到很煩，她對他們所做的每一個動作感到懷疑，也讓他們覺得很惱火，不過，有些護士則說，是她的意志救了他。沒錯，他是很堅強，也很幸運，但是，光靠堅強和幸運是不夠的。

那疊文檔足足有六吋高，其中關於莉娜的那些細節，是布萊恩再三翻閱的部分。他在工作時聽說，當法蘭西斯的身體狀況夠好時，她立刻就開車北上到那間康復醫院，只為了一路把他載回吉勒姆，載他到湖邊。當時，他還需要坐輪椅，因此，她把他停靠在一張長凳邊，幫他戴上一頂寬大的遮陽草帽，並且在他的膝蓋上蓋上一條毯子。她會在那裡和他說話，布萊恩想像著，從他們身後看去，看著他們在陽光下的剪影，他們看起來就像任何一對正在享受陽光的夫妻。那些晨練的人會經過他們身邊，和他們打招呼，問他的狀況如何。莉娜總是會轉身，笑看著法蘭西斯，彷彿他的臉並不是一具被轟爛的殼，彷彿他是一個健康的人，隨時都會補充說點什麼：例如，今天的天氣很好。當他已經康復到可以去參加彌撒，可以靠自己走一小段路的時候，她會牽著他的手，沿著走道邊慢行。布萊恩聽說，她現在已經不再需要握著他的手了。他可以自己繞著湖邊走一圈。布萊恩上一次見到他的時候是在法庭裡。他的頭髮被電剪推到很短。他的左眼上戴了一只眼罩。他的皮膚看起來很赤裸，也繃得很緊。在他一邊的臉上，他的臉頰和脖子連成了一條線，完全看不出有下巴的存在，或者差不多就是這樣。

布萊恩天真地以為，等到法蘭西斯穩定之後，一切就會過去。以為法蘭西斯會醒過來，告訴全世界說，那件事他自己也有錯。畢竟，是法蘭西斯用了他的影響力——每個人都認識他，每個人都喜歡他——讓發生在食物王國的那個意外受到了保密。為什麼？法蘭西斯當時就應該讓他們起訴她。他應該要讓他們把她關起來。這樣，她就會在醫院待上一個月，然後，以比較好的狀態再回來。

在這一年多裡，布萊恩白天都在昆斯伯羅橋曼哈頓的這一頭指揮汽車和卡車通行。「噢，還好。」每當彼得或者喬治問他那天過得如何時，他總是這樣回答。或者，「還不錯，除了下雨很討厭之外。」或者天氣太冷。或者太熱。不過，他總是很愉快地回答，或者試著很愉快地回答，反正，世界上每個人都會抱怨下雨，抱怨天氣太冷、太熱。那些都只是搭腔的話而已。彼得說，他們住在皇后區之後，他開始比較注意到天氣了（他從來都不說他們搬到皇后區，只會說他們現在住在皇后區），因為他現在有更多的時間站在外面，有更多時間在等巴士，更多的時間走路到火車站，更多的時間手上拎著塑膠手把會割手的重袋，從雜貨店走路回家。有一天，布萊恩一如往常地搭乘Q32號車進城，不過，他並沒有在第二大道上下車，而是和其他乘客一路經過第三大道、雷克斯街和公園街。他在三十二街下了車，買了一個熱狗吃，然後，直接又搭車回到桑尼塞德，躺在喬治公寓裡磨損的鑲木地板上，沐浴在蜂蜜色的矩形光影裡。他甚至不知道自己在想什麼。隔天，他假裝自己把行事表弄混了。他打電話給退休基金管理人，再三確認了他的等級，他的合法性。他還年輕。最好再等二十年，但是，當他想像著自己要在五十九街上再站上一整年、多吸一年的廢氣時，他感覺到自己體內的某個東西躺了下來，死了。在那之後，幾個星期之後的某一天，在沒有和彼得討論、沒有和他弟弟討論的情況下，自從他們離開吉勒姆之後，他和彼得就一直共享著他弟弟的那張沙發床，布萊恩把他的警徽交了出去。他一直都想像著，他會等到某一個週五，但是，他卻連一天都不能多等了，所以，他在一個週四這麼做了，然後搭上巴士回到了桑尼塞德，坐進他的車（儘管在星期六以前，那個停車位的位置都理想到讓人捨不得開走），開到了謝亞球場，無所事事地坐在靠近右外野的門邊，他可以從那裡清楚地看到三壘線外的露天看台。

那天晚上，當彼得在做功課的時候，布萊恩站在電視前面，說他有很興奮的事情要告訴他們。彼得抬起頭時，再一次地，他注意到他父親更瘦了。他的每一條褲子在他身上都太大了，而拉緊皮帶也只是讓褲子看起來更寬大而已。他很緊張地笑著，然而，他的笑容裡卻有一種狂躁的味道，讓彼得感到了不安。現在，看著他父親清了清喉嚨，彷彿就要對一大群聽眾演講一樣，彼得在他父親的眼裡看到了一絲喜悅，那是從他母親對葛雷森先生開槍的那個晚上以來的第一次。

布萊恩開始說，一如他們所知的，他向來都想要住在南邊——喬治和彼得彼此對望了一眼——在打了幾通電話，又和一些人談過之後，他在南卡羅萊納找到了一間公寓。他還認識一個人，那個人可以幫他在那裡找到一個保安的職務。那個人是個退休的紐約市警察，這件事大致不會有什麼問題。他已經領到了退休金，那裡的生活費也比較便宜。如果彼得想一起去的話，他也很歡迎。

彼得看得出來，他的叔叔和他一樣驚訝。彼得今年十五歲。他一直在讀美國獨立戰爭早期的一場重要戰役——提康德羅加堡之役，因為他的老師暗示過隔天可能會有一次隨堂小考。他在達奇柯爾斯男校預備高中的高二課程已經開學了，不過感覺還像暫時在那裡念書而已。他在聖巴特中學的科學老師奎克太太在城裡和他見面，並且帶他去見了不少人，他知道他們大概是在評估他。當時是夏天。他以為老師們在夏天都去避暑了，然而，奎克太太卻從交通車上下來，走到了七月底冒著熱氣的路邊。「跟我一起來，彼得。」她對他說，而他也照做了。在大人們私下談話的時候，他唯一能做的事，就是不斷地想起奎克太太頂著她招牌式的頭盔髮型和她經常在吉勒姆穿著的那雙厚褲襪走過大街，是多麼奇怪的一個畫面，他的第一個念頭是，他等不及要告訴凱特這件事了。然後，他立刻感到肚子發緊，彷彿準備好要挨上一拳，就像他每次想起凱特時一樣。那個夏天，他父親一直很忙碌——每天都忙著和律師及醫生聯絡——因此，所有他需要去的地方，都是喬治帶他去的。喬治從奎克太太那裡拿到了電話號碼、地址和學校的申請期限。當他可以進入達奇柯爾斯就讀時，喬治告訴他，他得要感謝奎克太太。「為什麼？」彼得曾經問過。他們告訴他，那是一所專門高中，有點像是私立學校，除了不需要付學費以外，還說比較起所有的公立和私立學校，那是本市最好的高中之一，不過，彼得並不明白他們的意思。在皇后區待上一陣子是一回事。在那裡上學又是另一回事。當他想像著他的高中生活時，他的腦子裡依然是吉勒姆高中那座石造的大門。

那已經是一年多以前的事了。從那時候起，他在學校裡交了幾個朋友，他們既不知道關於他母親的事，也不知道發生在吉勒姆的事。他從來都沒有和他們在週末或放學後聚會。他們會一起去一些地方，會到彼此的家裡，或者在公園裡閒晃。他們會聊一些事情，而彼得也知道那是發生在放學、發生在跑步訓練之後的事。他的幾個越野賽跑隊的隊友曾經看過一個遛狗的人在中央公園裡被好幾條狗繩纏住，結果沿著馬道一路被狗拖行。他們好幾個星期都持續在聊這個話題，羅漢還模仿那個人跳起來卻絆倒的模樣，德魯和馬特也雙雙學著狗叫。「你一定會笑死的，彼得。」他們對他說，這也讓他知道他們並沒有排擠他，他知道他們喜歡他，而對他而言，那就夠了。要他去他們家、看看他們的房間，和他們的兄弟姊妹一起吃點心，就像他們彼此會做的那樣，對他而言似乎太沉重了。他可以看得出來，他們以為他在週末的時候有別的事情要做，以為他可能回「鄉下」去了，回那個他們以為是他家鄉的地方。在他剛入學的前幾週，在他們還對他充滿各種問題、而他大部分的時候也都會把話題轉開的時候，有一次，他告訴他們說，他在家鄉有個女朋友，他在週末的時候會試著去看她。他說，有時候他會搭巴士去看她，有時候則是她會來找他。他們問他她長什麼樣子，他知道那不是因為他們感到好奇，而是因為他們在判斷要不要相信他的話。他告訴他們實話：她那頭深色的金髮長度到背部中間，她有一雙淡褐色的眼睛，身高一般。

「大胸部？」一個名叫凱文的男孩問他，讓他們在伸展大腿後肌的時候都笑了出來。彼得雖然也和眾人一起在笑，但是，他覺得一股冰冷的感覺橫掃過自己的內心，在那個嚇人的瞬間，他以為自己可能就要哭出來了。

在達奇柯爾斯念高二的這個秋天，他是越野隊裡排名第二的跑者，等拜瑞．迪倫畢業後，他就會是最佳跑者了。教練想要在冬季的田徑賽上，把他從一哩的項目轉到一千二百公尺，然後在春季時再減半。教練在夏天的時候告訴他，拜瑞．迪倫在十五歲的時候並沒有創造屬於他的時代，教練又補充說，如果他夠努力的話，他最終可能會成為全市最優秀的中距離跑者。彼得一直在想，如果他把賽事的時間表寄給凱特的話，她會明白他想要說什麼。如果他用不同的地址寄出的話，她的父母可能會讓她自己拆開那封信，而不會心生懷疑。如此一來，她就可以想出一個辦法來到市區裡，然後，他們就終於可以見到彼此。儘管他學校裡的朋友都相信他的說法，不過，自從他借用葛雷森家的電話打給九一一之後，他就再也沒有見過凱特了。

---

彼得知道，無論如何，他父親都打算離開，他已經從警察局退休了，他已經簽約租下了北卡羅萊納還是南卡羅萊納的一個地方；這兩個州彼得一直都搞不清楚。對於彼得是否應該要去這件事，如果有什麼值得爭辯的話，那個爭辯也早已在布萊恩的腦子裡展開了。他希望彼得同行，但是，他也希望彼得留下來。彼得認為，他之所以問彼得要不要一起去只是基於客氣，只是代表他們分道揚鑣的時候到了。如果喬治覺得彼得留下來會造成什麼不便的話，就他父親看來，那也是彼得和喬治自己要解決的事。

「那你要怎麼去看媽媽？」彼得問。

「我要怎麼去看媽媽？」布萊恩重複這個問題的語氣，彷彿答案再明顯不過了。他用手掠過頭髮，似乎在搜尋著什麼隱藏在他自己最深層思緒裡的東西。「那裡的平均溫度比這裡高十二度。我找到的那個社區有個住戶共用的游泳池，還有一間健身中心。」

「還有一間健身中心。」喬治重複他的話。然後轉向彼得。「孩子，只要你想待在這裡，我絕對歡迎。」喬治在大多數的工作日裡，都跨坐在高於人行道幾百呎的四吋鋼樑上；長久以來，為了防止危險而四下張望的習慣，已經讓他練就了可以感應到危險的第六感。「你需要的時候，我隨時都可以送你去西徹斯特。」

「那麼，我會留下來，」彼得說，「至少再住一陣子。然後再看看事情如何發展。」他緊密地看著他父親。

「好吧！」布萊恩說，「就這麼說定了。」

三十分鐘之後，喬治走過兩條街，加入彼得的行列，坐到那家麵食店前面的小樓梯上。「我很高興你要留下來，孩子。我們會過得很開心的，你和我。」說著，他把一隻沉甸甸的手放在彼得頭上。「你還好嗎？」

「我？嗯。我很好。」

「我不懂高爾夫球，不過，我知道那根本不適合我。也不適合你。你現在在這所好學校念書。你知道有很多孩子都很想進那所學校嗎？你看看，你的跑步成績和其他的表現，在那裡都讓他們望塵莫及。」

「謝謝你這麼坦率，喬治。你人真好。」

喬治笑到旁邊的人都為之側目。「現在，你已經是個聰明人了。南方可沒有什麼聰明人，我覺得沒有。」

幾個星期之後，布萊恩在那一季最大的一場越野賽跑的早晨離開了。彼得很討厭每次回家看到他父親在打包、在整理東西所帶給他的感覺。某一天，他會看到家裡出現一個全新的行李袋。另外一天，則又會看到一疊色彩鮮豔的高爾夫襯衫塞滿在馬歇爾百貨公司的塑膠購物袋裡。這些事其實並沒有讓他覺得很煩；他只是比較喜歡在喬治公寓大樓前面的小樓梯上喝可樂，看著人們在下班後匆匆趕回家，或者看別人遛狗。一天下午，當他父親在講電話時，他走到樓下的街上，看著一個女人只把她的休旅車移動了三次，就停進了路邊的車位裡，而且和前後車輛的位置都只保持了大概兩吋的距離。他想要鼓掌。一個和他同校的孩子經過，不過，那個孩子不是越野隊的跑者，也沒有和他同班，因此，彼得只是很快地和他說了聲「嗨」，然後就把頭轉開了。

到了那天早上，布萊恩把兩個袋子扔進了他的車後座，用力關上車門。「我給了喬治一點錢，」他告訴陪他走下樓的彼得。「所以，你不用擔心錢的部分。」彼得並沒有擔心那個部分。他只擔心在起跑的槍聲響起之前，他有沒有足夠的時間可以消化一個貝果。他突然想起來，那些貝果都是喬治買的。以後，他得時不時地出點錢。他不知道一個鐵工能賺多少錢。

「一路平安。」彼得說。那天稍早的時候，他曾經聽到喬治在出門前也說過同樣的話。彼得突然感到一陣急迫。他不能錯過越野隊的車。他需要拉伸。他需要到洗手間。那天早晨很涼，空氣裡還有蘋果的味道。他站在路邊是在浪費時間。

「要乖，」布萊恩對他說，「我們很快會再見面的，好嗎，彼得？」

「嗯。我知道。你說過了。」

當他父親終於一點一點地把他的車開出那個很擠的停車位，朝著伍德賽大道而去，然後再右轉時，彼得仍然站在路邊。在紅燈再度亮起前，一輛車子開過來，佔據了那個空出來的停車位。

在和隊友們歷經了一段前往范可蘭公園的緊張旅程之後兩個小時，彼得只跑了一哩就退出了比賽。一開始的時候，他跑得很好，一如往常地領先眾跑者，然而，在選手們跑進樹林時，他卻退卻了。他的呼吸困難。他的股四頭肌感到沉重。連校隊預備隊的孩子都開始超越他。他慢慢地停下來，走到路邊讓其他人過去。「抽筋嗎？」看到他一跛一跛地前進時，教練問他。這不像他。比賽結束之後，在返回皇后區的歸途上，教練在廂型車上叫他坐到前座去。「發生什麼事了？」

彼得聳聳肩。「不太舒服吧，我想。」

「要我打電話給你父親嗎？」

「不用了，我稍後再告訴他。等他來接我的時候，我再告訴他。」彼得感到胸口有一股壓力，覺得難以呼吸。他伸展了一下，但是似乎沒有幫助。他把窗戶搖下來，閉起雙眼，讓急速湧進車內的風將他包圍。「把窗戶關起來！」一名隊友從車後的座位喊道，於是，彼得關起了車窗。過了一會兒之後，廂型車回到了體育館門口的位置，稍後，彼得提著他的田徑袋站在墓園旁邊，等待著公車。

週日的時候，他會去看他母親。雖然不是每一個週日，不過，大部分的時候他都會去。他父親曾經開車載他去，但是，經過幾個月之後，彼得開始改搭火車前往。他喜歡自己去。通常，他會搭乘七號公車到中央車站，再轉乘大都會—北線，然後在七十分鐘之後抵達哈德遜。他會戴著他的隨身聽，這樣，當他望著窗外時，就不會有人開口和他搭訕，他看著西徹斯特的小鎮一個個飛快地往後退去，城鎮的景觀逐漸變成了農田，石牆的輪廓在遠處隱約可見。房子被馬場所取代，平坦的車道變成了滿布灰塵的碎石路面。火車行經過的每一座城鎮，都無法讓他聯想起吉勒姆，不過，他卻發現自己還是把它們拿來和吉勒姆相比。偶爾，他會看到一頭牛。當他下了火車之後，他還得沿著一條兩線道的馬路，步行將近兩哩路，才能到達醫院。有一個下雨天，他從火車站搭上了計程車，那是個女計程車司機，當她問他要去醫院探視誰的時候，他把實話告訴了她。在她把車子停在醫院門口時，她說她覺得很遺憾，但她還是得收他那五塊錢的計程車資，因為她已經通知了她的調度員，而且，她自己的生活也不好過。

曾經有好幾個月，他完全都不能去探視他母親。當她被拘留在布朗克斯的醫院時，他的父親曾經去看過她幾次，但是，律師和醫生都認為，在事情解決之前，彼得還不應該去看她。他父親說，見到彼得會讓她僅有的一點點平靜受到波動，而他們不希望冒那樣的風險。他們表示那是他們的決定，是所有涉及她命運的人所做出的決定，彼得不禁擔心，她對於他沒有去看她會作何感想。在訴訟和解、她被轉送到西徹斯特州立醫院之後不久的一個晚上，當他父親終於回到皇后區時，他把一隻手放在彼得頭上，告訴他說，她很快就會改變心意的。接著又說：「我的意思是——」

「你的意思是，是她不想見我的？」

「她不知道自己要什麼，彼得。說實在的。我只是想說……我不知道我想說什麼。」

彼得反覆地思考著這件事。他覺得自己彷彿透過一扇窗戶在看世界，而現在，他穿越了房間，從另一扇窗戶來看同一個世界。「如果我出現在那裡，她會見我的。我知道她會。」

「好吧，小兄弟，」他父親說，「下次。我們就試試看吧。」

彼得說得沒錯。當她看到彼得在家庭室裡，站在他父親旁邊等待時，她並沒有把頭轉開。她穿了一件寬鬆的印花洋裝，一件黑色的開襟衫和拖鞋。她面帶倦容。她胖了不少。身上有著一股肥皂的味道。

「那是藥的關係，」他父親後來告訴他。「讓她變腫了。甚至也改變了她的臉色。那是她討厭那些藥的原因之一。那是很強烈的東西。他們每隔一天就要幫她抽血，確定那些藥沒有讓她中毒。」她沒有問彼得關於他自己的任何問題，因此，他就開始隨便聊。他告訴她關於他的新學校、關於桑尼塞德的事。她面無表情地看著他身後好幾分鐘，才伸出一根手指，噓了他一聲。他父親看著手錶，用他那帶著笑意的聲音說，他們最好得上路了，交通可能會開始堵塞了。在走向門口時，他笑得更用力了。「去參加伊凡斯醫生上週提到的那個討論會，」他對著他的妻子說，「你會喜歡的！安，彼得來這裡是不是很棒？他一直都很想來看你。」

「滾出去，」安說，「我真後悔遇見你。」語畢，她把開襟衫緊緊地裹住自己的身體，而那個動作顯示出的某種霸道的感覺，讓彼得感到了一股安慰，他確定他所認識的那個母親依然在那裡，在某個地方。

布萊恩的笑容還掛在臉上，彷彿她不是認真的，他對著彼得笑，對著自己笑，然後是對著那個坐在不到六呎外的護士。

「還有你，」她含著淚，屏住呼吸地對彼得說。「你。」說著，她重重地把手壓在彼得的肩膀上，隨即撤回雙手。「不要再來了。」她說。

「該走了。」護士說著走到她身後，把她帶向走廊。「今天的時間到了。」

「又一個白痴。」安說。

——

布萊恩越來越少去醫院了。他說他得要工作。他宣稱，在彼得去上學的時候，他已經去看過她了。是他告訴彼得，如果彼得想要自己去的話，搭火車會比較容易一些。喬治不像他以前那樣地喝酒了——他只允許自己在大都會隊比賽的時候喝兩瓶啤酒，為了避免讓自己受到誘惑，他會從雜貨店裡買來兩只單瓶的百威——並且告訴布萊恩說，如果布萊恩想要喝威士忌的話，他可以自己到班納酒吧去。彼得之所以知道這件事，是因為布萊恩告訴了他。「他把一切搞砸了，你知道嗎，」布萊恩在他們搬進來之後的幾個星期告訴彼得。「布蘭達。」他說，他想要警告彼得，一旦對酒精失控會發生什麼結果。結果就是，你的老婆會離開你，而你自己也會害怕到不敢去謝亞球場，甚至不敢到你一輩子都去的那家酒吧裡去看上一場球賽。

「我為他感到難過。」布萊恩補上一句。

那你的結果又是什麼呢？彼得想要這麼問。如果喬治是這樣一個失敗者的話，那麼，睡在他沙發床上的哥哥又是什麼？現在，他並沒有在週日的時候開車載彼得去醫院，而是逕自去了班納酒吧，和那裡的酒保閒聊。

醫院的員工並不喜歡見到彼得，一個未成年的小孩，獨自一個人出現在那裡，不過，他們在櫃檯後面的影印機旁討論過之後，還是讓他進去了。值班的護士在週日都是同一批人，所以，他認識了其中幾個，並且知道了他們的名字，而他們也認識他了。有少數幾次，他們只允許他透過門上的玻璃鑲板看著她。在那些情況下，她通常都坐在鋪著墊子的房間地板上。他第一次看到她處於那樣的狀態時，那名護士似乎意識到自己做了什麼，似乎突然擔心她不應該讓他看到這樣的畫面，然後給了彼得一瓶汽水，那是從訪客禁止進入的護士區冰箱裡拿來的。「你好高，」她對他說，「你幾年級，大四嗎？」她問。當他告訴她他還在念大一時，她的臉色都白了。有一次，她母親的額頭上出現了一道擦傷，雖然他通常都試著盡量保持低調，但他卻無法不開始擔心她是怎麼會有擦傷的。他顫抖地走到櫃檯，詢問發生了什麼事，為什麼沒有人通知她的家人。他覺得自己彷彿是個大人。「我相信有人和你父親談過了。」那名叫做莎爾的護士說。然後帶著一種陰謀論的表情靠近他說：「彼得，那也許是她自己弄傷的？」

有一次，他到醫院的時候，發現他們剪了她的頭髮。又有一次，她拒絕從她的房間裡出來，因此，他又走了兩哩的路回到火車站，後悔沒有留張字條給她，告訴她沒有關係，他下週再來看她。有時候，她會慢慢地走到走廊上，和他坐在一起，但是卻不願意開口。

現在，他帶來了一個會讓她沮喪的消息。他不想要突然地告訴她。他會等到她開口問再說。然而，那個星期日，在他父親前往南卡羅萊納還是北卡羅萊納的公寓二十四小時之後，她在等著彼得的出現。她的頭髮梳理得很整齊，她看起來很乾淨清爽，似乎也沒有之前那麼腫了。

「他走了。」他都還沒坐下，她就開口了。

「嗯，我想是吧。」彼得說。「你怎麼知道的？」

「他來過這裡，一開始的時候，我不知道他是怎麼了，然後，我就把一切都拼湊在了一起。你還和喬治住在一起嗎？」她很清醒。非常清醒。彷彿已經做過了一連串的什麼判斷一樣，這是他真實的母親，她又回來了。

「對。」

「也有去學校？你的成績好嗎？」

「嗯。」

「很好。好，彼得，聽著。我會好起來的。接下來，我會離開這裡。他們很快就會讓我出去了。我在想，我們可以開間店，你和我。不要在紐約。也許在芝加哥。或者倫敦。一間專賣店。人們可以在那家店裡買到平常很難找到的東西。我們得在公有住宅住上一陣子，然後，我們會有我們自己的公寓。我們會認識很多來到店裡的人，他們都會是素質很高的人。如果喬治善待你的話——他對你還好嗎？——我們就讓他一起投資。」

彼得不知道該說什麼，因此，他什麼也沒說。時間一分一秒地過去。她走到一座塞滿棋盤遊戲的書櫃旁邊，站在那裡。

「不過，我想，你不會很快就出去的，媽。」他終於開口對她說。現在，對她說實話是他的工作了。他最好告訴她實話，而不是告訴她說，他很擔心她的計畫，或者她的計畫聽起來並不可靠，或者他對於開一間專賣店並不感到興趣，又或者他甚至不知道什麼是專賣店。護士和行政人員在家庭室裡來來去去，這間家庭室被營造出一種假的親密感，裡面擺了一組情人座和扶手椅，好讓他們假裝是坐在自家的客廳裡。

安抱著自己，瞇著眼睛望向天花板的角落，彷彿她在那裡看到了一片蜘蛛網。

「你和那個女孩說過話嗎？」過了一會兒之後，她問道。

「什麼女孩？」彼得問道，雖然他知道她所指為何。然後才回答。「沒有。」

「她父親呢？狀況很好？」

「我不知道，媽。我知道他在家，因為有一次我聽到爸爸和喬治說起這件事。我想，他沒有再去工作了。我不知道。」

他母親沉默了很久。

「我知道那種女孩。我姊姊就是那種人。那是一種巫術還是什麼的，她們運用的方式。不過，你很堅強，彼得，而且你也很聰明。用你的腦子。想想她。她在各方面都很普通。你現在看出來了，不是嗎？一個不出色的女孩。什麼都不是。」

彼得告訴自己，不為凱特挺身而出並不是懦弱的表現。有什麼必要嗎？就在這個時候，他想起了每當凱特知道他對什麼事情感到困擾時，就會定定地注視著他。他想起了每當她興奮的時候，總是會不斷地把頭髮塞到耳後。現在，她也許很恨他。

「我不知道你有個姊姊。」

「你有在聽我說話嗎？說出來。說『我很堅強』。說『我很聰明』。」

「你姊姊現在在哪裡？她叫什麼名字？」他知道他母親來自愛爾蘭，知道她有家人在那裡，不過，她從來都沒有提起過他們。

「你在聽我說話嗎？」她尖聲地問。一名護士抬起頭來，開始朝他們走過來。

「我很堅強。我很聰明。」他低聲地說。這才讓她似乎感到了滿意。她叫他到放茶點的角落，去拿一杯水和一塊中間裝飾著櫻桃軟糖的餅乾，那些餅乾都已經不新鮮了。

「現在，」他回來的時候，她接著說道。「告訴我昨天那場比賽的事。」原本朝著他們走來的那名護士又回到了旁邊。

他不知道她有在追蹤他的比賽，不知道她甚至會記得他每次來探視她的時候所說的話。他想起了當他退出比賽，用手臂抱住樹幹的時候，吉姆・貝托里尼那雙穿著藍白相間襪子的細腿跑過他的身邊，他們的距離是那麼地接近，以至於彼得連他大腿內側的雞皮疙瘩都可以看得到。達奇柯爾斯最後拿到了第三名。他們原本是最被看好的隊伍。

「比賽進行得很好。沒有問題。我表現得不錯。」

「你瞧？」她說，「你很堅強。你很聰明。我告訴過你了。」

那天下午，回到皇后區之後，彼得打開公寓大門時，發現室內已經完全被重新佈置過了，只見喬治站在房間中央，彷彿在審視著他的王國。屋裡多了一張沒有拋光的小桌，還有兩張面對面擺放的餐椅。沙發被挪到了桌椅對面的牆壁前面，電視則移到了角落。那張躺椅已經不見了。巨大的音響也不見了。室內的空間看起來大了兩倍。彼得原先用來當梳妝台的塑膠箱已經不知去向，取而代之的是一只柳條編織成的五斗櫃。一鍋的肉醬正在爐子裡四下噴濺。

彼得覺得自己的整顆心膨脹到他不敢開口。他把背包放下，緊握雙拳，屏住了呼吸。

「很不錯，對吧？看起來很棒吧？」喬治走向他，當他看到彼得正在克制著自己的情緒時，他只是抱住他，一把將他從地上抱起來轉圈，直到彼得笑出聲為止。

「老天，」喬治說著，把紙巾遞給他。「你看，我買了紙巾。」

當晚餐煮好的時候，喬治又忙了一會兒，才終於端出兩盤義大利麵和兩瓶薑汁汽水。他們坐在桌邊吃飯，桌子小到他們的膝蓋都碰在了一起。他們只好調整了椅子的角度。喬治喋喋不休地談論著大都會隊，談論著他正在做的工程，提起幾年前他遇到的一個女孩，說他真希望當年有和那個女孩約會，又提及今年冬天會不會很冷。彼得希望他就這麼絮絮叨叨地說下去，永遠不要停下來。

「你什麼都沒說。」他們吃完晚餐，準備收拾廚房時，喬治說道。「你沒有注意到。」

「什麼？」彼得警覺地問。

「別緊張，孩子，」喬治輕聲地說，「我只是在說，你沒有注意到這些。」

語畢，他打開一個櫃子，只見六個白色的瓷盤晶亮地疊在裡面。

# 7

當法蘭西斯可以走完四樓的走廊而不停下來休息時，醫生就讓他出院回家療養了。他覺得自己的腦彷若放在一頂堅硬皇冠裡的精緻珠寶。它需要受到保護，因為它控制了一切。雖然他以前就知道這點，但是，現在他更加了解了。思想、情感，所有那些人們發自內心和勇氣所說出來的話，全都是物理過程，並未比一塊骨頭或一條肌腱抽象。一名為他諮商的神經外科醫生告訴他說，他曾經把手指放在一個人思想成形的地方，而法蘭西斯好奇的是，那個人在那之後要如何把洗碗機清空，要怎麼平衡他的收支，又要怎麼洗衣服。法蘭西斯自己的腦子受損了，不過，好消息是子彈並沒有射穿他的腦半球。他和莉娜很快就學會好消息永遠都叫做好消息，壞消息則有其他的說法。

子彈射進了他左下巴後面的某處，然後從他的左眼穿透出來，毀掉了眶內側壁和大部分的眶外側壁。他現在可以很容易就圖解出眼眶和眉脊的解剖圖，就像畫出從他家到食物王國的路線一樣的容易。醫生用照片和3D模型為他解釋接下來的步驟，他也養成了用手指在臉上摸索的習慣，以理解醫生們的說明和他臉上的新面貌。有一陣子，他的臉會不由自主地疼痛，他的鼻子和耳朵之間繃緊了鮮明的線條，彷彿發燙的紅色雷射刀就在他的皮膚底下滑動一樣。

治療師叫他把所有的動作都分成一系列的小動作。彎曲右膝、往前俯身、跨步、擺動左臂，然後休息。走路，在床上轉身，把電話拿到耳邊——所有的動作都會發送出一股電流，為他脆弱的臉部組織帶來衝擊。他們割取了他身上其他部分的皮膚，覆蓋在他的臉頰上面，因此，他那部分的臉頰再也不會長出鬍碴了。他只能把他們的解釋拿來和他為他家所做的整修工程做比較——用金屬鐵網、抹牆粉、砂紙和油漆來修理灰泥板。當他的新顴骨受到葡萄球菌感染時，他們只能把新的皮膚拿走，重新再來一次。他左邊的身體不需要指導，因此，大部分的時候，他右邊的身體就在模仿左邊，不過，當他的步伐失控到無法走太遠時，他就會想像連接在他左右腦之間的一座小吊橋被升起來了，以至於沒有車子可以通過。有時候，當他躺在病床上的時候，他會望向前方那團黃色的光源，每當護士前來照料他時，他們都會穿過那道光源，然後，他會看到一些身形或光影滑過，一個疊著一個，彷彿深怕被人發現一樣。有好一陣子的時間，幾乎每個下午，他病床對面的那扇牆上，都會出現一輛推車的影子，並且停留好幾分鐘的時間，然而，當他挪開眼光，然後再慢慢回看的時候，它就消失了。偶爾，窗外會有一些人站在那裡，儘管他的病房位於四樓。那些人戴著黑色的帽子，大部分的時候都背對著他。他覺得他們可能是在玩牌。有一次，他在覺得精神不錯的狀況下，彎身把滑落到腳踝的襪子拉起來，結果鮮血立刻從他臉上的縫合處湧出，讓他因為疼痛而暈厥了過去。當他醒來的時候，他已經躺在冰冷的油氈地板上，一名護士正在告訴另一名護士說，嗅鹽起不了作用，因為他的嗅覺已經嚴重受到損傷。這件事從來都沒有人告訴過他。這解釋了醫院在大多數的晚上為他準備的油膩晚餐，為什麼嚐起來總是沒有味道，此外，每一道餐之間唯一的差別只在於他放入口中的食物質感，不過，有時候他的病房裡會毫無來由地瀰漫著營火的味道。

他告訴醫生和莉娜的那些事，只是他感受和注意到的其中一部分而已。他失去了他的左眼，而右眼也失去正常，因為他會看到不存在的東西。他們知道這件事。既然如此，他為什麼還要敘述這些細節？他們告訴他，說他很幸運。那顆子彈並沒有射中他的腦幹和丘腦。他們還說，在他們把他的氧氣罩拿下來之後，他很快就可以說話，那代表他的語言和說話的認知沒有受到損傷。起初，他們拿掉了他的一塊頭骨，等到消腫之後才放回去，但是，當他遭到感染的時候，他們又再度拿掉那塊頭骨，等到他痊癒之後才又蓋上。那些曾經讓他視為恐怖的事情，現在似乎都變成了事實。他的女兒們小時候曾經從草地上摘下蒲公英，然後唱著：「媽媽有個孩子，他的頭掉下來了。」然後，她們會用她們小小的拇指，把那朵花從花莖上彈掉。

在他恢復得更多之前，他還不能裝上假眼，因此，他們幫他戴上一只有壓力的眼罩，並且告訴他，這樣會讓他的右眼變得有力，開始負擔起兩隻眼睛的責任，不過，當他看到自己的臉時，他不禁懷疑，他的家人和朋友是否值得同情，因為他們得要看著他的這張臉。

他病房的浴室裡沒有鏡子。到了晚上的時候，他可以從燈光底下的窗戶看到自己，不過，由於他頭頂上有一盞日光燈，因此，他的倒影頂端看起來光線都爆了。當他真正看到自己的臉時——莉娜和他並肩坐在他的病床上，從她的手提袋裡拿出一面小鏡子——他聯想到了一顆胡亂成形的石膏模型人頭。他的額頭頂端到他的下巴，宛如一只淺淺的凹碗，就像一片凹陷的擋泥板。沒有什麼顏色，只是一片藍色、黃色和灰色。他們一點一滴地修復了他，他明白之前的自己遠比現在他所看到的還要糟很多，為了讓他看起來再度像個正常人，他已經走過很長的一段路了。莉娜輕聲地對他說：「沒那麼糟糕，對嗎？沒有什麼不能被修復的。」自從發生這些事之後，他從來沒有看過她掉眼淚，但是，那天她哭了。「說點什麼。」她說，然而，他不知道該說什麼。他從來都不認為自己長得很英俊。他也從來都不太在意這種事。但是，他上一次看著鏡子的時候，他還認得自己。

他出院前的一週，他們把他帶到樓梯間，要他爬十級的階梯。他依然感到每爬一階都舉步維艱。莉娜扶著他的手肘，復健師則緊緊地跟在他的身後，兩手張開、雙腳穩穩地踏在地上，以防他可能會摔倒。社工人員也來了，問了一下關於他們房子的問題，而那些都是已經被問過、也被回答過的老問題了，屋外有幾級台階，室內有多少階梯、扶手，室內的門是往內還是往外開的。當他抵達樓梯頂端時，他停下來休息，企圖讓好的那隻眼睛固定在一個點上，以減輕他的暈眩感。他抓住欄杆。他知道，莉娜希望他能在醫院住久一點。她說，他在醫院比較安全。醫院裡有他所需要的一切設備。他的病房裡有一個步入式的淋浴間。他們會幫他測量體溫，追蹤他的止痛劑效果、他的抗生素，以及他吃進去和排出來的東西，沒有什麼會被忽略掉。稍早，在他的顱骨完全消腫之前，對於尿道感染所引發的燒燙感，他還麻痺到絲毫不覺。幸好一名護士在檢查他的導管時，留意到了細微的血絲，才因此發現。

「如果你在家的話，結果會怎樣？」莉娜問。

「保險有涵蓋嗎？」在他可以開口說話時，他幾乎立刻就問道。「全部？」

莉娜忙碌的模樣告訴了他，她不僅不知道，也不怎麼在乎。帳單的事可以等到他康復之後再來擔心。

他到一家康復醫院住了三個星期，當他真的回家之後，每天都會有一名護士、一名物理治療師、一個職業治療師和一位語言治療師到他家來探視，不過，由於他們都在不同的時間前來，因此，扶他上樓到臥室或者到洗手間的任務，就都落到了莉娜身上。他們的一樓沒有洗手間，因此，莉娜總是開玩笑說，她期盼了十幾年，現在終於可以重新裝潢房子了。不過，在房子裝潢之前，她只能把他的手臂繞過她的肩膀，再把自己的手臂圍著他的腰，然後一起一階一階地爬上樓。洗澡也是一個問題。浴缸的邊緣對他來說太高，他無法靠自己把腳抬高跨進浴缸裡，因此也需要她的協助，她會緊緊地抱住他，俯身讓臉頰貼在他赤裸的胸口，然後先抬起他的右膝，等他站穩之後，再輪到左腳，就像治療師教她的那樣。蓮蓬頭的水必須對準他的胸口或者低於胸口的位置，因為，如果他的臉感受到比水氣要強的水壓，他就忍不住要尖叫出來，特別是在他的止痛藥效逐漸退去、而又還沒有到吃下一顆止痛藥的時候。有好幾個星期的時間，莉娜一直很害怕和他一起站在蓮蓬頭底下幫他洗澡。當她幫他洗澡的時候，她總是穿著吊帶背心和內褲。「你的衣服都濕了。」他會這麼說。

「沒關係。」她告訴他。

「你為什麼要穿？」

「我不知道。」她回答。

經過幾星期之後，她讓他自己洗澡，不過，她會和他一起待在蓮蓬頭底下。穿著衣服的她讓他感到自己更加地赤裸。過一陣子之後，她開始坐在蓋起來的馬桶蓋上面，讓他獨自洗澡。最後，她終於放心讓他自己在房子裡走動，並且開始把他單獨留在家，好出門去辦事——大多數的時候是去雜貨店。此外，也會去藥房、銀行。只有在這些地方排隊，當她在大衣底下汗濕了，焦急著想要趕快回到他身邊時，她才會好奇地想到自己這輩子是否還會再到別的地方去。她開車行經她以前慣常會去的那家美髮店，但是它看起來彷彿是上輩子的一個遺跡了。

他們的女兒不敢看著他。娜塔莉和莎拉各自有她們的方式，可以在和他說話時讓目光圍繞在他身上，不過卻沒有真正落定和聚焦在任何部位。凱特比較勇敢。蒼白，莊重，她不只堅決地看著他沒有包紮的那隻眼睛，也會看著他其他的傷部，她的眼神會緩緩地從他的頭頂，掠過他的側臉，他的脖子。有很長的一段時間，每當她們到醫院去探視他的時候，他們的互動都一樣。娜塔莉和莎拉會很有責任感地聊起學校和鄰居的事，用她們從莉娜身上學來的那種堅定的快樂，驅走病房裡的安靜，而凱特只是審視著他，完全沒有注意姊姊們在說些什麼。

有一次，當他還在醫院的時候，當時，醫生已經開始在討論要讓他回家的事，那天，莎拉正在敘述她參加學校話劇甄選的經過，突然之間，凱特迸出了一句話：「你可以從角度上判斷出她站在什麼位置。」

「什麼？」莉娜不明所以地問。

凱特站起身，蹲伏在法蘭西斯旁邊，注視著他下巴後面子彈穿進去的地方。「我敢打賭，當時你把頭轉向了右邊，所以才暴露出頭的左邊。也許，你試著要躲開。她可能在……」凱特說著，穿過狹小的病房，站到了電視底下。「這個位置。」

「老天，凱特。」娜塔莉和莎拉一副緊張的模樣。

「怎麼了？」凱特問。「我們不應該提及這件事嗎？我看不出來為什麼不可以。」

空氣裡一片沉默。

「還有，史坦霍普先生當時在哪裡？從來沒有人提過這件事。」

「夠了，凱特。」莉娜說。

每個人都看著法蘭西斯。

「沒關係。」他說。為什麼知道這些事會讓她覺得好過一點？他很好奇。在她們之中，她是唯一一個絕對不接受事情只說個大概的人。他中槍了。安．史坦霍普被捕了。但是，在那之間的事呢？從第一天開始，凱特就想要知道。安在開槍之後做了什麼？她有試著幫他止血嗎？布萊恩．史坦霍普人在哪裡？安現在在哪裡？為了要保護孩子們，他們不讓律師接近孩子，不讓孩子捲入調查，不讓報紙出現在屋子裡，然而，也許那麼做都錯了。

「是啊，大概是那個位置，」那天傍晚的時候，法蘭西斯說道。「加減一呎左右吧。」語畢，他可以看得出來，光是這麼一點點的訊息確認，就有助於讓她安心下來。她似乎比較冷靜了。在接下來的時間裡，她安靜地聽著莎拉繼續講述她的甄選故事，然後，就像其他人一樣地看著電視。

新搬入史坦霍普家那棟房子的那家人也許不知道發生過什麼事，不過，後來，他們只要一出門，就不可能聽不到各種說法。他們有一個十歲大的女兒，叫做達娜，凱特一直沒有時間理會她，直到她發現達娜也許知道彼得的下落。因此，接連幾個下午，她都和達娜一起在街邊用粉筆塗鴉。達娜只准她用白色的粉筆，因為那是最無聊、也最不需要技巧的顏色，因為那是她最不喜歡的顏色。當凱特用泡泡字體寫出自己的名字時，達娜也要求凱特幫她寫，一遍又一遍地，直到「達娜」兩個字佈滿了她家的車道為止。等她們和彼此夠熟了之後，凱特問她是否曾經見過之前住在那棟房子裡的那個男孩，當他們兩家交接鑰匙時，他是否也在那裡。

「沒有，」達娜回答她，「不過，我想我發現了一些他的東西。」

「什麼東西？」凱特追問。

「各種不同的東西。棒球卡、軍人的小玩偶、一些賽車。大多是些沒用的東西。都放在一個大鞋盒裡。」

「鞋盒在哪裡？」

「在我房間的衣櫃裡。」

凱特往上指著彼得的窗戶。「那是你的房間嗎？」

達娜點點頭。

「我可以看那個盒子嗎？」

達娜聳聳肩。「當然可以。」

當她們走向前廊時，凱特感到一陣緊張，就像史坦霍普太太還在裡面時那樣。達娜拉開那扇防風門，踢掉腳上的球鞋。凱特瞥見牆上掛了一排裝著大張黑白相片的相框，還有一張皮沙發，沙發背面有兩排縫得很整齊的釦子。屋子裡有一股香草味，只見達娜的母親一邊用廚房紙巾在擦手，一邊從廚房裡探出頭來。「噢，哈囉。你是凱特，對嗎？進來。」

凱特站在前門裡，彷彿黏在了腳踏墊上一樣。她已經不想上樓了。她不想再往前踏出任何一步。

「達娜說，她有些可能屬於彼得的東西。」

「是嗎？那個曾經住在這裡的男孩？」在達娜的母親回應的時候，達娜卻對著凱特皺起了眉頭。

「只是一盒垃圾而已。」達娜說。

「我會幫他拿走的。」凱特說。

「不行，你不能拿走，」達娜警覺地說道，「那是我的。那間房間變成我的之後，那些東西也是我的了。」

「那是彼得的，」凱特說道，「你也知道。」說著，她俯身靠近達娜的臉。「拿出來。」

「達娜，親愛的，去拿那個盒子。」她母親說道。

「搞什麼！」達娜大喊。

「達娜！」

當達娜衝上樓時，她母親轉向凱特。「我知道你和他們的兒子很好。」

凱特只是面無表情。

「可憐的孩子，」說完，她帶著溫柔的眼神看著凱特，希望她能說些什麼。當凱特沒有回應的時候，達娜的母親輕輕地笑道：「房產經紀當然沒有說太多。只說他們家裡發生了一起意外，然後就急著搬走了。」凱特看得出來，這家人對史坦霍普家的事所知道的比她更少。而他們也沒有必要知道。

「拿去。」達娜回來時，把那個盒子推向她。

「達娜，不要這樣，」她母親說道，「和氣一點。」

凱特把盒子緊緊地夾在手臂下，彎下身說道：「你真的很討人厭，達娜，你知道嗎？」語畢，用力地推開門走了出去。

——

當所有人都確定法蘭西斯會康復之後——假以時日，在物理治療之下——葛雷森家的女孩也回到學校把那個學年念完。凱特不記得自己在那個月裡，曾經和學校裡的任何人說過話。後來，她也不記得自己是否有補足她錯過的那些功課，或者她的老師就那樣讓她通過了。畢業也只是一團模糊的記憶。娜塔莉也畢業了。沒有人想到要拍照留念。沒有人買蛋糕慶祝。她們曾經說過要一起辦一場畢業派對，不過，那場派對當然也沒有發生。

那天，莉娜・葛雷森把法蘭西斯留在醫院，隻身去參加娜塔莉的畢業典禮，並且在典禮結束後帶她們去吃晚餐。高中比初中重要多了，因此，在凱特畢業的那個早上，也就是娜塔莉畢業的隔天，莉娜只是親了親凱特，恭喜她畢業了，然後便前往醫院。凱特的嬸嬸和叔叔代替莉娜去參加了典禮，一副城裡人打扮的他們在人群中顯得很搶眼，也完全無法融入其他孩子們的家長之中。米歇爾修女一邊哼著歌曲，一邊拆下凱特用來夾住學位帽的棕色髮夾，然後再用叼在她嘴裡的白色髮夾把帽子夾好。那年，學校並沒有指派告別演說的人選。每個人都知道，自從六年級以來，彼得就一直擔任畢業典禮上的致辭代表，此外，在聖巴特中學的歷史上，從來都沒有孩子在畢業前一個月就不再到學校來，所以，沒有人知道該怎麼辦才好。也許，巴斯克先生之所以沒有指派人選，是因為他覺得畢業典禮當天早上，彼得有可能會出現在現場，而在整場畢業典禮上，凱特也幾乎都在想著彼得是否會出現。在彼得缺席的情況下，文森・歐格迪被要求上台說幾句話。文森的成績很普通，不過，他是輔祭男孩，也是男童軍，而且在聖誕歌劇裡也曾經獨唱過，因此，老師們都很喜歡他。雖然，沒有任何老師、也沒有任何職員曾經以什麼特別的方式告訴過學生們發生了什麼事，除了帶領他們為葛雷森家和史坦霍普家祈禱以外。文森走上講台，說了一些關於每個人在生命之中都需要面對的問題，說什麼成長就是要學習如何面對這些問題，還有，在上帝的指引下、在聖巴特作為他們的基石下，他們都會往前邁進，榮耀上帝所賜予的生命。直到梅麗莎・羅曼諾側過頭來低聲問道：「你還好嗎？」的時候，凱特才發現自己對文森・歐格迪的這番言詞感到多麼地憤怒，文森吃的橘子甚至都還需要他母親幫他剝好分瓣，然後再和他的三明治打包在一起。

那個夏天打破了歷年的高溫紀錄。娜塔莉在冰淇淋店找到了工作。莎拉在隔壁一條街充當保姆，不過，大部分的時候，從下午晚一點的時候到上床睡覺前，她們都一起待在家裡。她們並沒有像一直以來所期盼的那樣玩瘋了，也沒有邀請她們的朋友到家裡來開派對，她們只是幫自己做了簡單的晚餐，坐在沙發上看電視，直到三個人全都睡著了，或者直到她們的母親從醫院回來，才把她們都趕到床上去睡覺。

到了娜塔莉要離家去上大學的那個週六，馬多納度先生把他的休旅車倒車到她們家的車道上，裝滿了娜塔莉的行李。由於那個週末法蘭西斯要被轉送到康復醫院去，因此，就由馬多納度先生開車送娜塔莉到雪城去。當娜塔莉發現馬多納度家的孩子都不會同行時，她便央求莎拉和凱特陪她一起上路，因為要單獨和馬多納度先生坐在車裡四個小時實在太尷尬了，然而，由於車子裡塞滿了行李，那就意味著凱特必須坐在娜塔莉和馬多納度先生之間的前座，因為後座的莎拉已經被一只裝了娜塔莉的寢具、毛巾和枕頭的垃圾袋埋住了。一直到她們已經上路之後，莎拉和凱特才意識到，她們還得在沒有娜塔莉的情況下，再度花四個小時在回程上，而馬多納度先生也會不停地問她們要不要「尿尿」。在回程開始不到幾分鐘，凱特就知道如果他再多問一次的話，即便她和她姊姊的眼神只對到最短最短的時間，她也一定會笑出來，不然就是哭出來。當他把車暫停在休息站幫她們買麥當勞的時候，他讓她們在車子外面吃漢堡，而他自己則在停車場旁狹長的草地上做著健身操。莎拉禮貌地等他結束運動，凱特則不停地問他一些關於他日常生活的問題，這些動作是不是他自己發明的，他年輕的時候是不是個運動員，他有什麼最喜歡的影片，馬多納度太太是不是也會運動，他們是否喜歡一起運動。

之後，當她再也想不出問題的時候，她說：「我等不及我爸爸回來了。」莎拉隨即瞪了她一眼，暗示她不要太沒禮貌。

法蘭西斯在那個十月回來了，跟著他一起回來的，還有一群治療師，一個接一個。一整天裡，莎拉和凱特都會試著待在房子裡的其他地方，好讓他們保有隱私，不過，有時候，她們會一起待在廚房裡，一邊幫自己做點心，一邊偷聽。「幅度大一點。」她們會聽到其中一名治療師用鼓勵的語氣對她們的父親說道。「好，再來一個。」即便她們知道她們的父親只是在做深呼吸，只是把手伸向天花板，只是在碰自己的腳趾頭，凱特都覺得她們應該要和那個穿著緊身運動褲、屁股看起來彷彿兩個並排在一起的小拳頭的治療師開點小玩笑。不過，現在的葛雷森家已經是一個假裝什麼事都不好笑的家庭了。

---

在這些日子裡，凱特認為總有一天彼得可能會打電話來。她的姊姊們再也沒有提及他，而她們連他的名字都不再提起的事實，讓凱特覺得自己也不應該提起。如果他真的打電話來，而電話卻不是她接的話，她不確定那會發生什麼事，因此，每當電話響起的時候，她總是試圖盡量去接電話。有時候，當她衝去接電話的時候，娜塔莉和莎拉會彼此互看一眼。在她生日那天，當她走到信箱前面，用手指勾起信箱的拴扣時，她感到了一股期待的興奮。然而，她卻只看到一張卡爾多的傳單和聖巴特中學寄來的一些東西而已。

她一直都很想念他。甚至連過去那種想看到他的期待也讓她懷念。以前，她在找他的時候，會因為瞥見他從家裡走到前廊，而感到渾身竄過一陣興奮。她想像著他走在皇后區的街頭，一邊把玩著他那頂綠色連帽外套上的拉鏈，她想像著他一定是在皇后區，因為，那是他父親計畫要離開他們時打算去的地方。不過，皇后區很大。她曾經看過地圖。他之前並沒有提到過是皇后區的哪一帶。也許，當她認真想的時候，她覺得他也許說過是布魯克林。也許是布朗克斯。有時候，她會很確定他根本沒有去他叔叔家，因此，她就會想像他在別的地方。他是不是曾經告訴過她，他有家人在派特松？她試著想像她從來沒有去過的派特松，然後再想像著彼得置身在派特松的樣子，看看這樣的畫面是否協調。她很確定，如果她的答案正確的話，那她一定會知道；她的身體和心靈都會感到平靜，而她也終於可以讀得下書。然而，在她早晨剛醒來的那幾秒鐘，在她第一個有意識的想法出現之前，她會發現自己的身體想要走向窗邊，她的耳朵已經在傾聽。在達娜和她家人搬進來之前，有一次，她覺得她聽到了史坦霍普家的垃圾桶被拖到路邊的摩擦聲。她立刻從床上跳起來往外看，不過卻什麼也沒有看到，也從此沒有再聽到過那個聲音。有些日子裡，每當電話響起，而電話那頭不是他的時候，她都可以確切地感覺到，他就在某個地方，把手指放在電話上面的數字上，但是卻沒有按下任何一個按鍵。

有時候，她會走向那些巨石，並且不忘帶上一本書，以防她母親或姊姊們往外看。有一次，她覺得自己看到第三和第四塊石頭之間有一只信封吐出了一角。她把手伸進石縫之間，能探多深就探多深，以至於指關節在不斷的摩擦下都磨破皮了。當她終於聰明地找到一根夠細的棒子把那張紙推擠出來時，她發現那並非信封，只是一張摺疊起來的收據，是五月份購買一罐可樂和一包口香糖的收據。

一天傍晚——娜塔莉去了學校，莎拉正在看書，她父親正在睡覺，他終於睡在了自己的床上——她母親和凱特一起坐在沙發上。「你想念你的朋友。」她說。

在她來得及忍住之前，淚水就簌簌地流了下來。那是感恩節前的一週。她已經六個月沒有見過彼得了。她很高興她父親能回家，但是，那卻和她想像的不一樣。有時候，當他走進房間的時候，她會突然湧起一股衝動，想要把她腦子裡的事情通通告訴他。但是，她立刻又停止了這樣的想法，然後感到一股莫名其妙的傷悲。在經過這麼許多之後，他就在那裡，他還活著。他正在幫自己拿點心。正在撓他的肩膀。正在看文件。那不是他的臉；她幾乎不再注意到這點了。

「發生這些事是我的錯嗎？我和彼得的錯？」

「噢，親愛的，不是的。」

「但是我們偷偷跑出去了。而且她真的很討厭我。她討厭彼得喜歡我。」

「你們偷偷跑出去，是因為你們是八年級的學生。一百年後的某一天，我會告訴你我在八年級時都做了什麼。」她們安靜了很長一段時間。然後，莉娜才又說：「不過，她是真的討厭你。我想，你應該要知道她在聽證會上說了什麼。你父親認為不應該讓你知道，但是我覺得你應該要知道。」

「史坦霍普太太說的話？」

「對。」

「她說了什麼？」

莉娜揉了揉凱特的頭髮，一把捧在手裡，然後又散落在她的肩膀上。「你是個很漂亮的女孩，你知道的，對嗎？」

凱特聳聳肩。

「也很聰明。還有，我不知道，不應該用『堅韌』這個字眼。你像你爸爸多過於像我。」

凱特的心裡再度感到了一陣動搖。他很堅韌。然而，他們似乎看不到未來。他們都在等待這段日子的結束，但是，也許從現在開始，這就是他們的生活方式，她們會看著他，然後提醒他走路的時候不要把手放在口袋裡。

莉娜把凱特拉近身邊。「她說，如果你靠近她兒子的話，她就會殺了你。她說，她之所以對你爸爸開槍，是因為如果他死了的話，就代表我們必須搬家，那樣一來，你就再也不會接近彼得了。」

莉娜讓那些話慢慢沉澱。「在你感到罪惡感之前，讓我把話說完。她說，她知道納吉爾家選了一種和她家類似的藍色油漆，只是為了證明他們的顏色比較好看。她說，她受夠了雷貝多閣下在彌撒時總是指名她。她說，每個人都認為她要為挑戰者號太空梭的爆炸負責，這也讓她受夠了。她還提到她有一個和她並不親近的姊姊，在她們小的時候，她姊姊總是想要破壞事情或破壞別人，還有她的一個同事故意要害她被開除。諸如此類的話。」

語畢，她們沉默了幾分鐘。

「她提到了很多人，提出了很多抱怨，那似乎沖淡了她對你的怨言。但是，她又不停地繞回來談論著你，彷彿你圖謀要從她身邊把她兒子偷走。那實在太瘋狂了，給人感覺像個笑話。挑戰者號的爆炸，我的天哪。不過，如果你認真想想她所做的事，也許，你就不會對那些話感到太驚訝了。」

凱特想起自己牽著彼得的手，沿著傑佛遜街奔跑的事情。

「重點是，她病了，凱特。」

凱特點點頭，雖然她不是很確定自己為什麼點頭。

「我要說的是，那件事情的發生不是任何人的錯，真的。你仔細想想，那甚至不是她的錯。這個星期，我們達成了認罪協商。我們都認為，她不應該被關進牢裡，而是應該要待在醫院裡很長一段時間。你爸爸代替我同意了。否則，這件事會無止境地拖下去。我不想再見到他們了。我也不想要再談他們的事。你可憐的父親。你可以想像，如果——」

「你知道彼得在哪裡嗎？」凱特問。

「親愛的……」

「我只是想知道。我保證，我不會和他聯絡。」

「我不知道。這是實話。我真的不知道。」

「有人知道嗎？」

「當然有。他們的律師會知道。我想，他母親的醫生也知道。她也許還有個社工。我相信，他們因為工作的關係應該都知道。我想，布萊恩也還在工作。」

凱特看著她，希望她不會要自己做出承諾。過了一會兒，莉娜只是緩緩地搖搖頭。「算了，省省吧。」她說，不過語氣很溫和，彷彿她了解凱特非問不可。

「可是，他們可能還在紐約，」凱特說，「因為她還在紐約。」

莉娜面無表情，宛如一塊石頭一樣。「凱特。打從彼得出生那天起，我就認識他了。他是個好孩子。每個人都這麼想。但是，你必須忘了他。他曾經是你的朋友，但是他已經離開了。你現在可能不會相信，但是，有朝一日，你會有一個你很愛的朋友，就像你愛彼得一樣。這一切都超出了一個小女孩可以面對的。你還有一個大好人生在等著你。」

凱特什麼也沒說。

「為了你爸爸，凱特。不要自找麻煩。好嗎？」

電話響了。是娜塔莉。長途電話的通話費率在晚上九點後就降價了。

「好嗎？」

「好。」

# 8

她並沒有自找麻煩。有時候，她覺得自己應該要受到稱讚，因為她真的完全沒有自找麻煩，或者至少沒有去找她母親所說的麻煩。

她可以毫不費力地就交到朋友，並且不明白為什麼有人會那麼難交到朋友。你只要說一件好笑的事就可以交到朋友了。她們現在已經和來自公立學校的孩子混合在了一起，不過，有一群來自聖巴特的女孩總是黏在一起，並且會一起去踢足球。儘管學校裡有一支高一的球隊，不過，凱特還是以高一的身分加入了校隊預備隊。她會在有比賽的日子裡，穿著她的制服到學校，然後和其他七個女孩坐在一起吃午餐，並且參加所有的榮譽課程。當她想要說話，卻覺得沒有被注意到時，她就會舉手，直到班漢先生在家長會裡告訴她的父母說，他很高興看到一個女孩在上課中舉手。凱特的朋友們決定做正式的打扮，一起去參加十二月的派對，因此，她們要先到瑪麗・哈勒戴的家去做準備。「真是有趣。」她把衣服小心地摺疊在一個梅西百貨的袋子裡，由她母親開車送她過去，而她母親一路上不停地這麼說。凱特把越多的細節告訴她母親，她母親似乎就越高興，因此，她開始捏造一些事：

「我們可能會交換珠寶。」她說。

「珍妮做了一卷混合的錄音帶，讓我們在準備的時候可以聽。」

「瑪麗會幫每個人化妝。」

「化妝？」她父親坐在乘客座上問道。「你們可以化妝嗎？」他剛接受了另一次手術，這回是幫他做下巴，所以，他有半張臉現在都裹著繃帶。為了減緩疼痛，他服了止痛藥，不過，那些藥的藥效似乎很快就消退了，但是，醫生警告他不要擅自縮短兩次服藥之間的時間。他的話聽起來並不清楚，不過，凱特還是可以從他的語氣裡聽出他在調侃。他和她母親一樣高興。

「凱特，」她母親說，「我們真為你感到驕傲。」

——

沒有彼得的下午感覺既漫長又沒有目標，不過，她還是養成了一種日常的習慣。學校，足球，作業，電視，睡覺。莎拉是學校報刊的編輯，因此，在截稿的那一週，凱特總是一個人獨自走回家。自從上了高中之後，天空似乎更大、更空了，這也是她第一次覺得吉勒姆是個小地方，一個夾在諸多小地方裡的小地方，並且渴望著想要知道走出吉勒姆是什麼感覺，走出吉勒姆隔壁的小鎮是什麼感覺，走出隔壁再隔壁的小鎮又是什麼感覺，直到這份渴望被滿足為止。她想像著頭頂上方有一架攝影機，鏡頭不斷地往後拉開，就像有些電影那樣，然後，吉勒姆就消失在了眾多其他地方所組成的繁星之中，直到變成了一個斑點，直到紐約變成了一個斑點，直到整個美國、北美，最後是整個地球都變成了一個斑點。

有時候，她會想像彼得走在她身邊的感覺——他的形體、他的氣味。偶爾，通常是在週五的時候，她的一個朋友會在放學後和她一起回家，她們就會在走回傑佛遜街的一路上喋喋不休地聊天。回到家之後，她們會狼吞虎嚥地吃著凱特的母親為她們準備的餅乾和汽水，然後繼續聊天，直到她們的母親來接她們回家，她們才會穿過葛雷森家的草地，大聲對凱特喊著週一再見。「你們聊得開心嗎？」她母親總是會緊緊地看著她問，而她也會向她保證自己很開心。然而，當她隔著黃昏的草坪揮手大聲道別時，她總是感到鬆了一口氣，感到全然地筋疲力盡，彷彿這些離別來得一點都不嫌早。

當高一結束的時候，凱特找到了一份營地輔導員的工作。週一到週五的時候，她總是幾乎睡過頭，因此，她會在早上的時候，直接把胸罩套在前一天晚上睡覺時穿的T恤底下，然後刷牙，再抓起一顆蘋果或一根香蕉，跑過十條街，一路衝到營地所在的中央大道上。有幾個晚上，孩子們會在營地裡待到幾乎天黑，而凱特總是自願在那樣的日子裡輪班。「你好忙啊！」在她結束漫長的一天回到家時，她母親總是會這麼說，而她父親則會看著她在廚房裡走來走去。在夏天快要結束的時候，和凱特一樣在營地裡工作的一個朋友艾咪——她既是凱特足球隊的隊員，也曾經去過凱特家好幾次——在其他輔導員面前表示，凱特對她來說就像個姊姊一樣，然後帶著燦爛的笑容看著凱特。當時，凱特正在加水站幫水瓶裝水，一聽到艾咪這麼說，凱特覺得自己的胃都掉了下來。她咳了幾聲，並且在發現每個人都看著她、等著她說點什麼的時候漲紅了臉。

「可是，你有姊姊啊。」凱特終於開口，擠出她唯一想得到的話。

「這是一種形容，凱特。」艾咪翻了個白眼。其他人則尷尬地將眼光挪向別處。

「不，我知道那是形容。我只是說你自己有兩個姊姊。我也是。那種感覺不一樣。」

艾咪的臉沉了下來，取而代之的是怒意。「你今天怎麼了？」

稍後，凱特只能說她並沒有專心在聽，不是很清楚他們在聊什麼。她誤會了。「你是我最要好的朋友之一。」她對艾咪保證。「我的意思只是我姊姊有時候會很煩。」艾咪同意凱特說的完全正確，在整段回家的路程上，凱特都試圖要想起艾咪的大姊到底叫做凱莉還是卡莉。

高二那年的秋天，有兩件有趣的事情同時發生了。她加入了足球校隊，並且聽說艾迪・馬力克喜歡她。女孩們對此都感到很震驚，因為艾迪是高年級生，長得又好看，尤有甚者的是，他還有兩個英俊的哥哥，那似乎讓他的帥氣更加分了。對於凱特是否也應該要喜歡他，這點似乎是無須討論的。一開始的時候，凱特以為他喜歡的人是和他同年級的莎拉，而他只是把她們的名字搞錯了而已。她們長得並不像，然而，有時候即便是不認識她們的人，也會告訴她們說，他們可以從兩人走路的樣子看得出來她們是姊妹。結果又有消息傳出，他指的不是莎拉，而是凱特。每天午餐的時候，女孩子們都湊在學校餐廳的桌上交頭接耳，直到她們的頭幾乎都貼在了一起，然後報告著她們聽到的細節：艾迪告訴喬伊・卡明斯說，凱特・葛雷森很漂亮。他覺得她是一個很棒的足球員。他想要約她出去。

「你要怎麼做？」當這個消息流傳了好幾星期之後，有一天，她們問她。

「什麼也不做，」凱特回答，「順其自然吧，我想。」

艾迪是那種十八歲看起來卻像二十五歲的人。據凱特所知，他人很好，雖然她從來沒有和他說過話，也無法想像為什麼在吉勒姆高中所有的女孩裡，他看上的人會是她。莎拉似乎也對這件事感到很困惑。她告訴凱特，根據他們幾次的互動判斷，他似乎既不聰明也不愚蠢。他很普通。不有趣也不嚴肅。他曾經參與過校刊的編輯，不過後來就退出了。他也曾經加入學校年鑑的製作，但是可能也已經退出了。莎拉承認，女孩們確實喜歡他。那是關於他的另一個事實，就像他有一頭棕色頭髮一樣。

有一天，他在凱特練完球之後等她，當她的隊友看到他時，她們全都往後退，並且催促凱特走上前去。凱特假裝沒有看到他，然後繞到學校後面，偷偷從有管理員看守的門溜進了女生的更衣室。翌日早晨，他在她的置物櫃旁邊等她，整件事幾乎就像是她曾經看過的電影情節一樣。

「嘿。」他說。

「嘿。」她回應。

到了午餐時間，整個學校都知道他們交往了。

---

艾迪沒有車，不過，當他們出去的時候，他通常都能借到他母親的車子。他們看過幾次電影，不過，每次都是和學校裡的孩子一起去，至於他們看的是什麼電影並不重要，因為，整場電影播放的時間裡，他們都在黑漆漆的電影院後排座位裡親吻和摟抱，而其他沒有對象的孩子就會對他們扔擲爆米花。有一次，由於忘了錢包，因此，他得在接了她之後又繞回家裡，當她假設自己只要等在屋外時，他看著她的樣子，彷彿她瘋了一樣，隨即堅持要她和他一起進屋。「哈囉，」當馬力克太太下樓到廚房和她見面時，她拉了拉自己的裙襬。「很高興見到你，我只是——」

「坐下，坐下，」馬力克太太說道，「你餓嗎？你是法蘭西斯．葛雷森的女兒，對嗎？」當凱特點頭時，她知道馬力克太太知道一年半以前，發生在傑佛遜街的每一件事，這也是她第一次懷疑艾迪是否也知道。

他們的比賽行程大部分都撞在了一起，不過，他還是試著去看了幾次她的主場比賽，而且還帶了幾個朋友一起去，這讓她隊上的女孩們很高興。有一天晚上，他們去了吉勒姆小餐館，就只有他們兩人，晚餐之後，他沒有直接開他母親的掀背車送她回家，而是把車開到郵局後面停車場最暗的角落，然後拉起她的手，放到了自己的褲子裡。「你太嚴肅了。」當她按照他教她的那樣把手上下滑動時，他低聲地對她說。在月光下——那晚是滿月，月光十分皎潔——她發現他是那麼地英俊，他是那麼地喜歡她，然而，有時候，在和他相處了幾個小時之後，她會覺得自己比過去還要孤單。他伸手拉開她綁住頭髮的髮帶，隨著她的頭髮散落下來，他閉上眼睛，深深吸了一口氣。

他們唯一的一次吵架其實算不上是真的吵架，只是幾個小時的緊繃狀態而已。當時，他們在披薩和派這家店裡，頭頂上的電視正在大聲地轉播著巨人隊的比賽。儘管杯子已經見底了，艾迪還不停吸著杯子裡的吸管。他搖晃著杯子裡的冰塊，看著她，然後突然問她關於彼得、關於八年級結束時所發生的一切。「去年你剛進學校時好像很有名。每個人都知道妳是莎拉和娜塔莉的小妹，知道你爸爸中槍了。我猜，那傢伙真的喜歡你？」艾迪把手肘靠在桌上。「那讓他媽媽瘋了？」

凱特覺得自己內心某個部分關閉起來了。對於他這麼問、對於他自以為知道發生了什麼事，她感到無比的憤怒。

她放下手中的披薩，把盤子推到一邊。

「我在學校聽到了不同的版本，不過，我覺得我還是問你比較好。」

「這不干任何人的事。」

艾迪傻笑著。「那倒是真的。但是，你前男友的媽媽對你爸爸開槍。那種事是會被廣為流傳的，凱特。看看你爸爸的臉。你以為人們不會談論嗎？」

「不准提我爸爸。」說著，她從座位上站了起來。

「我愛說什麼就說什麼。」他雙臂交叉往後靠坐。「你為什麼要表現出這副樣子？」

「還有，他不是我男友。」

語畢，她走出了披薩店。她轉到中央大道，低著頭一路快步走過舞蹈教室、香菸店和消防局。

艾迪跑出披薩店，趕上她。「好吧，好吧，對不起。報紙上說他是你男朋友。」

她從來都不知道那整件事曾經上了報。她的腳步更快了。一定是她母親不讓報紙送進家裡。她一定是把報紙藏了起來。

「他是我最好的朋友。」

「那麼——」

「我想要回家。」

「凱特，別這樣。」

「我要走路回家。你可以走了。」

但是，他當然不肯離開，因為他的家教告訴他，在和一個女孩約會完之後，一定要看著她安全回到家。因此，他和她保持了幾步的距離，默默地跟在她的身後，直到他們抵達傑佛遜街。然後，他才跑回鎮上，把他母親的車子開回家。

到家之後，凱特告訴莎拉說，她再也不要和他說話。她告訴她母親說她身體不適，因此早早就上床睡覺。她聽到電話鈴響，聽到她母親叫莎拉去看看她是否還醒著，因此，她閉上眼睛，把棉被蓋過了頭。隔天早上，也就是週日早上，凱特和家人一起出門去參加彌撒——莎拉宣稱她前一天晚上已經去過了，不過，凱特知道她是想把那一個小時用來上網瀏覽CVS健康連鎖藥妝店的唇膏——他們一打開門，就看到了門墊上有一盆菊花，還有一張艾迪留下的紙條。「誰送來的？」她父親一問，立刻就被她母親用手肘頂了一下。「約翰．馬力克的孩子？他不是比凱特大嗎？」

「我要怎麼處理一盆菊花？」凱特問道。

「你應該要找一天晚上請他到家裡來吃晚餐。」莉娜對她說。

「噢，那就再好不過了。」莎拉附和著。

他們和好了，因為那是最容易做到的事。保羅．班傑明邀請莎拉去參加正式的假日舞會，而他們似乎會被安排和艾迪以及凱特坐在同桌。凱特很期待和莎拉坐在一起，不過，莎拉似乎並不想如此，所以，後來他們因為桌子太大只能分開來坐時，那似乎就變成了最好的安排。跳舞的時候，當莎拉跑出去抽菸之際，凱特讓艾迪在舞池裡吻了她，就在他們的老師和監護人的眾目睽睽之下。艾迪把她拉近，一手緊貼在她洋裝的緊身馬甲上，在那一瞬間裡，舞池上方的鏡球所散發出的光線投射在他的臉龐、他租來的白色燕尾服襯衫，以及紫色的腰帶上，那條腰帶是他母親在電話詢問過莉娜關於凱特將會穿什麼顏色的洋裝之後幫他準備的。他把他的燕尾服西裝留在了他的座位上，不過，即便沒有穿外套，他背上的襯衫也已經汗濕了，他不停地問凱特要不要喝點什麼。凱特發現他很緊張，因而對他產生了一股真正的情愫。在舞會結束之後，他告訴同桌的其他人可以先離開，無須等他們。莎拉在和保羅走出體育館大門時回過頭看了妹妹一眼，彷彿在問她一切是否還好。凱特也朝她揮了揮手。

當他們單獨在停車場的時候，艾迪問凱特想不想去看看他哥哥的公寓，因此，凱特去了。他哥哥已經從大學畢業了，而且每天早上都要通車到市區裡去，為了要擁有自己的空間，他獨力把車庫改裝過了。馬力克家距離學校只有兩條街，因此，他們都走路上學，當凱特抱怨自己的腳被她那雙愚蠢的高跟鞋弄痛時，他主動表示可以揹她。「駕。」當她爬上他的背時，他發出了趕馬的吆喝聲。而她也在他沿著人行道奔跑時拍打著他的屁股，任憑自己的裙襬在地上拖行。

當他們抵達他哥哥的公寓時，一看到他哥哥並不在裡面，凱特立刻就明白了。「他要在波士頓待到週日才回來。」艾迪很隨意地說著。「他去看他大學的一些朋友。」主屋的燈光都關掉了，她不禁好奇，是不是只有女孩們的家長才會在家等門，或者，只有凱特自己的父母才會這麼做。在艾迪拉下她的洋裝拉鏈時，她覺得沒什麼關係。當他帶著她來到已經被拉開而且鋪好的沙發床邊時，她感到了一絲的害怕。她穿了新的內褲，還在肚子上噴了香水。她知道，會這麼做的人是不可能在這個時候假裝自己很驚訝的。「小心點。」當他去接她的時候，她母親曾經對她這麼說，當時，那輛她不熟悉的車子裡，還有一對高年級的情侶坐在前座。她母親看著凱特，彷彿有什麼緊急的事要告訴她卻一直都忘記了，不過，在那一刻，似乎也沒有時間多說了。雖然，凱特並不介意眼前正在發生的事，也沒有反對，不過，她發現自己在想家，想起了那天晚上待在家裡的話會有多麼開心。當艾迪從她身邊退開，去撕開一只保險套——毫無疑問，那一定是他哥哥的——並且專注地戴上時，她想到了一杯加了蜂蜜的熱茶，想到了莎拉捧著一疊餅乾，和她並肩坐在沙發上，想到了娜塔莉在九點整的時候打電話回家，問她們都在做什麼，要她們把電話調成擴音，讓她聽聽家裡的動靜。

事情結束之後，艾迪用手肘撐起身，審視著她。他想要知道她是否感到疼痛。當她說是的時候，他又想要知道是否整個過程都很痛，或者只是輕微地疼痛。除了痛之外，感覺是否也很美好？凱特說是，雖然她一點都不覺得美好。儘管男孩子們稍早在學校後面喝了不少酒，不過，他似乎很清醒。

「我愛你，凱特。」他說。

「少來了，艾迪。省省吧。」她不知道他們要怎麼處理床單。他哥哥有自己的洗衣機和烘乾機嗎？還是艾迪得要偷偷地把它們弄進他家裡？

「我是認真的，」他說，「如果你沒有這個意思的話，你可以不用說，不過，我想你也愛我。」

凱特起身吻了他。

她沒有把這件事告訴任何人。沒有告訴莎拉，也沒有告訴娜塔莉。更沒有告訴任何一個午餐時和她坐在一起的朋友。這件事似乎沒有那麼重要，不像人們大肆渲染的那麼重要。它就只是一件已經發生了的事，就像其他事情一樣。最主要的不同是，艾迪現在老是往她家跑，而且不再事先打電話來通知她了。在他按門鈴之前，她就可以透過玻璃先看到他的身形，並且覺得很累，希望她可以提前五分鐘收到警告，這樣她就可以躲起來了。聖誕節的時候，他買了一副耳環送給她，當她打開盒子看到裡面的東西時，她知道自己至少學到了一點點什麼，因為她並沒有當場就叫出來說她沒有耳洞。莎拉和娜塔莉事先提醒過她說，他可能會送她禮物，因此，她也買了一本關於足球的書要給他，因為足球是他最喜歡的運動，而且那本書就展示在書店最後一排的架子上。

「你喜歡他嗎？」一天晚上，她父親問她。他坐在他的搖椅上，一手拿著一杯酒，一手拿著電視遙控器，有那麼短短的一瞬間，凱特覺得自己可以假裝他剛剛下班回來。不久之前，她不小心聽到他告訴莉娜說，他在幾個月後可能回去工作的事，那是一份待在辦公室的工作，文員的工作，他們為他爭取了一份工作。不過，即便已經裝了義眼，他的視力仍然是個問題。他已經拿到了退休金，雖然，他不是在值勤時受的傷，不過，他們認為他可能會面臨更高程度殘障，因此，他可以申請到更多的補償。有時候，會有一組人來看他，兩個或者三個一起，而從他們下車四下環顧的模樣，凱特就可以看得出來他們是警察。此刻，在轉過身來看著她之前，他把電視調成了靜音。

「嗯，他還不錯。」凱特說。

房間裡很安靜。莉娜正在廚房裡把香蕉搗碎，好用來搭配麵包，同時一邊看著她之前錄下來的一集Days。

「凱特。」法蘭西斯只是簡短地喚了一聲，不過，這一聲裡卻包含了警告和疑問。

——

後來，她的外婆死了。她先是咳嗽，後來變成了流感，最後轉變成了肺炎。凱特的實驗室搭檔在那年秋天曾經感染過肺炎，但是，她在一星期之後就回到了學校，因此，凱特從來都沒有想過她的外婆再也不會回到她的那間小廚房裡，回去吃那些被她用保鮮膜包起來、並且存放在冰箱裡很久的隔夜菜。莉娜回去灣脊區待了一個晚上，幫忙整理她的東西，並且考慮要如何安頓她的外公。當他們在計畫葬禮和做其他決定時，凱特的雙親直言不諱地提到了錢的問題，那是過去從來沒有發生過的事，也是凱特第一次擔心他們可能沒有足夠的錢。一具桃花心木的棺材價格；葬禮之後招待會的食物費用；他們是否可以用冷三明治，或者，賓客會期待熱食；他們需要安排全套的酒吧，還是只要準備啤酒和酒類就可以了。莉娜說，她不希望她的父親感到丟臉，對此，法蘭西斯不禁嘆息。她弟弟凱洛的酒保薪水能起什麼作用？還有她妹妹娜塔西亞？「我們現在承擔不起任何的意外。」當他們坐在餐桌旁計算費用時，法蘭西斯對莉娜說道。然而，對於自己不知道會發生的事情，一個人應該如何預防呢？這點讓凱特感到很好奇。她想起了當她告訴她母親說，她的釘鞋已經太小穿不下的時候，她母親臉上出現的表情。

如果凱特可以把她想到彼得和沒有想到彼得的時間做成一張圖表的話，那麼，為她外婆守靈和葬禮的那個星期，將會在圖表上顯示出一個七天的高峰。紐約市很大，灣脊區只是其中的一小部分，然而，她還是不斷地想像他來到教堂參加葬禮的彌撒。她幻想著在教堂的長凳上轉過頭，就會瞥見他站在教堂後面聖水池的旁邊，不過，在葬禮當天，當她真的轉身時，教堂的後半部卻空無一人，教堂的前半部大多是她母親小時候的朋友、阿姨和叔叔。葬禮結束之後，凱特和莎拉在外公外婆的公寓裡住了兩個晚上陪伴她們的外公，而莉娜和娜塔莉則在外婆的那張小餐桌上填寫著文件。只要一有機會獨處——有一天，她走到小餐館去買了巧克力牛奶蘇打水，隔天則是走到河邊去看橋和鳥——她就不免告訴自己，事情會發生在類似這樣的時候。那將會是一個平凡無奇的日子，他會在一個陰天裡不經意地走過。「凱特？」然後，他會折回來走到她的面前。

---

當她回家的時候，艾迪正在等她。他家人有送花到葬儀社，不過，他現在捧了一盤他母親做的焗烤起司茄子，就站在她家的前廊上。他上前擁抱了莉娜。「嘿，艾迪。」莎拉說著，經過他身邊走向前門。

「我沒有去，你生氣了嗎？」等到葛雷森家的人都聽不到的時候，他才問凱特。「我想去，但是我媽媽需要她的車，而搭公車和地鐵得花上好幾個小時。」

「去哪裡？」凱特問他。

「去參加葬禮啊。」

「沒有，當然沒有。反正我和我家人也很忙。」

「那就好。」他吸了一口氣。「你猜發生了什麼事？我已經不在聖克羅斯的候補名單上了。」那封通知書就在他的口袋裡。「誰知道呢，也許我可以分配到一間單人房。也許你會去那裡。」他拉起她的手，輕輕地把她帶向他的車邊，毫無疑問地，這樣他就可以載她到他哥哥的地方。適逢週末，而大多數的週末裡，傑克似乎都不會在城裡。

「是啊，誰知道呢。」凱特說著，這是幾個星期以來，她第一次感到了一波清涼的安慰撲面而來。在短短的幾個月之內，他就會消失到麻州去了，等他離開之後，如果她可以確保自己在學校放假和假日期間保持低調的話，她也許就再也不會見到他了。

「凱特，」她父親的聲音從門內傳來，除了紗門之外，他們一直都沒有把門關上。凱特的臉瞬間漲紅，她不知道他在那裡站了多久。「你媽媽需要你幫忙。」

艾迪嚇了一跳放開了她的手。

「我得走了。」凱特說完，隨即從她父親身邊溜過。

法蘭西斯動也沒動地站在原地，而由於法蘭西斯並沒有走開，艾迪也只能站在那裡，不確定自己是否已經可以離開。

「她很棒，」艾迪終於擠出一句話。「我是說凱特。我們剛剛正在談——」

「她是最好的，」法蘭西斯繼續站在那裡，看著眼前的男孩，彷彿在等待著什麼一樣。「她是最優秀的。」

達娜騎著她的腳踏車經過，同時按了按手把上的車鈴。

「她經歷了太多，」法蘭西斯說，「她還沒有走出來，雖然表面上看起來並非如此。」

「是啊，我知道。」艾迪帶著一絲不耐地回應著。她父親沒有必要這麼說，特別是對他。

# 9

喬治和彼得在公寓裡從來都不接電話，因為喬治說，那都是一些要捐款或籌措資金的人，如果有人真的需要他的話，他們可以在他工作的地方找到他。安一直都沒有打過電話來，一次也沒有，雖然，每隔幾個月就會有社工留言給他們，讓他們知道安需要一件毛衣，或者一雙拖鞋，或者一塊特定的肥皂，因為醫院的肥皂會讓她起紅疹。他們沒有填寫任何正式的文件讓達奇柯爾斯高中知道布萊恩已經搬走了，並且告訴他們，喬治現在算是彼得的監護人，因此，每當彼得需要父母的簽名時，喬治就直接簽了布萊恩的名字。學校的秘書有鐵工聯盟組織Local 40的辦公室電話，也有喬治在某個工地工作的幾個月期間，該工地的臨時辦公室電話。他們每週大概會聽一次電話答錄機，然後會在對方說完話之前就刪除留言。「吧啦，吧啦，吧啦。」喬治會對著答錄機喃喃自語，並且靠在電話旁邊的牆壁上，彷彿他沒有辦法站在那裡再多聽一秒鐘。每隔一段很長的時間，他們就會收到布萊恩的留言，布萊恩的聲音總是很大，彷彿電話是從訊號很差的貝魯特打來的一樣，他會在留言裡說，他很遺憾他們沒有接到電話，他會盡快再找一天打電話來。喬治會讓他哥哥的留言全部播完，然後帶著一種無動於衷的表情問彼得，要不要再播放一次，或者把那則留言保存起來。當彼得告訴他可以刪除時，喬治立刻就按下刪除的按鍵，一如他處理其他的留言一樣。答錄機上顯示的留言時間總是在彼得人在學校的時候，有很長的一段時間，彼得都覺得他父親實在太不小心了，居然會忘記他不可能在平常的上學日裡待在家接電話。

大約在布萊恩離開後一年，答錄機的磁帶壞了。某個傍晚，磁帶突然快速地倒帶，然後斷掉，從捲軸裡彈了出來。「噢，仁慈的上帝啊。」喬治說著，把絞成一團的帶子扔進了垃圾桶。每隔幾天，喬治就說他得去買一捲新的磁帶，但是，他一直都沒有買。「我們在等誰打電話來嗎？」說完，他只是聳了聳肩。

彼得高一的那年秋天，貝爾教練開始為他們指出那些出現在大型邀請賽裡的大學招生人員：通常都很瘦小，本身以前就是選手，會穿著球鞋搭配卡其褲和正式的襯衫，拿著一只馬錶和一本筆記本，然後站在和人群稍微有點距離的地方。

「我不希望你變成頭號焦點。」貝爾教練在一場比賽之後說。「不過，你這個賽季表現得不錯。他們會注意到你的。」但他們並沒有來找他，因此，彼得覺得教練一定是判斷錯誤了。然而，春季的時候，彼得接到了賓州一所第一級別學校的教練親筆來函——就在他於一場半馬賽中跑出了個人最好的成績，並且打敗巴比．歐邦友之後，巴比的父親曾經是奧運的中距離選手，而巴比自己那年也在該市跑出了最快的成績。一週之後，他收到另一名教練的來信，還附上了一份問卷，問他想在大學裡學到什麼，又希望在體育和學術上各達到什麼目標。在那之後一個星期，那名親筆寫信給他的賓州學校教練在分區比賽中向他自我介紹，並且說他對他的比賽印象深刻，問他是否開始考量大學的事了。

「你家人在這裡嗎？」那名教練問他，然後往彼得後面的看台望了一眼，只見其他孩子的父母正在看台上忍受著飢餓，頭昏腦脹地等待一整天，就為了看他們的孩子比賽，而那場賽事可能只有短短的三十秒。

「他們今天不能來，」彼得說，「不過，我們當然有討論到上大學的事。」就在那個星期，彼得在學校裡的諮商督導員才要他列出長大之後可能想要從事的工作清單，這樣，他們就可以開始規劃要從哪裡著手。她的手在走廊上貼滿傳單的牆壁上不停地飛舞，宛如小鳥一樣。她從牆上的各個角落拿下傳單，直到累積成了一疊才遞給他。

等到春季結束，夏天來臨的時候，電話開始來了。起初是貝爾教練，他叫彼得把他家該死的機器修好，因為他至少已經試著打電話到彼得家二十次了，他說，他不是彼得私人的答錄機。喬治在那個夏天幫彼得找到了一個當鐵工學徒的機會——雖然他只有十七歲，但是，他得對人說他十八歲了——而當教練說集訓會在七月中開始時，彼得表示他會試著參加，但是那得要看他每一週的排班時間而定。他的工資是每小時九．二○元，比他任何一個朋友在暑假打工的工資都要高很多，他打算把賺來的錢都交給喬治。教練聽完他的回應之後，沉默了一段很長的時間，至少彼得覺得很長。

「好吧，我會根據你的工作班表來安排訓練，」他終於開口。「不過，彼得，求求你。千萬不要受傷。我不確定你知不知道現在是什麼狀況。」

「現在是什麼狀況？」彼得問。

「現在發生的事意味著你將會進入一所很好的大學。我不想讓你抱太大的希望，但是，這些私立大學的計畫是可以提供錢的。你只要表現得好，你要付的錢可能不會比你要付給市立大學來得多。」

「市立大學要多少錢？」

「我不知道。也許三千元吧？」

彼得在心裡把三千除以九．二〇。

「天啊。私立學校要多少？」

「你的諮商督導員沒有和你談過這些事嗎？」

「卡卡拉女士總是說要找我父親談，」由於他已經開了頭，並且開始意識到自己需要幫助，因此，他繼續說道：「我叔叔今年參加了家長會，每個人都以為他是我父親，所以，他也沒有多作解釋。當那些教練寄問卷來的時候，我讓家庭資料欄裡保持空白。我不知道要填什麼。」

「我來處理吧。」教練說，「不過，你父親在哪裡。彼得？我知道你母親……沒有空討論。但是，我見過你父親，不是嗎？」

「也許高一的時候吧。」

「他工作的時間很長嗎？」

「他得離開一陣子。所以，如果這些招生的人需要找人談的話，他們就得和我叔叔談。」

在工地上，沒有人對他的半馬成績或者他的訓練時間表感到興趣。他們只會吼著叫他去幹活——到鋼樑的另一頭，或者不要擋路，扶這個東西，抱著那個東西，去煮一壺咖啡，去熟食店買沒有氣泡的開特力飲料。他們告訴他不要爬到太高的樓層，因為他實在太瘦，一道風就可以把他吹走了。他們問他關於女孩子的問題，說什麼樣的女孩會喜歡渾身沒有肉的男人，當有人提醒大家他上的是男校時，眾人又紛紛為他掬一把同情之淚。工地裡有兩個人只比彼得大一歲，而他們都是全職的工人。其中一個留著鬍子，圓桶狀的胸膛就像喬治一樣，彼得會偷偷瞄著他，然後懷疑他們是否真的只差一歲。這兩個十八歲的男孩都從高中輟學了，他們的親戚——父親或者叔叔——也幫他們加入了工會。他們賺的錢是彼得的兩倍，兩人都為了更大的目標而把錢存起來。他們曾經在午餐休息時問彼得，他覺得大學能帶給他什麼，他是否覺得上了大學就可以讓他住進豪宅，而不管彼得怎麼說，他們都會彼此對看，彷彿他是個笨蛋一樣。他們宣稱，現在的大學畢業生只能夢想自己也能賺得到他們一年的所得，而且還得一整天都坐在辦公室裡，此外，在他們二十二歲大學畢業之前，他們都沒有辦法真的開始賺錢。「真是浪費時間。」他們一邊說著，一邊撕開他們的帕瑪森起司雞排，然後計畫著傍晚要幹什麼。他們都有認真交往的女朋友，過了幾個星期之後，彼得開始懷疑他們說的也許沒錯。

工地裡的人知道他是喬治的姪子，而彼得也注意到，喬治很受到眾人的喜愛。他的脾氣也許不太好，不過，他很公平。他們會在工作結束之後邀請喬治出去，不過，喬治總是拒絕。他告訴彼得，自從布蘭達離開之後，自從他學到了他所謂的那個教訓之後，他再也沒有時間去酒吧了。

「也許，去上大學是個很蠢的想法，」有一天下午，當他們坐在喬治的車子裡要離開工地時，彼得說道。「我可以在畢業之後和你一起做全職工人，然後，我可以幫自己找個地方住，不要再麻煩你。那個叫做吉米的傢伙對我說——」

當喬治用力踩下煞車時，他們都還沒有駛出工地的範圍，彼得往前衝，一把撞在了儀表板上。「吉米．麥格里連用計算機都算不出二加二等於多少，彼得。」

「他對我似乎還好。他說，他已經快存到足夠的錢，可以買一輛雪佛蘭的科邁羅了。」

喬治看著他。「誰在乎。你想要一輛科邁羅嗎？」

彼得想了一下，然後同意他並不在乎車子的問題。不過，也許那只是因為他從來都沒有考慮過買車。

「好吧，約翰說他快可以買得起他在史泰登島看到的一棟房子了。他說，他打算向他的女朋友求婚。」

喬治嘆了一口氣。「約翰．薩瓦多爾應該要去上大學的。他可能還是會去。我希望他會去念大學。像那樣的孩子，我會幫他保留一份工作。可是，彼得，不要讓我後悔帶你來工作。也許，你應該要在康尼島做鳥巢蛋糕的，就像我在你這個年紀時那樣。」

喬治又重新開始上路。「不要誤會我的意思。這是一份很好的職業。一個很好的工會。而且也能給你帶來一些成就感，看著你蓋的建築物越來越高。從天際線裡分辨出那棟建築物，然後想著你是它之所以矗立在那裡的原因之一。如果你在大學畢業之後還想做這個工作的話，那我會看看我能怎麼幫你。」

「可是，那重點是什麼，如果我還要回來工作的話？」

「重點是你會離開，去讓自己接受教育。你或多或少會看到別人是怎麼生活的，他們為什麼會有那樣的想法。你也會認識不同行業的人，而他們的行業甚至不是我們所認知到的。你知道前幾天我在看什麼節目嗎？那個節目介紹了關於在電視節目裡製作聲音的人。關門的聲音，東西灑出來的聲音。一個人打另外一個人的聲音。你知道有人的工作是在讓這些聲音聽起來就像真的一樣嗎？」

彼得被他叔叔如此有力的反應弄得啞口無言，他開始沉默地思考這番話。

「還有，你和他們不一樣，彼得。他們假設你就和他們一樣，然而，你和他們不同。除了年齡之外，你和吉米．麥格里沒有一個地方一樣。另一方面，約翰．薩瓦多爾……」喬治停了一下才接著又說：「如果他是我的孩子的話，我會讓他去念書。」

「你為什麼不念書？」

「因為我很笨。」

「那不是真的。」

「不，也許我並不是各方面都很笨，不過，笨的方式有很多種，我只是其中一種。或者說，我曾經是。」

「我像我爸爸嗎？」

喬治笑了。「你爸爸在你這個年紀的時候，並不像現在這樣，你知道嗎？也許，你像你媽。我不太了解她，不過，我猜她很聰明。她念了護理學校。那麼年輕就來到了這裡。我想，她曾經在蒙特菲羅管理一群人，不過，這些事你得去問你爸爸。」

彼得衡量著他的話，思緒打開得更寬廣了，吉勒姆的畫面也出現在其中。有時候，他躺在喬治的沙發床上，試著要記起他過去那間臥室的細節，房間有多大，房間裡藍色的牆壁，五斗櫃上方的牆壁上是不是真的有書架用來放置他的書籍、卡片和玩具兵。他試著想起把門關起來，獨自一個人在屬於他的空間裡的那種感覺。現在，他唯一能獨處的時間，就是在喬治出去打保齡球，或者和「朋友」去看電影的夜晚。彼得記得他在吉勒姆的家有多麼的安靜，一種比無聲還要安靜的沉寂。喬治會給他隱私，每天晚上，他會在大約十點左右就回到自己的房間裡，然後在房間裡看新聞，而不是待在客廳裡看。當他獨處的時候，彼得試著想起每天都見到凱特的感覺，試著想起不管何時，他只要透過房間的窗戶看出去，幾乎都會看到她的身影就在院子裡，雙頰因為戶外的寒意或者奔跑而泛紅。起初，當他還是高一，甚至高二的時候，只要時間允許，他就會想起凱特。他會闔上雙眼，用意念將訊息傳送給她。他會在田徑賽上看到來自其他學校的女孩，然後將目光掃過她們，試著找到一個能讓他聯想到她的女孩，不過卻遍尋不著。有好長一段時間，每當他看到電話，就會想要打電話到她家，然而，他不知道要說什麼，況且，如果她恨他的話，他也不想要知道。隨著時間過去，他越來越少想起她。最近，當她又出現在他的腦海時，他意識到她現在應該不一樣了，她長大了，他想到如果他們見面的話，他們甚至可能會不喜歡彼此了；他還想到人的改變有多大。當他這麼想的時候──現在的凱特對他來說基本上已經是個陌生人了──他不禁感到一股恐懼。

「我父母在我出生以前是什麼樣子？」

喬治搖搖頭。「我不知道，彼得。反正，那都是古老的歷史了。在你出生前幾年，他們有過一個死胎。有時候，我會忘記有過這麼一件事。那件事發生的時候，我人在醫院。他們知道孩子死了，不過，不知道為什麼，醫生還是讓你母親把孩子生了出來。也許那對她會比較健康還是什麼吧，身為一個護士，她也知道這點。我記得事後她還抱著那個嬰兒。你父親──不可能。他沒有走進那個房間。他打電話給我，叫我過去陪他一起等，事情結束之後，我們一起喝了酒。可是，我知道什麼呢？我是在棒球練習途中直接過去的，我只記得這樣而已。我們的母親當時還活著，但是，她並不知道這件事。她不太喜歡你媽媽。總之，布萊恩常常在他的靴子裡藏著一只小酒瓶。他不明白你母親為什麼想要抱著一個死掉的孩子，而你母親也不懂他為什麼不想抱那個孩子。我當時還太年輕，所以根本沒有多想，直到過了很久之後，你知道嗎？我不過才……」喬治數著時間。「十四歲，也許吧？天啊，比你現在還要小。我記得我感覺他比我大太多了。當我們喝著瓶子裡的酒時，我們也沒有躲躲藏藏的。讓我覺得自己像個大人。」

在一陣沉默之後，他接著又說：「那個孩子的死讓一切都惡化了，不過，在那之前，他們之間的狀況原本就不是太好。」

他們快要接近紅綠燈了。

「你不知道嗎？關於那個孩子的事？」喬治問著，在紅綠燈從黃燈轉為紅燈時，很快地看了彼得一眼。

「不知道。」彼得說。他想起他以前看到過的那張自己的嬰兒照，然後想像著他自己死了，他的皮膚變得灰白而冰冷。

「那是他們結婚的原因嗎？」彼得問。

「我想，不管怎麼樣，他們都會結婚的。認真想起來的話，我覺得他們兩個都是瘋子。」

---

雖然他有比賽要參加，雖然有作業要寫，而且他的高中課業隨著年紀增長也越來越重，但是，彼得依然會試著每個月去探視他母親兩次。當他去看她的時候，他從來不會談及他在當鐵工

的工作，或者招生人員打電話給他的事，甚至任何在他身上發生的事。她換了一種新藥，那種藥會讓她常常發呆，對於他所說的任何事，她似乎也都全然沒有興趣。如果有什麼讓她覺得很煩的事，那就是在週日下午的時候，看到他脖子上套著他的耳機，肩膀上掛著他的背包，沿著走廊向她走來的樣子。

「你為什麼在這裡？」她在夏末的一個星期天問他。那天是勞動節的週末。他坐在家庭會客室的椅子上，感覺到熱氣從他的皮膚裡冒出來。那年夏天，他比過去更黝黑，也更強壯了：他可以感覺到，工地上那些搬運的工作改變了他的體型。他的頭髮長長了，陽光的曝曬也讓他的髮色變得金黃。她坐在一張和他的椅子一模一樣的椅子上，緊緊地裹著一件開襟衫，雙腳在膝蓋和腳踝處交叉，一腳繞過另一腳，彷彿一根盤繞在柱子上的藤蔓一樣。他的高年級生活在即將來臨的那個週二就要開始了。他從益智問答遊戲的盒子裡拿來了印著問題的一盒卡片——她喜歡一一確認那些問題，不過卻討厭玩那個遊戲——然而，她卻拒絕玩。她只是瞇著眼睛望向房間的角落，把臉轉開，不去看他。「你沒有事情可做了嗎？你還不夠忙嗎？我問你，你為什麼在這裡。你沒有答案嗎？」他告訴自己，她愛他。但是，她有時候就是會這樣。當她害怕的時候，她就會做出這樣的反應。

「因為我想要來看你。」

她把頭轉開，將臉頰貼在椅墊上。如果他不來看她的話，誰會來看她？如果這個世界上沒有人在乎她，沒有人想要花一兩個小時在這裡陪她的話，她會有什麼感覺？因此，在那五十分鐘裡，他坐在那裡，大聲地讀著那些他覺得她可能會感興趣的問題，然後，在幾秒鐘之後，再把卡片翻面、唸出答案。當離別的時間來到時，她會站在窗邊，不願意開口說再見。「我現在要走了。」說完，他會等一會兒。當她有這種反應的時候，他完全不介意；他只是感到尷尬，就像他不知道自己的手該擺在哪裡，或者他該說什麼一樣。他知道這其實和他沒什麼關係，不過，有些日子，通常是在他最沒有心理準備的情況下，他會收回自己對她的同情，轉而置放在自己身上。有時候，一切看起來就像是暫時的，只是一件他們都需要熬過的事，然而，有時候一切卻又像是本該如此，他應該要保持沉默，做他該做的事，當一個好孩子，為的是期待一個永遠都不會來臨的希望。

那天下午，在離開醫院的時候，一名佩戴著醫院工作證的女子擋住了他的去路，她說她是行政主管，問他他父親是否要來接他。他告訴她說他要搭火車，於是，那名女子問他是否可以幫忙轉達他父親，讓他知道醫院的總監需要盡快和他談談。

「我們試著要打電話，但是——」

「嗯。當然，我會告訴他。」彼得回答。他不記得自己上一次和他父親說話是什麼時候的事了。那是在喬治把冷氣機裝回窗戶之後的事，所以應該是夏天之前的事了。

那晚，當喬治出去買披薩的時候，彼得在電話旁邊的抽屜裡發現了一本小電話簿，隨即翻過寫有他叔叔潦草字跡的頁面，找到了他父親的名字和它旁邊的一個區號為八四三的號碼。他撥了那個號碼。讓電話那頭響了一遍又一遍。掛上電話，然後再試一次。又一次。他的心裡升起一股恐慌，然後是一股憤怒。他把電話聽筒放回電話座，然後再度拿起來，重撥了一次。

「怎麼了？」喬治拎著兩袋沾了油脂的袋子回來時問道。但是，彼得只能不停地掛斷，再重新拿起來撥號。一次又一次地重複著同樣的動作。

「彼得。你在幹什麼？」

「我必須和我爸爸說話，」當他發現到不管自己多麼用力地咬緊牙關，眼淚依舊不爭氣地流下來時，他把憤怒都轉向了自己。「我們得修理這個該死的機器，喬治。」彼得的聲音裡充滿哭泣的鼻音。「他可能一直都在打電話給我們。他可能很擔心我。」

喬治點點頭，把袋子放在流理台上。「你說的沒錯。我明天就修理。好嗎？你說的對，我很抱歉。我老是把事情拖著不理，這點真的很糟糕。」

隔天，在彼得開學的第一天，他醒來的時候，發現那具電話和電話答錄機都被拔掉、扔在了垃圾桶裡。他穿上他上週用暑假打工的錢買來的新褲子和新的扣領襯衫——喬治堅持要他把自己賺來的錢存起來，並且保證如果他真的缺錢的話，他一定會向他開口——再把背包掛在他的肩膀上。喬治早就出門了。到了學校之後，他見到了他在那個學年的新老師們。他在高年級生的區域有了一個新的置物櫃。他領取了他需要的新課本，但是，他發現自己很難專心，直到他終於明白醫院的人為什麼想要找他父親談話。在訓練的時候，教練要他們練習間歇跑步，直到有些孩子吐出來才喊停。兩個一年級的新生主動來找他，紅著臉告訴他說，他們在春季的時候曾經在州際的比賽裡看過他跑步。

當他在那天下午稍晚踏進公寓裡的時候，他看到一具新電話就放在原本舊電話的位置。無線的。最新款的。就像新車一樣的閃閃發光，喬治告訴他說，他們再也不需要錄音帶了，因為所有的留言都會被存在這具電話裡，一種叫做語音留言的東西。他等到彼得回家才設定了密碼，如此一來，彼得就可以挑一個他可以輕鬆記住的數字。於是，彼得感到白天的那份緊繃慢慢地離開了他的身體。

「可是，彼得，」喬治撓著頭，重心從一腳換到另一腳。「你爸爸，他搬家了。我想，他現在應該住在喬治亞。前陣子我和他說過話，但是，我想等到我有他的新號碼之後再告訴你。然而，我一直沒有再接到過他的電話，而那個南卡羅萊納的號碼已經聯繫不上他了。」

「可是，我媽媽的醫生需要找他。他們有事要告訴他。」

「嗯，你說過。所以，我今天打電話到醫院去了，他們只是想告訴他說，她要被轉往北部的另一家醫院。因為他們的空間不足。」

「北部的哪裡？」

「阿爾巴尼。」

「阿爾巴尼有多遠？」

「開車兩個小時。」

「有火車嗎？」

「我相信有的。不過，我想你可以去考駕照，如果你想的話，可以開我的車去，你可以——」

「她什麼時候要離開？」

喬治向他走近一步，彷彿想要摸他，但是卻不知道要摸哪裡、該怎麼摸一樣。

「她今天走了。」

彼得覺得這個消息彷彿一道風一樣地吹過他。「她昨天就知道了。她知道她要離開了。」

「我不確定。」喬治說。

彼得一次又一次地點頭，當他感到自己的身體開始顫抖時，他緊緊地抱住了自己。

「你爸爸搬家的事，我應該要早點告訴你，彼得。我應該要——」

「我不在乎我爸爸。」話才說出口，他就覺得這是事實。「就算我以後再也見不到他，我也不在乎。」

現在輪到喬治點頭，思索他的話了。「好。我可以理解。他做了一件自私的事。他正在經歷一些困境，而他處理的方式只想到了他自己。我也做過自私的事。在你完蛋之前，你可能會做一些自私的事。但是，他愛你，彼得。我知道他確實愛你。當你很小的時候，我們彼此並沒有太常見面，他會打電話給我，告訴我你所做的每一件好笑的事，告訴我你有多聰明。」

「他為什麼不幫我媽媽？他知道她有問題。他知道。所有的這一切」——彼得對他的那張沙發床、對他堆在地板上的課本，還有被他用來當作櫃子的移動式小架子做了個手勢——「都可以被避免。」

「如果他早知道會發生什麼事的話，他可能會吧，彼得。可是，他不知道。你不知道。即便你媽媽，她也不知道。」

「他可以不讓她拿到槍。在食物王國的事發生之後，他就開始把槍藏起來了——藏在冰箱上面那個我們從來不用的小櫃子裡。他曾經把子彈藏在別的地方，但是，過了一陣子之後，他又不藏了。如果我能很快就發現這件事的話，我相信她也發現了。那天晚上，在他們爭吵了幾個小時之後，他看到她把椅子推到冰箱邊，要去開那個櫃子。你知道他做了什麼嗎？他只是轉過頭，然後上樓去了。他以為她打算做什麼？當他把她和他的槍單獨留在廚房裡的那一刻，我就知道他很沒用，所以，我跑到凱特家去打電話給九一一。我不想從我家打，因為我得要經過她旁邊才能拿得到電話。我完全沒想到葛雷森先生會去我家。」

他把從來沒有對別人說過的事告訴了喬治，這讓他吉勒姆的家又鮮明地躍上了他的腦海，他可以看到起居室角落裡那盞昏暗的舊燈。他可以看到他的那堆遊戲，他的鞋子整齊地排放在他臥室的衣櫃裡。他想起了屋後的那些巨石，他會在凱特的旁觀下，從一塊石頭頂上跳到另一塊。他想起當他們面對面坐在麥迪遜街那組廢棄的鞦韆上方時，他把手埋進她的頭髮裡，在那一刻，她的髮絲是多麼的溫暖。

「我以為你對警察說，他那天晚上大部分的時間都待在樓上，他不知道她是怎麼拿到那把槍的。」

「對，我是那麼說的。」

「是他叫你那麼說的嗎？」

「不是。我只是知道我必須那麼說。」

樓下突然傳來一輛車子的警報聲，兩秒鐘之後，另一輛的警報也響了。喬治湊到窗邊，一把將窗戶關上。

「彼得，其實，大人並沒有比小孩更清楚知道自己在做什麼。這是真的。」

到了高三那年的十月，已經有四所學校要求彼得去正式參訪，每一所都具備了非常有競爭力的跑步方案。它們都是好學校，都具有嚴格的學術標準。貝爾教練對彼得表示，這些參訪是檢視它們的設施和專案計畫的好機會，同時可以和每一所學校的教練談談他們各自心中的想法。彼得不知道自己應該要在一所大學裡觀察什麼，因此，在這幾次的參訪裡，他就跟在貝爾教練身後，宛如幼兒園的孩子一樣。教練也確定彼得能有時間和各校的校隊獨處，這樣，他就可以問他們他可能不想在那些教練們面前問的問題，不過，即便在大人們聽不到的那些時刻，彼得也不太確定要說什麼。

「學費是多少？」每次結束參訪，彼得總會在回程的路上問這個問題，不過，貝爾教練也不知道。他的一半學費可能可以得到減免。他們只能到時候再看看。只有一半？彼得想要這麼說，不過，他覺得自己已經是幸運兒之一了，所以，他最好閉上嘴巴。

之後，就在他高三的萬聖節之後，他接到了紐澤西一所小學校的教練來電，那是一所第三級別的學校。那所學校甚至沒有運動獎學金。不過，這位教練知道彼得的學術能力測驗成績，他的大學先修課程都修了哪些課，以及他在班上的排名。他知道他在一哩、半哩、四分之一哩賽程的個人紀錄。這所學校可以根據他的成績表現和實際需要，提供一種結合補助和獎學金的綜合計畫，這樣的計畫將會涵蓋他的全額學費，外加住宿和伙食。至於他的零用金，那名教練表示，他們會幫他安排一個不錯的工讀機會，當他出城參加比賽時，工作的時間也可以彈性調整。由於他已經不再受父母扶養，因此，他會更適合這樣的計畫。他所需要做的只是填妥一疊文件。

艾略特學院在學術上並非最好的學校，當他在考慮他們所提出的條件時，他也想到了他夾在歷史課本裡好幾個月，並且一直帶在身邊的那份達特茅斯大學的小冊子。歷史是他最喜歡的一門課，就像一個劇情轉折迂迴、引人入勝的長篇故事，每當他的同學在考試前的最後一分鐘臨時抱佛腳的時候，彼得總會翻到夾著那本小冊子的那一頁，然後再一次地仔細看著小冊子上面的照片。卡卡拉女士曾經向他保證，達特茅斯並非完全沒有機會，貝爾教練已經和那裡的教練聊過，毫無疑問地，彼得會符合他們的一項局部學術獎學金計畫，那是一項基於需求的助學金。他們沒有辦法提供他全額獎學金，不過，學生貸款可以涵蓋不足的部分。當彼得告訴卡卡拉女士關於艾略特學院的事時，她似乎很失望。

「他們來了一名新校長，」卡卡拉女士在有機會進一步蒐集資料之後告訴他。「企圖想要讓學校更具競爭力。所以，他們願意盡力幫助像你這樣的孩子。」

其他的學校都沒有提供他無須背負債款的機會。當他在幾星期之後仍然沒有回覆時，艾略特又在原本的條件上增加了生活津貼。

「你說什麼？」那天晚上，彼得解釋完之後，喬治問道，然後放下了手中的刀叉。他有一個約會，要去看七點十五分的那場電影，因此，他從工地衝回家洗澡，再把他從熟食店裡買回來當兩人晚餐的義大利千層麵加熱。彼得很期待自己在公寓裡的獨處時間。喬治在匆忙地扣上襯衫鈕釦時表示，那個女人很棒，不過，她是一名緊急醫護人員，她只有週二和週三晚上有空。彼得試著在浴室門外告訴他，並且在他換衣服時重說一遍，然而，喬治一直無法集中精神，也太匆忙。

等他們終於坐下來的時候，彼得又試著說了一次。

「你是在告訴我，有人要給你全額獎學金去上大學，而我現在才知道嗎？」

彼得聳聳肩。「我很抱歉，可是，你能請一天假嗎？他們要求要有大人陪我。貝爾教練會一起去，但是，那是一所第三級的學校，我知道我會讓他很不高興。他們已經安排好了，所以，我會和另一個田徑隊的人睡在同一間寢室，不過，我可以用我暑假打工的錢幫你付旅館費。」

「彼得。我可以付得起旅館的費用，拜託。你想太多了，你知道嗎？所以，你真的那麼優秀？我想，我應該要去看一場你的比賽。你的學術能力測驗是什麼時候考的？」

---

兩天之後，當達奇柯爾斯高中的孩子們衝撞著跑進教室之際，喬治和彼得正開著喬治那輛車齡十五年的老福特嘉年華，一路漏油地開到了紐澤西的收費高速公路。為了這趟旅程，喬治買了幾件新衣服，在麥當勞吃飯的時候，他引人注目地在衣領上塞滿紙巾，大腿上也蓋滿了紙巾。彼得穿了一件他經常穿去上學的有領襯衫，不過，喬治問他是不是再套上一件毛衣會比較好，看起來比較像個大學生。兩個半小時之後，他們開到了一條蓊鬱的道路，長路的盡頭就是艾略特學院入口的鐵門。

喬治和彼得一起從停車場走到入學辦公室，辦公室裡一名年輕的女子招呼了他們，並且提供了他們一些點心——「謝謝，親愛的。」喬治在她送來一盤水果和餅乾時對她說——然後把關於學校所有的核心要求都告訴他們，彼得獲准可以免修其中的某些課程，而這都歸功於他的大學先修課程成績。彼得抱歉地看了喬治一眼，不過，喬治聽得很專心，顯然一點都不覺得無聊。當他們結束入學辦公室的部分之後，這名女子帶他們走到跑道上，中距離賽跑的教練正在那裡等著他們。

「喬治．史坦霍普，」喬治說著伸出手，然後才退到彼得後面。「你可以看得出來我不太跑步。」教練邀請他們兩人到他的辦公室，不過，喬治只是揮了揮手。「我要四處走走，」他說，「你自己去吧。彼得，明天見了。」當他們走開的時候，他看到了一塊介紹足球隊的板子。等到他們消失在體育館時，喬治走過去和一名警衛聊天，問了幾個他想要問的問題。就警衛所見，他們大部分都是好孩子嗎？他們之中有普通人家的孩子嗎，還是都是家境富裕的小孩？警衛告訴他，學校裡有很多怪咖，不過，他們大部分人都還不錯。至於他個人，薪水和其他地方都一樣，儘管每一所大學都吹噓說他們的薪資很合理，還說，如果有機會的話，他要到湯姆斯河找份工作，這樣可以離海近一點。

---

「怎麼樣？」隔天早上，當彼得坐進車裡時，喬治問他。喬治提前把車開到了體育館，從那裡看著彼得在一圈只比自己大一點的孩子裡做拉伸。他看著他們在寒冷的十一月裡脫下汗濕的衣服，然後從各自的袋子裡掏出看起來一模一樣的乾衣服，一邊聊天一邊把衣服套上。喬治可以看

到，彼得的皮膚彷如石膏一樣的白，不過，他看起來似乎比穿著襯衫時還要壯。終於，彼得從那圈孩子的行列裡離開，跑向喬治的車，他看起來就像平常的他一樣——運動褲，舊領衫，蘋果般的紅臉頰。這是喬治第一次感到好奇，不知道彼得的高中生活曾經有過什麼樂趣。時間過得如此之快。這幾年裡，他從來沒有一次晚歸，或者喝醉了回來，也沒有帶過女孩子回家。孩子們再也不抽菸了嗎？他們不會蹺課嗎？當彼得用完盤子的時候，他一定會清洗乾淨。當他把最後一點衛生紙用完的時候，他就會跑到樓下的商店去買更多衛生紙回來。偶爾，他會讓他的髒衣服越堆越高——天哪，有時候那還真的很臭——有一次，喬治為此而取笑他的時候，彼得看起來十分尷尬，那讓喬治感到很內疚。當晚，他就帶著他繫著繩子的洗衣袋和一本書去了自助洗衣店，並且堅稱他原本就打算那晚要去洗衣服。當他剛搬進來的時候，他完全不懂如何洗衣服，不過，喬治教了他，洗衣店裡的婦女也教了他，現在，他已經可以像一九五〇年代的家庭主婦一樣地處理、浸泡、熨燙和摺疊衣服了。喬治不知道他是否還覺得自己在這間公寓裡像個客人，或者他已經把這裡當作自己的家了。他從來都沒有問過他可不可以在牆上貼張海報或者圖片。現在想起來，喬治覺得自己應該要告訴他，如果他想貼的話也沒有關係。

「很有趣。」彼得回答他，同時把他的袋子丟到後座。他和一群大二的跑者相處過了，這裡給他的印象，和他去參訪過的其他學校都一樣，學生們多多少少都有點在表演給他看。這群特定的學生昨天晚上花了一點時間，聊起去年某個時候，他們因為喝醉，而把自己的頭髮都剃光的事情。他們問彼得他跑出的最好成績是多少，問他在區域賽、州際賽裡的名次。當他們聽到他的成績時，全部都閉上了嘴。還有一個人問他，他怎麼會想要代表艾略特參加比賽。

「不過，」當喬治開入車陣之中時，彼得說道，「我想我也許應該留在紐約。在這裡住一晚是很有趣，但是，我在想，我可能會在上大學之前先停學一兩年。把財務的問題都先想清楚。」

他認為——雖然他還沒有對任何人提起過，包括貝爾教練和卡卡拉女士——他可以和那些鐵工一起工作個一兩年，存點錢，然後在不需要貸款那麼多的情況下，再去念一所頂級的大學。

喬治沉默了很長一段時間。他懷疑這是否和這個孩子的母親有關。自從她被移往北部之後，彼得就再也沒有見過她了。安不想要見他，不過，喬治看得出來，這孩子並不知道她把這件事正式化了，她拒絕把她兒子的名字列在訪客名單裡。事實上，她也沒有在那張名單上列出任何一個名字。喬治不知道自己是否應該現在就把這件事告訴他，還是要等到他打算去看她的時候再說，也許到時候再勸他不要去，或者開車載他過去，在他當場被拒絕的時候陪在他身邊。首都區精神中心的規定很嚴格，比起西徹斯特的醫院，它的管理更像是一座監獄。即便見不到他母親，不過，也許，能和她住在同一州或多或少還是讓彼得感到安慰。接著，喬治又想到彼得是不是擔心他，擔心他一個人會寂寞或什麼的。他試著要從彼得的立場來看這個決定，也許，對一個像彼得一樣，手中沒有什麼好牌的孩子來說，留在原有的地方才是更重要的事——誰知道呢？在十八歲的時候，一個男孩只能往前看，而無法想像回頭看。接著，喬治想到了他的哥哥，同時也燃起了一股憤怒。這幾年來，他一直在自己的記憶中尋找證據，想要證明布萊恩早就有這麼嚴重的自私傾向。在這個孩子最需要他的當下，他居然可以看著一張高爾夫球場的照片，然後轉身離開。

紐澤西中部的玉米田和桃子園在車子的後照鏡裡漸去漸遠。沒有期待從喬治身上得到回答的彼得，只是安靜地把下巴撐在拳頭上望著窗外。

等喬治開口的時候，他們已經開過了所有的小路，正在匯入主幹道。「嘿，彼得，我不是你父親。這點我知道。不過，我的淺見是，如果你不把握這種機會的話，那你就真的是個笨蛋。」喬治早就開始擔心大學的事了，他擔心這件事到高三結束之前都不會有結論。現在才秋天。他想要告訴彼得，他會盡一切所能幫助他，然而，當他和工會找來幫鐵工們處理退休給付的會計師聊起此事，想要尋求一點建議時，卻發現他唯一能提供給彼得的實質幫助，就是和他共同簽署一份貸款。只不過，喬治心裡知道，以他的信貸評分來說，這應該不可能。他一直在消耗自己的評分，做一些幾年前就應該做的事，如果當時他那麼做了，布蘭達就不會離開了，不過，那些事的成效也無法在短期之內幫到彼得。

彼得感覺到自己的臉紅了。

「怎麼了？」

「你是個聰明的孩子嗎，彼得？這些人都說你很聰明，你是嗎？或者你很笨？」

「你是認真在問嗎？」

「你是哪一種？」

「我是聰明的孩子。」

「是啊，你是。那就用用老天給你的頭腦吧。」

# 10

法蘭西斯決定，他們應該舉辦一場派對。就在同一個星期裡，寒意結束了，熱氣也開始了，一如往年地，他們又聊起現在的四季運行已經不同以往了。當他想到要開派對的那一天，為了讓空氣流通，他們把房子裡的窗戶都打開了，結果一直到他們睡覺的時候都沒有再關起來。凱特週一去上學的時候，還穿著一件毛線襯衫，到了週五的時候，她已經穿著一件吊帶細如鞋帶的薄衫了，當他問她那種衣服上面是不是應該要再套上一件襯衫，就像穿——但是，胸罩這個字眼卻讓他說不出口，而她也知道，隨即開心地咧嘴而笑。

「這是小可愛，爸。」她告訴他，「沒關係的。」

「看起來似乎太單薄了。」儘管他這麼說，她依然在笑，而且根本不加理會。在娜塔莉和莎拉成長期間，他根本忙到沒有時間去留意這些事，但是，他現在不忙了。他彷彿跨過了一扇鉸鏈門，在門的一邊，他的生活裡只有衝、衝、衝：趕快洗澡，沿著臉頰刮鬍子，倒杯咖啡，趕路，趕報告，開會，開另一個會，找車位，在電話裡爭執，回到車上，出去找罪犯，出去逮捕，回到車上，回到咖啡壺邊，周而復始地重複這些事。然而現在，他大部分的時間裡都充滿了靜默，一隻鳥在早晨振翅飛過，來回清潔的垃圾車發出了隆隆聲響，他在萬聖節前種下的鬱金香球莖，現在已經破土而出了，宛如一排綠色的刀子一樣。

雖然他說派對是為了凱特畢業而舉行的，不過，事實上卻是為了莉娜。「你？」莉娜說。

「你，法蘭西斯．葛雷森，說要開派對？」她似乎很驚訝，彷彿他提議的是在月球上漫步一樣，這不禁讓他懷疑，他一路以來是不是比自己想像的更乖戾。他說，他們可以邀請任何人，女兒們的朋友，整條傑佛遜街上的人，他們在聖巴特認識的人，還有莉娜在保險公司的同事，自從凱特上了高年級之後，莉娜就一直在那家保險公司擔任全職的員工。如果他們擔心天氣的話，也可以搭個帳篷。他們會邀請足以把他們的房子擠爆的人，而這也是派對好玩的一大原因。把凱特送去念大學，對他來說就像一個新時代的開始——雖然還不知道是好是壞——他說，不過，那也像是在對這幾年來，為他們送餐、提供他們幫助和祝福他們的所有人所表達的最大的謝意。

「我們已經謝過他們了，」莉娜看著他，看著他現在已經變成她的興趣了。「我不會隔了這麼久都沒有表達謝意。」她現在已經不再常常問他感覺如何了，但是，那份關心依然存在。「不過，我也很想辦個派對。你確定嗎？會很貴喔。」

「我確定。邀請所有人來參加吧。」

他們這兩年都沒有親熱過，而在他受傷之前的兩年也沒有。他現在待在家裡的時間很多，因此，他知道這就像白天的脫口秀節目裡，會被當作悲劇討論的話題一樣，然而，他不知道要怎麼對她提起，除非他在晚餐的時候脫口而出，或者在他們收看電視新聞的時候，不過，那只會讓一切變得更糟。有一次，他從他的椅子上站起來，走到她正在看書的沙發邊上，把她的書從她手上抽走。過去，他只要這麼做，她就知道了。但是現在，她會困惑地抬頭看著他。「你沒事吧？」問完，她會伸手要他把書還給她。因此，他把書給了她。兩年是一段很長的時間，然而，它就那樣一天一天地過去，一週一週地過去，一個月一個月地過去，而隨著時間的堆積，他們也習慣了。他從來都不是會去記住這種事的人。以前，他們對於性愛總是說做就做，有時候連續幾天都做，有時候則一整個星期都沒有，不過，那從來都不重要，因為，他們總是在尋找回到彼此身邊的方法。最後的那一次，他們在他們的臥房裡，女兒們都上學去了的早晨，法蘭西斯坐在床緣，莉娜蹲在他的腳邊。當時，她正在幫他穿襪子，因為兩年前的他只要彎腰，就免不了暈眩——醫生表示，很可能是因為他服用的藥，而不是因為他的腦部尚未復原的關係。為了讓自己保持穩定，她把手放在了他的大腿上，他一把將她拉起，把她拉近。他把一手放在她溫暖的脖子上，另一手停留在她裙頭和毛衣下襬之間那片白皙的肌膚上。他的手停留在她赤裸的肌膚上越久，他就越是記起他過去的生活，有好幾分鐘的時間，他不斷地搓揉著她，擠壓著她，他覺得自己彷彿可以靠著意志力回到那樣的生活。他可以感覺得到，她在強迫自己，但是他並不在乎。她不像以前那樣地吻他。她也沒有撫摸他的臉。她只是把手伸到裙子底下，拉下她的內褲，然後小心翼翼地往前爬，這樣，她就可以跨在他的身上。他告訴她沒有什麼好害怕的，但是，她已經習慣照顧他、擔心他，那讓他想起了當孩子們還在學步的時候，當她整天都在清空地面、跟在她們身後上樓的時候，讓他想起了那些年裡的她是什麼模樣。

在中槍之前，他就已經沒有再看到過渾身赤裸的她了。她開始在浴室更衣。在天氣變涼的時節裡，每天晚上，她會在洗完臉之後，穿著她的全套花格子睡衣爬上床。到了夏天，她則會換穿長度及膝的T恤。她很體貼，比她過去還要體貼。現在，如果她認為他可能會在不知不覺中入睡的話，她就絕對不會說要留一盞燈看書。

那一次，也是最後一次，當他完事時，她俯身將額頭貼在他的額頭上。她並沒有試圖勸哄他，要他繼續下去，他就是在那個時候知道，她之所以和他做了，完全是為了他，絲毫不是為了她自己。「莉娜，親愛的。」當他發現到她在啜泣的時候，他輕輕喚著她的名字，試著要握住她的手。然而，她只是站起身，拉起她的內褲，直接走進了浴室，沖了幾分鐘的水。之後，她就下樓去了。

自從那次以後，他就在等待著他們之間可以再出現火花，有時候，當她在廚房裡隨著收音機的音樂扭腰擺臀時，或者一邊講電話、一邊用手指纏繞著電話線時，一股渴望就會在他的胸口綻放，彷彿盛開的花朵一樣。每個人都對他說，他有多麼幸運，而他知道他們說的沒錯。從槍聲響起的那一刻起，她就一直在照顧他，拒絕離開他的身邊。在一開始的那幾個星期裡，在他可以走路之前，她從來沒有讓他獨處過；她總是把他的一隻手或腳握在她的雙手裡，幫他按摩，這樣，他就不會出現血栓。她會幫他餵食，幫他保暖，在他的嘴唇塗上凡士林，並且確認他的點滴狀況以及他的傷口，此外，當她對護士或醫生告訴他們的訊息感到不滿意的時候，她就會要求和其他的醫護人員溝通。「你會好起來的。」她一再重複地告訴他，也因為她，所以他從來都不懷疑自己康復的可能性。然而，現在，他看得出來，她已經太習慣充當照護的人，也習慣把他視為病人。現在，當他走向樓梯的時候，她已經不再面色蒼白，不過，她卻把他和女兒、房貸並列在了一起——另一個需要擔心的東西。

在很多方面，他都已經回到了過去的自己。那整整花了四年的時間，不過，他終於或多或少走到了他開始的地方——除了少了一隻眼睛，加上臉上的肌肉還有些麻痺之外。他一邊的身體比另一邊更容易疲倦。一個普通的小感冒總是讓他感到彷彿受到了感染一樣。不過，他開始做一些他以前會做的雜活。他又開始割草了。他會修剪他們的樹和灌木叢，並且把乾枯的樹枝拖到路邊。勤奮的工作讓他出汗，當汗水從他的眉頭流到他的臉上時，他左臉所感覺到的和右臉完全不一樣。下雪的時候，他會鏟雪，到了春天和秋天的時候，他會在草坪上播種，他也把漏水漏了好幾年的地下室水管焊接了起來。當他把聖誕燈沿著屋頂掛上時，莉娜扶著梯子，全程不停地嘮叨他，說他不應該爬那麼高，說那麼做並不值得，萬一他又暈眩了的話怎麼辦，並且要他最好立刻就下來。但是，他還是把燈掛好了，而且一切都很正常。

不過，他們似乎仍然無法讓彼此回到從前。他從醫院回來以後，她從來沒有在睡覺的時候依偎在他身邊，也從來沒有把手橫放在他的胸口上，就像她以前那樣。當他太常想著這些事的時候，他覺得自己為這些事而困擾，簡直就像個小孩一樣。「抱我！」凱特小時候曾經這樣對著莉娜大喊。當時，有人的德國牧羊犬掙脫了狗繩，開始追著附近的孩子們跑，企圖要透過口套去咬孩子們的腳跟。凱特在驚嚇之餘跑進了屋裡。「抱我！」她張開那對小小的手臂，大聲地要求著莉娜。而莉娜也笑著把她緊緊地摟在懷裡。

偶爾，在晚上的時候，他會測試她的底線，看看會發生什麼事，不過，狀況卻越來越困難。就像前幾天晚上，當她的頭髮披散在枕頭邊緣的被單上時，他用指尖輕輕地撫過了她的髮尾。黑暗之中，那樣的碰觸彷彿耳語一樣的輕柔。只要她不動聲色，他可能就會嘗試更大膽的舉動。「抱歉，」她背對著他說，然後很快地把頭髮撥開。「你還好嗎？」她轉過頭問道。

不過，現在，凱特就要走了，這個屋子又會屬於他們兩人了。他無法相信這件事這麼快就發生了。過去二十年來，他們一直在討論也許需要增建的事情，就像很多鄰居那樣，然而，一個抬頭，他們卻發現已經沒有增建的必要了。過去，他一下班回家，就要吼著叫每個孩子收拾她們的麥克筆、她們的紙、她們的運動衫、她們的背包，然後，有一天，當他四下環顧時，卻發現再也沒有亂丟亂放的背包了。現在，白天的時候，甚至連莉娜都不在家了。她在一家保險公司上班，朝九晚五，當她回到家的時候，她會直接走進廚房，開始切菜煮晚餐。當他還年輕的時候，當他還是個年輕的父親時，他從來沒有想到，有朝一日，他會每天單獨一個人待在家裡。他越來越常想起愛爾蘭，試著要回想他父親一輩子裡有沒有哪一天是無所事事的。有時候，法蘭西斯會打開電視，讓電視和他作伴。有一天，當他隨手轉台時，剛好看到一幕劇情，螢幕上有一男一女正在一個看似飯店房間的場景接吻。接下來，就在那名男人開始幫女人寬衣解帶時，他將她轉過身，推到了床上，然後從她身後進入了她的體內。法蘭西斯向來都不是喜歡看色情書刊的人，不過，這不一樣。這是電視。他不能真的看到什麼，那些都只是暗示性的畫面而已。他一邊看著電視，一邊把手伸進了褲子裡碰著自己，直到達到高潮為止，同樣的行為在接下來的幾個月裡持續發生，讓他覺得自己彷彿又重新回到了十四歲，那時候的他會跑到很遠的田野裡，蜷曲著身體，將手偷偷地放入褲子裡，因為，在他擁擠的家裡，沒有一個地方可以讓他獨處。

他依然每天都要服用一顆止痛藥，當他的醫生說，那一顆藥可能對他的幫助並不大的時候，他將之理解為醫生准許他服用兩顆。有時候，他會在早上吃兩顆，然後，下午再吃兩顆。除了感覺到內心裡的平靜，他並沒有發生任何異樣。他會吃抗憂鬱的藥，只不過，抗憂鬱的藥效果不如兩顆止痛劑來得好，而且，服用抗憂鬱藥物也讓他感到有點丟臉，不過，他的醫生說，服用抗憂鬱藥物是很平常的事。

有時候，當他站在廚房水槽邊看著窗外時，他會聽到修草機的嗡嗡聲和啪啪聲，然後期待著會看到布萊恩．史坦霍普的頭出現在那些巨石的另一邊。緊接著，他會重新再想起一切都已經不一樣了，並且再一次感到詫異。他試著要去回想他曾經是如何看待安．史坦霍普的。大部分的時候，他都不想和她有任何瓜葛。除此之外，他對她沒有什麼太多的想法。她是個怪人，如此而已。一個他們在短期之內還是會見到的人，不過，等孩子們有朝一日都離家之後，他們就會無視於她的存在了。他向來都比任何人對她還要友善。即便現在也是如此。有時候，他任由自己的想像力四處飛奔，他會想像在史坦霍普家前廊的人是凱特，而不是他自己。如果她殺了他的孩子呢？

他知道她已經被送到另外一家醫院了。他很寬容地同意了那份認罪協議，讓她不用再待在監獄裡，有時候，他覺得那份寬宏大量需要得到更多的感激。如果他不是這樣的人，而是一個具有報復心的人，那他就會堅持要讓她待在監獄裡，而他很清楚瘋子待在監獄裡會發生什麼事。有一回，他們的律師打電話來，說要告知他們一件事，說她已經被釋放到了一間中途之家或什麼莫名其妙的地方，不過，聽說那間新的醫院好像不如前一家好，這點讓法蘭西斯感到很滿意。他試著想要審視自己為什麼高興——那代表了他是個怎麼樣的人？雖然莉娜不止一次地問過，只要她不在他們附近，那麼，她在哪裡真的有這麼重要嗎？——不過，在一次次地審視自己之後，他的結論總是，他有權利希望她過得不好。時至今日，他有可能已經當上警監了。他可能已經升為警監，或者更高的職務，如果一切都依照正常發展的話，那麼，當他在結束一天的工作回到家時，他的妻子看著他的方式就會有所不同，而她已經四年都沒有用那樣的方式看過他了。他的舊同事來訪時總是說，一日為警察，終身是警察。不過，他們越是這麼說，這句話聽起來就越不真實。

---

當莉娜開始收拾汽水瓶、啤酒箱、薯片、沾醬、做漢堡要用的幾磅牛絞肉、一箱箱做沙拉用的義大利通心粉，還有烤肉所需的瓦斯時——她想起這是她曾經想像過的吉勒姆生活。她曾經想像自己舉辦派對，敞開家門，邀請任何想來的人進門。她曾經想像著家裡洋溢著音樂聲和酒瓶撬開的聲音。她曾經想像著和朋友、鄰居坐在屋外，看著孩子們繞著房子賽跑。當年，她選了一張有著兩片折疊桌板的餐桌，而非一般的單片桌板，因為，她想像著有一天，她會需要十二個座位，即便那意味著他們的餐桌會延伸到起居室裡。不過，當她從閣樓裡把那張餐桌的折板搬下來時，她注意到板子的顏色現在已經有點異於他們的桌子了。折板的銷釘上仍然包著製造商的塑膠膜。她叫法蘭西斯抬起板子的兩邊——光靠她一個人的力量，根本沒有辦法移動沉重的折板——然而，當他倒著走時，他的腳步顯然不夠穩定。「抬起你的腳！」她大聲地喊完之後，堅持要和他換位置，避免讓他再倒著走。

---

畢業典禮在一個週六舉行。凱特獲得了科學獎，因此必須要走過講台去接受證書，並且和校

長握手。娜塔莉在前一週自雪城大學畢業了，而莎拉也在賓漢頓大學念完大二了。法蘭西斯的退休金和莉娜的薪水，加上少許的貸款，應該足以支付凱特第一年的學費。莉娜以為她會和莎拉一樣去念州立大學，不過，法蘭西斯注意到了那些寄到家裡來的紐約大學小冊子和信封。「你想要去這裡？」某個晚上，他把郵件拿進屋裡時問她。當時，她正在上床之前吃著一碗麥片；莉娜則已經上樓去了。他想起了第九分局、布萊恩．史坦霍普，以及所有的人——一個念頭彷彿田鼠般很快地竄過他的腦子，隨即又消失了。凱特聳了聳肩，看到她變成一個不願意把自己想要什麼說出來的女孩，他不禁覺得有點傷心。

「如果隨你挑選的話，你會選哪一所學校？」他決定要讓她說出來。

「嗯，我們不能去私立的，對嗎？」

「這是一個假設的狀況，凱特，哪一所？」

終於，她對著他手裡的信封點了點頭。

「你申請得到嗎？」他問。

「我想可以吧。」

「那就先去申請吧，到時候我們再看結果如何。」

———

派對從三點鐘開始，大部分的客人都在同樣的時間抵達。有些人在繞到屋側之前先按了門鈴。有些人則跟著音響傳出的聲音，帶著鮮花、美酒、餅乾和派，穿過旁邊的院子。他不記得在他受傷之前，人們是如何和他打招呼的，不過，現在，他們似乎都特別看重這件事，他不禁懷疑，和他說話是否讓他們覺得自己的情操更為高尚，彷彿做了什麼善舉一樣。他可以看得出來，大部分的人在看著他那對不相匹配的瞳孔時似乎有點為難——他們自己完美的眼睛會在他的兩隻眼睛之間飄來飄去，不知道應該將目光盯住哪一隻眼睛才好。大部分的客人都帶了禮物給凱特，當法蘭西斯看到的時候，他感到一陣愧疚——他沒有想到人們在為他們這一家做了這麼多之後，還會出去買禮物。不過，凱特很開心地接受了，當他隔著陽台看著她時，他想起了當她還是個小女孩的時候，每當收到禮物，她總會私下保存起來。她的女生朋友們用擁抱來和她打招呼，而班上的男孩子們則鬆散地繞在女孩們身後，張開了他們修長的手臂，看似羞澀地擁抱著她們。

他在四點鐘的時候點燃烤肉架，開始把漢堡、熱狗和包裹在錫箔紙裡的玉米棒，排列在架子上。他喝了一瓶啤酒。兩瓶。四瓶。他把冷藏箱填滿。當女人們大多聚集在前菜桌邊時，幾名男士來到烤肉架旁和他作伴。一度，莉娜帶了一群女士上樓去看他們臥室裡的櫃子，諮詢她們要如何處理那個櫃子。她很高興能當個女主人，當她的聲音傳送而來時，聽起來是那麼的興奮，彷彿像個少女一樣。她做了好幾壺的瑪格麗特雞尾酒，不過，在第一個小時之內就全部被喝光了，於是，她用賓客們送來的酒和幾顆萊姆，做了更多的調酒。他們吃吃喝喝著，不停地吃，不停地喝，客人持續地來到，法蘭西斯也不停地在烤肉。那天還有其他的畢業派對，有些客人從這個派對趕到那個派對，再到另外一個派對，直到整個吉勒姆彷彿都融合成了一個大派對。

一名女子走過來問法蘭西斯，她能否要一個不加起司的漢堡，在她等待的時候，她問他身體還好嗎，彷彿他的眼窩內壁依然還會劇烈地疼痛一樣。他很快地轉向她，她隨即帶著笑意將手放在他的手臂上。「你不記得我了。你被送到布羅克斯頓的時候，我剛到那裡上班。我不在你的那個樓層，不過，我今天來看你，是因為我們的女兒上同一所學校。」

「我記得。是啊，是啊。」

她笑了。「你不記得了。不過，你很有禮貌。當時，有很多人來看你。我記得總是有很多警察進進出出。有些年輕的護士還會塗上口紅，以防那些警察裡有人還單身。當你出院的時候，她們都很難過。」

「啊。我知道，當時確實有一些相關的消息。」

法蘭西斯再看了她一眼。她很嬌小，留著一頭紅褐色的長髮，身上穿的是一件印花圖案的洋裝。

「你有女兒在念高中了？你看起來很年輕。」說完，他立刻臉紅了。他無意讓自己聽起來像在調情一樣。不過，她確實看起來很年輕。

「我女兒確實在念高中，一直到昨天為止。凱西。你認識凱西嗎？她……」她轉過身，試著要找她。「呃，她不知道到哪裡去了。」

他把漢堡放在她的盤子上，她也把手再度放到他的手臂上，然後捏了捏他。他被她碰觸到的皮膚彷彿感覺到了一股能量。「很高興看到你看起來這麼健康。」語畢，她朝著一群躲在樹蔭底下聊天的女人走去。

當他終於關掉烤肉架的爐火時，天色已經幾近黃昏了，而當他終於坐下來時，則已經天黑了。來訪的賓客持續不斷，在天色幾乎全黑的此刻，他們就像一股新的生命，悄悄地加入了後院裡的群眾。當凱特來到法蘭西斯的椅子後面小聲地告訴他說，有人在杜鵑花叢旁邊吐了的時候，一名叫做多德的當地警察正在告訴他有關一個案子的事。他們已經提醒過女孩子要小心，要照看著自己的朋友，不過，他想，有人喝多了也是無可避免的事。他們應該更有計畫地安排冷藏箱的位置，但是，他們覺得應該不會有事。莉娜指出，當他們十八歲的時候，喝酒是合法的，法律太專制了，還有，法蘭西斯在這個年紀時，都已經隻身踏上了前來美國的路途。另外，大部分來參加這場派對的青少年，他們的父親或母親也都來了。

他向多德說了聲抱歉，當他穿過院子時，他四下張望著找尋莉娜，他猜，她應該已經進屋去了。有人找到了一盒紙牌，就在他經過廚房的窗戶時，他看到一群男人圍著廚房的桌子而坐，奧斯卡．馬多納度正在發牌。屋內的一些木椅不知怎麼地已經被搬到屋外，而戶外的那張貴妃躺椅此時卻出現在了廚房中間。凱特的臉上帶著急切的表情，快步地走在他前面。當他走過轉角時，他以為會看到一群人，然而，那是房子沒有燈光的那一面，是無法通往車道的那一面，當他走到凱特停下腳步的灌木叢時，他覺得派對彷彿距離他們很遠。

「她喝了多少？」他問凱特。

「我不知道。我只是看到她走到房子的這一面，所以，我就跟在她身後。」

他得要蹲到陰影裡，才能看得到趴在地上的那個身影，只見她的頭髮披散在臉上。「好了，我會處理的，」他突然覺得很清醒。「還有，凱特？你們都不能再喝了。任何一個孩子除非和他的父母在一起，否則，每一個不到二十五歲的人，都得要讓我先看過才能離開這棟房子。聽到了嗎？」

「聽到了。」凱特回答，隨即看了他一眼才跑開。

他單膝跪地，把那個人的頭髮抓成一束。她乾嘔了幾秒，不過，嘔吐出來的東西和她動作的戲劇性完全不成正比。

「好了，好了，」他說著，幫她拍了拍背。「我帶你去梳洗乾淨吧。」他緊緊抓住她的上臂，幫忙她從地上站起來。

「我好丟臉。」她一邊前後搖晃，一邊說道。她光著腳，洋裝的一條肩帶已經垂落到了手肘。她靠在他的胸前好幾秒鐘，並且閉上了雙眼。當他感覺到她的呼吸出現穩定的頻率時，他知道她睡著了。她的頭髮聞起來有茶的味道。她的身形比莉娜要嬌小。他輕輕地把她推開。「噢！」當他看到那張臉時發出了一聲。

「抱歉，你叫什麼名字？我剛才忘了問。」

然而，她卻將雙手滑到他的手臂上，抓住了他的肩膀，可是，他不明白她在說什麼。

「噢，可憐的傢伙！那是喬安．卡瓦納。」莉娜在尋找法蘭西斯的時候，瞥見他正試著要把一抹身影帶離房子的另一側。廚房桌畔的牌局還在熱烈進行之中，不過，莉娜擠過那群男人旁邊，從廚房裡端出一杯水和兩顆阿斯匹靈，讓法蘭西斯一次一顆地塞進喬安的嘴裡。莉娜自己的狀況也很糟糕，在兩度問過法蘭西斯他是否處理得來之後，她就上樓和衣躺在了他們的床上，連腳上的涼鞋都沒有脫掉。感謝老天，喬安的女兒早就離開了。她和一群其他的孩子步行到另一場派對去了。

「她沒事吧？」凱特問，法蘭西斯這才發現她留了下來，沒有和她的朋友們轉往其他的派對。莎拉則在樓上。誰知道娜塔莉去了哪裡，不過，她已經是個大人了，她已經大學畢業了。

「她喝太多了。」凱特小心翼翼地確認。

喬安．卡瓦納顯然喝了太多，凱特的觀察打破了她天真的想法。他可以看得出來，一直到剛才以前，她都以為只有小孩才會喝太多。

「她可能吃壞了肚子。誰知道呢？」

凱特看著眼前的女人好一會兒，彷彿在做什麼決定一樣。

「她可以睡在這裡嗎？你不會趕她回家吧？」

「不，我不會趕她出去的，但是，她可能會想要在自己的家裡醒來。」但是，他又想到了另一個問題。「你知道卡瓦納家在哪裡嗎？」

凱特搖搖頭。「我想，在遊樂場附近的某一條街？」她低頭看了一眼她朋友的母親，似乎要確認她沒有在聽。「我想，只有她和凱西住在那裡。我不確定。我想，她爸爸已經不住在那裡了。」

法蘭西斯注視著眼前沉睡中的陌生人，她的肩膀上蓋著一條保暖的海灘浴巾，蜷縮在那裡。她張著嘴巴，發出了輕微的打鼾聲。「我會想辦法的，凱特。好嗎？你上樓去睡覺吧。」他們在那裡站了多久？在他沒有注意之下，客人們一個個離開了。除了爐子上方的燈還亮著，廚房裡已經一片漆黑。法蘭西斯走進屋裡，從沙發和扶手椅上抽起薄毯。關上正在大聲播放著MTV的電視。當他再度回到屋外時，他把兩張扶手椅推在一起，直到椅子面對面為止。一張是他用來坐的，另一張則是用來蹺腳。然後，他把一條毯子蓋在喬安身上，另一條則裹住了自己。

當他注視著一群飛撲在前廊燈下的飛蛾時，他發現自己也喝醉了。他醉了，而且筋疲力盡。他試著要想起在布羅克斯頓見到喬安的事，不過，他實在累到無法回憶，因此，他決定明天再想吧。

——

當他在清晨的寒意中醒來時，她正靠在她的毯子邊上看著他。他們的椅子之間，散落著用過的紙巾和一大把薯片的碎片。「我好丟臉。」她低聲地說。天色還不到黎明，他感到了脖子既僵硬又冰冷。他的口腔內壁感覺像沾上了毛絮一樣。她站起身，把他昨晚為她蓋上的毯子整齊地披放在她睡過的那張椅子背上。「我要走了，」她低聲地說，「我會走路回家。你應該要進屋裡去。」

她花了一點時間尋找她的鞋子，當她找到的時候，她只是把鞋子勾在她的兩根手指上。當她走過他身邊時，他伸手抓住了她空著的那隻手，緊緊地握著。他從椅子上轉身，雙手移向她的臀邊，隨即往上來到她細窄的腰身，有那麼一秒鐘的時間，也許是半秒，他感覺到她靠近了他，她的肌肉在他的手掌底下緊繃。早晨的感覺是那麼地單薄，那麼地吹彈可破，如果他問她一個問題的話，他知道那將會導向另一個問題，然後又導向下一個問題。一直下去。

「我要走了。」語畢，她立刻就離開了。

# 11

在彼得打包行李的時候，喬治去了斯吉曼大道打藍球。他原本打算要幫忙，不過，那天早上，當他們並肩站在沙發旁邊，把彼得的幾件衣服摺好堆疊起來時，他們發現那不需要兩個人一起做。八月初的時候，喬治帶彼得到長島的席爾斯百貨，幫彼得買了一套浴巾，以及藍紅格子圖案的全新超長床單，好讓彼得鋪在他寢室的床上。喬治問他還需要什麼，彼得知道有些孩子會帶小冰箱、十三吋的電視，不過，他什麼也沒說，他的三餐都包含在獎學金的補助裡了，他還有什麼需要？在回家的路上，他們去了經常光顧的那間小餐館，喬治清了清喉嚨說，既然他的父親不在場，那麼，在彼得出發走向他自己的世界之前，就由他來告訴彼得一些事。他的話讓彼得感到自己的胃在往下沉，想當然耳，喬治打算要告訴他有關性方面的事情，事實上，那些事彼得都已經知道了，只不過，他不想讓喬治知道自己都知道了。有一次，彼得因為嚴重的頭痛而從田徑訓練中早退。他比平常早了兩個小時回到家，並且認為喬治一定不在家。然而，他聽到了臥室裡傳出一些聲音，還有一些小動靜，以及一陣快速而低聲的交談。他僵立在原地，鑰匙還握在手裡，然後，他又離開了公寓。他沿著皇后大道一路走向曼哈頓的天際線。當他遠遠地走到了電影院時，才轉身踏上回程的路。等他第二次回到家時，公寓裡已經空無一人，喬治臥房的房門也已經打開了。

然而，喬治說的是，他知道大學裡有很多人在喝酒，對其他孩子而言，那也許沒什麼問題，但是，對彼得卻不是。「我的意思是，當然可以喝一點，偶爾喝點啤酒，不過，你可能有這樣的基因，彼得。有些人有，有些人沒有。如果你像史坦霍普家的人，那你就會有。」

這幾年來，喬治一直都會提及基因的事，不過，彼得不知道他指的是真的基因——就像組成染色體、具有特殊排序的核苷酸那樣——或者只是某些需要了解自己的人所虛構的一種概念。

「我爸爸有問題嗎？我是說在那方面？」

喬治目瞪口呆地看著他。「噢，彼得。兄弟。沒錯。」

「我從來都沒有注意到。」

「噢，」喬治說，「因為你還是個孩子。」

「我不認為如此。如果有的話，我會注意到的。但是我並沒有注意到。」

彼得把餐巾從他的腿上拿開，沿著縫線摺疊起來。他去了洗手間洗手，完全沒有抬頭看一眼自己在鏡子裡的反射，等他回到座位上時，他讓自己吃掉了三分之二的漢堡，這樣，喬治就不會問他為什麼不餓了。

「好吧。」

他沒有把他的跑步T恤和保暖內衣裝進行李箱裡，而是把他的書裝了進去，因為它們是最重的東西，而行李箱有輪子，對此，喬治表示，就是這種思考方式，讓他得到了一大筆獎學金。他把他的衣服都塞進了他的舊田徑袋裡。由於他在高中那幾年總是都穿著制服，因此，他只有一件牛仔褲、幾件毛衣和兩條卡其短褲。他檢查了他的跑步服，任何一件腋下有黃斑的衣服，都被他塞進一個大垃圾袋，丟進了路邊的垃圾桶裡。這個他佔據了四年的空間已經沒有他存在過的痕跡，他可以開始看見這個地方將會如何封存掉任何和他有關的記憶，就像一道被填平的門一樣。

一整個夏天，他的同班同學都在舉行畢業派對，而大部分的派對，彼得也都去參加了，雖然在每一場派對裡，他總是懷疑自己為什麼會去。每一場派對都是他的朋友、年長的嬸嬸阿姨們和古怪的鄰居所構成的違和畫面，每一個人對這樣的聚會，都有各自不同的期待。雖然，彼得在群體合照裡總是咧嘴而笑，不過，他知道當相片沖洗出來的時候，他臉上的不情願勢必清楚可見，而那也讓他根本不想看到那些照片。在一場派對裡，亨利．芬雷的父親準備了一個桶子，並且告訴亨利說那裡面裝滿了百威啤酒，不過，後來卻發現裡面全部都是無酒精成分的歐杜爾啤酒，這讓大人們對那些佯裝喝醉了的孩子們捧腹大笑。就在那場派對裡，他的朋友羅涵問他，有沒有再和他的舊女友見過面。

「偶爾，」彼得說，「不常。」

「不過，你還是喜歡她，」羅涵對他說，「這說明了你從來不和那些西根絲女校的女孩出去玩的原因。」

是嗎？彼得不禁懷疑。

他必須提前到艾略特學院報到，參加越野賽跑的練習，那在新生訓練前一週就開始了，之後，學校就開學了。畢業典禮的時候，他心想，也許，你永遠都不會知道，也許他會在回頭時，看到他父親就在體育館後面，或者他母親在兩名護理員的陪同下出現，一輛廂型車就停在路邊等她們。三個月之後，在他把他的行李箱和圓筒袋放進喬治的後車廂時，他也有同樣的感覺，彷彿他的父母也許會沿著大街很快地走來，唯恐他們會錯過和他道別的機會。有時候，他覺得自己最後一次見到他們彷彿是上輩子的事了。在他離開的前一晚，喬治帶他去了市區的一家義大利餐廳，用餐期間，他說了一個故事，那是關於他很久以前認識的一個人，那個人無法做出對的事情，雖然他一直等待著要做對的事情，但是，他等得越久，事情就變得越困難，然而，那並不代表他不想做。

彼得了解那是個比喻，於是就不再認真傾聽。

「沒關係的，喬治，」彼得說，「我知道你想告訴我什麼。」

隔天下午，在檢查完彼得的房間，並且在校園裡走了一會兒之後，喬治遞給彼得一只信封，然後說，是彼得展翅飛翔的時候了。

彼得輕拍了一下他叔叔的肩膀，隨即握住他的手。「謝謝你為我所做的一切。」他覺得胸口在發疼。

「嘿，嘿，」喬治說著，緊緊地擁抱著他。「別一副這麼擔心的樣子。好嗎？你總是一副很擔心的模樣，彼得。一切都會很好的。好嗎？我們感恩節見。感恩節很快就到了。」

幾個小時之後，彼得記起了那只被他塞進短褲口袋裡的信封。只見信封裡放了五張硬挺的百元大鈔。

---

跑步訓練和以前跟著貝爾教練時差不多，彼得立刻就看出自己是全隊裡最優秀的隊員。他不

習慣和女孩子們一起練習——和女子隊——如教練所稱。不過，那並不是因為男女生得在暖身之後頻繁地見到彼此。他只是希望沒有人知道關於他的事情，除了他的名字叫做彼得．史坦霍普，他來自於皇后區，他在春季的時候是全市八百公尺最快的跑者。不，他沒有女朋友。不，他還不知道自己要主修什麼。他的父母？喔，他們很多年前就分開了。他母親現在住在阿爾巴尼。喔，只要時間允許，他就會去看她。

訓練的第三天，女子隊的一個高年級女孩說了什麼有關她在夏天時回家的事，回到她在里佛塞德的家鄉，里佛塞德就和吉勒姆相鄰。彼得在心裡估算著：當一切發生的時候，她應該正在里佛塞德高中念高一。那一週接下來的幾天，他都確保自己在隊伍圍成的圓圈另一側做拉伸，確保自己低著頭，以防教練在叫到他的名字時，她會轉過頭來看著他。不過，當他發現她似乎並不認得他或他的名字時，他覺得自己身上那件擔憂的披風變輕了，最後，他覺得自己彷彿只要聳聳肩，就可以讓它從肩膀滑落到地上了。一點一點地，一個新念頭的成形讓他感到了一陣顫抖，他感覺到有一個足以容納得了他的新空間敞開了。

週五是其他新生搬進宿舍的日子，彼得留了一張紙條給他的室友說，雖然他已經選好了床鋪和衣櫃，不過，他不介意更換。他寫的第一張紙條感覺似乎太正式，因此被他撕掉了。第二張似乎又太突兀了。在他的第三張紙條上，他加了幾個驚嘆號，幾分鐘之後，就在他穿過院子時，他又擔心那些驚嘆號可能會給人娘砲的感覺。整個星期，他都在看著寢室裡那兩張床的距離，試著不要去想自己從來沒有——即便在喬治的公寓也沒有——和另一個人住在如此靠近的空間裡。他不知道自己的習慣是不是正常，是否太整潔，還是太髒亂，是太安靜，還是太吵鬧，為了得到一種隱私的假象，一個人應該要在什麼時候無視於室友的存在，或者總是微笑以待、試著和對方保持輕快的談話會比較好，比較不古怪。這個10×12呎（約三．四坪）大的空間既是他們睡覺的地方，也是他們念書和消磨時間的地方，可能嗎？他們不會在萬聖節之前就把所有可以聊天的話題都講完而無話可聊了嗎？他很早以前就知道，他謹慎的態度是讓他無法融入其他人的原因之一。田徑隊的隊友總是在訓練後一起洗澡，穿著他們的內褲到處走動，戲謔著彼此的私處，然後一起出去吃飯，一起打電玩。

那天晚上，在最後一批父母親吻過他們的孩子、和他們道別——那是彼得觀察了一整天下來所發現的一種儀式——之後不久，一場夏末的暴風雨吹斷了樹枝，撬開了建築物側面的電源線路。當他的宿舍失去電力時，他的室友安德魯——一個來自康乃狄克州的粗壯男孩，他對彼得說的第一句話是：「你現在在聽什麼？嘻哈？重金屬？不要說你在聽鄉村音樂。」——不停地叨唸著他母親應該要幫他打包蠟燭，他母親應該要準備一把手電筒，他不明白她為什麼就是沒有那麼做。因此，彼得告訴他跟著自己走，然後，他們和其他剛搬進來的新生一起聚集在公共區域。彼得提議他們在黑暗中玩尋寶遊戲，這是他這陣子以來，第一次想起了凱特，他想起她會多麼喜歡這個提議。他不知道她現在在那裡。他試著想像，如果她出現在他的第一堂課上，打開課本坐在教室裡時，他會做什麼或者說什麼。他甚至可能認得出她來嗎？她會很高興看到他，還是會將過去發生的一切怪罪於他，並且責備他保持了那麼久的沉默。

在新生訓練的時候，那些為了讓他們團結起來的老土破冰遊戲，讓彼得和其他人發出了煩惱的呻吟。在一個信任練習裡，他和其他三名新生被編在一組，他們的領隊才剛解釋完規則，他組上的一個金髮女孩就真的倒在了他的懷裡。

「你差點就讓我掉下去了！」她說。

「我還沒準備好。」他懷有戒心地說。

之後，同組的另一個男孩告訴他：「老兄，她在和你打情罵俏。」

在新生訓練結束之後，就只剩下購買書籍和報名上課了。某一個早上，彼得在前往校園主要的書店途中，停在了一個十字路口等待巴士開過，只見巴士的前擋風玻璃上方亮著車行的方向「四十一街終點站」。他停下腳步，注視著那塊車牌告示，直到他意識到一輛車子正在等他穿過馬路。

隔天，那輛巴士又出現了。司機在快要九點的時候，把車子停在了書店外面那條寬闊的死巷上。彼得腦子裡原本的雜念開始成形。那些高年級生此時正成群結隊地抵達，佔據了那個小院裡所有的野餐桌和綠地，在開始上課的前一天，彼得爬上巴士的階梯，確定巴士的目的地是曼哈頓。司機說，那是一班快車。他會行經紐澤西的另一所大學，然後經過收費高速公路上的兩個停車轉乘區，最後是港務局的客運總站。彼得拍了拍他身後的口袋，確定自己帶了皮夾，然後爬上了巴士。他沒有帶書或雜誌。他沒有告訴他的室友或教練，也沒有告訴他宿舍裡的顧問。他不想問自己到底在做什麼。

那是一九九五年九月的一個星期二早上，勞動節的隔天，路上空空蕩蕩的，沒有什麼車子。他從港務局搭乘了一站的地鐵到賓州車站。然後走向他發現的第一個國鐵售票員。他想要搭乘的那班火車會在十四分鐘之內發車。

等到他抵達阿爾巴尼的時候已經是下午三、四點鐘了。他從倫斯勒站搭了計程車到醫院，不過，他的焦慮讓他無法立刻就走進醫院，因此，他在整個院區裡走了一圈，然後，坐在一張長凳上，試著讓自己冷靜下來。一整天，一整個星期，一整個夏天，每當刮風的時候，他就感到自己內心裡有一個風向標，瘋狂地在風中朝著一個方向搖擺，然後是另一個方向。現在，他要在這裡讓事情獲得解決，他會面對四年來一直存在於他肩胛骨之間的那股寒意，他會告訴他母親，不管怎樣，他都愛她，然後弄清楚她是否也愛他。當他感到自己準備好的時候，他告訴櫃檯的男子他的**身分**，他想要見誰。他在火車站的販賣機買了一瓶可樂，並且在計程車開往醫院的一路上，在他繞著醫院院區打轉的時候，一直都把可樂緊緊地握在手裡。他很擔心，如果他現在打開的話，罐子可能會爆炸，因此，當那名男子瞇著眼睛注視著他的電腦螢幕時，他把可樂放在了櫃檯窗戶底下那道狹窄的窗架上。

「第一次來探訪嗎？」男子問道。在彼得來得及回答之前，他又說：「不可以帶相機、錄音設備、香菸產品、毒品和吸毒用具——包括醫生處方、胰島素筆針、注射器。不可以帶武器、化學品、包括鑰匙或身分證的個人物品。不可以帶錄音帶或DVD，不可以帶隨身聽或耳機。不可以帶電動牙刷或電動刮鬍刀。不能帶金屬道具、任何含有咖啡因的飲料。」說到這裡，他瞄了一眼彼得的可樂。「不准穿顏色鮮明的衣服，或者有彩色補丁的布料。不准帶塗料、筆、螢光筆、剪刀、毛線鉤針、砝碼、具有磁性的東西。」

他停了一下，讓彼得消化這些信息。「好了，」又說，「你有哪些？」

「什麼都沒有。」彼得說著，把那罐還沒打開的可樂丟進桌子旁邊的垃圾桶裡，罐子在落地時發出了重重的聲響。他滿頭大汗，以至於他不敢把手臂舉起來，以免腋下出現兩團汗漬。

「你可以再說一次病患的名字嗎？」男子往他的電腦螢幕靠近。

彼得又說了一次，當男子捏著自己的鼻梁、緊緊地閉上雙眼，然後告訴彼得先坐一下，因為他得要打電話上樓時，彼得試著要判斷那是什麼意思。

「有問題嗎？」

「你先坐一下。」

一名比他母親年長的女子也在等待，她的腿上放了兩大袋的餅乾。她還帶了一只透明的夾鏈袋，夾鏈袋裡裝了牙膏、牙線，還有塑膠的刮鬍刀片。他很擔心那些刀片會被沒收。彼得穿了一件馬球衫和短褲。在等待了幾分鐘之後，他走進陰森的男洗手間，用一疊紙巾擦拭了自己的額頭、脖子和腋下。在走回自己座位的途中，他問了櫃檯，當他去洗手間的時候，他們有沒有叫過他的名字。他又等了四十分鐘，看著其他訪客被護送著穿過雙層的安全門。透過朦朧的窗戶，他看著警衛把訪客們的袋子拿起來對著燈光，一樣一樣地檢查袋子裡的東西，並且偶爾會把一些東西挑出來，放到一邊。時間已經臨近黃昏。很快就會到晚餐時間了。病患可以在晚餐時間會見訪客嗎？他傾聽著所有的聲音，試著感覺她就在這棟建築物裡，試著辨別她從遠處發出的聲音。每當他想像他母親時，他總是會看到她獨自一個人待在某一間房間裡。他記得在很多年前，有一次，她坐在他的床緣，告訴他關於她所知道的一隻公雞的事，她說那隻公雞總是一整天都在啼叫，她還說她覺得很奇怪，一直到她發現原來幾乎所有的公雞都會在白天不停地啼叫。人們之所以只注意到天亮時的雞鳴，是因為世界在天亮的時候是那麼地安靜。

「可是，你注意到了牠們在其他時候也會叫。」他說，「只有你注意到嗎？」

「只有我注意到了。」她告訴他。

終於，在一陣嗡嗡的鳴響下，一名脖子上掛著醫院識別證、眼睛凹陷的男子從那道雙層的玻璃門裡走了出來，然後叫了彼得的名字。

男子把手放在彼得的肩膀上，帶他走到一株盆栽旁邊，試著要私下和他說話。「你母親今天恐怕不會見你了。」男子說道，彼得用力地點頭，彷彿這正是他所期待的結果。他們願意稍微放鬆規定——彼得並未符合規定先做訪客的申請，也沒有經過必須的等待期間——不過，他母親就是無法和他見面。

「她是無法見面，還是她不想見我？」

「你也許可以在幾星期之後再試試，」男子說，「你可以安排日期，讓她提前知道。這樣，她可能就會有心理準備。」

「不過，她還好嗎？你可以告訴我些什麼？」

「你就再試試吧。先登記。按照規定來。到時候……」

但是，彼得對之充耳不聞。他知道自己不會在幾週之後再嘗試。某個感覺讓他在那天早上搭上了那輛巴士，而那不是會再度出現的感覺。返回宿舍的旅程已經變成了看不到盡頭的漫漫長路，而回程的巴士甚至不會開到艾略特。他得在最靠近學校的小鎮下車，再轉搭計程車。他向男子道謝，然後離開了醫院，匆匆地穿越過寬闊的草坪。烏鴉在空中盤旋，他快步地往前走——穿過住宅區的街道，商業街，一座又一座的停車場，跟隨著眼前市中心的天際線不斷地往前走。他越過一座人行天橋，又經過一間酒吧，只見酒吧裡的人都安靜地坐著，目光緊盯著電視螢幕。棒球。打擊剛剛結束。當彼得接近另一間酒吧的時候，他決定走進去。除了在火車上吃了一包m&m's巧克力以外，他從早上到現在都沒有吃過東西。他坐在吧檯盡頭，點了一罐汽水和一盤薯條。不過，就在酒保轉身走開之際，彼得把他叫了回來，告訴他要把汽水改成啤酒。他看著一整排的啤酒龍頭開關，選了其中的一個，雖然他不知道那些啤酒都有什麼區別。酒保並沒有要求他出示**身分**證，因此，在喝完那杯之後，他又點了一杯。而在那之後，又點了第三杯。三品脫的某種黑啤酒，對一個夏日晚上來說也太多了，不過，一旦他做出選擇之後，他覺得自己最好從一而終。那名酒保唯一一次看似在打量他的時候，是在他遞出一張喬治的百元大鈔那一瞬間。酒吧把那張鈔票對準了燈光。

彼得到達火車站的時候，距離發車還有二十分鐘。他覺得體內很溫暖、很放鬆，並且意識到自己可能有點喝醉了。他不知道喝酒的感覺這麼舒服。

「我知道我要做什麼。」他大聲地說，然後走向電話亭。他拿起一只聽筒，把一把硬幣丟進投幣孔裡，直到撥號音穩定為止。他的手指停放在數字鍵盤上，這才發現自己從來都沒有打過電話給她，一次都沒有，也不知道她的電話號碼。當他可以站在屋外，一抬頭就看見她的窗戶時，他幹嘛要記得她的號碼？

不過，他知道她家的地址，因為只和他家差了一號而已。他回到報亭，買了一本有線圈的小筆記本、一盒信封和一支筆。他們沒有賣郵票，不過，一名老太太聽到了他的需求，於是告訴他，她可以用二十五分錢的價格賣給他一枚郵票。

關於他應該要寫什麼、不應該要寫什麼，他不想做過多的思考，因此，他俯首在頁面上，潦草地寫滿了一頁，也許，那都是一些散亂的想法，不過，卻都是她會理解的想法。他寫下了關於皇后區的事，關於喬治的事，關於賽跑的事，以及關於他在結交好朋友上面的困難。他說他想念她，說他在幾年前，曾經數度嘗試要透過心電感應發送訊息給她，說他有時候會一整個星期、或兩個星期都沒有想起她。他告訴她，有好幾次，他都確信她一定很恨他，但是有時候，他又相信，不管過去發生了什麼事，她都會原諒他。他問她說，即便他們已經超過四年沒有見面，但他感覺自己依然很了解她，而她也是，這種感覺是不是很詭異。他說，他希望可以見到她。寫完之後，他把那幾頁從筆記本上撕下，讓紙張被撕開的鋸齒處留在線圈的邊緣。他把紙張摺疊好，塞進一只信封裡，在信封上寫下了她的名字和地址。稍早，他曾經在距離車站兩三條街的地方，看到路邊有一個藍色的USPS郵筒。他看了一眼發車時間的顯示牌，知道自己應該來得及。他跑得像有人在他身上設定了時間一樣，他推開雙向都可以打開的車站大門，閃過迎面而來的許多通勤旅客。飛奔過兩個路口，又穿過一條街，然後將那個信封丟進了郵筒裡。不到三分鐘，他就回到了等車的月台。

在回程的一路上，包括前往曼哈頓的兩小時車程，外加返回艾略特的另外兩個小時，巴士上的冷氣都一直在轟隆作響，儘管傍晚的天氣並不炎熱，彼得想起自己給凱特的信正躺在那個郵筒黑漆漆的肚子裡。他翻到線圈筆記本上被撕過的地方，手指撫摸著最上面的空白頁面，彷彿這樣會有助於他想起自己寫了些什麼。他感覺到一點點擔憂，不過，依然很高興自己這麼做了，並且期待接下來會發生什麼事。到了旅途第三個小時的時候，他已經很難壓抑住自己的恐慌了。在寫信的那個當下，那似乎就像是個很棒的想法，於是，他讓那股熱情淹沒了他。現在，他只感到了沮喪。他試著想像喬治的聲音在他耳邊響起，告訴他說，彼得，小兄弟，你擔心太多了。

當他下車時，時間已經是午夜了，他獨自站在被街燈照亮的人行道上，聽著紐澤西中央的蟋蟀在鳴叫。空氣中有桃子的味道，果園的招牌在主幹道上四處可見，昭告著每個人可以無限量地採摘桃子。大馬路邊上成排的房子雖然老舊，不過看起來卻很溫馨，彼得不禁想像著屋裡的孩子們正在他們的玩具和書堆裡睡覺，他們的天花板上還貼有在黑暗中會自動閃爍的星星。遠處，就在學校的方向，傳來了汽車喇叭的聲音——一唱一和的喇叭聲。

他用腳尖踢著投射在地上的光圈邊緣，強忍著想要大叫的衝動，想要把所有房子裡的人們都吵醒的衝動。不過，他只是將雙臂緊緊地抱住胸口，開始踏上走回校園的長路。他在想，他應該要狂野一點。他應該在晚上的時候，到市區的大街上漫遊，因為不會有父母禁止他這麼做；他應該要為他可能惹上的麻煩準備好理由。他應該要打破東西，偷竊，大聲地聽音樂，吵到鄰居都來敲他的門。他應該要在其他的孩子試抽大麻時也試一試。他應該要在羅涵那次弄到古柯鹼的時候也嘗試看看；他應該要在其他男孩排隊進入位於邱園的必勝客洗手間時，也跟著進去看看裡面是什麼樣子。他不應該待在桌邊，擔心著他們的服務生會以為他們想要吃霸王餐。他應該要找個女朋友，很多很多女朋友，一個來自這所學校，另一個來自另一所學校，就像其他男孩那樣，然後在教室裡露出得意洋洋的笑容。他應該要野一點，這樣，喬治就必須去追蹤他父親的下落，把他找回來，他應該要野一點，讓他母親的律師去想辦法，看看可以做些什麼。然而，他卻一直都這麼乖。

他應該要搭上巴士回到吉勒姆，去找凱特。如果他們不讓他見她的話，他應該要把她的房門撞開。他至少應該要站在她家前面的草坪上，大聲叫著她的名字。

他沿著狹窄的路肩而行，當他看到車燈接近時，立刻就離開路肩，走到樹影底下，直到車子安全地開過。

回到宿舍房間時，他把鑰匙插進鎖孔裡，極其緩慢地轉動著門把，以免吵醒安德魯。

**2**

**×**

**2**

# 12

在安住進首都區精神科醫院的第四年底，阿巴斯醫生把安的名字列到評估的個案之中。

「那是什麼意思？」她問道，她的聲音裡有一種尖銳，不過她不是刻意的。阿巴斯醫生膚色黝黑。也許是個印度人，或巴基斯坦人。他在安住院的第二年，開始在首都區精神科醫院工作。他有一口很雅緻的英國腔，內雙眼皮的眼睛，以及一種不動聲色的機智，那讓安在剛開始領教到的那幾次，著實感到驚訝。他似乎不像其他醫生那麼疲憊。她不禁猜想，當他換上週末服裝待在家裡時是什麼樣子。他有什麼樂趣。她從來都沒有，一次也沒有，對她的其他醫生有過這樣的好奇。其他的醫生從來都沒有讓她對自己、對未來可能發生什麼感到希望。早期的時候，有一次，他曾經說：「當你生命的這段時期過去之後，安……」她只聽到這裡，就再也接不上他在說什麼了，因為，從來都有沒有人提到過會有一切都過去的時候。對她而言，彷彿有一道牆築在了她的真實生活和她在醫院的生活之間，而那道牆只會越來越高。但是，阿巴斯醫生出現了，他帶著一座彈射器來幫助她翻過那道牆。

「那表示我們要評估你的個案，你的進步，並且談談你是不是已經為下一步準備好了。」

「下一步是指？」

「一個更獨立的環境，不過，如果有必要的話，也會有協助。對我來說，一個寄宿復歸中心就是這樣的一個地方。是一個起點。」

「中途之家。」安說著，痛苦地記起自己多年前簽署過一份請願書，企圖阻止一間中途之家設立在吉勒姆。

「我們會討論幾個不同的選項。」

「不過，我通不過評估的機率很大。」她在腦子裡列出所有等著要審查的人，那些人從她住進來開始就一直在等待審查通過，不過，至今為止，卻依然每天早上都在他們的早餐盤裡攪拌著蛋粉。

「我不會這麼說。我之所以提起這件事，是因為我不希望如果評估通過的話，你會過於驚訝。」

「但是，我可能沒辦法通過。有人在這裡都待了二十年了。甚至更久。」

「沒錯，不過，我的看法和你的幾位前任醫生都不一樣，而那個想法就是改變這個。」

「這個？」

「這個。」阿巴斯醫生指著牆壁、窗戶，然後展開手臂，把整個世界都涵蓋進去。「沒錯，你是犯了罪，但是，根據你當時的精神狀況，你被認為無法對那樣的行為負責。你沒有持續服用你的藥物，而且，你所說的話也不符合你應該要說的。那已經改變了，安。你現在表現得很好。雖然，你還是得以門診病人的**身分**看醫生，而你的用藥處方也一次次地重新調整，但是，如果你待在這裡的時間比你被關進監獄的時間要長的話，那就沒有什麼意義了，我是說，如果你當年能夠為自己的罪行負責而入獄的話。你是一個好的評估人選。你可以開始好好想一想。」

阿巴斯醫生到這裡的那一次，恰好是彼得來訪的時候。等到阿巴斯醫生從另一個醫生手中承接下她的個案時，安已經被移出所有的團體治療了。她被挪到了五樓。她第一次見到阿巴斯醫生時，他怯生生地、很有禮貌地走進她的房間，彷彿他要待下來或者出去都由她來決定。

「我聽說你一直有些困擾。」他說。他既沒有帶筆記本，也沒有拿夾著紙的筆記板。只是把雙手交扣在身後。

「我兒子。」安的聲音破了。她知道他們正在看她。她知道自己必須保持鎮定。那天，當一名社工走進來，告訴她說她的兒子就在樓下，如果她想見他的話，他們可以允許她去見他，她感覺到彼得的能量穿過那些埋藏在地板底下的管道，讓那些管道發出了嗡嗡的聲音，讓那些管道都發光了。空氣裡瞬間閃爍著銀色和金色的光芒。她確定在社工告知她之前幾秒鐘，她就已經知道他在那裡了。

那天，她沒有勇氣見他，因此，她把他趕走了。在那之後，她立刻就感到體內的時鐘在加速，那是一種發自內心的鼓譟，總是預告著不愉快的經歷。她試著隱藏自己的情緒，在吃飯的時候保持臉上的平靜，把食物塞進嘴裡，直挺挺地坐在公共空間裡，一句話也不說，以免洩漏自己的心思，不過，她知道他們在觀察她，而她越是安靜，他們對她的觀察就越是緊密。要持續這麼做真的讓人筋疲力盡。所以，在保持了幾天之後，當一個護士前來護送她去參加團體活動時——永遠都是團體活動，永無止境的團體活動，當這個地球不停地轉動、當戰爭有勝有負、當安自己的兒子，一個成人，就在那裡，希望能見到自己的母親時，每個人卻還在喋喋不休地談論著一些芝麻小事——安在那個護士的頭頂上看到了光亮，就像煙火一樣。她開始拍打那些光。那名護士立刻尋求支援，聲稱遭到了攻擊。她過去的暴力紀錄也被當成了參考。然而，安最討厭的不是身體被抬起來，不是感到一個陌生人灼熱的呼吸就在她耳畔，不是被迫吞下藥物或者被鎖進一個房間裡，她最討厭的是其他病人臉上的冷笑。

醫院裡每個醫生都會問，你為什麼相信他們是在對你冷笑？然而，阿巴斯醫生卻問：「當他們把你抬走時，你一定知道自己接下來會面對到什麼事，相較於這些事，為什麼他們的冷笑會讓你感到困擾？」

「這麼說，你同意我的說法，你也認為他們確實是在冷笑？」

阿巴斯醫生停了一下，考量著他的回答。「我同意人性存在著那種強烈的可能性，是的。」

---

安得知自己通過了評估是在一個星期二，距離彼得來看她的那一天已經超過兩年了，到了週五早上的時候，她已經搭上了一輛廂型車，前往一間位於薩拉托加郡邊緣的房子。她僵硬地坐在司機後面的長凳座椅上，努力地嚥下不斷湧上喉嚨的胃酸。她沒有和任何人道別，她沒有任何可以稱得上朋友的人，除了一名偶爾會在吃飯時和她坐在一起的女人。

「天氣很好。」司機很親切地說道。在很短的時間裡，他已經從後視鏡裡看了她好幾次了。天空藍得讓人目眩，不過，高速公路路肩上那些油膩膩的水坑顯示出稍早曾經下過雨。臨行前，阿巴斯醫生和她握了握手，當她不願放開手時，他把他的另一隻手也覆蓋在她的手上。他不會和她一起搭上這輛廂型車。他也不會帶她參觀她的新家。

車子在馬爾塔繞過一條小路時，她瞥見了一艘白色的帆船正沿著樹林移動。海洋距離這裡至少有兩百哩之遠。

「那是什麼？」她瞇起眼睛問道。

「什麼是什麼？」司機問。

「看起來像是帆船。」

「像今天這種天氣，船隻都在黎明時分就已經出航了。」

「出航到哪裡？」

「薩拉托加湖，」司機告訴她。「他們沒有告訴你你要去哪裡嗎？」

---

由於上癮從來都不是安的病症，因此，她可以再度尋找護士的工作，加上她如果可以很快地找到工作的話，她就可以立刻進到第二階段，那就意味著她可以自由來去，並且也不需要接受強制的職業訓練。艾琳之家就在醫院以北三十哩處，司機告訴她她很幸運。有些人被安排到水牛城，有些人甚至還得一路下到紐約州的南部。安曾經聽過一些發生在中途之家的恐怖事情。幾個首都區精神科醫院的病患曾經在中途之家進出過好幾次，並且告訴她要提高警覺，看管好自己的東西，中途之家比醫院還要不人道。而艾琳之家似乎很符合她所聽到的那些警語。鄰近人行道的艾琳之家是一棟看起來很鬱悶的三層樓箱型建築。董事瑪格麗特帶她去看了她的房間，她得要和

另一名住客共享這間房，當瑪格麗特打開房門的時候，安預期會看到一窩的蟑螂到處爬。然而，房間雖然簡單，卻很乾淨，空間雖然小，卻出乎意料的明亮，儘管鋪滿地面的地毯是青苔色的。瑪格麗特告訴她，如果她需要的話，可以直接去梳洗一下，她的室友很可能要到晚餐的時候才會回來，在把門關上離開房間之前，她把一把鑰匙遞給了安。過了一會兒之後，安獨自在房間裡把門上的按鈕鎖按下，然後轉動門把，讓門鎖彈開。她一次又一次地重複著這個動作。每次按下按鈕，都讓她感到一陣激動。

她才來到這裡幾天，就在波爾斯頓的一間老人輔助之家找到了一份工作。那份工作真的就只是提供協助，她不需要提供任何的醫療照護，不過，當她告訴她的社工南希，一名瘦得像幽靈、髮色宛如鞋油般的女子，說她決定要接受這份工作時，南希從眼鏡上方看了她一眼，彷彿在告訴她她很幸運能得到這份工作，而且不要奢望她還能找到更好的工作。她需要幫助公寓裡的老人洗澡和穿衣，也要把插有吸管的塑膠水杯遞到他們的嘴邊。南希同時要她提防她的住友，因為他們會發現她可以拿到藥物，如果任何住在艾琳之家的人試圖要和她交易的話，她就要立刻通知南希或瑪格麗特。這個警告提醒了安，當她和別人談起她的現在和過去時，她一定要非常小心。最好是什麼也別說。

阿巴斯醫生告訴過她，當她注意到很多事情已經不同於一九九一年的時候，她可能會感覺到無所適從，儘管時隔才六年而已，儘管她也曾經參加過所有的實地考察之旅。每年兩次，情況夠穩定的病患都會組成一支小團體，被帶到購物中心、農夫市集或美容沙龍，去執行他們被交代的任務，包括買一打番茄，或者想辦法把一張二十元鈔票換成零錢。不過，她的醫生警告說，即便她在這些考察行程中都很留心周遭的事物，但是，一旦她真的走入了外面的世界，真的加入了外面的世界時，她可能還是會感覺到不一樣。

---

在老人之家的工作開始之前幾天，安走進了一間銀行，處理吉勒姆的房子賣掉之後所剩餘的錢，這是她六年來第一次走進銀行。

「這個帳戶從一九九一年起就沒有出入帳了。」櫃檯人員告訴她。為了支付法律費用和醫療費用，布萊恩在很久以前就把房子和她的車都賣掉了，當一切都塵埃落定時，他把剩餘的款項平分為二，將她的那一份存到了她個人的帳戶裡。如果他因為彼得而捉襟見肘的話，他就有權動用她的戶頭，把錢用來支付彼得需要的東西，不過，他並沒有被彼得困住。雖然時隔多年，然而，當她安靜下來，試著要理解他把她的孩子、她的兒子，留在了皇后區的一間公寓，和他那個白痴、酗酒的弟弟住在一起時，她的肋骨就感覺到一股有形的壓力，她的心臟就感到一股劇痛。不過，他們至少讓他去念了那所好高中，而在她搬到艾琳之家時，他應該已經念了幾年的大學了。她知道他申請了大學，因為紐澤西某一所大學的助學金辦公室需要各種文件，以證明彼得不再是她的被扶養人，並且斷絕他和她的財務關係。她律師辦公室的一名助理把那些文件全都帶到了紐約州北部讓她簽名。

在那之後，安就會想像著他未來會變成什麼樣子。當上美國總統並非完全不可能的事。某家國際公司的CEO、腦科醫生、大學教授。她曾經被告知說，當她進入一種狂躁的循環狀態時，她的想法就會變得過分誇大，因此，她試著就已知的跡象，如實地為他檢視每一個可能性。結果，一切都沒有問題。他是個聰明的孩子。他會去念大學。

據她所知，布萊恩依然是她的丈夫，雖然他似乎更像是一個概念，而不是一個真人，一如多年以前，在她還沒有嫁給他的時候，就被她遺棄在了愛爾蘭的家人。一想到他依然活在這個世界上，依然做著他習慣做的那些事——洗澡、刮鬍子、把皮帶穿過他褲子上的褲環——這樣的念頭給安的感覺，彷若一個出現在時空連續體裡的漣漪。五千兩百三十一元就是他們共同生活所留下來的痕跡。所有的那些歲月：通勤到蒙特菲羅，每逢週五下午就衝到銀行存支票，打掃前廊，修剪樹籬，讓樹籬維持挺直美觀的那些年。她從存款裡提出了四千元來買一輛二手車。她知道她最不需要做的就是抱怨。有了這輛車，她就不用等巴士去工作。她就有一個獨處的地方。她已經自食其果了，就像她的律師曾經對她說的那樣。當時，他已經受夠她了。

——

艾琳之家原本只是一年的期限，不過，當一年期滿的時候，沒有人開口要她離開，她也就繼續住了下來。不過，現在，瑪格麗特告訴她，有人需要她那個床位。他們在看過安的資料之後表示，她已經完全有能力自己住了。住在艾琳之家期間，她並沒有發生任何令人震驚的事情，原因之一是因為她再也不需要根據她每天的情緒，數著自己應該要吃哪幾顆藥，或者應該把哪些藥塞進女子淋浴間排水孔的那些小洞裡。她每個月接受一次注射，而自從用藥方式改變之後，她覺得自己穩定了許多，過去那種老是覺得有不好的事情就要發生的夢魘感也減少了。

安這輩子從來都沒有自己獨居過，在和瑪格麗特見面之後，她回到自己的房間，坐在床緣，床的四個角落以軍隊的方式鋪整得十分俐落，她試著要控制住從肚子裡升起的那股恐懼。沒有關係，沒事的，這都是原本就會發生的事。她對自己重複說了五十次。

她找到的那間一室戶公寓很小，毫無疑問地，那兩扇單片玻璃的窗戶很通風，而房租將會吃掉她收入的百分之六十，不過，她需要的東西並不多。早餐只要一杯優格，午餐則是一顆蘋果。通常，她都可以從安養之家把食物帶回家。廚師總是會把不新鮮的麵包和到期卻完全沒壞的牛奶丟掉。盛滿糖漿的水果杯只要被放在住戶的盤子上，即便那名住戶連碰都沒有碰過密封錫箔紙上的拉環，這些完好的水果杯也都必須被扔掉。那間一室戶的公寓距離她醫生的辦公室只要走路就可以到達，雖然這意味著她要花更多的時間通勤去老人之家。通勤時間太長似乎是其他人會在意的事，不過，安卻一點也不在乎。開車往返讓她有事可做，而且也是她消磨白天時間的一種方法。電視當然也會有所幫助，不過那就太奢侈了。她會再等等。

奧立佛醫生不同於阿巴斯醫生，不過，安覺得他還可以，而他也說她表現得很好。自從到了艾琳之家以後，她每週都要抽一次血，以確保她沒有中毒，此外，在她出院之後，她再也沒有感到過那股熟悉的躁鬱又回來了，唯一一次的例外是在一場嚴重的腸胃炎導致她脫水虛弱的時候。當時是清晨三點，瑪格麗特在公共休息室發現了她。她原本在那裡看電視，當電視裡的參賽者按下搶答鈴時，安也拍著塑合板的咖啡桌，大聲地喊出了答案。當瑪格麗特出現的時候，安命令她仔細看，並且要瑪格麗特告訴她其中一名參賽者是不是有點像在作弊。瑪格麗特把安帶回房間，對她說了晚安，然而，翌日早晨，雖然天色已經大亮，不過時間卻還很早，瑪格麗特就來敲安的房門了。「起床，」她說，「換好衣服。你要去看醫生了。」

等到安和奧立佛醫生獨處時，安有一種感覺，覺得自己在走出那裡之前最好閉嘴，最好一個字都不要說出口。他們就那樣瞪著彼此，然後，奧立佛醫生溫和地告訴她說，她會被送到一家當地的醫院待上幾天，直到他稍後調整過的藥物讓她回復平穩的狀態為止。

安把手腕伸出來等著被戴上手銬。

「不，不用手銬。」他說，「你沒有做錯什麼事情。」他保證她不會丟掉工作。她會沒事的。他們沒有理由把接下來充滿挑戰的這一週搬上檯面，弄得人盡皆知。畢竟，她一直都表現得非常好。

---

當她轉動著新家的門鎖時，她想到就在不是太遠的某個地方，彼得可能就要從大學畢業了。她一直都很不放心他和喬治住在一起，不過，至少她知道他人在哪裡。當他去上大學的時候，她感覺他離她更遠了，因為他搬到了另外一個州，不過，話又說回來，至少她知道他在哪裡。然而，他現在要畢業了——時值五月，薩拉托加的人行道佈滿了櫻花，行走其中，彷彿踩在一層天鵝絨上面——她想像著他像一只陀螺，旋轉過一片木板，又曲折迂迴地瘋狂地轉過美國、加拿大

和墨西哥。她觀察著小鎮街上那些在暑假中回鄉的大學生，個個都是柯爾蓋特大學、巴克內爾和雪城大學的活廣告。她會特別留意男孩子，然後試著讓自己了解到彼得現在已經和這些男孩、這些年輕的男子一樣大了。他現在的年齡就和他父親遇到安的時候一樣大。

到一九九九年九月的時候，不知道他的下落讓她感覺就像一種她撓不到的癢。也許，他去了杜拜或俄羅斯，或是中國。她看到新聞說，近來，很多商業人士都得要旅行，把他們的時間花在外國。也許，他在世界的另一頭說著日文。她可以打電話給喬治。他會告訴她一切她想知道的事情。

「你為什麼不打呢？」奧立佛醫生問她。

她想要大聲告訴他說，因為那會是另外一回事。另外一件該死的事！他們談了一整個星期，而她所說的話，他卻好像一個字都沒有聽到。

「我想念阿巴斯醫生。」她沒有回答他的問題，只是希望這句話能夠激起一點專業上的嫉妒。

———

那年的十月中，薩拉托加郡家家戶戶門口的樓梯上都擺了一盆盆的菊花和南瓜燈，整個郡都洋溢著節日的味道。安在她經常加油的那處加油站停下了車，然而那天，在她所站之處的斜對面那家商店門口，有一扇窗戶上掛了一個牌子：「私家偵探，保證謹慎」。那家店面過去曾經有靈媒、治療師和報稅員進駐過。現在又換成了這個。她在車子加油時跑到對街，起初，她只是走過那間店門口，瞄了一眼裡面的狀況。然後轉過身，又經過一次。在她第三次走過去的時候，一名男子打開了門。他的個頭只到她的鼻子而已，襯衫領子上還塞著一條紙巾。她只是想要知道。她還沒有準備好要雇用任何人或做任何事。總之，這要多少錢？她說，只要一個地址就可以了，以免不同程度的資訊會收取不同的價錢。如果她像老人之家的那些年輕護士一樣很擅長用網路的話，她也許就可以自己找了。安打算找一天詢問那個比較友善、名叫克莉絲汀的胖護士，看看要怎麼設立一個電子郵件的信箱。

安把一切都告訴了那個小個子男人，除了她為什麼不知道自己兒子的下落之外。她開了一張一百元的支票給他，因為那似乎還算安全；在他得到她想要的資訊以前，她不會支付餘款，然而，一等到她回到自己的車上，開車去工作時，她開始覺得自己彷彿天下第一號的大傻瓜。他可能在那個星期裡，從一百個笨女人身上收取到一百元，然後就收拾行李，搬到另外一個新的地方。不過，她並沒有打電話給銀行，要求銀行不要讓那張支票兌現。

他只花了兩天就和她聯絡了，而費用遠比她預期的還要便宜。他告訴她，如果她還需要其他什麼資訊、還想要知道其他的事，只要和他聯絡就可以了。然而，她想知道的是他過得好不好，他是否快樂。如果他不快樂的話，如果他過得不好的話，她能夠做些什麼？帶他回來和她一起住在三百平方呎（約八．四坪）的公寓嗎？這些是那個男人無法回答的問題。他遞給她一個厚紙做的文件夾，她接了過來，帶回家放在她的床中間，並且在熱湯準備晚餐的時候避免讓目光落在上面。

最後，當再也沒有什麼事可做的時候，她打開了文件夾。最上面印著一個地址。那棟建築物的資料，他的公寓租金是多少。物業管理公司的名稱和電話號碼。

在那之後，是一張建築物的照片。

在那之後，是他的照片，照片裡的他正在走路。他的手裡拿著一個東西。一邊的肩膀上掛著一個背包。那張照片裡的彼得大概在五十呎外。不過，鏡頭是從更遠的地方拉近拍攝的。安把臉貼近照片，企圖更近一點地看他，試著吸入他的氣息，這個年輕的男子是她在近二十二年前生出來的那個小嬰兒。起初，他也沒有發出任何聲音，就像他哥哥一樣，在經過一秒鐘的沉默之後，是第二秒、第三秒——護士們皺著臉擠在他身邊，動作緩慢到令人擔憂——第四秒、第五秒、第六秒——她讓頭往後垂落在枕頭上，接受了她相信他們即將告訴她的話，他們即將告訴她，這個孩子也和上一個一樣，只不過這次更殘酷了，因為上一次，他們已經事先被警告過，因而有時間可以做準備。

然而，他突然拱起背哭了，他的臉因為用力嚎哭而發紫，他們立刻將他放到她的胸口，他身上的皮膚還因為殘留在她體內的黏稠物、因為他在那四十週裡賴以維生的東西而發白。當她撫摸他的時候，她可以感覺到他的身體在她的手底下緊繃。

「你看到了嗎？」那個把孩子遞給她的護士說。「他已經在試著抬頭了。」

「堅強的孩子。」說著，安發現自己感覺到的那股震動，並非來自於她的床，而是來自於她的體內，她正在啜泣，她的身體正在起伏。

「一個很堅強的孩子。」那個護士回應了她。

她以為她可以撐到那個星期五她休假的時候，然而，她才值班一個小時，就知道自己絕對等不了那麼久，因此，她開始裝病。當她付諸行動的時候，那個計畫才初具雛形而已。她用手蓋著嘴咳了好幾次。來自當地學校的三、四年級學生，一整個早上不停地湧入，為住戶們展開小型的萬聖節遊行。他們回答了有關他們裝扮的問題，然後拿出他們的袋子索取糖果，很快地，他們就發現那些糖果都來自護理站，而不是來自於那些被小鬼、骨骸、女巫和吸血鬼所困擾的生病的靈魂。當她確定人們開始看她的時候，她把手放在了自己的額頭上。最後，她終於受到注意了，護士長也叫她回家。她衝回公寓換衣服，洗了頭髮，然後直接朝著高速公路出發。她花了三個半小時才到達那裡，那是一棟位於一〇三街和阿姆斯特丹大道口的黃色磚房建築。門口有六級的台階，屋外還有一盞壞掉的電燈。

她期待看到什麼？她覺得她想看到比照片裡更清楚的他，也許，就在她停車的時候，她可以看到他就坐在門口的台階上。也許，他會在最完美的時間點、從最完美的角度沿街走過來，而她就會從他肩膀的樣子知道他好不好。當他還是個孩子的時候——九、十歲左右——那個年紀的男孩都恨不得自己能比實際的年齡大，他突然不會在沮喪難過的時候哭泣了，取而代之的是把他的肩膀挺起來，就像要把它們分開，好讓它們看起來比實際更寬一樣。他會用一種讓她感到害怕的方式走路，那種無論如何都要繼續往前走的決心，那種不管怎樣都不再哭泣的決心。雖然，她知道他這麼做的企圖是想要讓自己看起來更成熟，但是，他看起來卻反而更小了。看到一個男孩如此努力地想讓自己看起來很好，照理說應該足以讓她走出自己，但是，那卻並不足夠。有些時候，她會把她的手放在那小小的肩膀上，把他轉過身來面對她，讓他了解她是他的母親，讓他知道即便她不常說出口，但是她還是愛他的。然而，其他時候，當他把臉貼著她的臉，想要博取她的注意時，當他蹲在她床邊的地板上，把他骯髒的手指放在她的鼻子底下，檢查她是否還在呼吸時，她卻連睜開她的眼睛也做不到。不過，最糟糕的是，有時候她會刻意用力戳他，只是為了要看看那對肩膀是否會因此而畏縮，為了看看他所能承受的極限是什麼。

「我很後悔生了小孩。」有一次，當他正在做功課的時候，她曾經沒來由地這麼對他說。「給我自己的生命帶來懊悔。」廚房裡很安靜，只有他們母子二人，布萊恩還在外面值夜班。爐子裡正在烤兩顆馬鈴薯，屋子裡瀰漫著馬鈴薯皮烘烤的泥土味。當時，彼得大概只有十歲，也許十一歲，然而，十年以後，她卻依舊可以看見他那張鵝蛋形的白皙臉孔上乍現的驚訝。他立刻低頭看著自己的作業，彷彿什麼都沒有發生，但是，從他的姿勢看起來，她知道他受到了打擊，而他在作業上的專注也是假裝出來的。他握住鉛筆的指尖已經泛白，筆尖也懸停在作業本上靜止不動。

她在很久之後，才把這件事告訴阿巴斯醫生，那是她最糟最糟的行為，比她打了他一巴掌那次還要糟糕，比她朝著法蘭西斯・葛雷森的臉開槍還要糟糕。

每當她回想起那一刻——她總是在毫無預警之下想起這件事，而每次想起，就彷彿有人在她的臉上重重揍了一拳——她就不由得懷疑自己是不是有可能根本不具有醫生們所判定的那些病症：妄想型人格違常、思覺失調症、類精神分裂型人格障礙、邊緣性人格疾患、躁鬱症……這些診斷每年都有所改變，同樣的症狀卻被冠以不同的新名稱，然而，事實上，她是否藉由參加活動、服用藥物和接受療程而騙過了所有的醫生，就像布萊恩常常說的那樣，她騙他和她結婚，並且在他根本還沒有從失去第一個孩子的痛苦中走出來時，她又騙他生了第二個孩子，生了彼得。她懷疑自己是不是真的壞到了骨子裡。

---

「我會收拾乾淨的。」一九九一年五月的那個恐怖漫長的夜晚，彼得看著她在屋裡造成的混亂說道。他已經十四歲了。誰能預料得到那個晚上會發生什麼事？只要再過五分鐘，她就會沉睡到聽不見莉娜．葛雷森用力敲響她家後門的聲音。她已經吞下了安眠藥，半顆的量。她把安眠藥放在掌心裡，用力地掰成兩半。那會是布萊恩要去處理的問題，而他們可能也不會告訴她發生了什麼事。然而，當她走到窗邊往下看的時候，她看到了法蘭西斯和莉娜．葛雷森以及他們的女兒，正站在史坦霍普家後門台階的燈光下。那道紗門在布萊恩的長手臂支撐下敞開著。等到她下樓的時候，葛雷森一家已經離開了，而布萊恩正在告訴彼得，他不應該像那樣偷溜出去，但是，他說話的姿態卻是那麼地漫不經心，就像他向來那樣地軟弱，因此，安走上去裏了彼得一個耳光。

「這一巴掌是因為你和那個厚顏無恥的女孩往來，」她說，「再來這一巴掌是因為你偷跑出去。」說著，她企圖再打他，不過他閃開了，摀著臉頰半轉過頭面對著牆壁，像個被罰站在角落的孩子一樣。

接著，她瞥見了布萊恩臉上的表情。不屑，是的，不過，同時也是一種確認，確認了他之前已經宣告過、但也許還不確定的事情。因此，她雖然覺得頭快要裂開了，而且疲憊到難以置信，她依然轉向他，再度開啟他們已經爭執了好幾個星期的話題。他想要休息。他想要思考，一個人好好想想。她想到了她告訴他孩子死了的那個早晨。她還沒有去看醫生，但是她就是知道。因為胎兒已經超過二十四小時沒有動靜了。她的背上竄過一股隱約的疼痛。她在洗澡的時候就知道了。在啜飲她的熱茶時也知道。當他們一樓窗戶底下人行道的惡臭被風吹起——當時，他們還住在城裡——吹入了他們的房間時，她也知道，當時，他們正站在房間裡，準備出門去上班。因此，她把她知道的告訴了他，也告訴他她是怎麼知道的。然而，布萊恩只是把麥片倒入碗裡，對她說，她並不是真的知道，不，她不知道，只有醫生可以告訴他們答案。幾個小時以後，當醫生告訴他們的時候，布萊恩看著她的樣子就和他現在看她一樣，就像那是她造成的，因為她把事情說了出來，結果就讓事情真的發生了。

在她對法蘭西斯・葛雷森開槍的那個晚上，她已經有很長一段時間感到身體不適了，但是，她一直到後來才發現自己的不對勁。有好幾個月的時間，她說的話彷彿被靜電淹沒了，她發現自己必須更大聲說話，必須更努力才能聽到。她跟不上別人說的話。也跟不上自己說的話，有時候，當她聽到自己說話時，她的聲音甚至彷彿是從房間另一頭傳來的。身體上的移動變得越來越困難，就像企圖要在一缸濕的水泥裡游泳一樣。不過，只有在那些靜電沉寂下來之後，只有在那缸水泥流乾之後，她才會注意到這些症狀。

「每個人可能都是這樣。」阿巴斯醫生說。他是指每個和她一樣的人。在最危險的那些時候，不可能擁有足夠的超然，可以看得清楚一切。他用這樣的說法來告訴她，她必須原諒她自己。

不過，也有其他的時候，雖然次數不多，她的腦子還是輕易且清楚地認知到她身體不舒服的事實，那就宛如一個句子被打字機清楚地打在了一張紙上，塞進了她的門縫裡。

「布萊恩。」在一切發生不久前的一個早上，她叫著他的名字。那是一個很明確的早晨，就像句子打在紙張上面一樣清楚。她可以清晰明朗地看到自己。他們還在床上。屋外正在下著大雨，每當有車子駛過傑佛遜街的時候，她都可以聽到水花從車輪底下濺起的聲音。她打算要說什麼？說她知道自己在製造麻煩？說她又去看了醫生，那個在她帶槍去食物王國之後開藥給她的醫生？然而，在她來得及說任何一句話之前，她看到他皺起了眉頭。她把手放在他的手臂上，她喚著他的名字，而他皺眉了，雙眼緊閉，雖然她知道他已經醒了。雖然他很不擅長假裝，但他依然緊緊閉著雙眼，當她看著他的睫毛在顫動時，她不得不努力克制住自己想要用力戳他的眼睛、把他戳瞎的衝動。

彼得總是一直想要處理所有的事情。那個可怕的晚上，當她和布萊恩吵架時，彼得彎身去撿拾被她打翻的燈。他跪在地上撿起散落一地的雜誌、郵件和用來裝郵件的柳條籃子，以及從壁爐架上被她掃落下來的那一排小雕像。葛雷森家的燈是亮著的。馬多納度家的也是。她想像著整條傑佛遜街上的人都蹲伏在黑暗之中傾聽。她用她想得到的各種難聽的字眼罵著布萊恩，然後轉向彼得，用同樣的字眼把他也罵了一遍。她脫口而出的那些話，都是她無法忍受從別人口中吐出來的字眼。娘炮、同性戀、賤人。為什麼？她不知道。但是，不管她罵了什麼，彼得的臉上都面無表情。他為什麼那麼肯定她不是故意的？

接下來發生的事是一片朦朧。即便在她腦子的最深處，「不記得」給她的感覺都是那麼的可鄙和隨便，她試著要更貼近、更深層地審視，試著要發覺她對自己是否全然的誠實，以及她對那些在乎此事的人是否誠實。她確實記得一些事，但是，那些記憶並不清晰，就像有人在鏡片上塗抹了凡士林一樣。她記得她把自己的掌根塞進嘴裡，狠狠地咬住。她記得在她下唇柔軟的內側嚐到了鮮血的味道。警察說，有一張廚房椅被推到了冰箱前面，很顯然地，這樣她就可以站到椅子上，碰到冰箱上方的櫥櫃。她不記得曾經把椅子橫推過廚房。她不記得曾經爬上椅子。但是，最終，她是那個把槍拿在手裡的人，因此，椅子勢必是她推過去的。

「你究竟記得什麼？」地方檢察官和另一名律師曾經滿臉懷疑地問她。她記得每當布萊恩在巡邏完回到家、並且消失在廚房裡的時候，她的內心總是湧上一陣她曾經發出過的那種少女式的暗笑。彷彿他只要選定一個新的位置，她就不會知道他要把槍藏在哪裡。他總是帶著一瓶啤酒從廚房裡走出來，彷彿他待在廚房裡就是為了找啤酒和開啤酒。彷彿那不是只需要兩秒鐘就可以做到的事。

「你究竟記得什麼，安？」兩名穿著棕色服裝的男人問她；她不可能記得他們的模樣，除了其中一個看起來沒有另一個那麼醜之外。

她記得布萊恩做了什麼。她記得很清楚，清楚到她可以播放那個畫面，按停，倒轉，然後再重新播放，就像一捲錄影帶一樣。她把那柄槍放在掌心中間，就像放在了一個盤子或一只托盤上一樣。在她的記憶裡，那看起來像是別人的手，不過，當她認真回想的時候，她又可以感覺得到那把槍的重量，因此，她知道那是她自己的手。她並沒有把槍拿起來瞄準任何人。她只是把它握在手裡，觀察著。它是死的，沒有生命，不過，只要開槍就會讓它活過來。當彼得看到的時候，他把雙手放在自己的頭髮上，她不禁懷疑那個動作是否寫在了他的遺傳密碼裡，或者是因為一輩子都跟在布萊恩身邊才學到的。

「媽媽。」彼得冷靜而勇敢地說著，然後看著他的父親求助。然而，布萊恩卻一個字也沒有說。他只是轉過身，走上樓去。這個部分是她可以為她自己、為律師、為醫生所播放的，無論是在白天或者夜晚的任何時刻，無論她在服用的是什麼藥，無論她那一週過得如何，只要他們可以把一根電線連接到她的腦子，他們就可以親眼看到這個畫面。安知道他希望發生什麼事，她很清楚地知道他在期待什麼，而他竟然連把彼得一起帶上樓的基本情義都沒有。因此，彼得只能衝出門，到葛雷森家去求助。

---

在寒冷的黃昏裡等待了兩個小時之後，她不得不承認自己需要去上廁所。角落上有一家Dunkin' Donuts。根據墨菲定律，他會在她關上洗手間的門時剛好經過，但是，她一定得去，這是沒有辦法的事。在長時間的守候下，她下車時已經渾身僵硬，不過，她很快地衝向角落，走進店裡，買了一小杯美式咖啡，這樣，櫃檯後面的那個女人才會把吊在一只桌球拍上的洗手間鑰匙

給她。

在安去上廁所的那短短幾分鐘裡，甜甜圈店狹小的空間裡很快地擠滿了人。一名紐約市警察背對著她站在櫃檯前面，他身邊是一名打扮得像個男學生的年輕女子——那頂深色的假髮剪得很短，同時還戴了一頂貝雷帽和一副黑色的粗框眼鏡。他們身後是一個打扮成餅乾的人，在那後面則是另一個打扮成牛奶的人，再後面是培根和雞蛋。神力女超人、比爾．柯林頓和希拉蕊．柯林頓。傍晚有個好處，就是溫度下降得很快。長襪子皮皮和戴帽子的貓正手牽著手，走在外面的人行道上。

那個男學生裝扮的女子脖子後面露出了一小撮深金色的髮絲，當她和那名巡警轉身的時候，安立刻往後退開一步，讓他們可以在那個狹窄的空間裡走過去。那個年輕的女孩率先經過安的面前，然後是那名巡警，就在他們走過的時候，巡警制服的粗布外套擦過了安的手，讓她感到一陣顫抖。她把那柄桌球拍像盾牌一樣的擋在身前。

那名穿得像男孩的女子走到門口時，轉身對那個警察說了什麼，當她開口的時候，她的目光短暫地落在安的身上，不過並沒有真的在看她。然後，她緩緩地轉過身。那名警察幫她撐著已經打開的店門，不過，她卻停了下來，摘下她的造型眼鏡，凝視著站在人群另一頭的安，無視於門外人行道上呼呼飛過的落葉。凱特．葛雷森，安記起了那個女孩的名字，每一個音節都彷彿鳴鑼般地敲響在她的腦子裡。「天哪。」她大聲地說著，然後立刻仔細地看著凱特旁邊的那名巡警。那就好像在一九七三年看到布萊恩．史坦霍普一樣。

「你沒事吧，女士？」比爾．柯林頓拉起他面具的下半部問道。「你還好嗎？」

安點了點頭，然後站到他旁邊，這樣她的視線就不會被擋住，可以繼續看得到凱特和彼得。這不是她的想像。也許，他們才在一小時前遇到彼此。也許，這只是一個大巧合。也許，城裡正在舉辦聖巴特的同學會，而他們也把彼得算了進去。不過，在這個單薄的可能性背後，她感覺到了一股巨大的漩渦在轉動。安等待著他也轉過身來看見她，儘管凱特也在場，但是，當他看見她的時候，她會讓自己說出她想要說的話，而他可以接受或者不接受，不過，重點是她必須要來此，至於他是否想要再見到她，則完全由他自己決定，但是，她希望他會想要再見到她，畢竟，那才是她此行的重點，她不是只想來看看他，無論如何，她都想要和他說話，想要重回他的生活，她現在已經好多了，是的，他們也有時間可以彌補過去，那並非不可能，沒有什麼是不可能的。如果必要的話，她也會向那個女孩道歉，因為她把她父親傷成那樣。那是一場意外。他在最糟糕的時刻，意外地出現在了他們家門口。

然而，當凱特的目光轉開時，她並沒有像安期待的那樣對彼得示意。她只是跟在他身後踏出了店裡，然後，兩個人一起走進了已黑的夜色裡。

---

在盲目地轉過一堆彎而終於找到高速公路之後，她以每小時八十哩（約一二九公里）的速度駛回薩拉托加，在這兩個小時的車程裡，她意識到了兩件事：第一，彼得那一身裝扮可能不是戲服；第二，她的大腿之間正緊緊地夾著一把骯髒的桌球拍，上面還掛著一支洗手間的鑰匙。

# 13

有件事他無法告訴莉娜，不過，他知道那是事實，在電影裡，當男人對他們長期受苦的女人說出這件事的時候，在漆黑電影院裡的觀眾一定會這麼想，這個混蛋，別上了他的當，親愛的。他配不上你。

不過這是真的，法蘭西斯現在在想。發生在他和喬安之間的事和莉娜無關，而且對他來說也不具什麼意義。如果要他老實說的話，他知道是他開始的。在凱特的派對結束後的隔天早上，她像個青少年般地拎著涼鞋，那個瞬間，他彷彿碰到了一根讓他無法放手的通電電線。在那之後的幾個星期，他幾乎沒有停過地一直在想，在他的臉毀容之後，那是他生命中最大的驚喜，他也很確定他們之間流過的那份感覺，雖然他們並沒有對彼此開口。但是，他已經好幾個月沒有再見到她了，況且，只要他沒有採取行動，想一想又有何妨。

那年，大約在萬聖節的時候，有一次，喬安的名字和其他幾個女子的名字並列在一份名單上，她們要為參加郡長競選的一名新候選人蒐集連署，看到她的名字讓他感到了一股興奮，彷彿她就站在他的面前一般。

之後，他在聖誕節的嘉年華上看到了她。為了幫聖巴特募款，莉娜設立了一個烘焙的攤位，並且兩度詢問他是否可以自己四處逛逛，是否不介意晚點再吃晚餐，因為她可能要在嘉年華結束後幫忙收拾攤位，他沒有拐杖是否還能安心走路。當他們出門時，他看到了他的拐杖就靠在門邊，不過，他已經幾個月都沒有再感到暈眩了，因此他覺得無須帶著拐杖出門。他知道她很想建議他要把拐杖帶著，以防萬一，畢竟，這個季節天色黑得很快，而且地上的落葉也很滑，不過，她對他所有的感受都很敏感，也知道他不喜歡用拐杖，甚至不喜歡她建議說他需要拐杖。等到莉娜在她的攤位安頓好之後，他走到路上，看著舞蹈專校的學生們魚貫走出練習室，上街做日常的表演，年紀還小的學生們身上的緊身衣包不住他們圓滾滾的肚子，只見那些細嫩的皮膚在料峭的寒意中起了一層雞皮疙瘩，他覺得他們真應該要穿上外套才好。他試吃了四種紙杯裡的辣椒，然後在一張索引卡上面寫下他支持的競選人，再把卡片丟進箱子。他在一個承包商的攤位停下了腳步，一名販售兼架設塑料護牆板的退休警察正在那個攤位上招攬新生意。法蘭西斯從他那裡聽到了他們在四一和二六分局裡共同認識的警察的最新消息。

「你沒有和他們見面嗎？」那個警察試探性地問法蘭西斯。「我以為四一分局裡有一群人常常去看你？」

有三個人去過醫院幾次，也在他回家後來看過他幾次。由於他不想讓他們進到臥室裡，因此，莉娜總是會扶他坐在沙發上和訪客見面。他們穿著運動外套站在起居室裡，不知道該做什麼或者說什麼。

「是啊，他們來看過我，沒錯，他們人很好。每個人都很忙，你也知道的。」

那個人說了一個關於他家小孩的故事，棒球校隊，誰應該優先被選入校隊。「你家都是女兒！」那個人下了結論說，「你真是幸運，不用處理這種事情。」

法蘭西斯表示認同，因為這是最簡單的回應，不過他心裡卻在想：我家凱特在運動上比你所有的兒子加起來都優秀。

聖誕老人正在消防隊贈送消防安全的著色本，就在消防隊附近，他看到了她。她戴著一雙連指手套，正在啜飲著捧在兩手之間的飲料。一秒鐘之後，在她看到他的同時，她很快地回頭瞄了一眼，彷彿在找一個藏身之處。

當他走近時，她沒有和他打招呼，而是直接就開始說話。「你現在正在想，這裡有個不應該喝酒的女人。」

「我沒有這樣想！」他再次聽到了自己聲音裡的那種成分，那種讓他在凱特的派對上感到難為情的成分。溫暖、活潑。他並非總是這樣的。

他對著自己弓著的手掌心吹了一口氣，然後說很高興見到她，當他想不出還能說什麼的時候，他又朝著自己的掌心吹了一口氣。

「你凍壞了，」她說，「你要進去嗎？」他們站在一間新開的酒吧前門，酒吧外面有兩名酒保正在把一只燉鍋裡的香料酒舀到紙杯裡，以每杯三塊錢的價格販售。

酒吧裡，沒有人注意到法蘭西斯．葛雷森和一個不是他妻子的女人坐在高腳凳上，因為那天是嘉年華，而他們都認識他，也認識喬安，如果他們之間有什麼問題的話，他們絕對不可能在鎮上一起喝酒，何況莉娜．葛雷森就在一百呎外的同一條路上。那天的天氣出乎意料地冷，因此，酒吧裡擠滿了人，不過，靠近酒吧後面還有兩張空著的高腳凳，彷彿正在等待他們的來到。

後來，法蘭西斯想過所有可能阻止他的事情，以及所有可能做得太過頭的事情。如果他當時有看到奧斯卡．馬多納度的話，後者在幾天之後說他在那裡看到了他，並且問他覺得那間酒吧怎麼樣。或者，如果喬安有告訴他說，她的前夫終於在那週稍早的時候簽了離婚協議、她在酒吧外面喝的那杯熱酒就是她慶祝此事的第一個機會的話。但是，她當下並沒有告訴他，而是後來才告訴他的。如果莉娜有在他們分開之前告訴他說，她身體不舒服，說她可能在發低燒，說她在和他一起走進小鎮中心之前就服用過阿斯匹靈，但卻似乎沒有效果的話。莉娜不像會生病的人，而且，如果他在嘉年華之前就知道她不舒服，而非之後才知道的話，他可能就會和她一起留在她的攤位上幫忙。

他們在那一個半小時裡聊了些什麼？在進到酒吧幾分鐘之後，他們就因為溫暖而不得不脫掉他們的外套和圍巾，把它們堆在自己的腿上，因為高腳凳並沒有椅背。莉娜絕對不會讓他坐在一張沒有椅背的凳子上。萬一他失去平衡呢？法蘭西斯注意到喬安的膝蓋有多麼靠近他自己的，她的鎖骨線在她的襯衫底下似乎有點歪斜。他問了她工作上的事，而當他兩度問了同樣的問題時，她笑了，她的下巴垂到胸前，彷彿試著不讓他看到她在笑，而當她再度看著他的時候，那就好像她知道他一直以來的每一個想法。

一切是那麼地輕而易舉，這讓他十分驚訝。他感到年輕、強壯，而且完全不同於這麼多年以來，一直被莉娜過分照顧的那個自己。喬安的態度很明顯，而一開始那也確實有幫助。然而，她的坦率後來卻讓他對自己感到了極大的不堪。

「我現在住在山頂公寓，」她說，「直到我安定下來之前都會在那裡租屋。」

她碰著他的手肘。用她的食指輕輕地敲著他的前臂，雖然只有一次，而且快到他以為那可能是他自己的想像，不過，他卻可以感覺得到自己手臂上的脈動。接著，她拿起她的外套和手套。

他們走了一小段路。轉了一個彎。又走了另一小段路。他的心跳聲如此之大，他認為她一定也聽到了。慶典的噪音掩蓋了他們腳步聲的去向。十二月中，暮色降臨得很早，轉眼之間，天空已經變成了橘色，隨即是紫色，然後是一片深灰色。她推開通向公寓大廳的前門，他們並肩站著，既沒有看著對方，也沒有開口說話，直到電梯抵達。

「我們在做什麼？」一待他們進入室內之後，他問她，然而，喬安只是看著他微笑，打開她的櫥櫃找著杯子。她打開電視，把音量調低。這個節骨眼上沒有必要再假裝，雖然他抖得像個男學生一樣。他的手撫摸過他的眼睛——那個月，他換了一隻新的義眼，那是康乃狄克州一名貴得離譜的眼睛藝術家手工繪製的，他的女兒們還對那隻眼睛看起來有多麼真實、多麼細緻而大感讚嘆。莉娜也說那隻義眼真的值回票價，雖然他們一分錢都還沒有支付；當他們付錢的那一天，就是他覺得它確實值得這筆費用的時候。不過，他確實又開始像以前那樣享受和別人聊天了，因為他不用再假裝他沒有注意到別人正在盯著他的臉，過去，每當人們試著不要注視他的義眼時，他們的目光總是在他的臉上來回閃爍，那總是讓他感到很不自在，至於外觀上也假到連凱特都說他的眼罩可能還比較好看一點。他已經很熟悉戴眼罩了，以至於眼罩拿下來之後的現在，他覺得自己的臉彷彿變赤裸了。

她把雙手放在他脖子的兩邊，儘管戴了連指手套，她的手依然很冰涼，她的手對稱地滑過他的肩膀，落在他的手臂上。他顫抖著將自己的手停放在她的腰上，就像五月的那個清晨一樣，那已經是七個月以前的事了。

這和莉娜無關，他對莉娜的愛依然和他們結婚那天一樣濃烈。這只關乎他自己，只關乎他想要的東西，只關乎他想念自己的那些事和他想念的那些感覺。無論他和喬安之間發生了什麼事，會再發生什麼事，他都希望可以完全存在於他和莉娜的生活之外，不能嗎？然而，就在他跨出喬安公寓的門檻之後一個小時，當他匆匆忙忙走回人行道，從嘉年華慶典的南邊入口走回去，彷彿他剛才只是到池塘邊散步一樣時，他看到了莉娜正在雙黃線上等著他，她的四周散落著嘉年華留下的垃圾，她的臉上流露著隱藏不住的恐懼，他突然懷疑，事實上，他那麼做是否真的和她有點關係。他曾經是個優秀的警察，一個好丈夫，好父親。其實，不管是警察、丈夫還是父親的角色，他都曾經表現得很棒，而這麼看待自己並沒有讓他感到厚顏無恥。然而，在他什麼錯都沒有犯的情況之下，只因為他人太好，因為他有責任感，因為他值得信賴，他走到了他鄰居的前門，結果被轟到了一個新的現實世界裡，在那個現實的世界裡，他不再是警察，顯然也不再是個好丈夫。他還是個好父親嗎？他希望是，不過，在過去的那一個小時裡，他對此產生了懷疑。

「很多人說消防局附近結冰了，而且黑漆漆的，」莉娜說，「他們說有人腳滑摔倒了。」她彷彿指控一般地傳達出她的憂慮。

「我很好。」他說著，接過她身上的袋子。裡面裝著她的桌布，還有她從家裡帶來展示糕餅的托盤。

「大家都亂倒飲料，他們沒有意識到在這種天氣下，飲料很快就結冰了。」

隨即又說：「你沒事吧？」

「莉娜，看在上帝的份上，拜託不要再問我是不是沒事了。不要再問了。」他聽起來比他自覺到的還要生氣。「我去了那家新開的酒吧。我碰到了很多人。」

「對不起，」莉娜愧疚地說著，用指尖摸了摸自己的太陽穴。「我只是不太舒服。我本來以為只是小感冒，不過，可能是流感。」

——

法蘭西斯在那之後又和喬安見了兩次面。在十天之內又見了兩次。他們在她的公寓裡見面。最後一次是在紐約偏北的一座小公園，莉娜不喜歡帶他到那裡去，因為她認為那裡的步道不平整，他有可能會因為路面的裂縫或者樹根而絆倒。他先搭巴士到里佛塞德的商業街，然後，喬安再開車到那裡接他。他把她纖細的身體壓在公園洗手間的水泥牆壁上，洗手間在冬季裡是不對外開放的。她提議他們到十二號公路上的假日飯店去待個幾小時，在看到他似乎很震驚時，她戲謔地說：「什麼？」她大笑道，「我出錢。又不是五星級的廣場飯店。」

不過，在櫃檯的時候，他尷尬地用手臂揮開她的錢，把他的信用卡放在了櫃檯上。

「你要我來開車嗎？」當他們回到她的車上時，他問了她。而她就那樣地把車鑰匙遞給了他。他開到她的公寓，然後自己再從那裡走回傑佛遜街。在那之前，他已經四年沒有開車了。光是坐在方向盤後面，就讓他覺得自己更年輕，比意外發生以來都更像他自己。而喬安似乎完全不擔心由他來開車。當他開上高速公路、轉頭看向左後方時，他似乎有點迷失了方向，不過，在他轉過頭再度看向前方時，一切就又正常了。

在他打算第四次和喬安見面的那一天，莉娜待在家裡，沒有去上班，因為嘉年華那天她所感到的不適依舊存在，因此，她約了醫生，並且問法蘭西斯是否要和她同行。她不需要他陪她進入診間，完全不需要，只不過那間診所就在五金行附近，也許他會想要去逛逛。他們已經有一陣子沒有到那附近去過了。他沒有機會打電話給喬安，因此，他暗自希望當他沒有出現時，喬安會自己想通原因。

那天，在莉娜結束看診之後，他們坐在吉勒姆餐館靠窗的一個卡座裡，莉娜問他，一個人是否可能讓自己得到癌症。醫生幫她照了X光，診斷她得了支氣管炎，並且要她多休息。「一個人可能因為擔心的事情太多、因為壓力太大而罹患癌症嗎？」她望著窗外遠處的某個點問道。她說，她是在一本書上看到的。

法蘭西斯不記得自己的反應是什麼，不過，當他回想起那一刻，他記得陽光照在窗戶上，他們的咖啡杯上面浮著一層油漬，餐館裡的侍者和顧客嘈雜的嗡嗡聲環繞在他們四周，在那樣的情境下，他想像著一顆微小的、乾燥的種子飛進了莉娜的身體，掉落在了靠近她左肺的地方。他想像著那顆種子在莉娜溫暖的身體中央逐漸長大，從柔軟的組織裡吐出新芽，層層地把它自己包裹起來。他盯著自己的餐盤，想像著這一切的發生，然後又想起喬安・卡瓦納，想起她那頭紅色的長髮垂落在她纖細白皙的背上。

「你已經知道了，」當她終於告訴他的時候，他對她說。「你知道卻沒有告訴我。」他對她感到生氣。他對自己感到生氣。他想要安慰她，然而，他卻只是交叉著雙臂走開。是的，醫生診斷出支氣管炎，不過，他也注意到了其他的東西，並且說要做更多的檢驗。

當她告訴他這個消息時，她向他道了歉，但是，他無法讓自己說出他應該要說的話，他無法告訴她那並非她的錯，他們會度過這個難關的，一切都會沒事的。然而，那是她的錯嗎？她什麼時候開始覺得胸部怪怪的？根據醫生的說法，那種感覺可能存在好幾個月了。當她說她沒有症狀時，醫生表示，她只是沒有注意到罷了。有些人會比別人更留意自己身體的感覺。當法蘭西斯看到她在走回他們的臥房途中咳嗽，看到她為了穩住自己的身體而把手扶在牆壁上時，他站在樓梯底下對她說，他以為她不會那麼笨，她為什麼等了那麼久才去看醫生？即便在她坐在樓梯上哭泣時，他發現自己無法走到她身邊，也無法對她說任何可以讓她好過一點點的話。

「你不會有事的，莉娜。」最後，他站在樓梯底下對著坐在樓梯末端的她說。那是一個命令。曾經，有好幾十人都得要聽從他的指揮。

女兒們在她手術前那天晚上回來了，幫忙她把東西都準備好。「莉娜，」那天早上，當整棟房子都還在沉睡之中時，他在她耳邊低聲地說。她把鬧鐘設在早上六點鐘，但是，鬧鐘並沒有響，現在他們的動作得要快一點了。「莉娜，親愛的。」說著，他把她拉近自己身邊，告訴她說，他對自己的態度感到很抱歉，因為他實在太震驚了，又說他不能失去她，那是絕對不能發生的事。她把手繞到他的背後，在他的屁股上捏了一下，告訴他說，她都知道，他會看得到一切終將沒事的。

他很快地換好衣服，當女兒們在一旁團團轉時——莎拉和娜塔莉拿著醫生助理交給他們的清單，交互檢查著莉娜袋子裡的物品；凱特則說要陪莉娜一起進到淋浴間，用特殊的手術肥皂幫忙她洗澡（莉娜聞言大笑道：「噢，親愛的。」）——他發現在出發去醫院以前，他還有一點時間可以消磨。在沒有告訴任何人說他要出去的情況下，他步行到熟食店，就像他每天早上去買他的咖啡和報紙那樣。維持他的例行習慣總能帶給他一種平靜，當他看著自己吐出的熱氣飄散在冷空氣裡時，他首度感到了一切都會沒事的。他的臉受傷了。他的身體不協調。但是，那感覺只是暫時的。醫生們會展現他們神奇的作為，毫無疑問地，她會受苦，但是，她很堅強，到頭來，一切都會沒事的。

當他轉過街角走到主要的大街上時，穿著一身藍色外套的喬安．卡瓦納就在那裡，那頭長髮在陽光下十分耀眼，她看著他走過來，彷彿她已經認識他很久，久到他可以讓她受傷。然而，她認識他的時間並沒有長到她需要用這種神情看著他，而他認識她的時間也沒有久到他對她有任何特別的感覺，除了羞愧以外。這是他長久以來第一次想起了他的母親。他想起了他父親。他們兩人從去世到下葬，至今已經過了二十五年了。當法蘭西斯還在襁褓中時，他們對美國幾乎一點認識也沒有。他們兩人也沒有辦法承諾說，有朝一日，他們會來訪美國，就像有些老一輩的人那樣，為了讓事情容易些而隨口說說。他們兩人也沒有辦法說謊，不管以任何的形式，即便是出於善意的謊言也說不出口。「我很快就會回來看你們的。」那天，當雙親在他們的小木屋門口緊緊地抓住他的手時，法蘭西斯曾經對他們這麼說，他母親一次又一次地把她那乾燥的臉頰貼在他的臉頰上。

「啊，你為什麼要回來？」他父親說。

他的父親告訴他說，紐約市有很多的麵包店，他千萬要好好照顧自己，不要變胖了。那是他唯一的一個忠告。他們並沒有在金錢、女人、喝酒或打架的議題上對他提出警告，因為法蘭西斯是個好孩子，是一個可靠的年輕人，還有一顆聰明的腦袋。如果他們現在從天堂俯視他的話，他們甚至可能認不得他了。自從假日飯店那個下午之後，法蘭西斯就沒有再見過喬安了。自從莉娜被診斷出生病之後，他就沒有回覆過她的電話了。

那是一個週一上午，手術被安排在上午十一點，但是，莉娜得在九點先到醫院報到。時間還早，才剛過七點，工地的建築工人經過喬安身邊，走進了熟食店，每次進出都讓店門不停地前後開合。當法蘭西斯走近時，她的目光一直緊盯在法蘭西斯身上。當地的警察把他們的巡邏車停在了禁止停車的區域，然後跑進店裡買咖啡。抱歉，抱歉，早安，他們一邊說著，一邊快步走過，一個、兩個、三個。他記起了自己也曾經是個警察，也曾經跑上台階，也曾經沿著城市的街道開著他的車，在知道自己即將阻止什麼不好的事情發生時所產生的那種興奮感，還有因為晚了幾分鐘到達現場而未能阻止悲劇發生時的那種毀滅性的失望。在那個特別的早晨，一個一月下旬的冷天裡，莉娜在家輕聲地祈禱，凱特在大學第一年的假期回到家，她年紀還太小，還不能失去母親。法蘭西斯想起曾經在二六分局調解過一起呼叫救護車的事故，當時，他把事故的相關人員分別叫到分局的五樓走廊上，然後問他們彼此是否愛對方，如果是的話，他們是否可以不要再拿東西砸對方，是否可以不要再把鄰居都吵醒。在那之後有好一陣子，分局裡的人都稱他為愛的副警監。

有一回，喬安打電話到家裡，當時，她以為莉娜去上班了，不過，莉娜接了電話。法蘭西斯站在他們的臥室門外聽著她們的對話，雙拳緊握到前臂都抽筋了。

「喬安．卡瓦納打來的，」莉娜掛斷電話後說，臉上還帶著明顯的疑問。「凱西想要凱特的學校地址，好像是要開同學會還是什麼的。」然後又追加了一句：「老實說，我覺得她喝醉了。」

法蘭西斯喃喃自語表達了些許的關心，隨即走進浴室。他凝望著鏡子裡的那張臉孔，看到他的舊傷疤組織呈現著灰白色，看起來好像很痛的模樣。

「我聽說莉娜的事了。」那天早上在熟食店外，當他走近到聽得到她說話時，他聽到喬安這麼說。他想，聽到莉娜的名字從她嘴裡說出來，也是對他的一種懲罰。她沒有權利提起她的名字，但是，她卻不這麼認為，她會這樣想都是他的錯。

「現在怎麼辦？」她問，她看著他的樣子彷彿她應該要得到一個回答。

要如何把他需要說的話說出來，才不會讓一切變得更糟？因此，他什麼也沒說。他從她身邊走過，就像那些建築工人一樣，就像那些警察一樣，然後，他買到了他的咖啡，把報紙夾在他的手臂底下。

大約在一分鐘或者更久之後，她緩緩地把車開過他身邊，用各種字眼辱罵他，而他知道她罵的那些都沒錯：懦夫、騙子、變態。他大可過馬路走到對街去，這樣，他就不會這麼清楚地聽到她在罵些什麼，不過，他只是繼續走在街道的這一邊。她所罵的每一個字眼都是對的。她跟著他，一路不停地謾罵，直到他轉到麥迪遜街為止。

莎拉和娜塔莉在醫院的等候室裡進進出出。她們弄來了一些咖啡和三明治，不過，他們誰也沒有吃。她們走到長廊的另一頭去拉伸她們的腿。凱特則站在法蘭西斯身邊，哪裡都沒有去。

手術似乎永遠都不會結束，其他的外科醫生從手術室裡走到等候室，要其他的家屬安心。

「凱特。」法蘭西斯說著，把她拉向胸口，彷彿她小的時候，他從來沒有這麼做過一樣。凱特向他保證，一切都很正常。外科醫生之前已經向他們解釋過手術時需要做些什麼，也給了他們一個手術大概需要的時間，而截至目前為止，手術的時間都還在這個範圍以內。她說，他自己的手術比她們事先被告知的時間還多了好幾個小時，當然，他自己並不記得了，這番話讓他看到了莉娜當時就站在他現在的立場，而他自己則躺在手術室的手術台上，也讓他了解了為什麼莉娜總是連最基本的擔心都無法放手。

「爸，」凱特說，「也許現在時機不對，但是，我得要告訴你一件事。」

儘管感到一絲恐懼，不過，法蘭西斯還是很慶幸能稍微轉移注意力。他鬆了一口氣讓目光暫時從時鐘上挪開來。如果她要告訴他說她懷孕了，他一定會很失望，不過，他不會告訴她要怎麼做。如果她輟學了的話，雖然他會感到驚訝，不過，他不會反對她回家待上一陣子，直到她想清楚自己要做什麼。不管什麼，都不會是世界末日，而他也會這麼對她說。只有讓莉娜再恢復健康才是最重要的。

他看著他，他親愛的女兒，她的頭髮在日光燈下顯得那麼閃亮。

「我收到彼得的信，」她說，「信是寄到家裡的。媽好像猜到是誰寄來的，不過，她還是把信轉寄到學校給我了。她說我可以告訴你，但是，我一直找不到對的時間點。」

他把手臂從她的肩膀上挪開。「你收到彼得．史坦霍普的信？」他重複著。「他說什麼？」

凱特看向別處，聳了聳肩。「就是一些我們以前聊天的話題。所以，我回信了。現在，我們偶爾會通信。他想要見我。我已經告訴過媽媽，而她說我得要告訴你。」凱特猶豫了一下。「他現在很好。他獲得了全額獎學金，在紐澤西的一所大學念書。」

法蘭西斯原本一直站著，不過，他現在坐了下來。莎拉和娜塔莉隨時都會回來。

「等到媽媽好一點的時候，我想要和他見面。我們曾經是彼此最好的朋友。我只是想要看看他，看看他現在怎麼樣。我們會在市區見面。只是把事情做個了結。我保證。你得要理解。當時，一切都同時發生，然後，他就突然離開了。」

了結。毫無疑問地，那個字眼是她在大學裡學來的。他在她這個年紀離開了愛爾蘭，然後從此再也沒有回去過，這件事他可曾了結過？

「你有話要說嗎？」

之前，他曾經聽他的律師說過，安．史坦霍普被送到北部去了，不過，那已經有一段時日了。已經很久很久沒有人聽說過任何有關布萊恩的事情，即便警察局裡的人也沒有聽說，雖然，他猜測布萊恩的退休金支票應該被寄到了某個地方。彼得想要對凱特做什麼？

「那又沒有什麼壞處。」凱特試著對他說。

「看著我，」法蘭西斯說，「你知道我現在會是什麼樣嗎？如果安．史坦霍普沒有對我開槍的話？我會是警監。也許是更高的職務。這點無庸置疑。打從一開始，我就對她有一種不好的感覺，對他也是。我應該聽你母親的話。我應該等當地的警察抵達，應該讓他們去處理的。我應該要讓彼得回去，讓他在他家前廊等著。」

「你最後一次見到他的時候，他才十四歲。那不公平。」

「生命原本就不是公平的，凱特。我不希望你和他見面。這件事到此為止。」

「你不能再把我當小孩了，爸。」

法蘭西斯覺得這實在太荒唐，讓他忍不住要大笑，儘管現在不是笑的時候。

「噢，凱特。」

———

莉娜撐過了手術，也撐過了化療和放射線治療。他幫她們做飯，當她身體還虛弱的時候，他會餵她吃飯，就像多年以前，當莉娜沒有空的時候，他也會幫忙餵食女兒們那樣。有好幾次，當她在樓下的沙發睡著時，他會把她輕到彷如中空的身體抱在懷裡，將她抱到他們在樓上的臥房。他沒有暈眩，也沒有搖晃。一個小時又一個小時，一天又一天，他總是低著頭，思索著她接下來可能需要什麼。當他第一次把她安置在乘客座上，而自己坐在方向盤後面時，她看了他一眼，彷彿就要抗議一樣，不過，她最終還是決定就讓他開車吧。

她身上的毛髮都脫落了，當它們開始長回來時，她看起來就像一隻雛鳥。她並沒有戴假髮，也沒有用圍巾把自己包裹起來。當她覺得冷時，她就把女兒們的舊帽子戴在頭上。

當她覺得已經有足夠的體力可以走到戶外時，她會靠在他的身上出門，有一次，當他匆忙跑回家開車時，她不得不坐在路邊，等著他把車繞過街角去接她。

---

終於到了春天，莉娜的身體也逐漸好轉，他們兩人都相信最糟的狀況已經過去了，他們相信剩下來的只是等著身體恢復而已。凱特很快就會結束她第一年的大學生活了。

法蘭西斯在安靜的廚房裡對莉娜說：「如果你想的話，我們今天可以去苗圃，看看一些年生植物？這個週末我們就可以種了？」

莉娜正坐在桌邊喝著熱茶。茶壺的壺嘴還在冒著蒸氣。

「法蘭西斯，」莉娜說，「你和喬安·卡瓦納之間是不是發生了什麼事？冬天的時候？」她的表情是那麼的冷靜、那麼的平和，彷彿她只是好奇，彷彿答案是什麼都不重要。她半笑著，似乎是想要讓他安心，似乎知道這對他來說會很難說出口。

他抓住流理台，閉上雙眼。他渾身所有的血液都湧向了他的臉。

「我想也是。」莉娜說。

當他有勇氣看著她時，他看到她一手蓋在嘴上，正在哭泣。

「問題是，」她實事求是地說，「就算過了一百萬年，不管發生什麼事，我也絕對不會對你做出那樣的事。」

法蘭西斯知道她說的是事實。

——

他花了一點時間才弄清楚，每一次，當他發現自己企圖要弄清楚時，他就會懲罰自己，彷彿這麼做很重要一樣。也許是信用卡帳單。也許有人看到他們了。開著喬安的車、載著她行經鎮上，一路開到她的公寓，那麼做實在是太不小心了。

然而，是凱西．卡瓦納告訴凱特的，而凱特又告訴了她的姊姊們，她們又告訴了她們的母親。凱西代表她母親，憤怒地打了電話給凱特，她對凱特那個完美的小家庭感到憤怒，因為她那好管閒事的父親跑到了不屬於他的地方，結果挨了一槍，於是，整座小鎮就開始崇拜起她家來了。

用「好管閒事」這個字眼來形容她父親，讓凱特覺得很好笑，她花了一秒鐘的時間，才聽懂凱西在電話裡吼叫什麼。那天晚上他走到隔壁去，純粹是基於他的勇敢，而且他也接受過訓練，還有，那麼做是正確的。凱西是在發什麼脾氣？

凱特並不相信，直到在娜塔莉的堅持下，她們才去和她們的母親提及此事，告訴她說這是一件很瘋狂的事，她可能會在鎮上聽到一些奇怪的謠言，而她們不希望她在聽到的時候不知所措。結果，莉娜並沒有被嚇到，也沒有感到震驚，她只是想起了那天晚上那通奇怪的電話。以及另外一個下午，當她從公司打電話回家時，電話只是一響再響，家裡並沒有人接電話——她只是想要叫他把燉鍋的按鍵按下，因為鍋子裡已經裝滿了食材，但她幾乎可以確定自己忘了按下烹煮的按鍵。後來，當她問他那天在做什麼的時候，他卻說他什麼也沒做。

「媽，」莎拉說，「你得把他趕出去。不要忍下來。」娜塔莉也持同樣的意見。凱特則對她們三人如此相信此事感到生氣。她相信一定有什麼原因。

「孩子們，」莉娜說，「這是我和你們父親之間的事。」

---

女兒們在母親節的時候回來了，法蘭西斯在她們到家之前把花種好。莎拉和娜塔莉大部分的時候都避開他，不過，凱特的目光卻一直盯在他身上，並且在那天下午稍晚的時候，跟在他身後走到屋外的小棚子和他對質。

「你真的做了凱西說的事嗎？」

當時，他大可對她說謊，而她也會相信。她絕望地想要相信任何可能取代實話的說法。

他把修剪樹籬笆的大剪刀吊起來，然後把那把小手耙丟進園藝桶裡。

「那是我和你媽之間的事。」他說，完全沒有看著她。

「真是噁心到讓我想吐。」說著，她朝他走近一步，彷彿就要推他一樣。

「你怎麼可以那麼做？你知道她是怎麼照顧你的嗎？你怎麼可以那樣傷害她？」

「我不知道。」這是實話。

「你不知道？」她的聲音充滿了憤怒。「你不知道？」她又重複了一遍。她轉身走向屋子，似乎就要走開，卻又突然轉過身來。

「我和彼得在交往。我們會在學校裡見面。我愛他。我原本對此感到內疚，但是，現在我不這麼覺得了。」

她仔細地看著他，想要看看他的反應。「他絕對不會對我做出那種事。不會像你對媽媽那樣。」

驀然之間，法蘭西斯發火了。他從來沒有打過任何一個女兒，但是，他的手此刻卻因為想要摑她一巴掌而發癢。

「凱特，拜託你。你能懂事點嗎？」

「你猜還有什麼？媽媽知道這件事。媽媽並不介意。」

「隨便你怎麼說。」

「是真的。你可以問她。噢，怎麼了？她對你有所隱瞞讓你受傷了嗎？她背著你做了什麼事傷到你了嗎？」

——

隔天下午，當女兒們終於搭上公車返回市區的時候，法蘭西斯上樓到凱特的房間，莉娜正在裡面休息。他不知道她是否希望他走進去，因此，他尷尬地站在門邊，告訴她凱特說的話，並且問她，她是不是真的知道。

「那也許不會有什麼結果。」莉娜沒有看他，只是將手指輕輕撫過凱特小時候的被子。

「她說她愛他。」

「我警告過她了。我告訴她，愛的力量有限。不過，我們越是反對，她就會越堅決。」

法蘭西斯感到渾身掠過一陣恐懼的顫抖。

「可是，在我經歷過這些事之後，她怎麼還那麼蠢？這個孩子？為什麼？她不會聽我的話，所以，你得要告訴她。我們從來都沒有讓她為那天晚上偷溜出去而感到自責。」

莉娜直視著他，這是幾天以來她第一次這麼看著他。「你在怪她？」

「沒有，當然沒有。」

他們還那麼年輕。也許他們的交往會無疾而終。他認為，莉娜對凱特愛上了某個人感到高興，而那個人正是彼得並非重點。她可以那麼容易就愛上一個人，可以愛得那麼全心全意，也許，凱特也是一樣。在他對莉娜示愛之前，她就已經先對他開口了。在那個年代，那麼做並不尋常，也嚇到了法蘭西斯。當時，他們沿著灣脊區的人行道散步，他停下腳步來吻她，他們冰涼的鼻子磨蹭著彼此。她並沒有期待他會同樣地告訴她說他愛她，她只是想要讓他知道，他擁有她的愛，他可以揮霍她的愛。

「莉娜，」法蘭西斯說著，走到床尾，他不知道自己想要說什麼。「我——」

然而，莉娜就像一只無法撬開的拳頭。她抓起棉被，一把拉到喉嚨，退縮到了牆邊。「一切很快就會沒事的，法蘭西斯。只是，現在還不到時候。」

# 14

彼得在艾略特念到大四時，校隊裡的隊友都來找他練習，而不再去找教練。教練忙著在謀求一份賓州第一級別學校的職務，因而經常受到干擾和分心，於是，彼得就變成了那個指導隊友們應該在哪裡調整速度，練習時他們應該跑多少距離的人。彼得會幫跑者們進行調整，將兩哩的距離換成一千五百公尺，他會在俯視賽道的看台上，和他們召開簡短卻明確的會議，彷彿那裡是他私人的辦公室一樣。他們大部分都是些笨拙的孩子，他們在高中時加入了各自學校的越野隊或田徑隊，因為他們在其他的體育項目上表現得不好。跑步是很直接的。要長時間維持快速是跑步困難的部分，因此，大部分的隊員就把這件事留給了彼得和其他被招募來的隊友。有一名中距離的非常規隊員在某次訓練後打趣地練習著跨欄，彼得見狀，認為他會是障礙賽的完美人選。他把自己所做的這些調整都告訴了教練，彷彿那只是他的建議而已，並且讓教練觀察看看，他是否和彼得有不同的看法。結果，在下一次的會議裡，那些調整都被列入了正式的紀錄。整支隊伍變得更好了。在每一場精采的比賽結束之後，跑者都會引頸翹望，在人群中尋找著彼得。

教練表示，彼得可以少花一點時間去分析他的隊友，而多用一點時間在他自己身上。如果彼得一有機會就把時間花在搭公車去紐約見女朋友的話，那他要如何讓自己進步？

「還有一件事，彼得，」教練說，「你的汗水聞起來有百分之八十的酒精濃度，至少。也許你可以稍微控制一點，好嗎？」

凱特還是一樣，同時卻也完全不同。他們第一次見面的那天晚上，當她走進酒吧的時候，她揚起了眉毛，就像他們七年級的老師宣布該年度第一個隨堂考試時，她所出現的反應一樣，那個表情讓他們過去長期在一起的記憶，彷彿洪水一般地，很快就將他包圍了。後來，她承認她幾乎不打算要來赴約。她母親正要開始接受化療，她父親公然地禁止他們見面，加上她真的很緊張。她至少換了十次衣服，最終還是和她的室友借了一套衣服。她到達酒吧的時候，他幾乎已經快喝完一大杯的啤酒了，當他站起身，走向前去擁抱她的時候，他們彼此都不知道該說些什麼。他比約定的時間早到了整整一個小時，在繞了幾圈街角消磨時間之後，他走進了另一間酒吧，喝了兩小杯詹姆遜威士忌，一杯接著一杯，就像他曾經看過他父親仰頭一飲而盡那樣，然後又慢慢地啜飲著一杯威士忌可樂。起初，這並沒有幫助——他緊張得就像有一堆蜘蛛在他的皮膚底下爬過一樣——不過，等到他走回人行道，朝著他們要見面的地點而去時，他就逐漸地感到了穩定和冷靜，也比較不擔心了。

「彼得，」凱特說著，往後稍微退開，注視著他的臉孔。「我真不敢相信。」她的髮尾染成了紫色。她的手指塗著黑色的指甲油，不過，大部分都被咬掉了。修長的手指戴滿銀戒，腿上則穿了一雙鞋帶綁到膝蓋的馬丁大夫鞋。不過，她的臉還是一樣，明亮的雙眼，頑皮的壞笑。當她說話的時候，他仔細地盯著她的唇。

「我很高興你寫了那封信。」他們一坐下來，凱特就對他這麼說，彷彿她從來沒有在他們往來的那些信件和電子郵件中寫過這句話一樣。當時，他們兩人都已經快要放春假了。彼得已經考過了兩堂課的期中考，只剩下兩份報告要交，然後就可以回皇后區過春假了。凱特的第一堂期中考也快要開始了。

「話說，」她咧嘴笑著。「高中生活還好嗎？」

——

他們經常去看對方，也幾乎每天都要通電話。他們試著不去說起吉勒姆的事，或者有關他們父母的事，或者任何可能會觸及他們兩家在八年級那個五月所發生的那場意外的事。

雖然，他們兩人看起來都和八年級的時候不一樣了，不過，他們都感到自己又回到了那股熟悉的感覺，回到了過去曾經屬於他們的那份感覺。彼得的脖子上一直都有兩個小斑點，看起來就像被吸血鬼咬過的痕跡。那些斑點還是和以前一樣，不過，他的脖子卻不一樣了，更粗、更壯，還長了鬍碴。兩人的身形都很修長，不過，凱特有明顯的腰身，而彼得則像一株橡樹一樣地挺拔和結實。凱特的鼻子和肩膀上都有一片雀斑，不過，那身衣服下的皮膚卻彷如牛奶般的白皙。彼得的脖子、臉孔和前臂都因為穿著T恤在戶外奔跑而曬成了深棕色。當她發現他襯衫底下長著胸毛，同時還有一道柔軟深色的線條一路延伸到他的肚子中央時，她尷尬地往後退開了一會兒。

之後，她很驚訝地發現，光是看到某些畫面，就足以讓她自己深為感動：他的優格放在她的小冰箱裡，就在她的橙汁旁邊。他放在地板上的四角內褲就擺在她的胸罩旁邊。有一次，她把他的牛仔褲套在自己身上，因為她以為那是她的褲子，當她發現自己穿錯褲子的時候，她懷疑自己這輩子是否曾經這麼快樂過。

那年春天，他們只發生過一次爭執。凱特正在說起她父親的事，說他的外遇是如何傷了她的母親，說那是他這輩子最大的錯誤，就連他那天晚上走去敲史坦霍普家的門都未必有錯得這麼離譜。然而，彼得卻毫無反應。

「我希望你不要覺得愧疚。」凱特試著要歸納他之所以面無表情的原因。

「愧疚？不是的，我只是在想，那天晚上有多少受害者。你父親、你母親、我母親——」

凱特尖銳地盯著他。「你母親是受害者？」

「是啊。」彼得刻意說得很慢。

「你是認真的嗎？」

「是的，我當然是認真的。」

「解釋給我聽。」凱特雙手扠腰地說。

「她很顯然是病了，凱特。據我所知，她還在醫院。如果，她一開始就用對藥的話——」

凱特舉起手，宛如一個停止號誌一樣。「事實上，不用對我解釋。我想，我們得冷靜地看待我們在這件事情上的歧見。」不過，她接著又說，「她肯定還在醫院。如果她被放出來了的話，我父親的律師一定會打電話告訴我們。」

「噢。」這個訊息對彼得而言，彷彿突然而來的一個巴掌。

「因為她對他做了那樣的事，所以，如果她的情況有什麼改變的話，他們有責任讓他知道。」

「嗯，我明白。謝謝。」他停了一下。「可是，不能說是『她對他做了那樣的事』。那就好像在說，她對他特別有意見。他只是剛好是那個來敲門的人而已。她的狀態如果有變化的話，他們為什麼要通知他？好像她可能會再追殺他一樣？」

「她對他開槍，是因為她恨我。這是我媽媽告訴我的。」

「啊。」彼得覺得難以置信，只能硬生生地嚥下想笑的衝動。「情況比那要複雜多了，凱特。」

「你想要見她嗎？是這樣嗎？當你說你們沒有聯絡的時候，我以為那表示你們的關係已經結束了。」

「她是我母親。」

「所以呢？」

「不，我不想見她。」他在這麼說的時候，同時也檢視了自己的內心，不過，他說的似乎是真的。光是想到走進她所在的房間，感覺就像把一堆混亂重新引回他的生活。

「彼得，」凱特把手指按在兩邊的太陽穴上，彷彿企圖要阻斷雜訊一樣。「你可以想像我們過的是什麼樣的日子嗎？當我父親在醫院裡的時候？當我們擔心他的大腦的時候？我母親得把食物剁碎餵他。她得要幫他洗澡、穿衣服。」

「我相信那一定很可怕。我們在爭執什麼？」

「而你卻沒有隻字片語。一個字都沒有。我之所以選擇一間位於紐約市的大學，部分的原因是我猜你可能去了紐約市。你提到過皇后區，那天晚上，你還記得嗎？可是，只要你想，你隨時都可以找到我。我一直都在我原來的地方。你為什麼不聯繫我呢？」

「我聯繫你了。」他溫順地說。

「你在四年半之後，一時興起地隨便寫了一封信寄給我。」

彼得無法解釋，就像他很難對達奇柯爾斯的那些同學解釋他對凱特的感情一樣。對他的心而言，那很合理。但是，對他的腦子而言，那卻不合邏輯。他們正沿著百老匯而行，凱特加快了腳步，然後雙臂抱著自己，站在一面展示櫥窗前，看著櫥窗裡的廣告。百老匯巧克力商。週二晚上搭配美酒。週四晚上松露製作課。

她的側面看起來彷彿石頭一樣。

「你說的對，我應該早點和你聯絡的。就像我在我的第一封信裡說的那樣。我一直在想我會寫信給你，結果時間就那樣過去了，而我也害怕你會恨我。我一直都會想起你。我不知道我為什麼沒有早點寫信給你。我想……」

「什麼？」

「太多事了。我擔心我媽，然後是我爸離開了。之後，我又擔心我讓我叔叔為難。我就那樣一天過著一天，很少去想未來或者過去，因為那都讓我難以承受。我一直在想，只要我安頓下來，我就會寫信給你，但是我卻一直都沒有安頓下來。」

她並沒有看著他，只是站在那裡，站了很長一段時間，動也沒有動。

「我不想再談這件事了。」最後，她終於開口。

「好吧。」他說。

——

他們兩人都不覺得自己像一般的大學生情侶，甚至不像一般的大學生，不過，他們還是扮演著這樣的角色。

某個深夜，在抽了半包香菸，並且在彼得宿舍的台階上吐得到處都是之後，凱特說，他們已經經歷了所有情侶都會經歷的沉重階段，那麼，他們現在何不享受輕快的那部分呢？彼得同意。是時候享樂了。而他發現，所謂的樂趣通常都不是事情本身——派對、倒立喝酒、裸體跑進水塘——而是事後沒完沒了地聊著這些事，在別人面前重溫、描述和笑說這些事，讓聽者恨不得自己也能在場。他曾經是那些聆聽的孩子之一，是那些錯過一切的孩子之一，然而現在，自從上大學之後，自從和凱特重逢之後，他變成了故事的一部分。

有朝一日，他得要工作。有朝一日，他得要決定他是否還想要見到他的父母，不過，在大學畢業以前，他要像別人一樣，做每個人都會做的事。當一股憂慮在他內心升起時——要完全抑制他的本性是不可能的事——他找了幾個朋友，問他們誰有空，誰想要碰面。當凱特來找他的時候，他們去看了足球賽，開了車尾派對，也在宿舍裡開派對。當彼得去紐約大學時，他們就和其他大學的學生，成群地去酒吧和夜店，並且每天晚上都在聖馬克街上的餐館為一天劃下句點。彼得在想，如果一直以來，每當他看向房間另一頭時，都可以看到她在那裡，如果他所到之處，她都能走在他身邊的話，那麼，高中生活將會有多麼的不一樣。他們喝酒喝得像有人付錢給他們喝似的，凱特總是這麼說，從百威淡啤喝到齊馬水果調酒，到盒裝葡萄酒，到威士忌，到伏特加，再到蘭姆酒。

「我討厭蘭姆酒。」一天晚上，彼得一邊往自己的杯子裡倒蘭姆酒，一邊說道。惹得每個人都笑了。

對所有問及他和凱特是怎麼認識的人，他們只是說，兩人是一起長大的。大家都說他們是高中戀人，而他們也沒有更正這樣的說法。

——

他才剛感覺到已經掌握了大學生活的節奏，才剛摸熟港務局客運總站下層通往地鐵站的那些羊腸小徑——地鐵能把他帶到距離凱特宿舍最近的地方，才剛真正地開始喜歡他的生活，至少感覺起來像是這樣，並且覺得自己並不是為了未來或者過去而活時，大家就開始問他，接下來他打算做什麼，想當個什麼。他主修歷史，而他的輔導員是第一個對他提出這個問題的人。之後是喬治，喬治之前曾經告訴過彼得，他隨時可以回去和他住在一起，住多久都沒有關係。他換了一間新的公寓，和他的女朋友蘿莎琳住在一起，不過，那是一間兩房公寓，有足夠的空間給彼得使用，如果彼得在自力更生之前需要時間的話。新公寓就位於喬治舊公寓的轉角。大四之前的那個暑假，彼得曾經在那裡住了好幾個星期。公寓很乾淨，有著米色的牆壁和一些小擺設，還有幾盆植物，完全沒有喬治生活在裡面的痕跡，除非彼得把每天早上在水槽裡看到的那幾根鬍碴也算進去。有一天晚上，喬治的女友特別打電話給彼得，重申了歡迎彼得到家裡住的想法，以免彼得以為那只是喬治一廂情願的熱情。

「你經歷了很多，」蘿莎琳在電話裡說，彼得聞言，但覺一陣尷尬緩緩地從他的喉嚨燒到了他的臉頰。可想而知，喬治一定把所有的事都告訴她了。他當然不介意，只是覺得有點出其不備。

「噢，還有，彼得？」蘿莎琳又說，「我要幫喬治辦一個生日派對。如果你能來的話，一定會很好玩。他說，他覺得你可能正在交女朋友？說你可能對這種事很害羞？如果你願意的話，可以帶她一起來。他馬上就要三十七歲了，對此，他很沮喪。我們只是會去他喜歡的那家泰國菜餐廳吃頓晚餐而已。」

「抱歉。你說三十七嗎？」彼得很快地算了一下。那表示當他和他父親突然搬去和喬治住在一起時，喬治當時才二十九歲。他知道喬治比他父親小十歲，可是，已經四十歲的教練看起來似乎比喬治要年輕。當彼得想到這件事的時候，他也想到他大部分的教授可能都已經超過四十歲了，但是，每個人看起來年齡似乎都比喬治小。

「我知道，看起來不像，對嗎？他也經歷了很多。」

彼得主修歷史，不過，到了找工作的時候，主修似乎就沒有他預期的那麼重要了。主修英文的人打算去念法律系。主修哲學的人也去了預備醫科。去念預備醫科對彼得而言並非選項，因為他並沒有上過那些必修課。他對財務不感興趣，加上他所參加過的經濟研討會都有一種用毛巾鞭打別人的氛圍，那讓他聯想到達奇柯爾斯高中的更衣室。會計又太無聊了。一個人還能做什麼？也許當個老師吧。大四那年的十二月有一場就業博覽會，彼得逛了一圈，看著不同的攤位。行銷、廣告、諮商、照護、旅館、保險、兒童照顧、懲教署、交通部，星巴克也有一個攤位，席爾斯百貨、當地的公共事業公司、肯頓的水族館。每個攤位都貼著閃亮的海報，還有一碗一碗的糖果和笑容可掬的代表。所有的工作若非在紐澤西，就是在紐約，那讓他覺得自己彷彿是一隻被釘在板子上的蝴蝶一樣。整個國家都等待著他去探索。他剛念完美國七〇年代最偉大的中長跑選手史蒂夫．普利方坦的傳記，因而對他的家鄉奧勒岡感到很好奇，還有科羅拉多、加州。

有時候，在他的夢裡，他會問他母親一些她拒絕回答的問題。有時候，同樣也是在夢裡，他把他的大學成績單拿給她，就像一個幼兒園的孩子急於炫耀自己得到的那些金色的星星一樣，而她卻看都不看就讓那張成績單滑落到油氈地板上。最近，在他生命覺醒過來之後，有一次，在前往雪城參加田徑比賽的路上，廂型車在阿爾巴尼暫停了一下，好讓隊員們吃飯、上廁所和伸展，當下，彼得感覺到自己在偷偷摸摸地四下張望，彷彿可能會有人看到他出現在這裡。等田徑隊吃完飯之後，他走到休息站的大廳，盯著該市的地圖，看著那些代表著進城和出城路徑的殘破線條。

---

他沒有把喬治生日派對的事情告訴凱特，並且告訴自己說，那是因為他自己可能都去不了。他曾經對喬治提起過凱特，不過只有一次，他只說他和她見了面，兩人一起喝酒，而喬治看起來十分困惑，並且問彼得到底為什麼要和她見面，說那麼做就像在自找麻煩。「她是那種喜歡挑起舊事的人嗎？或者，你覺得有可能是她父親故意這樣安排的嗎？也許他想要提出民事訴訟？」喬治問道。當時，他還住在舊公寓裡，他們正試著在修理冷氣。冷氣凝結的水漏在了屋子裡，讓公寓的鑲木地板都翹起了。喬治躺在地上，從冷氣機底下看著冷氣。

「不，她不是那種類型的人。」彼得說完，就不再討論這個話題了。

---

凱特剪掉染成紫色的髮尾，擦掉黑色的指甲油，到紐約市警局面試了一個刑事專家的職務。她獲聘了。她曾經考慮過工程學，也想過生物化學，甚至還花了一個星期或兩個星期的時間在考慮有關農業方面的工作，直到她發現這種工作機會在紐約簡直少之又少。那天，她走進座落在牙買加大道的犯罪實驗室去面試，身上穿的是一件難看的棕色西裝，那是娜塔莉傳承給莎拉、莎拉

又傳承給凱特的舊衣服，她告訴彼得，那個地方的感覺就像家一樣。「這可能會有文化衝擊。」當雷勒博士請她在一堆顯微鏡和本生燈之間坐下時，曾經這樣對她說過。不過，她是在這種文化下長大的；她完全可以理解。

彼得對她的自我肯定感到了一絲嫉妒。即便她之前也掙扎過，但是，她所考慮的工作都是同一類型的。她知道自己想要什麼，而且也直接瞄準了她的目標。某一天，彼得覺得自己想要當個田徑教練，隔天，他又覺得自己應該去念研究所，來日可以成為大學教授。

「我接受了那份聘書。六月一日就開始上班。」

「在紐約。」

「對，實驗室在皇后區。」

「你已經接受了？」

「對。怎麼了？你聽起來好像沒有為我感到高興。」

「不，我為你感到高興。只是，那就表示我們要待在紐約。」

「呃，是啊。你想到別的地方嗎？」他們從來沒有討論過，一旦大學畢業會發生什麼事。他們雙雙都假設，對方會希望彼此的距離更近一點，都假設他們會更常見面。

「我不知道。我在想，也許我們可以一起去一個地方，在那裡，我們誰也不認識。」

「噢，」凱特的聲音裡有著明顯的疑惑。「我們為什麼要去一個那麼陌生的地方？」

然而，彼得說不出原因，因為他不知道。有時候，他會想著自己在一個不熟悉的地區健行，然後登上最高峰，俯瞰著腳下他所不認識的各個地標。這種感覺總是讓人興奮。

他們的畢業典禮在同一天舉行，對於他們可以不用這麼快就見到彼此的家人，兩人都感到鬆了一口氣。喬治和蘿莎琳來參加了彼得的畢業典禮，典禮之後，當他的朋友和隊友們打算外出去舉行最後一輪的派對時，彼得告訴他們說，他和自己的叔叔已經有其他計畫了，晚點再去找他們會合。而他也告訴喬治和蘿莎琳說，他要和他的朋友出去，因此，他們可以自己去享用兩人午餐。不過，他卻沿著郡道，走了兩哩路到一間鎮上的酒吧，他打算一個人在那裡坐一個下午，看著洋基隊的比賽。在走過去的路上，他經過了一個廢棄的檸檬汁攤位——一台費雪牌收銀機被扔在草地上，抽屜裡還有一張一塊錢的鈔票。

——

夏天的時候，彼得搬去和喬治以及蘿莎琳同住，並且在弄清楚自己應該要做什麼的同時，先到工地和鐵工一起輪班。「這只是暫時的。」他在搬進公寓之後的第一個週末，這句話他應該至少說了十幾次，因為蘿莎琳終於忍不住把她冰涼的手放在他的手臂上，告訴他不用擔心。他在那裡的臥室聞起來有花的香味，讓他感到了頭疼，儘管他已經在那只碗上面蓋上一張紙巾，再把碗放到了狹窄的櫥櫃底層。對於彼得在畢業後完全沒有計畫的事實，喬治的困惑似乎更大於失望。每天早上，當他們拿著午餐的便當、匆忙地走向他的卡車時，他都會說他喜歡這家公司，不過，他也會要求彼得聊聊他在大學裡上過的商業課程，彷彿在提醒彼得，他應該把頭腦用在哪裡。

在第一天回到工地的時候，彼得環顧四周，找尋著他的舊朋友。過了幾天之後，他終於問了別人他們在哪裡。對於彼得並不知道約翰．薩瓦多爾受到重傷，也許再也不能工作一事，那個人似乎感到很驚訝。彼得不禁好奇，約翰．薩瓦多爾後來是否買了那棟他親自去看過的房子，是否和他的女友結婚了。至於吉米．麥格里，那一整個星期，他都在彼得旁邊工作，只不過彼得根本認不出他來。他胖了很多，那張飽經風霜的臉看起來十分枯槁。他看起來比彼得大了十歲。一天早上，彼得重新介紹了自己，並且提醒吉米，他們最後一次交談時，吉米正在存錢買一輛雪佛蘭科邁羅。

「啊，我記得你，」吉米說，「老闆的兒子。」

「不是，不是他兒子。是他的姪子。」

「讓我問你一個問題，姪子。你得要等多久，他們才幫你排班上工？我有一個表哥，他已經等了好幾個星期了。他家裡還有一個剛出生的嬰兒。我表哥等了一個月，才輪到一天的班。」

彼得按照喬治告訴他的去做。他在大門外排隊，等到他們叫他的名字時，他就往前踏了一步。

「抱歉。」彼得對他說，雖然他不知道自己為什麼要道歉。那天，他賺了三百元的工資，這是還沒有扣稅前的金額，而他急需要這筆錢。他不能永遠待在喬治那間瀰漫著花香味的房間裡。吉米暗笑了一下，不過，那個笑容裡一點喜悅的成分也沒有。他的牙齒尖銳，還佈滿了棕色的牙垢，那讓彼得聯想到了豺狼。

一九九九年八月的最後一天，喬治終於和凱特見面了，那天，她搬出了校園，並且搬進一間和其他幾個女孩合租的公寓，拜她的輔導工作之賜，她才得以在學校裡免費住了一整個夏天。彼得希望，他們在秋天的時候就可以住在一起，但是，他仍然不知道自己想要做什麼，他在艾略特的幾個隊友打算搬進一間位於阿姆斯特丹大道和一〇三街交叉口的破公寓，因此，他同意和他們住在一起。是凱特叫他要和朋友待在一起，要好好享樂，在分租的情況下，房租會很便宜，不過，彼得懷疑，她希望他不和她住在一起的原因，是因為她沒有勇氣面對她的父母。幾年前，她就已經在憤怒下告訴過她父親說他們在交往，不過，彼得看得出來，他們父女之間再也沒有討論過這件事。而法蘭西斯一定也沒有告訴過凱特的姊姊們，因為，當彼得和凱特都還在念大一的時候，有一次，他留在紐約大學和她一起共度週末，結果，莎拉在毫無預警之下出現了。「我買了一個墨西哥捲餅來給你。」當凱特打開寢室房門時，她的目光越過凱特，看到了穿著破短褲和T恤的彼得，正坐在凱特的書桌前。當時是十一月初，莎拉剛開始在布里克街工作，那裡距離凱特的宿舍並不遠。「天啊。」她說，當她把外帶的紙袋遞給凱特時，她的臉色明顯地變白，然後，二話不說地轉頭就離開了。娜塔莉在一個小時之內就打電話來了。凱特從電話螢幕上認出那是她的號碼，然後聳了聳肩。「最好還是面對現實吧。」說著，她接起了電話。她把他推出她的房間。「你先離開一個小時，好嗎？」語畢，她傾身吻了他一下。

當他回來的時候，她很明顯地哭過了，不過，她向他保證一切都沒事，他們不會有事的，一切都不會有問題的。在那之後，當他聽到凱特在和她的姊姊們講電話時，他都可以聽得出來她們會問他的事，然而，凱特總是輕描淡寫。

在彼得的立場上，他一點都不急著和娜塔莉以及莎拉見面，不過，如果凱特希望他能花點時間和她們相處的話，他也會照做，那不會有什麼問題的。他最害怕見到的人是法蘭西斯・葛雷森，然而，如果他們要同居的話，他就勢必會見到他。

當他發現凱特打算租一輛U-Haul廂型車時，彼得提議可以用喬治的卡車，他相信自己可以在週六借用那輛車幾個小時。喬治並不介意彼得借用那輛卡車，不過，他確實介意讓彼得開車。彼得在大四的那一年拿到了駕照，當時，他田徑隊的一個好朋友把他的那輛掀背車停在學校，並且對彼得說，如果彼得想要去紐約看凱特，又不想搭乘巴士的話，他的車偶爾可以借給彼得用。

「誰，你說誰？你需要借那輛卡車去幫誰？」喬治問道。他答應過蘿莎琳要在電視上方裝一組層架，因此，他才剛從五金店買了兩條長橡木和一對托架回來。當彼得說出凱特的名字時，他可以看到喬治臉上的詫異。

「全天下有那麼多女孩，彼得？大學裡沒有漂亮的女孩嗎？」他把木頭放下，再把五金店的塑膠袋扔在木頭上。他的臉皺成一團，彷彿正在痛苦地理解一個什麼意外的消息一樣。

「沒錯。」彼得簡短地回應。

喬治點點頭，給自己一點時間消化這個訊息。他走到廚房的水槽邊，背對著彼得，倒了一杯水喝。

「我不喜歡這樣。就是一種感覺。」

「我知道。」

「這很麻煩。沒有什麼道理，你知道嗎？」

「我知道。」

「這個女孩，那個女孩，說實在的，任何其他的女孩都無所謂。這個世界上只有一個女孩不適合，就是這個。」

「可是，為什麼不適合？」他說。他的父親離開了，他的母親也走了。那麼，誰會反對？她的父母，也許吧，但是，那是她要處理的部分。此外，如果他有機會和他們說話的話，他相信自己可以說服他們改變想法。如果他們不能改變想法，那也是他們自己的問題。他和凱特從來都沒有做錯什麼。他對他母親所做的事深感抱歉，但是，葛雷森先生應該不會真的認為那是彼得的錯。

「因為……」喬治掙扎著，不過還是下定決心要說。「因為那表示多年以前的那些事，並沒有在當時結束。它還在發生。」

噢，不是的，彼得心想，不過，他不想爭辯。所有發生的事情都發生在他們的父母身上。或者，至少，他們的父母是那些事情發生的媒介。又或者，他們的父母是可以阻止那些事情發生的人。或者……每當他想起那天晚上發生的事，他就感到一股窒息的感覺，而那種感覺現在又出現了。如果他不曾建議凱特一起偷溜出去的話，如果他們沒有被抓到的話。一件事情導致另一件事，然後又導致另一件，沒錯，誰能預料最後倒下來的那塊骨牌，會滑到距離其他整齊倒下的骨牌那麼遠的地方？那對青少年當然想不到。當他和凱特又開始見面時，他們決定要放下所有的包袱，重新開始。他現在已經大到知道是什麼在支撐他，凱特也一樣。他們分開了那麼久，久到他們都知道少了彼此是什麼模樣。

「我只知道就是這個女孩。我愛她。」

喬治用手腕推了一下水龍頭，重新注滿一杯水。他大口喝著水，彷彿在沙漠裡待了好幾個星期一樣。

「你很固執，彼得。你是個很棒的孩子，但是，你很頑固。」

「我不是個孩子。」彼得回應道，雖然這麼說讓他感覺起來更像個孩子。

「你愛她。好。那是一種很強烈的感情，不過，你好好想想。接下來呢？你要和這個女孩結婚嗎？和她有小孩嗎？你母親和法蘭西斯．葛雷森會有共同的孫子？他們要在孩子洗禮的時候坐在同一張桌上嗎？」

「什麼？」彼得說。老天，沒有人說過什麼生小孩的事。他夢想著有一天要和凱特一起住在一間公寓裡，每天傍晚回到家、回到她的身邊，告訴她那一整天裡，他都發生了什麼事，聽她說她那一天過得如何，赤裸地上床蓋上棉被，並且把棉被拉到他們的下巴，然後在每天早上醒來時，感受她溫暖的皮膚就貼在他身旁。不過，這些事都只能在他決定自己的人生目標之後才可能發生。

喬治嘆了一口氣。「我來開車吧，」他說，「我相信她會需要多一個人手幫忙。而且，我猜，我也應該要見見她了，對嗎？」

當他們把車停在凱特的宿舍外面時，彼得覺得自己已經緊張到骨子裡了，就像正在田徑隊的廂型車裡要去參加州際比賽一樣。凱特穿著剪短了的牛仔短褲、球鞋，和拖得很長的上衣。她的頭髮高高挽在了頭頂上，不過，從她的T恤背後，他可以看到一道汗漬沿著她的脊椎而下。天氣很熱，她已經把十幾個箱子從她的宿舍寢室拖到了樓下，雖然他告訴過她，等他到了再搬。

「那就是她嗎？」喬治一邊停車，一邊問。

「記住，她並沒有預期你會來。」彼得提醒他。他看得出來她還沒有看到他，還不知道自己在等待的是什麼樣的卡車。

喬治穿了黑色的短褲、一件繃在肚子上的黑色緊身汗衫、亮白色的球鞋。他在鏡子裡檢查著自己的牙齒，然後對著彼得眨眨眼。「我的頭髮看起來怎麼樣？」他問。

彼得看到凱特留意到了走在他身邊的男人。「喬治！」當他們走到夠近的距離時，她叫了一聲。「很高興能見到你。」她說。她向他表達謝意，感謝他前來，感謝他出借了他的卡車和他的肌肉。喬治對她的感謝處之泰然，並且比平常更保守，雖然凱特並不知道他平常是什麼樣子。她問他，彼得是否已經把他們接下來的動線細節告訴過他了。

喬治看著彼得。「東七十九街，對嗎？在二樓？」

「他還說了其他的事嗎？沒有？太好了。我們走吧。」

他們得要爬六層樓，那是他們誰都沒有告訴喬治的。「天哪。我的老天，」喬治在爬完第一輪之後說著，隨即把第一個箱子在公寓裡放下來。「你幹嘛不乾脆找一棟要爬十二樓的公寓？」

「你不會有事的，」凱特說，「想想等你搬完之後，你的股四頭肌會變得多麼強壯。」

喬治咧嘴笑了，彼得立刻感到從一早就伴隨著他的那股恐懼感開始融化了。

每完成一趟爬樓梯，喬治和凱特似乎就更親近了一些。隨著他們上上下下，樓梯間裡迴盪著凱特閒聊的聲音，她問喬治關於他自己的事情，問他對一些事情的看法：包括莫妮卡．陸文斯基、天主教教堂、歐元等等。當他們搬完一大半的時候，喬治在他們小憩時，告訴凱特他每一個刺青所代表的意義。他告訴她關於蘿莎琳的事，說他在約她出去之前，已經喜歡她很久了。

等到他們終於把所有的箱子都搬上樓時，他們三人仰躺在凱特新公寓的廚房地板上，筋疲力竭地說不出話來。公寓裡有一股老舊的味道。彼得已經開始討厭要到凱特的公寓來找她，而她也得要去找他的想法。

「有人要喝啤酒嗎？」凱特問著，不過卻完全無意站起身來。喬治說他就不用了，他的卡車裡有汽水。彼得站起來，打開冰箱門，讓冰箱裡的冷空氣環繞住他，過了一會兒之後，才拿出凱特的室友留給他們的半打啤酒。他打開一瓶，只用了兩大口就喝光了，然後才把另一瓶遞給其他人。

「天啊，」凱特說，「留點給我們吧。」

「是啊，說得沒錯。」喬治也說。

當彼得和喬治回到卡車裡的時候，他們發現一名警察正在找一個快遞男孩的麻煩，男孩的腳踏車手把上還吊著某個人點的外賣。那個警察很高大，手臂厚實到他制服襯衫上的布料都繃緊了。「借過一下。」喬治說著，繞過他們旁邊。稍早的時候，為了並排停車，他把車子的警示燈打開，那名警察看向喬治，彷彿在讓喬治知道他留意到他並排停車了，如果他想的話，他可以對他開單或什麼的。

等到他們把車開走之後，喬治表示，當今警察的問題在於這份工作所吸引的人已經和過去不一樣了。還是有優秀的人報考警察學校——「也有女性。」他補充說——此外，他們現在做的比過去好的一件事就是，他們招募了不同種類和不同膚色的人，不過，現在有太多年輕的警察只是為了追求權力、只是為了帶槍而當警察。也許，那就是警察為什麼不像以前那樣受人尊敬的原因。在一個公平公正的世界裡，想要成為警察是一種至高榮譽的追求，就像想要成為銀行家一樣。甚至就像想要成為醫生一樣。有什麼比讓人民感到安全更重要的？或者當一個在人民絕望的時候可以去求助的人？但是現在呢？

「你知道我前幾天看到什麼嗎？在百老匯，就在保齡格林站？大概有三十個市立大學的學生在那裡抗議。其中一個女孩舉著一個寫有『警察去死吧』的牌子。你有看到嗎？就是我們在標普公司大樓下面工作那週的星期一。一個白人女孩。我是說一名女子。也許是那天早上搭火車從康乃狄克州的新卡南來的。你說，她對警察可能會有什麼不滿。如果她在環市公車上遇到一個男人對她露出小雞雞的話，你認為她會找誰？」

彼得看到了那群示威者，不過，他並沒有多想。他沒有太仔細看，然而，喬治的觀點雖然很篤定，卻似乎也有瑕疵。

「可是，警察的歷史也是抗議的歷史，」彼得說，「我確信那些示威者是在針對週末的時候，在貝佛大道和斯圖文森大道那一帶對那個孩子施暴的警察。他才多大？十三歲？他們有可能要了他的命。」

「十三歲。可是他看起來不止十三歲。」

「就算他不止十三歲又如何？他又沒有做錯什麼事。」

「彼得。」喬治看著他。「我不否認，有些警察確實是種族主義的混蛋。我在說的是，現在，那個來自新卡南的女孩認定每個警察都是種族主義的混蛋。就因為七一分局的某個笨蛋打了一個孩子。那個傢伙從來就不應該接觸到盾牌和槍的。」

彼得笑道：「那不就是這個城市裡每一個弱勢者每天都要面對的問題嗎？一群人會因為少數人的行為而遭到評斷？」不過，彼得並沒有認真在爭辯這件事，因為他還在想著凱特，以及他自己即將搬進去的那間過度擁擠的公寓。一想到四個男生要共用一間衛浴，就讓他懷疑自己當時為什麼同意要合租。

喬治說，他願意打賭，那些示威者之中，絕大部分都沒有親自遇到過警察，也沒有和警察說過話。

「一個很大的問題是，這份工作的待遇不高，」喬治說，「你在聽嗎？這份工作的危險性和薪水根本不成正比。至於另外一個問題就是，城市裡的好警察只要一有機會，就會申請調往郊區。這是我在一篇文章裡讀到的。」

「讀到什麼？」

「讀到關於警察的事。哈囉？回回神吧，彼得。年輕人得把這份工作視為一個他們可以用得上腦子的地方。」

乘客座上的彼得坐直了身體，感覺到一股力量在拉扯，而那似乎不可能是來自於他自己體內的力量。

「那是一份很重要的工作。」

喬治看著他。「我就是這個意思。」

---

那天晚上，凱特可想而知地在她的新公寓裡很早就睡著了，彼得清醒地躺在床上，他曾經想像大學是一條路，可以將他帶到某個遙遠的地方，然而現在，他覺得自己比當時那樣想的他老了許多。大約到了午夜左右，他放棄睡覺，把腳套進他那雙飽受日曬雨淋的球鞋，溜出了公寓，走入正在飄著細雨的夜色裡。

他來到班納酒吧，表現出一副對這一帶不熟的模樣。在喝完第二杯酒之後，他問酒保是否記得多年以前，曾經有過一個高個子、捲髮的客人來過。一名警察。在他搬到南方以前，曾經是這裡的常客。

「你描述得太空泛了，」酒保說，「把範圍縮小一點吧。」

「算了，沒關係。」彼得說著，朝著他揮了揮手。

一個小時以後，當彼得把他的玻璃杯放在吧檯上，伸手要拿皮夾取出幾張鈔票時，他發現自己的手在顫抖。他再度走出酒吧，原本的濛濛細雨已經變成了傾盆大雨，他覺得自己正在游向那份熟悉的誘惑，那是一條他可以為自己打造的路，一條他可以撥亂反正的路。他不知道新手在專校期間是否會有薪水。他不知道健康保險是否立刻就可以生效，或者要等上好幾個月才能使用。

---

等到他的筆試結束之後，他就會告訴凱特。之後，他告訴自己，只要他獲知他是否通過了筆試，他就會告訴她。他繼續在當輪班的鐵工，繼續賺取零用錢。他試著每天都在工作結束後去跑步，因為那讓他覺得自己還是個學生，也讓他可以少在公寓裡待一個小時。秋天來了又走了。然後是聖誕節。晚間新聞總是對千禧年提出憂慮。在這個世紀出現改變、在所有的檔案消失之前，世界還有幾個月的時間可以自我規劃。地鐵會停止行駛，飛機會從天上掉落。這一切都是因為一九六〇年代的程式設計師並沒有為一九九九年之後的存在做好準備。

新的千禧年來臨了，而這個世界也持續在運轉。

二月的時候，他接到申請者審核部門的通知，他通過了筆試，並且要求他填寫一些額外的文件。在這些文件中，有一份同意背景調查的表格。一名調查員被分派來審核他的申請。他安排了一項性格測試、心理測試、一場口試，以及健康檢查。他們檢查了他的視力、聽力、血壓和心臟。當那個醫生幫他測量安靜心率時說，彼得若非是個跑者，就是已經死了。

在那之後是正式的面試，面試官就是那個幫他進行過背景調查的調查員。

喬治在那些信封寄到家裡時就猜到了。他告訴彼得，他把郵件拿進家門，並且在郵件中留意到類似的信封上寫著布萊恩的名字，那好像才是不久以前的事。他問彼得是否真的要這麼做，他的申請程序已經走到哪一步了，他在正式的面試裡表現得如何。自從背景調查之後，他是否曾經見過任何人。

「那是最後一步了。下週。」

「啊，好。」喬治說著，似乎有些擔心。

「怎麼了？」

「沒什麼。」

———

那名調查員自我介紹說他是偵查處的成員。他歡快的態度讓彼得覺得他是企圖要讓彼得放鬆。他告訴彼得關於他的車子在那天早上出的問題，他的老婆有多麼嘮叨，不過她的叨唸總是對的。彼得那天很謹慎地刮了鬍子，穿了一件運動外套，還打了領帶。其他的測試都在勒夫雷克市舉行，只有這場面試被安排在曼哈頓東二十街。彼得帶了一個文件夾，裝了所有他們要求的文件資料，從他的社會安全卡到他在艾略特的成績單都在裡面。他的後背包已經磨損到無法使用，而他又沒有手提箱，因此，他在搭乘地鐵的時候，只能把那個文件夾緊緊地拿在手裡，一整個早上，他都神經兮兮地覺得有東西掉了出來，並且可能在他沒有注意到的時候被風吹走了。所以，一路上，他檢查了一遍又一遍。

當他到達那棟建築的時候，一名年輕女子把他帶到面談室，又為他送來一杯水。當那名調查員進來時，他在那張破爛的桌子前面坐了下來，就在彼得的正對面。那名稍有年紀的調查員首先問了彼得幾個他預料中的問題，在彼得每天傍晚的跑步中，那些問題的答案都已經在他的腦子裡演練過無數回了：彼得為什麼想要加入，他是如何看待這份工作的。調查員以一種閒話家常的態度來進行面試，彷彿他們只是在一場烤肉聚會或者棒球賽中試著要認識彼此而已，雖然彼得可以看得到他一邊在聊天，一邊在他面前的清單上打勾。最後，他問及彼得的父母，而彼得也給出了自己預演過的回答，這個答案他已經回答了好幾年了。他母親住在紐約州北部。他父親住在南方。他們在十幾年前就分居了。彼得和他們兩人都沒有聯繫。他很快地點點頭，示意那就是他全部的答案了，不過，那名調查員只是歪著頭，往前靠近。

「你父親。他曾經是警察，不是嗎？」

「是的。他曾經是。」

「十九年。他受傷了嗎？發生了什麼事嗎？」他翻著他的筆記問著，彼得可以感到自己的掌心在發燙。他知道，這個人可能已經知道一切，不過，他也知道，警察部門那麼大，有那麼多事情在運作，這件事有可能被忽略了。在吉勒姆所發生的每一件事，都不是發生在布萊恩執勤的時候。

「因為個人的私事，所以他提早退休了。」

「哦？什麼事？」

他事先已經被警告過，他們問題的範圍是沒有限制的。在心理測驗中，他們問他是否在和人交往，那個人是男人還是女人，如果他最終的搭檔是個女性，他會有什麼感覺。如果是同志或者蕾絲邊呢？如果是黑人、拉丁美洲人、亞洲人呢？他猜那些問題都是違規的。

「我們不太親。我們已經沒有往來了。」

「那不是我的問題。」

「他提前退休，因為他想要有所改變。至少，我相信是這樣。不過，你得要自己問他，說真的。我十五歲的時候，他就搬到南方去了。他走了以後，我就一直和我叔叔住在一起。」

「你的喬治・史坦霍普叔叔。」那名調查員的話讓彼得震驚到自己的胃彷彿在往下掉。

「是的。」

「還有，你母親，她現在住在薩拉托加第六街嗎？」

「我不知道。」彼得回答。至少，這倒是實話。

「她在一九九一年被捕，罪名是企圖謀殺。她槍殺的那名男子是個鄰居，一個當時已經下班、並非在執勤中的紐約市警察局副警監。那個案子和解了。對嗎？」

彼得心跳加劇地保持著沉默。

「當時我十四歲。大部分的細節我並不清楚。」

「她用的那把槍，是你父親執勤回家後放在家裡的槍，對嗎？」

「是的，我認為是的。」

「你認為是的。」調查員把他的筆記推到旁邊。「你的筆試成績很高。體能測試也是，你的大學成績單很漂亮。」

彼得不安地等著他的下一句話。

「可是，你的心理測驗卻顯示了一個警訊。我是在說你的心理測驗，彼得。不是你母親的。也不是你父親的。而是你的。」

彼得知道這個人也許是在測試他。那份長達六小時的心理測驗包含了一千個問題。其中一題要求他畫一間房子、一棵樹，還有他自己。後來，他記起自己忘了在前門上畫門把。沒有門把，他要怎麼進門？至於自畫像，他筆下的自己穿著短褲和一件跑步的汗衫，事後，他覺得應該要畫自己穿著西裝和領帶才對。

「還有，你父親在警局裡的紀錄也很傷腦筋。他在一九八九年一月的時候，曾經因為在執勤時喝酒而被傳訊。」

「我不是我父親。我甚至不知道他現在在哪裡。」

「喬治叔叔也有一份檔案。不是什麼大事，不過也值得注意。」

彼得望著那扇狹窄的窗戶，試著要整理凌亂的思緒。

「我從來都沒有犯過錯。申請的人是我。不是我母親。不是我父親。也不是我叔叔。所以，他們的事並不重要，我的事才重要。」

「也許吧，」那名調查員表示。「也許是吧。那就看是什麼情況了。」

——

他等了兩個星期。一個月。六週。他聽說有一個新的專班很快就要開課了，而如果他的名字沒有被列在符合招募條件的名單上，他就不能參加了。凱特對自己的工作很樂在其中，儘管她的工作時間很不尋常，儘管她被叫到犯罪現場時，經常要手腳並用地跪在地上，在她的紫外線燈光照射下，搜尋著液體和血跡，或者得在犯罪現場看到一些不堪的畫面。

「你怎麼了？」凱特問道。他們去看了一場電影，不過，凱特在光線閃爍的黑暗中看了他幾次，都發現彼得並沒有在看銀幕。當他拉著她的手，把她拉到走道上，離開電影院大廳，走進電影院外面空氣冰冷的人行道上時，電影甚至都還沒放映到一半。

「我們什麼時候要住在一起，凱特？我們什麼時候要結婚？我們的生活什麼時候才會像我們想要的那樣，而不是每週只有兩三個晚上在一起？我不喜歡這樣。」

凱特笑了。他們站在沾滿口香糖的人行道上，兩人之間相隔了六呎的距離。坐在售票亭裡的那個女人，正在玻璃窗口後面讀著一本書。

「我是認真的，你不想結婚嗎？」

「我想，你應該要先問我，我是不是願意。」

「我問過了，沒有嗎？大概十年前？」

「沒有，你只是告訴我有朝一日會結婚。我想你沒有問過我。還有，我當時才十三歲。」

「噢？那你願意嗎？」

「我當然願意，」她說。「不過，我希望你知道，這不算是求婚。」然後又說：「彼得，你到底怎麼了？」

他開始來回踱步，並且把一切都告訴了她，從他決定要當警察那天晚上開始說起，一直說到那場正式的面試，以及他已經等待了好幾個星期、不知道自己是否能夠加入專班。對於他沒有告訴她這件事，他感到很抱歉，不過，他希望可以給她一個驚喜。凱特看著他，聽著他敘述這一切，同時發抖地緊緊抱住自己。

因為他不斷地在想自己還能做什麼。現在，他知道自己想要做什麼了，他很確定。警察有很多種，每個警察走過的軌跡也都不一樣，沒有兩個警察的職業生涯看似一樣的，他們居然可以用那麼久以前發生的事情、用一些真的和他無關的事情來抵制他，這簡直是瘋了。他想到是否應該要打電話給那個調查員，要求再安排一次面試。凱特認為這個想法如何？

「關於心理測驗顯示的警訊，他有多說些什麼嗎？他有告訴你細節嗎？」

「沒有。那可能是他自己編造的。」

凱特點點頭，彼得幾乎可以看到他剛才告訴她的所有訊息，此刻都在她的腦子裡被分門別類了。

「如果我沒被錄取的話，我想，我們可以搬家。我可以試試看波士頓或者康乃狄克州的其他地方，哈特福。史丹佛。那裡的申請人數也許沒那麼多。加上——」

「彼得，」凱特鬆開環抱著自己的雙臂走向他。透過她厚重的羽絨外套，他可以感覺得到她的體溫。「你確定嗎？」她問。「你確定那是你想要的嗎？」

「對。」他說，他會是個比他父親好的警察。他會比較像被開槍前的法蘭西斯．葛雷森。他會晉升到法蘭西斯應該要晉升到的位置，如果他的職業生涯當年沒有脫軌的話。他會謙恭有禮，他會循規蹈矩，他會一步一步往上爬。他已經可以看到了。

「讓我試試一件事。你可以再多等一會兒嗎？那個人叫什麼名字？我是說那個調查員。」

——

那個星期天，凱特搭了早班車回到吉勒姆，下車後她直接步行回家，而沒有打電話讓家人來接她。當她走過半條傑佛遜街，看到她兒時臥房的窗戶上裝飾著她和她姊姊們小時候為情人節所製作的心形剪紙時，她停下了腳步。一想到她母親撐開通往閣樓的梯子，把那些陳年的裝飾品都搬下來，而她父親則扶著梯子，一如往常地說：「你在上面要小心點，莉娜。」凱特就不禁想要跪下來哭泣。她記得有一個情人節，她父親在結束午夜的巡邏回到家時，給了她們每個人一個心形的橡皮擦。也送給了莉娜十幾朵的玫瑰，當她修剪著玫瑰花的尾端，忙著找出花瓶時，她說他應該要等到二月下旬，等到玫瑰花的價格沒有被哄抬得那麼高的時候再買，她不是那種會介意這種事的老婆。

凱特輕輕地敲了敲前門，當沒有人前來應門時，她繞到了房子側面，她的球鞋踩在被霜凍僵的草地上，從那塊假石頭下面取出了藏在那裡的鑰匙。等到她推開後門時，她父親正在打開櫥櫃，拿出第二只馬克杯。

「我看到你走過來。」他說。

「媽呢？」

「在睡覺。」時間還不到八點。莉娜的頭髮已經長回來了，就像以前那樣捲曲蓬鬆，只不過她再也不想染髮了，因此，她的頭髮裡參雜了不少白髮和灰髮。這幾年來，她的癌症已經緩解了不少。她從來沒有討論過法蘭西斯和喬安·卡瓦納之間發生了什麼事，不過，在她手術後一年左右，當時，她的頭髮還短得像小孩一樣，有一次，凱特和她穿越一間義大利餐館的停車場走回莉娜的車子，突然之間，莉娜停下了腳步，轉身就朝著餐館往回走。「我有東西忘了拿。」她回頭說。這份唐突讓凱特差點就笑了出來，直到她看到喬安·卡瓦納穿過停車場走過馬路。等到喬安走進了對街的一間商店，莉娜才從餐館裡走了出來。

「媽。」她們一坐進車裡，凱特就開口。

「我只是不想看到她，」莉娜說。「不知道為什麼，我就是覺得很尷尬。」

「你沒有理由覺得尷尬。她才是那個應該要感到丟臉的人。」

「話雖如此，我還是有這樣的感覺。」

「媽媽現在起床的時間，比她在你們小時候起床的時間要晚。」法蘭西斯對她說。在凱特的這輩子裡，每當她腦子裡有什麼事的時候，他似乎總會知道。她把自己的袋子放在門邊，拿起他為她準備的馬克杯。他默默地把牛奶也遞給她。

「只是回來看看嗎？」他說著，把報紙對摺再對摺。他已經換好衣服了，已經去過熟食店了。他的面前有一張空了的蠟紙，另一個包著蠟紙的奶油捲則放在流理台的一角，等著莉娜醒來。

「嗯，有一陣子沒回來了。」

「你很忙。工作上還好嗎？」

她發現他知道她的工作。她不知道他是怎麼知道的，反正他就是知道了。她期待著她母親的腳步聲在樓梯上響起，不過，屋子裡什麼聲音也沒有。只有放在爐邊的小型取暖器在角落裡發出嗡嗡的輕響。

「我需要你幫個忙。」她說。

「喔？」

「彼得正在申請警校。」

法蘭西斯沉默了一會兒。「彼得．史坦霍普。」

「對。那個彼得。」

法蘭西斯面無表情地審視她。

「總之，他一直沒有聽說他是否被錄取了，不過，這段等待的時間也比正常要久，還有，他在面試時也發生了一些事情。」

「還有他的心理測試。」法蘭西斯說。

凱特覺得自己渾身每一個地方都動彈不得。

「他有告訴你嗎？」

「有，他當然有告訴我，不過，他們也可能只是為了嚇他才那麼說的。」

「不，那是真的。雖然只是幾件小事。微不足道的事。但是，加上他的家庭背景，那就真的令人擔憂了。」

「你是怎麼知道這些的？」

「我有一個朋友。他打電話給我，告訴了我這件事，並且問我怎麼想。」

凱特的目光越過她手裡的茶杯，注視著他。

「你怎麼說？」

「那就是你要我幫忙的事嗎？幫他說句好話？」

「是的。」

「為什麼？」

「因為他想當警察，而且，他也會是一個很優秀的警察。還有，因為我愛他，總有一天我們會結婚，也許很快也說不定。」

終於，法蘭西斯嘆了一口氣，從桌邊站起身。「你在浪費自己的生命。」

她把手中的馬克杯放好，就像他那樣，然後表示那是她的生命。此外，他有什麼立場告誡別人關於浪費生命的事？只因為莉娜寬恕的本性，他此刻才能坐在這裡，坐在她的面前。

法蘭西斯把她的話暫時擱到一邊。

「你認為一個人在那樣的家庭裡成長，能絲毫不受到影響嗎？你現在還看不到，凱特，但是，那不代表影響就不存在。我向你保證。婚姻很長久。所有的縫隙都會受到測試。」

「這點你很清楚的，不是嗎？」凱特說。

法蘭西斯給了她一個警告的眼神。她也回視著他。

「為什麼是他？」

「因為我愛他。」

「光是愛還不夠。連邊都沾不上。」

「對我來說已經夠了。對他也是。」

法蘭西斯笑了笑，然而，笑容裡卻沒有絲毫喜悅。「你完全不知道自己在說什麼。」

凱特站在原地，試著不要做出任何反應。在芸芸眾生當中，他怎麼敢對她說愛是什麼。窗台上擺了一排果醬罐子，裡面裝滿了土和種子。法蘭西斯站在那裡，凱特可以看得出他身上的牛仔褲吊在他的臀部上。就連他的肩膀似乎都比以前更窄了。他的襯衫前面沾了一些麵包屑。她不禁感到好奇，就像她偶爾會覺得好奇一樣，為什麼他從來都沒有回去過愛爾蘭，為什麼他從來都沒有帶她們去過，在她出生以前，他是怎麼過了一輩子的。她向來都為他感到有點難過，在他還那麼年輕的時候，就永遠地離開了他的父母，但是，她現在看到離鄉背井為他帶來了多大的自由，因為沒有人在他身邊告訴他要怎麼做。

「你可以反對，爸爸，但這是正在發生的事實。我愛他。你可以參與我們的生活，也可以不要，隨便你。他可以繼續和那些鐵工在一起工作，或者可以去上法學院，或者做其他的事情。他想當警察，不過，其實我根本不在乎他最後是不是只能當個挖水溝的工人。」

法蘭西斯嘆了一口氣。他把製冰盒從冰箱裡拿出來，扭轉著盒子讓冰塊鬆動。然後一顆一顆地把冰塊丟到果醬罐子裡。當他結束之後，他依然面對窗戶站著。

「我告訴他們儘管去做，把他列在下一個班級的名單裡。我告訴他們，他是個好孩子，好學生，雖然他的父母很讓人擔憂。我告訴他們，我對這件事完全沒有意見。」

凱特很快地站起來，快到她的椅子往後退開，直接翻倒在地板上。

「我告訴他們，那天晚上發生的事都不是他的錯。我告訴他們，他在學校裡表現得很好，諸如此類的事。那些都是你當時告訴過我的，就是媽媽動手術的時候。他是賽跑選手，而且還拿到了獎學金。當然，那些事他們早就已經知道了。」

「那你是原諒他了？你沒有怪他？」她想要展開雙臂抱著他，就像她十歲的時候那樣。「你不怪我？」

法蘭西斯轉過身。「我從來都沒有怪過他。他當時才十四歲。我為什麼會怪他？而我又怎麼會怪你？你不明白眼前的問題在哪裡。一點都不明白。」

然而，凱特知道，不明白的人是他。現在，一切都會沒事的。他們經歷過一段痛苦的時光——葛雷森家、史坦霍普家——然而，看看現在的他們。看看生命可能會出現多麼有趣的發展。凱特的腦子裡立刻就浮現了彼得在感恩節、聖誕節、在所有的節日裡，出現在傑佛遜街上的畫面，他和她的姊姊們一起坐在沙發上，起身幫她們再沖一壺咖啡，從聖誕樹底下拿出禮物，然後一一唱名。也許還有喬治、蘿莎琳。看看一件恐怖的事最終出現了快樂的結局。他們的故事經得起時間的考驗，雖然命運多舛，不過，卻沒有悲劇性的結局，沒有留下致命的傷害。

「我還是會擔心她，」法蘭西斯說。「你母親也是。現在，她已經一個人生活了，不過，我們並不知道她的近況。」

「你是說彼得的母親？他甚至沒有和她見面。他從來都沒有提起過她。她已經無關緊要了。」

「無關緊要？凱特。親愛的。她是把他生下來的人。她永遠都很重要。」

凱特不想去記起萬聖節那天，在Dunkin' Donuts洗手間門口出現的那個女人，她的臉色蒼白，神情憔悴，眼神裡明顯地帶著一股瘋狂。她不想記起在那之後她曾經瞥見過的畫面——安．史坦霍普坐在一輛停靠在一〇三街的車裡，車子的引擎已經熄火，她的腿上放了一杯開心果的果殼。凱特在經過的時候拉上了她的兜帽，快步走過彼得的公寓，然後從兩條街之外的那家泰國餐館打電話給彼得，要他到那裡和她碰面。還有一次在里佛塞德公園，那裡是彼得喜歡去跑步的地方，她穿著一件對她來說顯然過大的笨重外套，站在一棵樹旁邊。在彼得抵達他們相約的地點前，凱特看到了她。彼得一身的汗水在冰冷的空氣裡反射出微微的亮光。「你還好嗎？」他在見到她時問道。

「我沒事。」凱特說著，回頭望了一眼，隨即抓住他的手臂，把他帶向河邊，指著紐澤西這頭、沿著河畔一路微光閃爍的聖誕節燈火。那個曾經想要傷害她的女人就在這裡，那個曾經把她父親傷得那麼嚴重的女人，以至於凱特從小認識的那個父親因此消失了，取而代之的是一個新的父親，一個她經常不認得的父親。而她第一個父親從此就沒有回來過。她一等再等，然而，在那個事件過後，他再也沒有回來，沒有完全回來，而那都是安．史坦霍普的錯。凱特應該要害怕那個女人。她知道她應該要感到害怕，然而，她並不害怕，至少不像她父親所說的那樣。

最近一次是在凱特的公寓附近。彼得到鎮上的另一頭去了。安坐在匈牙利糕餅店外面的一張長凳上，陰沉著臉看著過往行人。當凱特抵達對街街角的時候，她抬起了目光，彷彿感測到了她在那裡一樣。凱特準備往後退，準備逃開，然而，她最終決定了，不，我不要逃，並且感到了一股彷彿憤怒的感覺湧上喉嚨。四條車道將她們隔開了——兩條往北，兩條往南——在綠燈亮起之前，凱特就開始走過馬路。她舉起手臂擋住了來車，在那一刻，她可以體會到摩西在阻擋海浪淹沒他的時候是什麼感覺。

當安從長凳上站起身時，凱特覺得自己的勇氣消退了，不過，她抬起下巴，繼續往前走。她盡可能地挺直身體，好讓自己看起來似乎更高大，就像那天晚上，她父親走到隔壁家門口時那樣。陽光很冷冽，她看到排水溝上的薄冰裡卡著菸蒂、糖果紙和一支筆。

「你想幹什麼？」凱特走近到安可以聽到的距離時開口問道。地鐵的入口就在幾步之外。如果必要的話，她隨時可以消失在那裡，然後在市中心另外一個地方重新出現，對她自己和彼得假裝她從來沒有見過安。她可以搭計程車回家，然後一整個星期都避免再到這個角落來。

「我想要和彼得說話。」安回答她。「我覺得你可以幫我。」

「我？你要我幫你？」凱特笑了，但她的笑聲聽起來彷彿結塊和噎住了一樣。「你還真有膽子。你知道嗎？」凱特向安走近一步。

「離他遠一點，」凱特低聲地吼道。「也離我遠一點。他不想要見你。」

安吸了一口氣，彷彿想要說什麼，不過，凱特已經走了，再一次闖紅燈地走過了馬路。

# 聚集

# 15

他們的鄰居吉寇尼先生在安十二歲時對她做的事，一直持續到了她十六歲前往英格蘭為止。他會帶著一把緞帶，或者一件需要修補的衣服來找她，問她是否可以幫忙他年紀還小的女兒們。他說，他對於綁蝴蝶結和髮辮束手無策。吉寇尼太太死於胃病的那年，安的母親也穿著衣服和鞋子走進了季里尼海灘洶湧的海水裡，那是一九六四年聖誕節的前三天。她留下了一只珠母貝的胸針和幾英鎊的鈔票在他們家的壁爐架上。吉寇尼先生第一次找上她，是在他們剛經過標示著吉寇尼屬地的那塊石牌時，吉寇尼先生對她說：「在這裡停一下，安。」隨即抓住她的肩膀和臀部，用力將她往上拉到他身上。那有點像是一個擁抱，只不過安並沒有回抱他，他渾身發抖，將她抓得越來越緊，直到那份顫抖變得更加劇烈。有什麼事情發生在了他的衣服底下。

「你女兒們在等我們了。」安在他終於放開她的時候說道，在滿心的困惑中——她覺得暈眩，頭重腳輕，雖然她不知道發生了什麼事？也許沒什麼——她大步走過一片蕁麻叢，感覺到小腿彷彿著火了。

當她到英格蘭的時候，她交了一個名叫布莉姬的朋友，並且在認識一陣子之後告訴她關於吉寇尼先生的事，那是如何開始的，以及他是如何從抓著她的衣服，到要求她跟著他走進穀倉裡。

「可是，安，你為什麼要去？你想不出任何不要去的理由嗎？」布莉姬問她。「在我的家鄉，有個開店的男人就像你的吉寇尼先生一樣，而我總是告訴他說，我母親在等我回家。她隨時都會出來找我。然後我就跑掉了。」當時，她們坐在倫敦郊區一所學校的矮牆上，兩人都是醫院的助理，兩人都來自愛爾蘭，都和一群她們在報紙廣告上找到的其他愛爾蘭女孩住在一起。

我為什麼要去？安很好奇。這是個好問題，也是一個即便過了四十幾年，她也沒有答案的問題。有一次，她差點就叫她妹妹代替她去，她妹妹比安小一歲，不過，在某些方面似乎比安要年長，安曾經在校園裡聽說她有個男朋友。吉寇尼先生一如往常地來到他們家門口，不過，安並沒有像平常那樣立刻穿上她的開襟衫，反而說她覺得不太舒服。「伯娜緹可以去。」她說。她父親把收音機的聲音關小，揉了揉他緊皺的眉頭。正在摳指甲的伯娜緹驚訝地抬起頭來。彷彿學校裡演的啞劇一樣，所有的事情突然停止了一兩秒鐘。不過，就在伯娜緹或吉寇尼先生做出反應前，安又說：「可是，那些女孩們現在已經習慣讓我幫她們了。」當她回到家的時候，她父親習慣性地問起吉寇尼先生的女兒們狀況如何，當那件事開始的時候，其中兩個小的還包著尿布。伯娜緹會泡茶，然後坐在角落裡，晃著兩腿等待時間過去。有一次，她幾乎就要告訴他們這件事，那是吉寇尼先生第一次把手伸進她的衣服底下，那隻冰冷的手那天早上才剛接生了一隻小牛，然而，她的父親只是喝著茶，聽著收音機，接下來，她就看到她父親收拾起他的菸斗，又走了出去。望著他穿過他們家的小院子走向牛棚邊的小徑，她知道就算自己告訴他，情況也不會有任何的改變，這件事只會像空氣般地存在他們之間，不會受到討論，一如她母親的死一樣。伯娜緹也跑出門，去和正在走向他們家的同學聊天。

安在告訴布莉姬之後幾乎立刻就後悔了。告訴她，把這件事帶到英格蘭，讓她心中的英格蘭受到了糟蹋。當她在兩年後前往美國時，她知道自己將會聰明一點。她不會把任何和愛爾蘭有關的事帶到美國。她會在紐約市開始她的訓練計畫，她會買幾件新襯衫，會把她的髮型剪得像賈桂琳．甘迺迪那樣，並且從此再也不會想起愛爾蘭。

然而，在被迫和醫生們同坐在一間房間裡的那些年裡，不管是一開始那間比較好的醫院，還是後來那間不太好的醫院，她都學到了一兩件事。她知道了一個人的人生之初是最重要的，生命就是因此而變得頭重腳輕。若否的話，導致她被關在醫院的事件明明是新近才發生的事，但為什麼醫生們卻要一直追問那麼久以前的那件事？在她離開的那天，她就已經把愛爾蘭拋在身後了，然而，它依然在那裡，依然在她身後，就像一個影子一樣地跟著她，從一個地方到另一個地方。她開了好幾個小時的車，一路沿著紐約州的高速公路南下，就為了看一眼她多年未曾交談過的兒子，這個開車的身軀，依然是一九六七年穿越過聖戴夫納那片高草的那具身軀。也是生出兩個小男孩的那個身軀，也是當吉寇尼先生在她耳邊吐著熱氣時，那具僵如木板的身軀。

兒時的生活也對彼得造成了影響，無論他是否已經意識到了這一點。在吉勒姆的那些年裡，那些在家裡必須要小心翼翼的歲月，都在他生命的某處留下了烙印。

———

有幾個月，安會盡可能地每個月南下三次、每次開上四個小時的車，去看看彼得的狀況，然後連續六個小時，或者八個小時，甚至十二個小時都待在車裡等待。當她等著瞄到他一眼時，她會打開收音機，聽著名人的訪談，或者如何用鹽水浸泡火雞，又或者當她發現自己的車子被淹在水裡時該如何自救。在那些行程中，如果遇到天氣特別好的時候，她會把車子停在帕利塞茲的瞭望台上，然後坐在長凳上，凝視著遼闊的哈德遜河。每當她需要讓自己的腦子從彼得的事情上透一口氣時，她就會強迫自己想起其他的事情，就像一具引擎釋放掉些許的蒸汽一樣，於是，她會想像河流兩岸過去曾經有過的荒涼。她會想像對亨利·哈德遜而言，這會是什麼樣的感覺，這會是多麼地嚇人、多麼地令人激動，特別是多麼地讓人沮喪。事實上，有時候，四百年似乎是一段難以計算的時間，不過，有時候，四百年卻又像沒什麼一樣。一名曾經在大學裡工作的老人之家病患，有一次告訴她關於人類共通祖先的故事，他說那是一名活在三百多萬年以前、名叫露西的女子。比較起露西，亨利·哈德遜第一次航行在哈德遜河北段似乎才是昨天的事。而比較起亨利·哈德遜第一次沿河朝北航行，安和彼得共同生活在一個屋簷底下的日子，則好像一秒鐘以前才發生的事而已。或者更短。

有幾個月的時間，她完全沒有去看他，而只是告訴自己說，她已經看到了她想要看的了——他很健康，他很快樂——是時候不要去理會他了。她告訴自己，只要知道他在哪裡就已經足夠，然而，每當幾個月過去之後，那股毫無目標的煩躁就會再度升起，就像多年以前還在吉勒姆的時候那樣。凱特·葛雷森只是一個固執的普通女孩，就像其他一百萬個女孩一樣。她特別漂亮嗎？沒有。她特別聰明嗎？安很懷疑。那又是什麼呢？當她不停地糾結著這個問題時，她內在的齒輪就開始更快速地旋轉。他可能可以念一所更好的大學。他可能可以成為醫生或參議員，那樣，她就可以看著他，同時回首自己在愛爾蘭的生活，如此一來，她就能夠看出離開愛爾蘭所帶來的巨大差別。然而，她大老遠來到美國，養了一個當上警察、又愛上一個普通女孩的孩子（這實在太愛爾蘭、太典型了），這有什麼意義呢？當她不斷地想著這些事情時，她就無法入睡，只能盯著天花板看。

至少，她以前還可以讓彼得待在家裡，如果她不希望他和凱特見面的話。然而現在，凱特就在那裡，雙臂交叉，一直都阻擋在他們母子之間。

她試著要放手，試著要呼吸，讓這些思緒在她的腦子裡平靜下來，但是，彼得並沒有看到凱特扭曲的那一面——那天早上，在萊辛頓的匈牙利糕餅店外，她那張盛怒漲紅的臉，彷彿一張摘下來的面具，安不禁在想：沒錯，這就是你真正的面目——然而，那就是男人和女人自開天闢地以來的故事。他們從來不曾看清楚彼此，直到為時已晚。不過，她雖然這麼想，但凱特那樣大踏步地走到她面前，那樣地直視著她的臉、叫她離他們遠一點，那樣的態度卻也讓她覺得有其令人讚賞之處。那天，安看得出來她愛他。她愛他勝過她生命裡的一切。而且，她是那麼地兇悍。也許，她遠遠超過了安給她的評價。

如果她沒有勇氣接近彼得，試著再度和他聯繫，那麼，她像個跟蹤狂一樣地看著他又有什麼意義？她知道這就是問題所在，她不需要奧立佛醫生來問她這個問題。不可思議的是，凱特幾乎總是能看到她。彷彿她知道安就在那裡，只要她一踏出門，她就開始張望著找尋安的身影。當然，也許她每天出門的時候，都帶著安所看到的那副狩獵的神情，不過，安還是覺得她好像都知道。

他們住在一起了。他們搬到了字母城一間昏暗的公寓一樓。有好幾個月的時間，她失去了他們的蹤跡，不過，那個偵探找到了他們的下落。一天下午，當他們兩人都不在家的時候，透過裝有鐵窗的窗戶，安看到了水槽裡的盤子，門邊一只垃圾桶裡堆了一落的空瓶，流理台上還有兩個麥片盒子。

到了二〇〇一年九月十一日的時候，她已經有好幾個星期都沒有南下了。根據新聞報導，她沒有理由要立刻開車到南部去，因為，她完全無法接近他，開車開不到，大眾運輸也到不了，因此，她索性在家守著那台她終於買了的電視，然後試著從新聞畫面裡那一群想要弄清混亂場面的警察中，尋找出他的臉孔。他沒有死。如果他死了的話，她肯定會知道。她依然想聽到他的聲音。因此，每隔幾個小時，她就走到派瑞街的公共電話，用一張預付卡撥打著他的號碼，那是一個座機的號碼，不過，電話只是不停地響。終於，在九月十三日，他接起了電話。

「彼得？」她在他應聲的時候叫了他的名字。

「我是？」在一陣微微的遲疑下，他回答道。他聽起來很疲憊。他等了又等，等了又等。她想要說，不要去那個現場。讓別人去就好。新聞報導說，有瓦礫鬆動了，還有物品從高處掉落下來。

當她掛斷電話時，她可以聽到他在電話那頭呼吸的聲音。

大約在他們同居一年以後，安看到凱特的肩上吊著乾洗的衣服，從街角走過來，當她遇到一名看似認識的女子時，她向那名女子招了招手。一分鐘以前，她看起來還那麼嚴肅，而現在，她卻容光煥發，對著那名正在說話的女子頻頻點頭，任憑肩上的乾洗袋刷過骯髒的人行道。當她掏出公寓大樓的鑰匙時，她仍然低著頭在微笑。緊接著，彼得出現了，並且在發現凱特並沒有看到他時，開始偷偷摸摸地靠近她。他躡手躡腳地來到她身後，一把攫住了她的腰。安的心臟瞬間在胸口縮了一下。

結婚了，安知道。她試圖要好好看他，看他的左手，彷彿只要仔細看，她就可以得到她渴望知道的細節。葛雷森家都出席了嗎？喬治？他們舉行了盛大的派對嗎？彼得在一大清早獨自外出。當彼得幾天不需要工作的時候，她總是可以看得出來，因為彼得的鬍子會突然變濃變多，就像布萊恩以前那樣。她跟著他到公園，看著他漫不經心地做了幾個仰臥起坐，然後就放棄地坐在冰冷的柏油碎石跑道上，隨即又躺平，手臂和雙腿呈大字形地攤開。自從她在那個萬聖節的晚上第一次看到他以來，這幾年裡，他稍微變壯了一些。他瞇著眼睛望向天空，過了一會兒之後又閉上雙眼，讓他吐出來的氣息像炊煙一樣地從他的嘴裡往上升。她已經很久沒有看到他跑步完之後的模樣了。

凱特的工作時間很奇怪，不管她做的是什麼——她曾經通勤到皇后區去上班，不過，她現在改為搭乘地鐵到第二十六街。彼得的工作時間則是每週輪班，有時候，他才回家，凱特就要出門了，然後，他們會在公寓大樓的警衛門邊駐足，擁抱著彼此，聊著安聽不到的一些話。

他們在二〇〇四年搬出了那間公寓。從他們匆忙的神色和在大樓外面商量事情的模樣，她感覺到發生了什麼事，在那之後，她又南下了幾次，卻完全不見他們的蹤影。最後，她終於鼓起勇氣，再次從他們的窗戶往裡偷看，不過，卻在對視到一名男子的目光之後，很快地縮了回來。

那名打著赤膊、正在屋裡做飯的肥胖男子走到窗戶邊上。「看到什麼你喜歡的東西了嗎？」

安沒有退卻，只是問他：「以前不是有別人住在這裡嗎？」

他大笑道：「也許吧，是啊，不過現在住在這裡的是我。」他把她從頭到腳打量了一下。「你要進來嗎？」

安立刻轉身離開了。

---

那些年來她一直求助的那個私家偵探已經不再執業了，因此，她必須再另找他人。新的偵探給了她一個位於花卉園地區的地址，還有一張照片，照片裡是一棟看起來宛如薑餅屋的都鐸式小建築。他也確認他們已經結婚了。那棟房子，他們只付了百分之十的頭款。

「那個街區看起來怎麼樣？那附近？」這個改變是一個震撼，雖然，她從來就沒有預期過他們會一直住在那棟陰森的公寓裡。

那名偵探聳了聳肩。「你想要知道什麼？」

「我不知道。」安回答。

接下來的好幾個月裡，她都沒有再去找他們，而只是在地圖上研究著花卉園，把她需要走的路線記在腦子裡。轉眼來到了二〇〇五年，她依然無法想像他的住處並非他們在吉勒姆的房子。最後，她開了三個小時的車來到那座城市，穿過一座橋，抵達了長島。當她看著路牌時，她想起多年以前，她曾經和布萊恩在結婚前到過長島的一處海灘，也許是他們第二次或第三次的約會。她早就忘記了這件事，然而，突然之間，她似乎可以看到布萊恩坐在沙灘上，告訴她可以去游泳，他會坐在那裡看著他們的東西，這樣就不會被人拿走了。他說，在美國，在紐約，一定要有人留守站崗。

那是一棟很小卻很可愛的房子，屋簷和灌木叢上都有一些積雪，屋裡透出溫暖的黃色燈光。車道上有著斑駁的裂痕。她環顧四周，看著她兒子每天早上踏出那扇門時一定會看到的景象。安關掉引擎，望著彼得可能留下的痕跡，彷彿她可能會看到他的那輛舊腳踏車。不出多久，她看到了凱特走過一樓的一扇窗戶，窗簾是打開的，室內的燈光照亮了她，讓她清楚得就像站在舞台上一樣。她似乎在整理房屋，手臂上還有待洗的衣服。她再度走過窗前，安這才看清楚凱特抱在胸前的並非一疊換洗的衣物，而是一個嬰兒。

她花了一點時間才把一切都兜在了一起：那也是彼得的孩子。

她走下車子，站在可以被陰影完全遮擋住的地方。凱特・葛雷森和安自己的小孫子。一個全新的人，從無到有。安想起了彼得還在襁褓中的時候，他這麼快就長大了。他曾經連移動都無法移動，然而，有一天，他就突然會站了。又有一天，他會走路了。接著，他似乎就已經學會了他這輩子所有應該要認得的字。

幾輛車子駛過，每一次，安都避開了車頭燈的照射，並且發誓只要彼得在那一刻回來，她一定會走上前去。現在，這變得更重要了。這麼多年以來，她第一次想起了她的父親。在彼得出生以前，他就已經死了，不過，如果沒有安的存在，沒有她父母的存在，沒有她父母的父母存在，沒有她的祖先們一開始的存在，這個住在名為美國長島的小人兒也不會存在。她想起了她父親沾滿泥塊的靴子，想起他在院子裡吐痰的樣子。她想起他曾經在桌面上掉滿菸絲，想起它們會如何地在地板上留下痕跡，如果她沒有立刻清掃的話。她想起當她在一個週四宣布她的計畫，並且在週六早上就啟程前往英格蘭的時候，他和伯娜緹一定感到了無比的寂寞。

她想到她的母親，想到她母親那個小小的身軀裡，也可能承載了許多。驀然之間，她在憂慮下感到了一陣冰冷。

路過的車沒有一輛是彼得的，也沒有人走到屋外來，最終，天空出現了縷縷的晨光。

---

當她發現那個孩子、並且離開花卉園時，她已經打算很快會再回來。她已經不再被要求必須去見奧立佛醫生了。她應該要在靠近他們的地方找一份工作。如果凱特要去買東西的話，她就可以過來，待上一個小時，幫他們照顧孩子。她想到她公寓裡寥寥無幾的東西，如果她想的話，她可以在一個小時之內就打包好。然而，當她停好車，走上通往她公寓的台階時，她知道凱特永遠

也不會讓她去照顧那個嬰兒，她的孫子。在一陣平靜的心情下，安無法責怪她。一個小時以前，她才想要回到自己的公寓，在最快的時間裡打包好，然後立刻再驅車回去找他們，但是現在，她發現那個嬰兒會讓一切變得更困難。她知道時間正在流逝，她當然知道，不過，她認為等到時機成熟的時候，她終究會回到他的生活，從他們斷了線的地方重新開始。他結婚了，沒錯，不過，他娶的是她也認識的凱特．葛雷森。然而現在，他們有了孩子，那表示他在他的生命裡又往前走了一步，而她根本還來不及了解他。她估算著。他已經二十八歲了。在這個孩子之後，也許還會有更多的孩子。她因為沒有參與他過去的生活而感到痛苦，然而，錯過他今後的生活將會讓她更難以承受。

每隔幾個月，她就開車南下到花卉園，但是只有一次瞥見了彼得，而那一瞥十分短暫，幾乎不算真的看到了。在他們的車庫門打開的時候，他出現了。他抓著垃圾桶把手，把垃圾桶沿著車道拉到了路邊。他似乎很疲憊，憂心忡忡。他抬頭看著房子的屋頂。揉了揉眼睛。然後把手插進口袋裡，掏出一串鑰匙，坐進車子裡，開著車走了，留下敞開的車庫門。她的孩子，在這個成年男子的身體裡。她緊緊地抓住方向盤，以至於她的手指在鬆開方向盤之後痛了很久。

其他時候，她只看到了凱特。凱特和那個已經開始學步的小嬰孩。那是一個男孩。有著棕色的捲髮。在她的懷抱裡扭動著。然後，在那個男孩開始走路之後沒多久，凱特在匆忙之間坐進車子裡時，手臂裡又抱了另一個嬰兒。即便當車道上停著兩輛車，讓安相信他一定也在屋裡時，安所看到的卻永遠只是凱特在亮燈的不同房間裡穿梭，說著安聽不到的話。「那些孩子是我的孫子。」她會一再地對自己這麼說。過去，她雖然難過，卻多少還算放心——他過得還可以，畢竟，他有一份工作，即便是當個警察；他有一個伴侶，即便那個伴侶是凱特．葛雷森——然而，自從第一個嬰兒出世以後，她就感到了不安。

她看到了喬治兩次，雖然他看起來和過去並不一樣，不過，一直到第二次，她才弄清楚了他是誰。他看起來比以前高，也比以前年輕，雖然那並不可能，可能嗎？從他走在他們屋前那條小路的姿態看起來，他來這裡的次數一定已經多到連他自己都數不清了。

---

這些事情想起來實在讓人難以承受，因此，她在薩拉托加找了一些事來讓自己分心。她每週都到食物銀行當志工。她幫去度假的人在鎮上遛狗。她試著在圖書館讀故事給孩子聽，不過，孩子們似乎都急需關注，而更傾向於告訴她關於他們自己、關於他們的寵物、他們的兄弟和祖父母的故事，而對她所讀的故事興趣缺缺。她持續追蹤著她孫子們的年紀，雖然，她並不知道他們的生日。每當她在幾個月沒見到他們之後首度再看到他們時，他們看起來彷彿又長大了不少。有幾次，她覺得一路開回北部實在太累了，因此，她就在傑里科．特派克的汽車旅館過夜。有一天早上，當她正朝著彼得家而去時，她看到彼得開著車從對向車道駛來。陽光照耀在他的眼睛上，讓他根本無法看見她。

那些孩子們長得像誰？不像彼得。也不像凱特。大的那個看起來大概八歲了，小女孩也許六歲。春天的時候，他們彷彿脫皮一樣地脫掉衣服，把外套和毛線衫扔在了灌木叢和台階上。天暖的月份裡，他們就打開側院裡的灑水器，穿著他們的泳衣和安在同一條街上看到過的幾個小孩一起玩水。他們見過他們另外兩個祖父母了嗎？她很好奇。他們當然見過了。他們叫莉娜・葛雷森什麼？她不知道。她懷疑彼得和凱特是否曾經提到過她。她已經可以想像他們可能會怎麼敘述那個恐怖的晚上所發生的那個故事。或者，他們也許會選擇簡單的方式，直接告訴他們說她已經死了。每一次她把車停在路邊，熄掉引擎時，她都告訴自己，經過了這麼多年之後，那一刻終於來到了，她現在就要走上前去，按下門鈴，說她對於一切感到很抱歉，是時候讓他們再一次認識彼此了。她會不斷思考、不斷和自己辯論怎麼做才是最好的方式，然後，她會決定：下次吧。一次、一次、又一次：下次吧。

---

之後，二〇一六年六月下旬，暴風雨的氣息一路跟著她來到了他們的那條街。一如往常地，她在經過他們的房子之後，又駛過了幾棟房子才停下來，讓車子幾乎躲藏在他們鄰居低垂的樹枝底下，然後把後視鏡調歪，好看到他們的前門。時間已經來到黃昏。她很快地算了一下，就像她每一次來到這裡停車時那樣。彼得三十九歲了。凱特還有幾個月也要三十九歲了。安把收音機的聲音關小，打開她的三明治，就著僅剩的一絲天光，看著他們的房子。等到天色全黑時，她下車走了一小段路好伸展她的雙腿，同時也藉此再走近一點，她把身上的初夏薄毛衣兜帽拉起，以防他們可能走到屋外。她看著他們的車子、他們的花床，以及他們披掛在陽台欄杆上晾乾的海灘毛

巾。他在裡面。他的車就停在車道上，凱特的車則停在他的車後面。主幹道上投來一道燈光，安立刻加快了步伐，壓低了頭，讓下巴幾乎垂到胸口，然後轉過身去。那輛車在彼得家外面慢了下來，安等到自己完全脫離可見的範圍時，才蹲下來佯裝在繫鞋帶。也許可能是他，有人送他回家。不過，當她回頭看時，她看到的不是彼得，而是另外一個熟悉的人，雖然，她花了好幾秒鐘才認出了他。

「法蘭西斯．葛雷森。」她低聲地對著知了、對著開始噴水的自動灑水器說道。她看著法蘭西斯越過草坪，看都沒有看腳下的步道一眼。她企圖要看清楚他的臉，看看她對他的臉所造成的傷害，不過，在這樣的光線下，她怎麼可能看到。她看著他在他們的門上敲了三次之後直接推開了門。一定發生了什麼事。

當她回到自己的車上之後，她不再透過後視鏡，而是直接在駕駛座上轉過了身，讓背脊抵在方向盤上。她看著那棟房子，看看法蘭西斯是否會再度走出來，或者彼得、凱特，看看她是否可以看得出來發生了什麼事，是誰出了問題。他臉上的表情就如同多年前的那個夜晚一樣。千萬不要是那些小孩們出了什麼問題才好，她祈禱著。

她等了又等，等了又等，但是，那棟房子什麼訊息也沒有透露出來，那扇前門也依然緊閉。看來，他可以開車了。他的姿態也很好，他走路的模樣有點奇怪，在他甩動一隻手時有一種說不上來的感覺，不過如果不仔細看的話，一般人也許不會注意到。她記得，有一次他抱著她走過她家的前院，一路上樓走進了她的臥室。他是如何在不把她放下來的狀態下打開房門的？

她一定是打瞌睡了，因為，當她醒來的時候，整個社區籠罩在一片午夜的靜謐裡，除了那道很清楚的敲擊聲——一、二——來自於她的車頂。

她睜開眼睛，首先，法蘭西斯．葛雷森的車子已經不見了。接著，她稍微轉身，立刻就發現凱特．葛雷森的臉出現在駕駛座的窗框裡，在她睡著之前，她把車窗搖了下來，好讓空氣流通。那晚實在太熱了。

「我的天哪。」安一手按在心臟上。

「我無意嚇到你。」凱特說。

安不禁懷疑，每當自己來到這裡的時候，她是否一直都知道，每一次都知道。

「我們得談一談。」凱特說。

# 16

那不代表她已經原諒她了，凱特告訴她自己。那不代表過去的事並不重要。那只表示她會嘗試一切可能有所幫助的事。

她想要知道一些事——關於彼得，關於彼得的父親，關於安，關於愛爾蘭，關於所有和彼得有血緣關係的人，這樣，她才可以確定地知道自己在面對的是什麼。也許，喬治可以幫得上忙，然而，每當他感覺到她要提出什麼問題的時候，他就會突然急著去洗手間、去開冰箱、去他的車上。不過，彼得會試著聽他說話。她曾經看到他們並肩坐在躺椅上討論著什麼。她曾經看到他悄悄地走向烤肉架旁邊的彼得。「我們聊的是工作上的事。」喬治總是在凱特開口之前就先這麼說。是天氣。是貸款。是男人的事。不過，當他看著彼得在他們的廚房裡繞來繞去，問他要喝什麼、要吃什麼的時候，他總是皺起眉頭。喬治在的時候，彼得喝的總是無酒精的歐杜爾啤酒，一罐接著一罐，彷彿下一罐就可以讓他止渴。

「喝瓶真的酒吧。」去年夏天，有一次喬治這麼對他說。當時，他們正在屋外的陽台上，孩子們也在抓螢火蟲。

「不用了，喝這個就可以了。」彼得回答。

「可是，你已經喝過酒了，不是嗎？在我們來之前？而且，等我們離開之後，你還會喝更多？」

「喬治。」蘿莎琳制止他。

「布萊恩以前也是這樣。」

彼得只是看著他，而喬治也直視著他，良久都不願意把目光挪開，久到凱特都感覺到不舒服，而不得不把頭轉開。

這是何時開始的？如果她能得知所有的訊息，也許，她就能想明白，及時找出關鍵的時刻，讓事情不會在應該朝某個方向發展時，卻朝著另一個方向走。她是個科學家。她的工作是解決問題。自從住在一起以後，他們總是會在一天結束時喝上一兩杯。如果他值的是夜班的話，他會在下班後回家睡覺，然後，也許在午餐過後喝一杯，讓自己熬到凱特下班回家。在曼哈頓的時候，他們一直很窮，每次去酒吧都支付不起超過兩杯的費用，因此，大部分的時候，他們都在家喝。等到當他輪值白班的時候，他們會在準備晚飯的時候喝上一杯，然後在吃晚餐的時候再喝一杯。等到他們年紀漸長，他們開始變得比較挑剔，也學會了關於酒體、掛杯和丹寧的常識。彼得也接觸到了龍舌蘭和琴酒。每當想起大學時代那些廉價酒帶給他們的滿足，他們就不禁大笑。到了二十歲後期，在週一或週二晚餐時配搭上一杯紅酒，會讓凱特有一股優雅、深具品味的感覺，也讓凱特經常想到她那幾乎每餐都要搭配一杯可口可樂的母親。

對於嚴謹的研究和達成複雜而合理的結論，凱特都可以勝任無虞。從大學的有機化學課開始，世界在她的想像之中，就是一個永不停止的機器：攪動、研磨、把一個問題轉變成另一個問題。在她發現自己可能懷孕的那一天——透過簡短地估算日期，以及胸部快要擠出胸罩的事實——她坐到她最喜歡的那張會發出吱吱響的實驗室凳子上，擦拭過手臂，然後用牙齒咬住止血帶。首先，她做了一個定性測試：絨毛膜促性腺激素呈現陽性。這個定性測試告訴她，她大概懷孕七週了。隨即，她俐落地扔掉所有的東西，再把袖子捲下來，做著那天她該做的每一件事，除了多了一股被流星擊中的感覺以外。

大部分的時候，她的工作都是在幫某個看不見的宇宙找出它的輪廓，然後將之畫出來讓其他人可以看得到。她針對毛髮、纖維、體液、指紋、彈藥的殘留物、助燃劑、文件、土壤、金屬、聚合物和玻璃，提出法醫的分析。她表現最好的一天，是從一頂兜帽的拉環裡發現了一整個故事。還有一次，她靠著一小撮頭髮解開了一個謎團。那麼，她也同樣可以解決這個問題的，不是嗎？

---

在法蘭基出生後，凱特開始留意到，彼得在下班回到家時，是如何火速地倒了他的第一杯酒，是多麼急著把酒喝下肚，不過，她覺得也許自己只是嫉妒他還可以保有他們喝酒的舊習慣，而她卻總是要擔心著餵奶、擠奶和好好睡上一覺。一個男人在一天結束之際喝點酒並沒有什麼不對。她父親總會在看晚間新聞的時候喝上兩杯威士忌，每當看到被他墊在酒杯底下那本電視指南上的環形水漬，她都會感到一股安慰，因為那象徵著他安全回到了家。

那麼，隨著日子過去，酒瓶放在流理台上的聲音，以及第二杯酒被放在酒瓶旁邊的聲音，究竟是從什麼時候開始讓她感到了困擾？在她可以沉思的最佳時刻——獨自開車去上班的路上，或者全家人早上起床前的淋浴時刻——她會覺得自己並不公平，不應該對他喝杯酒感到生氣，而且一杯酒對他幾乎沒有什麼影響。她告訴自己，他比我高大，比我重了七十磅（約三十二公斤）。多喝幾杯對他也不會有什麼作用。他總是在晚餐後收拾廚房，幫忙替孩子們洗澡，讀故事給他們聽。當他們還是小嬰兒的時候，每當他們在夜裡哭了，他總是盡力撫慰他們。他會把一隻手放在凱特的臀上，要她繼續睡覺，然後，他會抱起法蘭基，兩年之後則是茉莉，搖晃他們或者幫他們餵奶，或者低聲地唱歌給他們聽。只是，兩個孩子從來都不會因此而安靜下來，直到凱特把他們抱在懷裡為止，然而，那並不是他的錯。

當茉莉快要一歲的時候，有一次，她在午夜時分開始嚎啕大哭，那顯然很不尋常。凱特筋疲力盡地翻身，請求彼得去把孩子抱起來，然而，彼得並不在床上。因此，凱特下床去看茉莉，試圖餵孩子母奶，當茉莉用那雙憤怒的小拳頭推開凱特的胸部時，凱特只好下樓去把奶瓶溫熱。等她下樓走到樓梯最後一階時，她覺得自己看到起居室的地毯上有團黑影，當她把燈打開時，她倒吸了一口氣。只見一瓶酒打翻在地上，米白色的地毯上被渲染出一片鮮血般的深紅色。「彼得。」她試著要搖醒他。她回想起那天稍早的時候：他下班回到家時喝了兩杯加了蘇打水的伏特加；他們在晚餐時一起喝了一整瓶葡萄酒，不過，事實上，凱特只喝了一杯而已，其他的都是他一個人喝掉的；晚餐後他喝了幾瓶啤酒，她不知道他喝了幾瓶；然後是這個，另一瓶不同的酒。雖然看似不多，不過，當她加總起來的時候，這個數量對一個週二晚上來說算是很多了，再加上他前一天晚上也喝了同樣的量，而隔天晚上也會再喝這麼多。其他人在家裡無所事事的時候會喝多少呢？她很好奇。

問題是，當他們出門和朋友聚會的時候，他並不會喝這麼多。沒錯，他會喝幾杯，不過頻率上就和其他人一樣。如果她提前告訴他，她希望回程由他開車的話，那也從來都不會有問題。他只有在家的時候，才會一直喝個不停。但是，他隔天總是可以起床去工作。他總是準時地出現在他應該要出現的時間和地點。他對孩子很有耐心，總是傾聽著他們永無止境的故事，當他用湯匙把搗成泥的食物送進他們的嘴裡時，也總是會做出鬼臉逗弄他們。如果一個人有問題的話，他肯定偶爾會請假不去上班。如果一個人有問題的話，他肯定無法和一個正在學步的小孩玩牛仔遊戲玩上整整一個小時。那晚，當她把厚厚一堆紙巾按壓在地毯上，盡可能地吸著潑灑出來的酒液時，她回想起最近工作上的一次屍體解剖。一名男子在五七號碼頭的一根木樁旁被發現，雖然屍體上沒有重傷的痕跡，不過，死因卻受到了懷疑。他的朋友說他沒有吸毒。他喝很多的精釀啤酒，因為他自視為啤酒的鑑賞家，不過他不喝葡萄酒，也不喝高濃度酒精的烈酒。在驗屍報告裡，法醫確認他的膽固醇過高，患有脂肪肝，並且有肝硬化。

「一個酗酒者，」凱特從文件裡抬起頭來說。「可是，他的朋友和家人說他只喝啤酒。你認為他是不是私下偷喝？」

「不盡然，」法醫帶著好奇的表情看著凱特。「他的前妻說，他一天會喝八到十瓶的啤酒，每天都喝。」

「但他沒有喝酒。」

「啤酒也是酒，凱特。」

「不，我知道。我只是——」但是，她不知道自己到底為什麼覺得困惑。

當她繼續用紙巾吸著酒液，繼續刮著地毯上的污漬，當她把茉莉的嚎哭聲阻擋在耳外，當她看著彼得躺在地毯上打呼，看著發出刺耳聲響的電視螢幕時，她不禁懷疑，事實上，她是否根本不知道有問題存在。

隔天，早餐的時候，她發現自己不知道要如何開始。當他在流理台等待著咖啡煮滾時，她輕輕地問他是否感到宿醉。她告訴他昨晚下樓看到那些污漬時，當下她還以為那是血跡。

「宿醉？」他重複著她的話，雙臂交叉在胸口。她可以感覺到他後頸上的寒毛豎了起來。

「你好像喝了很多。」

他再度出現了困惑的表情。她心裡明白他何以看起來如此。他喝的並沒有比其他的夜晚多，真的，因此，對他來說，這段對話聽起來不免過於突然。只有她感到了不對勁。當她在刷地毯的時候，她的心臟急遽地跳動，彷彿發生了什麼可怕的事情一樣。就像一個一直盤旋在他們身邊的模糊影像，終將會清楚地現身一樣。

「那個污漬還在嗎？」他問。「晚點我再用醋把它清掉。」這種實用的資訊是他知道的：試著用溫水和醋，再加上一點點洗碗精來清除紅酒的酒漬。

「現在用醋也許有點晚了，」凱特說。「不過，彼得——」

他看著她，彷彿他已經知道她要說什麼了。

「你最近喝得很兇。你真的有必要開那第二瓶紅酒嗎？孩子們今天得早點去保姆那裡。我得在八點前到實驗室。」

「我起床了，不是嗎？我說過我會送他們去，我就會送他們去。」說著，他壯碩的身體在她身邊打轉，時而伸手去拿他最喜歡的馬克杯，時而握住咖啡壺的把手。他說得沒錯：她知道她永遠不需要擔心。他會準時把孩子們送到他們應該要去的地方。

那次之後，凱特觀察得更小心了，而她的反應讓他更加謹慎了。他會在她醒著的時候少喝，然後在她入睡之後多喝。他在一天之內所喝的酒量，變成了他們心照不宣的問題，一個凱特默默計算著的問題。過去，她從來都不會去看他們的回收垃圾桶，但是現在，她開始注意了，而每個星期二早上，當她偷瞄蓋子底下時，映入眼簾的總是滿到要溢出來的空瓶。

有一次，他看到她掀開了回收桶的蓋子。他是從車庫裡看到的，也許是因為好奇她為什麼從她的車上下來。

她指著回收桶，然後站在車道盡頭對他大聲地說：「太多了，彼得。我知道你明白這實在太多了。」

---

生活裡有一種簡單的算術，二加二等於四。然而，慢慢地，隨著歲月過去，隨著孩子們年紀漸長、開始上學之後，她變得經常無法把事情兜攏在一起。夜晚的時候，他依然睡在她身邊，除了他輪值夜班的時候。他們依然在每個週日煎牛排，在每個週五吃披薩。他們依然會繞著同樣的路線在房子周圍散步，做著他們想做的事情，多多少少，不過，最近，她感覺到缺乏了什麼——她覺得是快樂——在她的內心深處，在那個她曾經感到盈溢著喜悅的地方。他們在結婚時對彼此

說過的話依然沒有改變，至少對她而言沒有。她想要工作，下班時回到有他在的家裡，聊著他們每天發生的事情，一起吃飯，一起上床睡覺。她想要在週末的時候看場電影，也許走遠一點去散步，也許外出晚餐，也許和朋友相聚。她希望可以把所有的事都對他說，而他也會把所有的事都告訴她。他們現在有些時候確實也還會這麼做。如果這些事情他們都可以做到，又可以付得起帳單，同時不用擔心每天工作都要早出晚歸的話，那麼，那就叫做生活。在凱特眼裡，那會是一種很棒的生活。她還想要什麼呢，不是嗎？她相信，如果他們提醒彼此說，光是這些小事就已經足夠的話，那他們就永遠都會過得很好。那也是他們誓言的一部分，多年以前，當他們在一個週二早上爬上市政廳的台階，成為那天第一對登記結婚的新人時，他們曾經發誓要過著簡單而誠實的生活，要永遠善待彼此。當彼此的伴侶。

然而，自從那些數學再也加總不起來之後，凱特經常會對某個問題感到困惑，那個問題是如此的抽象，感覺彷彿要用針把一片霧釘住一樣。

如果她在工作上遇到了麻煩，不知道該怎麼做的話，她就會把所有的數據資料都交給一個同事，以徵詢不同的看法。不過，把他的這個問題拿去徵詢意見，就意味著背叛了彼得，因為她把他的事情、把他們的事情告訴了別人。她不能告訴她的姊妹們、她的母親。她更不能告訴她的父親。每當她似乎對彼得稍有微詞的生活，她父親就會提醒她，她永遠都可以離開他，回到家裡來，她的臥室房門永遠都為她而開。孩子們可以睡在娜塔莉和莎拉的舊房間。

「你快樂嗎？」幾個月前，她母親曾經問她。當時，凱特帶著孩子們回到吉勒姆探視父母。如果可以的話，彼得總是盡可能不到吉勒姆去，而那個早上，他也一如往常地說他想要把家裡該做的事做完。他堅持說，去吉勒姆並沒有讓他感到困擾，看到他的舊家並沒有讓他感到困擾，他不介意看到他藍色的舊家被漆成了米色。也不介意他父親當年用水泥砌成的台階已經被石板所取代。而凱特也大可相信他所言為實，因為他所說的每一件事都很合理：那棟房子看起來已經完全不一樣了，他根本沒有任何連結感。而且，他住在那裡已經是很久很久以前的事了。然而，不管他是否有意識到，事實是，每次他們到吉勒姆，他的內心總有些什麼被掏了出來。那裡的人認出了他。他們在街上把他攔下，對他說很高興看到他，問他好不好，說他是個很棒的孩子，他們很高興看到他現在長大了，變成了一個幸福而有家室的男人。凱特不禁覺得，儘管發生了那些事，不過，他能在回來時受到歡迎是多麼美好的事情，一個本地人，永遠都是本地人，然而，當她看向彼得時，她看到的卻是一個勉強自己點頭、微笑、接受人們問候的彼得。從來沒有人問起他的母親或父親，有一次，當他對凱特表明，這就是他之所以覺得見到那些人讓他感到筋疲力盡的原因，因為每個人都在拐彎抹角，但是，凱特卻說，那是出於對他的尊重，因為他們不希望彼得認為他們把他和他父母混為一談。

有些退休的警察知道他當上了警察，當他們聽說他已經升為警監時，他們立刻就說彼得很幸運可以承蒙法蘭西斯．葛雷森的教導。凱特總是說，他們是為他高興。他們這麼說並沒有其他的意思。「我知道。」彼得總是這樣回答，並且否認這些說法為他帶來了困擾，雖然每次有人這麼說完之後，彼得總是在接下來的幾個小時裡，都無法專注聽其他人在說些什麼。他和法蘭西斯常常待在同一個房間裡，不過很少獨處。他們若非沉默地坐著，就是聊著市長、足球，或者把錢花在複合地板上到底值不值得。實木地板有什麼不好嗎？

到吉勒姆探訪的大部分時候，彼得都避免走出葛雷森家。有一次，莉娜要他到食物王國去買晚餐需要的東西，因為她忘了買——凱特和她的姊姊們正忙著切菜、攪拌和抹油——他立刻就臉色發白，無法動彈。「我去吧。」凱特說著，從流理台上拿起鑰匙，飛快地在他的臉頰上印下一吻。離開吉勒姆之後，他會連續好幾天都沉默不語。慢慢地，她開始自己回去。節日的時候，他們若非請家人到花卉園來作客，就是去凱特其中一個姊姊的家。

「你父親和我——我們覺得你最近好像不快樂。」莉娜對凱特說。

「我當然很快樂。」凱特不悅地回應。

---

那是一個星期六，當他第一次在白天醉醺醺地回到家時，她驚訝到大笑了出來，雖然她內心的憂慮越來越大。後來，她對自己的那個笑，以及那個笑所代表的意義感到了不安。當時，茉莉大概四歲左右，法蘭基則已經六歲了。他走路去五金行，說要去買聖誕節燈飾所需要的東西，結果那一去就是四個小時。當他回到家的時候，他叨叨不休地笑說，他在那裡遇到了某個人。他摟著她的腰，把自己的臉貼在她的脖子上。

「你喝醉了嗎？」她脫口而出地說。有什麼害處嗎？他遇到了某個人。聖誕節快到了。他走出家門、和其他人待在一起，這種感覺至少還算健康一點。在任何一個地方喝，都比大半夜在他們黑漆漆的家裡喝要好。

類似的事在接下來的幾個星期裡沒有再發生過。然而，過了一陣子之後，這種事發生的頻率越來越高，她也開始在他跑腿回來的時候到門口攔截他，這樣，她就可以先對他進行檢查，以免他和孩子們在一起時出現什麼奇怪的行為。有一次，她要他上樓，躺在床上不要下樓來，雖然當時才下午五點鐘而已，因為她的姊姊們要來，而她不知道要如何向她們解釋，因此，她乾脆就說他生病了。他曾經告訴過她，警察可以從一名駕駛謹慎的程度來判別他是否酒醉駕車，而不是從該名駕駛莽撞的程度來判斷。雙手握在方向盤上，絕對不會超速，直到——哎唷——那輛車偏離了雙黃線那麼一下下的時間。她想起他在晚餐前準備盤子的那些晚上——那麼地小心，那麼地慎重。或者當他問她白天過得如何時，那種小心翼翼的說話方式，那種字字清晰、連嘴型都絕對不會出錯的咬字方式。

———

之後，在一個尋常的星期四，彼得比平常晚了整整十個小時才回到家，凱特猜測，他估計是值了兩輪班，卻忘了打電話回家。他通常會在早上回到家的時候，在早餐的時間吃他的晚餐，因此，在餵完孩子之後，她從冷凍庫裡取出了一塊豬排解凍。等到她得出門上班的時候，他都還沒有回家，所以，她逕自出門，把他給忘了。然而，當她在下午回到家的時候，那塊肉卻仍然完好地放在流理台上的盤子裡，恐怕早就已經解凍很久了。當他終於回來時，他的襯衫下襬拉了出來，他的神色枯槁，整個人看起來比二十四小時之前要蒼老，她知道一定發生了什麼事。

「凱特，」他說著，幾乎跌跌撞撞地走進屋子裡。他兩手緊抓著頭髮，隨即把手伸向她。

「發生了什麼事？」她問。「快點告訴我。」

——

她父親那天晚上不請自來了。凱特和孩子們坐在情人椅上，看著一本法蘭基從學校帶回來的動物百科全書，假裝只有他們三個人在家，假裝孩子的父親還在工作。凱特讓自己的聲音保持輕柔，這樣，他們就不會知道她的心臟跳得有多厲害，不會知道她的手已經汗濕，她覺得自己就要呼吸困難了。她從書上抬起頭來，看到她父親歪斜的剪影投射在門口。她一定是嘆氣或者發出了什麼聲音，因為兩個孩子都好奇地盯著她看，而她得要繃緊了身體，才能讓自己不在他打開她家大門時哭出來。某個多事的老鳥打了電話給他的前副警監，那個人可能知道他們之間的關係？或者，也許他們經常會打電話給他，每個星期都向他報告。她可以想像當他告訴莉娜，他要在晚上一路開車到長島時，家裡出現了什麼樣的爭執。當他踏進她家環顧屋內時，他的那份冷靜，讓凱特在剎那之間不禁懷疑他來此是為了其他的原因。

「這是意外。」她努力的讓自己的聲音保持穩定。他和她一樣，都無法解決這個問題，不過，當他單膝跪到地上，對著孩子們展開雙臂時，她感到自己緊繃的神經都鬆了下來。

「爺爺！」法蘭基和茉莉叫著，跑向了他。

稍後，等她確定孩子們都睡著了的時候，她幫他泡了一杯茶，不過，他卻不願意坐下來。

「我們會弄清楚的。」她啜了一口茶，彷彿那是她生活中的任何一個晚上。

「總之，他在哪裡？」

「我不懂你為什麼大老遠過來。今天很不平靜。他已經筋疲力盡了。是的，他在執勤的時候開槍了。他對此很沮喪，可是，沒有人受傷。」

「是老天慈悲。或者運氣夠好。只是這樣。」

凱特同意他的說法，不過她沒有說什麼。整個晚上，她都在想像著萬一情況不同的話，萬一他打傷了某人的話，或者更糟。

「他怎麼了，凱特？」

「沒什麼。」凱特讓自己忙著將桌上的麵包屑掃進掌心裡。「我不知道你為什麼這麼大驚小怪。」

法蘭西斯看起來似乎受到了打擊。「萬一他殺了人呢？他在幹什麼？你知道，如果他擊中任何人的話，他的名字明早就會出現在各大報上面嗎？還會有人去市政廳抗議。他們會嚴厲地抨擊他。而且他們那樣做並沒有錯。他們完全沒有錯。」

「我知道，爸。可是，他沒有傷到任何人。」凱特坐在自己的雙手上，這樣，他就不會看到她的手在顫抖。

「他在哪裡？我要和他談談。」法蘭西斯在上樓親吻孩子們道晚安的時候，曾經往他們的臥室裡看了看。他也看過了起居室裡的那間小書房，他們在裡面擺了一張沙發。他也打開通往車庫的門，並且還開了燈查看。最後，當他看到地下室的門時，目光終於不再四下張望。

「不要去煩他。」凱特說。她漫不經心地擋住地下室的門，不過，法蘭西斯推開她，然後重重地扶在欄杆上，一步步地走下漆黑的樓梯。

「彼得。」法蘭西斯俯視著他。地下室的空氣很潮濕，電視轉到了似乎永遠都在轉播一九八六年世界大賽的那個頻道，彼得曾經告訴過凱特，那場比賽讓他知道任何事都有可能。他嘴巴張開睡得很沉。沙發和椅子之間還塞了一瓶打開了的酒。

法蘭西斯的目光掃過眼前的房間。「他這樣多久了？」

凱特拒絕回答他的問題。

「巴比．吉馬汀的兒子說，他們一直都在幫他隱瞞。」

彼得動了一下，又繼續打呼。

「那不是真的。不要把事情搞得更糟。」

「那是真的，凱特。」法蘭西斯用他那隻好的眼睛凝視著她。「你要相信。」

他們就像舊時代的電話接線生一樣，那些老警察。他們什麼都知道，什麼都會討論，而且從來都不會想像自己已經不再是警察了，即便就像法蘭西斯．葛雷森這種在十幾年前就已經把警徽交出去了的警察。她對她父親感到很憤怒，對那些人感到很生氣，但是，某一部分的她也知道，她生氣得越久，她就越久以後才會感到羞愧。

「他從來沒有在執勤時喝酒，」凱特說。「那是個意外。他把槍拿出來，就像其他人說的那樣，他覺得他被絆倒了。」

法蘭西斯把掌根壓在閉著的那隻義眼上。「他昨天出門去執勤的時候看起來怎麼樣？」

疲憊，凱特幾乎要脫口而出。那是下午的班，而那週每天的下午，她都會想：他今天一定會打電話去請假。然而，當她那樣想的時候，他就會一如每一天一樣地，在最後一分鐘走去淋浴。他會刮鬍子，從乾洗袋裡拿出一件乾淨的衣服。把二十盎司的咖啡倒進他的隨身馬克杯裡，然後出門。當她問他，他是否確定自己要去上班的時候，他有些惱火，隨即就從她身邊擦身而過走向前門，走向那輛閃閃發亮的黑色探索者，那輛車是他升遷後的配車，不過，他的狀況看起來確實沒有問題。然而，等她踏進蒸氣未散的淋浴間，像隻獵犬般地抬起鼻子時，她聞到了琴酒的味道。

「他看起來很好。」凱特回答。

「彼得。」法蘭西斯嚴厲地叫了一聲，然後俯身，抓住他的肩膀，用力地搖晃著他。這簡直就是狂妄自大。法蘭西斯如此認定。就像他父親一樣。他父親比他母親更過分。至少，他母親是因為本身的不對勁。也許是生病了。然而，這卻是一種自我犯罪，一個人相信自己可以逃過其他人逃不過的事情。

「我為他擔保過，」法蘭西斯低頭看著他說。「我說他值得信賴。」

「他是值得信賴。」

「事情沒那麼簡單。我知道。」

電話突然響起，凱特三階併成兩階地從地下室跑上樓去接電話，也順便逃開法蘭西斯想要說的話。是莉娜。她猜到了法蘭西斯去了哪裡，並且求凱特把他留下來過夜。「他的視力，」她說。「他絕對沒有辦法一路開車回來的。對向來車的頭燈會讓他只能看到一輪光圈。他自己也承認了。我真是不敢相信，他竟然這麼衝動。」

不過，當凱特掛斷電話看著跟在她身後也上了樓的父親時，他看起來似乎完全可以一路開車到月球。

「你沒有告訴媽媽說你要來這裡。你沒有告訴她發生了什麼事。」

「沒有，」法蘭西斯說。「我會讓你自己說。我只是很生氣。這些混蛋。」

「哪些混蛋？」

「彼得。所有的人。」

「哪些人？他工作上的人？還是他的家人？他被誰生出來又不是他的錯。我們又要回到老問題了嗎？還是我們也許從來都沒有放下過這個問題？」

法蘭西斯停下移動的腳步，轉而面對她。「你看到了嗎，凱特？你看到你自己向來的作法了嗎？」

他緊抓著自己的鑰匙，看了地下室的門最後一眼，然後告訴她，她隨時可以帶著孩子回到吉勒姆。他們當天晚上就可以和他一起回去，如果他們想的話。他看著地板，再次把掌根壓在他的義眼上。凱特心想，她很容易就可以把孩子叫起來，和他一起走出那扇門，幫他們扣上安全帶駛向吉勒姆，把他們安頓在那裡的床上——那裡的床單永遠都很乾淨清爽，那棟房子永遠都溫暖敞開——然後在早晨醒來，讓莉娜幫他們煮一壺燕麥。再晚一點，莉娜會把剝好皮的馬鈴薯放進一碗冷水裡，並且讓孩子們幫忙，她會告訴孩子們要如何握刀，法蘭西斯會大聲地唸著報紙，而這堆混亂也會被留在它們原來的地方。她可以一手牽著一個孩子，去到她來時的地方，然後忘掉這一切。她的孩子們。她父親很愛他們，打從凱特的肚子開始隆起時，他就開始溺愛他們了，不過，很明顯地，他也並沒有真的把他們和彼得聯想在一起。他似乎在假裝他們是凱特一個人孵出來的一樣。有時候，當莉娜說法蘭基就和彼得小時候一樣時，法蘭西斯會審視著那個孩子，彷彿是在問怎麼會有這種事，而未來還會有什麼可能性。

她知道，如果她開口要他留下的話，他一定會留下來。他會窩在沙發上，過上一夜，過上一整個星期。他不會叫她給他一張毯子。他也不會說他需要洗澡。他只會待在她需要的地方，直到她告訴他說可以走了為止。光是想像他在那裡，就讓她覺得好過很多，讓她覺得好像有人丟了一根繩索給她，讓她覺得他們此刻所佇立的這間房間，彷彿變得更穩固了。她是那麼希望他可以留下，以至於她不得不坐下來，把頭稍微轉開，不然他就會知道。

「你累壞了。」他說。

「不，我沒有。」

「我相信，他明天得要和他的工會代表見面。」

「他們今天已經見過面了。」

「你要我留下嗎？」他問。

她覺得自己的鼻子裡有一千根針在刺著她。

「不用，」她說。「我們沒事的。」

「我可以在他醒來前離開。如果你希望我這麼做的話。」

「不用。你回去媽媽身邊吧。」她叫他要小心點。叫他到家後打電話給她，讓電話響一聲就可以，這樣，她就會知道他已經平安到家了。

不過，他並沒有動。「凱特。」他說。

「走吧，」她說。「求求你。我明天再打電話給你。」

直到她聽到他的車門關上，車子的引擎聲在街角遠去，她才從椅子上站起身。

他離開之後，她鎖上門，關掉所有的燈光，沒來由地望著屋外。此時，她才看到那輛黑色的小轎車停在它向來停車的那個位置，就在哈瑞森家那棵枝葉垂落到人行道和馬路上的榆樹底下。她注意到那輛車已經有一段時日了，而在那天晚上看到它似乎代表著某種意義。她像小說裡的間諜一樣，透過百葉窗的窗板，從漆黑的屋裡盯著那輛車看了好幾分鐘。當她站累了的時候，她索性搬了一張椅子坐下來繼續看。

她無法展開她的例行公事，至少今晚不行。她沒有辦法爬上樓，假裝一切都很好地洗臉、刷牙，告訴自己明天早上一切就會比較好。他已經向她解釋過了好幾次，然而，其中似乎有什麼漏掉了，有什麼關鍵的事情是他沒有說出來的。他們已經監視這個特定的集團好幾個月了。他們已經做好一切準備要逼近他們了，所以，他們採取了行動。一切都計畫好了，都安排好了。他們的輪班已經被調度過了，因此，每個人都在正確的位置上。他們已經掌控了那間房間，正在進行逮捕。他們的行動結束了，然而，就在那個時候，彼得開槍了。

「你還要我說什麼？」當她要求他把事情的經過再說一遍時，他對她說。「沒有人受傷。」警長當場就簽字切結了，不過，彼得在幾個小時之內卻遭到了職務限制的處置。一定發生了什麼事。凱特知道，就像警察都知道一樣。可是，為什麼是限制職務，而不是調整職務？那意味著他們擔心他的安全，不過，凱特在幾個小時之後才意識到，難道他們是擔心他周遭的人的安全嗎？他在開槍後的那幾個小時裡說了或做了什麼，引起了他們的警覺？

「這個問題，我就問你這一次，」她冷靜地對他說，而當她問的時候，她已經準備好要聽到什麼答案了。「你喝醉了嗎？」

「沒有。」他生氣了。他反感了。他就是在那時候到地下室去的。

現在，她在想，我可以離開他。如果他們不能一起解決這個問題的話，那麼，她可以自己來解決。她可以幫孩子們各打包一個袋子，然後離開。或者更好一點的作法是，她可以給他一只行李箱，叫他裝滿走人。她有一份好的工作。孩子們都在上學。她有一個願意幫助她的家庭，如果她需要幫助的話。

凱特繼續注視著窗外，看著安．史坦霍普的那輛車。內部事務單位已經和每一個在現場的人談過了，而根據彼得的說法，他們所描述的事故經過，就和彼得所描述的一模一樣。那間房間裡一片狼藉。他踢到了地板上的某個東西。他前往紐約市醫療中心，他的工會代表在那裡和他見了面，不過，那只是繳交武器之後的例行程序而已。凱特知道，他們會在醫院測試彼得的耳朵，檢查他是否受到創傷。也許在那裡發生了什麼事——他說了或做了什麼——讓他引發了他們的警覺。很長一段時間以來，她都覺得自己好像在等待著什麼事一樣，而現在，真的有事發生了。她望著窗外那輛黑色轎車，她知道，黑暗之中，安．史坦霍普可能也正在回視著她。

——

她從來都沒有告訴任何人，這麼多年以來，安一直在追蹤他們，看著他們。她甚至從來都不想說。有一次，她母親曾經問過她，當她想到安的時候，想到她現在在哪裡的時候，她是否感到害怕，這讓凱特明白她的家人至今依然認為安是一個處在暴力邊緣的人，彷彿她隨時可以從她的袋子裡掏出一把槍，直到她死了為止。凱特再也不怕了，不是那種害怕。有時候她會感到生氣，不過，大部分的時候，她更覺得緊張，好像她應該要為什麼道歉一樣，好像她也做錯了什麼，雖然她說不出自己到底做錯了什麼。這並不合邏輯。她沒有做錯任何事——她愛彼得，因此，她嫁給了他。在她和彼得結婚之後不久，喬治曾經告訴過她，安．史坦霍普失去過一個嬰孩。早在嬰兒生出來以前，她就已經失去了那個孩子。喬治告訴她，孩子生出來是個死胎，凱特不禁想像著那個畫面，當醫院的走道被其他嬰兒震天的哭聲淹沒時，安所在的那間房間卻籠罩在一片令人毛骨悚然的寂靜之中。

是的，彼得知道，喬治向她確認。但是，他從來沒有向她提起過。

有一次，在茉莉學會走路後不久，她看到那輛車停在那裡，於是，凱特讓孩子們到前院去玩。他們當時的年齡還不適合到前院玩，至少不能在沒有大人的陪伴下，獨自待在前院裡，不過，她讓他們到前院去了，然後，自己從車庫裡監視著，確保茉莉不會跑到大馬路上。讓她看看他們吧，那天，她是這樣想的，畢竟他們也是她的孫子。事過之後，她無法確定自己那麼做是出於殘酷，還是出於慈悲。

——

她已經走出屋外了，在她明白自己在做什麼之前，她快步地沿著房子前面的小路往前走，一顆心已經快要跳出喉嚨了。如果有人需要為彼得目前正在掙扎的事情負責的話，那就是他的母親。所以，就讓她知道吧，凱特心裡這麼想。讓她承擔部分的責任吧。讓她知道她的行為所造成的後果，至今還在迴響。她是傷害他最重的人，她憑什麼可以坐在她安靜的車裡，旁觀著這一切？凱特繞到駕駛座旁邊，她就在那裡，安．史坦霍普，扭曲地坐在駕駛座上陷入了沉睡。車子裡散落著花生殼、加油站的收據和空的咖啡杯。

凱特敲了兩次車頂，企圖要叫醒她，隨即走到乘客座外面，在安來得及反對之前就拉開了車門。在安的注視下，她把座位上所有的東西都掃到座位底下。那天晚上很熱，車子裡的味道聞起來就像陳年的香蕉皮。

「你兒子。」凱特開口。她不是來這裡聊天或者敘舊的。她望著鄰居家沒有亮光的窗戶，假裝在自說自話。現在，她已經走出家門了，現在，她就坐在這個女人旁邊，比鄰而坐，但是，她不知道要說什麼。她的生活和安沒有一絲一毫的關係。不過，也許安可以提供一些解釋。

「發生什麼事了嗎？」

「他今天工作很不順利。」

安等她繼續往下說。

「他開槍了。不過，至少沒有人受傷。」

安把雙手放在方向盤上十點和兩點鐘的位置。「你講話像警察一樣。你是警察嗎？」

凱特盯著車側的後視鏡。「不是。」

凱特可以感覺到安在看著她。

「我想……」

「什麼？」

「他最近狀況很不好。我想，那應該和今天發生的事情有關。」

任何正常人都會知道她在暗示什麼，不過，凱特瞄了安一眼，就知道自己必須直說。她得要告訴這個女人，這個陌生人，她從來沒有對她母親或父親、姊姊、她的朋友所說過的事。不過，她首先說：「他表現得很好，你知道的。他現在是警監。我們有兩個孩子。」

「我知道。」

「他是一個很棒的父親。他對孩子很有一套。他們很崇拜他。這很不簡單。」她還想追加一句說，不妨看看他曾經有過什麼榜樣，不過，這句話說不說，事實都擺在那裡。

凱特把頭靠在自己發燙的手裡。「這簡直是瘋了。」她低聲地說。

「還發生了什麼事嗎？」

「他喝了很多。」

「不。彼得看起來像布萊恩，但是，在那方面他更像我。他不喝酒的。」

凱特看著這個年長的女人，當她看到安是認真的時候，她感到一股笑意從自己的肚子裡冒了出來。因此，她任由自己笑到開始抽泣，笑到她的頭垂到了兩膝之間。安的雙手依然放在方向盤上，指關節發白，彷彿她正開著車穿過一場暴風雨一樣。凱特不在乎。在她走向這輛車的那一刻，她就決定要把她想說的一切都說出來。

「我真的不知道該怎麼辦。」這句話她從來沒有對任何人說過。她父親。彼得。甚至連她自己都沒有。

安放鬆了緊抓在方向盤上的手，靠回椅背上。

「他現在在哪裡？」

「在屋裡。在睡覺。」

經過幾分鐘的靜默之後，安問道：「孩子們叫什麼名字？」

「法蘭基，就像法蘭西斯一樣。」凱特說。「還有茉莉。」

「他們幾歲了？」

「法蘭基十歲。茉莉八歲。」

「茉莉是瑪麗的小名嗎？」

「不是，她就叫茉莉。」

「有聖茉莉嗎？」

凱特看著她。

「那不重要，」安又說。「只是我怎麼也不會想到要幫孩子取那樣的名字。你媽媽不在乎嗎？沒有聖茉莉卻取名叫做茉莉？」

莉娜並不喜歡這個名字，不過，凱特認為安不需要知道。

「我並沒有不喜歡。我是說茉莉這個名字。」

凱特應了一聲，示意著她不在乎安喜歡與否。如果她不想繼續待在這輛車裡的話，她只要打開車門離開就好。可是，然後呢？彼得從十五歲開始就沒有見過他母親了，不過，凱特不得不相信，從一個孩子還小的時候就認識他，那代表著永遠都了解這個孩子的本性。凱特比世界上任何人都了解彼得，但是，有一個人比她更早就認識他了。

安把玩著自己腿上的某個東西。那是一本舊的CD小冊。

「我不知道我能怎麼幫助彼得，」安說。「不過，我想要幫他。我想和他談談。」

凱特用手指在車門上敲著一首曲子。那個夏天，每天早上收音機裡都會播放這首流行歌曲。她原來期待什麼？她以為她走到這裡來，安就可以給她什麼神奇的魔咒，然後，她們就可以再度分道揚鑣嗎？

她想著在地下室裡不省人事的彼得，最近，每當她企圖要把她的擔憂告訴他的時候，他總是顯得那麼地畏縮。

「好吧，」過了一會兒之後，凱特回應道。「你來家裡午餐。不過，我需要一點時間。我需要警告他，讓他適應這個安排。他工作上發生了這樣的事，現在，他不能再承受其他的事了。我不能在這個時候告訴他。我認為他還無法接受。」

「什麼時候？」

「這週六之後的兩個星期？那是哪一天？」凱特在腦子算著日期。「七月十六日。」她吸了一口氣。

「你有告訴過他……我一直在跟著你們嗎？」

「沒有。」

「我想也是。」

「那會對他造成太大的困擾。」

安看著他兒子的妻子，那是他孩子的母親，腦子裡浮現出類似她多年前曾經有過的一個想法，那是她在萊辛頓那家糕餅店外，和凱特面對面之後所產生的一個念頭。他不想見你，那天，她曾經對安這麼說過。她愛他，安心裡想，而就像大部分的人那樣，凱特認為自己所說的是真的。

「就一點鐘吧。」凱特一邊說，一邊打開車門。她告訴自己，就只會有這麼一次。她沒有理由告訴她父親、她母親和她姊姊。這和他們都沒有關係；這只和彼得有關。而且，他們也會大驚小怪。他們不會了解。某個地方正在施放煙火。那是在為七月四日做的預演。儘管今晚很悶熱，但是，她發現自己正在發抖。兩個星期之後，安．史坦霍普將會站在她的屋內，在她的家裡吃著三明治。這實在難以理解。然而，在安的車子裡和她獨處的那幾分鐘裡，凱特覺得她的感覺並不陌生。她的側面。連接在那修長脖子盡頭的下巴。打從她在她母親的子宮裡，她就開始聽到了安這個名字。即便是她緊抓方向盤的模樣似乎都很熟悉，幾乎就像是在和一個失散多年的親戚相處一樣。突然，凱特震驚地意識到，她的確就是一個失散多年的親戚。

# 17

醫療委員會在九月安排了一場聽證會。在此同時，彼得被勒令每週要去見心理治療師兩次。

「兩次？」凱特聽到的時候說。「天啊。」

他應該要告訴她，他們下令要他每週去一次，而他可以在她不知情的情況下去第二次。不過，他不想要騙她。

他用掉了兩週的病假，之後又用掉了兩週的休假，等他必須回去工作時，他們把他調到了不同的分局，去做內勤的工作。聽證會會在那之後的幾個星期舉行。

「可是，我不明白，」凱特不停地說。「為什麼要開聽證會？問題是什麼？如果負責那次任務的最高警官在現場已經簽字切結了，而且也沒有人受傷，我看不出為什麼還要舉辦聽證會？」

一整天，他都可以從她的表情看得出來，她試著要把事情弄清楚。她對此感到困惑是很正常的。只不過，彼得知道她所不知道的：改變整件事的是他在醫院的那幾個小時。在他的個人檔案裡，早就有他帶著酒味出現在總局的紀錄。在一名法律援助律師向副局長投訴之後，隔天，彼得就被叫了過去。他告訴副局長，他到老城去吃午餐，碰到了一個朋友，就那麼一次，而副局長也說，同樣的事絕對不可以再發生。並且進一步表示，他自己也覺得彼得有一次聞起來渾身酒味，不過，他當時以為那是他自己的想像，現在，他再也不確定那是他的想像了。也許，他原本可以反駁的，不過，他只是默默接受了那份命令懲戒，並且放棄了被他們扣除的休假，從此沒有對任何人提起過這件事。事實上，他去了老城喝一杯，因為他喜歡那裡，他一直不時地會經過那裡。酒保給了他第二杯。不過，對一個重達兩百磅（約九十一公斤）的男人而言，兩杯算不得什麼，就像在大白天裡喝薑汁汽水一樣。

結束和副局長的會面後，彼得首度懷疑自己在工作上是否受人喜歡。他被拔擢了，他受到了敬重，但是，他被人喜歡嗎？他向來都被認為循規蹈矩，按規矩辦事。他會去參加派對，幫眾人買酒，不過，他不會大肆宣揚，只有他自己知道。他猜，別人在背後是這麼說他的：他不會在放假的時候邀請任何人，他不會找其他的警察去烤肉，也不會幫忙舉辦棒球賽。偶爾，在集合的時候，當所有人尚未坐定之前，他會站在會議室前面，多翻閱幾分鐘桌上的文件，好讓其他人可以繼續交談。那讓他想起了在達奇柯爾斯練習跑步前的拉伸，其他人此起彼落的聊天聲——當年和現在——就像河水流過淺灘一樣地掠過他。維加斯警官曾經幫忙費雪警官安裝他家新的主臥衛浴，讓彼得感到震驚的並不是這份幫忙，而是他們那麼容易就讓彼此走進對方家裡最私密的地方。他們有些人每年都一起去度假，或者在週末的時候一起去喬治湖或長灘島。他們的孩子彼此認識。他們的妻子會互通電話。這些都太過親密了，彼得認為。他去工作，然後回家。他是個好警察，他會照看他的部下，而他們也會照看他，不過，那只是身為警察的部分。在沒有外人聽到或看到的房間裡，他們會在關起門來的時候怎麼說他？以前，他從來都沒有想過這點，不過，現在，他開始好奇了。

他父親曾經說，法蘭西斯・葛雷森和他之間唯一的真正差異，就在於有些人不知道為什麼就是很喜歡愛爾蘭口音，所以，他們才會那麼喜歡他。即便在後來，當法蘭西斯在康復中心，而布萊恩被調去指揮交通的時候，他也堅信他的故事：大家就是喜歡法蘭西斯・葛雷森。然後，他會把雙手往上一甩，彷彿在問他們為什麼不能也喜歡他。

彼得只告訴凱特說，他去醫院接受檢查，就像任何一名警察在開槍之後那樣。他所沒有提及的是，在進行耳朵測試的時候，當那名護士在檢查他的耳鼓是否仍然完好無傷時，他幾乎無法不停止踱步，無法讓自己有足夠的時間靜止不動，好讓她把工具探入他的耳朵裡。他渾身都在顫抖。他開槍了，而他甚至不明白那是怎麼發生的，這實在太荒謬了。當那名護士離開之後，他叫他的工會代表，一個名叫班尼的傢伙，在醫生進來之前，先到第一大道一家他認識的烈酒專賣店，去幫他買幾瓶那種五十毫升的小瓶酒。他們彼此都知道他們會在醫院待上好幾個小時。他需要冷靜下來。

當班尼一再拒絕的時候——事實上，他以為彼得是在開玩笑——彼得走到房間另一頭，指尖用力地戳向班尼的胸口。雖然身穿醫院的病患長袍和黑色的襪子，不過，彼得依然是個壯碩的大塊頭，足足有六呎三吋（約一九一公分）高，而班尼只有五呎九吋（約一七五公分）。醫生進來的時候，看到了這個畫面，當醫生拉下臉彷彿根本不想聽彼得解釋時，彼得覺得自己的身體彷彿一具引擎，從低檔轉換到了高檔。他拿起放在角落的電腦鍵盤，掃過房間，宛如在丟飛盤一樣。他覺得雙眼乾燥，以至於每次眨眼，都感到一陣灼痛。

醫生快速地退到走廊上，一如他剛才走進房間的速度一樣。接下來，有六個人擠進了房間裡。不管之前發生了什麼事，班尼依然保持著對他的忠誠度，並且告訴他什麼都不要說。

「好了，警官，呃，史坦霍普，」那名醫生重複檢查了一下他的表格。「我們不想被迫得要壓制你。我們很感激你對這座城市的貢獻，也知道你今天經歷了很多。」此時，彼得看到房間後面那名高大的年輕男子手裡拿著一對有襯墊的手銬。

他立刻冷靜了下來，彷彿一桶冷水剛剛從他的頭上澆下一樣。隨後，另一名醫生進來幫他進行心理諮詢，其他人則全數離開了房間。這場諮詢耗了很長的一段時間，一小部分的彼得不禁暗自希望，班尼會因為同情而終於去幫他買了那些小瓶酒。

---

當他剛開始在家的時候，他會在車庫裡修修補補一整天。他決定要讓自己多少有點用處，如果他得要待在家裡的話。他會做一組椅子或什麼東西，然後，也許終究可以弄清楚他為什麼做出那樣的行為，為什麼他無法阻止自己。然而，他只完成了支架的部分，就放棄往下做，轉而開車前往烈酒專賣店，並且在回來之後直驅地下室，打開了電視。他覺得不管他走到哪裡，凱特的目光都緊緊跟著他。

這個問題在凱特提及之前很久就已經開始了，早到他在某種程度上覺得很對不起她，因為他知道，凱特向來都為自己的靈敏反應、豐富的觀察力和身為警察的女兒等等感到驕傲。她喝得不多，不過，對於喝酒的人，她很習以為常。根據彼得所知，法蘭西斯．葛雷森這輩子每天晚上至少都會喝三杯的威士忌。她喜歡偶爾喝杯葡萄酒，不過，第二杯就會讓她直接倒頭大睡。此外，自從孩子們出生以後，她就不能讓自己處於想睡覺的狀態，除非她很確定他們當晚都已經睡著了，不過，他們從來都不肯好好睡覺。「水！」他們會在熄燈之後很久還大喊，彷彿他們相信她就蜷曲在走廊上，等候去滿足他們的每一個需求。「開燈！毯子！書！」每一次的要求都是一個詭計，好讓她再走進他們的房間多聊十分鐘。

在一切發生之前的某個晚上，也許整整一年之前，就在晚餐剛結束之後，她叫孩子們到起居室去，並且打開電視，然後，攔下了正準備下樓到地下室的他，告訴他說，她不喜歡他躲在那裡一個人喝酒。在那一秒鐘，或者半秒鐘的時間裡，就在她開口之前，他以為她把孩子支開，是為了要吻他，這個念頭讓他充滿驚喜的心歡快地跳躍了起來。近來，她在睡眠中會把手伸向他，會抓緊他。那天早上，她曾經靠在浴室牆壁上，看著他刷牙。在她的注視下，他站得更挺直了。也許，一整天裡，她都在等待他落單的時候，這樣的想法讓他感覺到充滿了活力和興奮。在他們還需要用嬰兒閘門堵住遊戲室出口的那些年裡，有一次，她放下手裡正在擦乾的盤子，將他的手從滿是肥皂泡沫的洗碗機挪開，放到她自己的臀上。她的鎖骨微微地暴露在襯衫領口上緣，當他的手指沿著一邊的鎖骨滑過時，他可以看到她的皮膚上起了一片雞皮疙瘩。「走吧。」她收起笑容，認真而急切地放下成堆的盤子，然後，他們雙雙下樓走進了地下室，將門緊緊關上。當她叫出聲的時候，他停了下來，她的聲音聽起來有些不一樣，不過，她告訴他繼續，一直等到稍後他們回到廚房，孩子們在電視機前幾乎昏睡不動的時候，她才掀起襯衫後面——她已經換了一件襯衫——問他，自己背後是否已經破皮了，因為地下室的木梯摩擦到了她的背。

一旦了解到她的目的，他立刻就覺得自己很愚蠢，竟然以為她是為了其他的理由，才想要和他私下相處。「凱特，拜託。我下樓去是為了想安安靜靜地看電視。」這個說法絕大部分是真的。一整天裡，絕大部分的時間，他們都不准孩子看電視，不過，在可以看電視的時候，電視的頻道卻總是轉到了兒童節目。如果他膽敢轉到CNN或者ESPN的話，孩子們就會唉叫、生氣，然後賴在地上，這樣他就會放棄，把頻道轉回他們喜歡的節目。

「那就是問題所在，」她總是說。「你是他們的父親。我敢叫我父親轉台嗎？」

然而，為什麼要這麼麻煩呢？只要下樓到地下室去，就沒有人會在那裡爬到他身上，也沒有人會跳到他旁邊的沙發上，她也不會探頭進來問他是否已經把瓦斯收據遞交出去了，一如他保證過的那樣。有時候，當他在他們的車道上停車熄火的那一刻，他就感到了束縛。有時候，甚至在他開門之前，他就可以聽到孩子們在吵架，而他就會站在走道上聽著他們的聲音。樹籬需要修剪了。法蘭基可能需要配眼鏡。那可以申請保險嗎？信用卡帳單上列了一堆凱特無法辨識的費用，他知道那是什麼嗎？野草已經比草坪上的草長了。他們的稅提高了。她要他去看看屋頂的排水道，而她越是建議他打電話找人來檢查，他就越是感到自己受到了指責。

「你不會感到困擾嗎？這就是生活的全貌？」幾年前，有一次他曾經問她。當時，她把茉莉抱在懷裡，前後搖晃著，試著要安撫她。「什麼？」她在茉莉魔音傳腦的哭聲中大喊。「再說一遍？」他很清楚沒有再說一遍的必要。在那些年裡，每當他們的保姆取消約定時，她就會一整天都把茉莉綁在胸口待在實驗室。

不過，這次不一樣，他立刻就看出來了。感覺很正式。就像一場斡旋一樣。從那天早上開始，她就一直在演練她所要說的話。「如果你想要喝酒的話，為什麼不在這裡喝，在餐桌上喝？為什麼不和我一起喝？我可以喝上一杯。為什麼要自己走開去？有時候，你會在那裡待上一整個晚上。為什麼？」

這些問題，沒有一個是他能回答的。實情是，他不知道為什麼，但是，她絕對不會接受這個答案，而如果他草草應付的話，她只會繼續追問，彷彿每一件事的邏輯都不能有所偏頗。他可以看得出來，整個傍晚，她的腦子裡一直在想著什麼事，結果是，她提出了這些問題，而這樣只是讓他想要穿上外套，走出家門，到外面去待上幾個小時。不過，當她看到他感到心煩的時候——他知道她那種一不做二不休的思考方式——她決定乾脆就豁出去了。

「還有，上個月送來的那兩箱葡萄酒俱樂部的酒呢？那是用那個月的獎金換來的。我甚至連開都沒有開過那些箱子。」

「如果你已經知道答案的話，為什麼還要問我？」

「我要你告訴我，你在兩個星期以內喝光了兩箱的酒。我要你聽到你自己說出來。」然後又追加了一句：「外加其他的酒。」

「去你的，凱特。」他只說了這麼一句。只見她的臉色瞬間發白，彷彿被他摑了一巴掌一樣。她跌坐在椅子上，不敢置信地盯著牆壁。起居室裡傳來了電影忍者龜變種世代的聲響。他從來、從來都不曾這樣對她說過話。他立刻就後悔了。他甚至不會用這種態度說話。他不會這樣對待女人。不會這樣對待他的妻子。不會這樣對待凱特，她是他愛了一輩子的人。

一如他們每次吵完架的第一時間那樣，他把同樣的事實又想過一遍：他從十四歲就開始對自己負責。他靠自己畢了業，念完了專校。他往上爬到了高階的職位。他從來沒有做過任何一件錯事。他的文書作業從來沒有遲交過。他的薪水還不錯。只要有機會，他就加班。她曾經加班過嗎？就他所知從來沒有。她總是說為了孩子。她需要去接孩子，需要為了他們待在家裡，需要開車送他們去比賽、參加生日派對、看小兒科醫生、上課，還要完成她的碩士學位，因為碩士學位會讓她得到加薪，也許百分之二，不過，那些多出來的薪水早就預支完了，因為她必須多花一點錢雇用保姆，才能空出時間去上那些碩士課程。

他為自己的言語道歉。他立刻就道歉了，而且在接下來的幾個小時裡，至少道歉了一百多次。當所有的這些道歉依然無法換得她的同情時，他對她說，她那樣對他大聲吼叫並不公平，因為他並沒有做錯什麼。

「吼叫？」她終於轉向他。「是誰在吼叫？我是想要和你談一件困擾我的事情。」她嘆了一口氣。他們彼此都知道，如果他們有足夠的耐心等待的話，幾天之後，事情就會平息了。不過，他們誰也無法忍耐那麼久都不說話。「還有，」她說。「你我都知道，你只有在知道自己錯了的時候才會生氣。」

她那雙清澈的眼睛冷靜地看著他。「我討厭吵架。有件事我得要告訴你，我希望你現在好好聽我說話，彼得。聽清楚我要說的話。這種生活，我過不了太久了。」

「這是什麼意思？」

「意思是，孩子們和我，我們有其他的選擇。」

「那又是什麼意思？」

不過，她不願意說出口，而他也沒有再追問，突然之間，一扇門打開了，他從來都不知道有那樣的一扇門存在，他看到她走向那扇門，一手牽著一個孩子。

———

有時候，他會試著想起他們剛結婚的時候，他們住在那間公寓裡的那幾年，以及他們剛搬進這棟房子的那幾年。那些回憶似乎甜蜜到不像真的。他們有過爭執嗎？一定有，但是，他記不得了。有一次，在法蘭基出生以前，他們很擔心那個月的房屋貸款會付不出來，因此，他們把他們那個巨無霸存錢筒裡的錢全部拿到銀行，然後一點一點地倒進數錢的機器。那些硬幣重到他們不得不分裝在三個背包裡，而彼得一個人必須負責揹兩個。最後算出來的總數是八百五十七元，當櫃檯行員以二十元一數把硬幣堆疊起來的時候，那堆錢感覺起來宛如一百萬一樣。

他們做了他們想像中任何夫妻都會做的所有事情：到當地的酒吧玩競猜遊戲，看電影，週六早上帶著三明治和背包去健行。偶爾，他們會想起他們的紙飛機約會，那天晚上，他們在半夜裡見面，手牽著手跑過他們家的那條街，對他們兩人而言，在鄰居家廢棄的鞦韆上共處的那半個小時，不知怎麼地，似乎和那晚後來發生的意外是兩件分開來的事情。隨著時間過去，在彼得的記憶裡，那兩樁事件彼此漸行漸遠。它們真的發生在同一個晚上嗎？一個很漫長的夜晚？凱特經常說起以前她會幻想和他一起到餐廳吃飯。幻想著長大之後，幻想著把生活雜貨從他們的車裡拿出來，一起打開。起初，凱特在看著他穿衣服時會提醒他，在她十四、十五、十六歲的時候，當她的女朋友們都夢想著豪宅和童話般的婚禮時，她卻只想再次認識彼得，讓彼得赤裸的背變成她日常裡的畫面，讓他把昨天穿過的衣服披掛在椅子的扶手上，而那張椅子也會是她的椅子，在他們共享的屋簷下，他們的孩子就睡在走廊盡頭。讓他的身形和溫度在她的身邊變得熟悉。讓他們的東西和他們的生活完全地融合，以至於他們不知道要如何才能將它們分開。

他完全明白她的意思，但是，要一直去想這些事情，要在每一分鐘都拖著他們共有的過去，卻讓人感到筋疲力盡。他們贏了。他們在一起了。為什麼還要一再地提起那些過去？凱特把他們結婚那天視為某件事的結束，而他卻視為是一個開始。一個看到的是劇情的提升，一個看到的則是劇情的滑落。他們看的並不是同一本書。

「你看，」他會指著洗衣籃裡堆積如山的換洗衣物轉移她的思緒。「你所有的夢想都成真了。」

此外，如果他們的婚姻是某件事的結束，那麼，他們結婚之後的每一天又代表了什麼？

———

週六早上五點前的幾分鐘，就在凱特告訴他她和他母親說過話的十二個小時以後，彼得從參加一場越野賽跑的夢境中醒來。

「你說我母親嗎？」前一天下午，彼得傻乎乎地重複著她的話。暴風雨就要來了。雖然夏日的天空依然蔚藍，不過，他可以從骨子裡感覺得到。果然，一道閃電滑過天空，當孩子們尖叫著跑進屋裡時，凱特立刻叫他們上樓去，這樣，她就可以繼續把她需要告訴他的話說完。他並沒有預期到她要說的是這件事。她很緊張，緊張到彼得都做了最壞的打算。她把一張椅子拉到他對面坐下來。她拾起他的雙手，分別握在自己的兩隻手裡，他心想，她就要告訴我她要離開了。他感到自己的T恤底下滲出了一道冷汗，一股噁心的感覺微微地竄過他的體內。然而，那就像準備好要接受一拳落在脖子上時，那一拳卻落在了腎臟上面。當凱特繼續述說著細節時，他依然試圖在平穩他自己：他母親雇用了一名私家偵探找到了他們的地址，然後，她在兩週前的一個晚上出現在了他們家。就是他工作出事的那天晚上。當時，彼得在樓下不省人事。

「喔，該死。」彼得在聽懂了她所說的話之後放開她的手。他站起身，因此，凱特也跟著站起來。「這是在幹什麼？你在做什麼？」

「沒什麼！」凱特說。「她出現在這裡！基於當時你的狀況，我不能讓她進門，所以，我就告訴她說，她可以改天再來。」

彼得走出廚房，推開後門，不顧傾盆大雨地穿過院子，但是，凱特仍然跟在他身後。當他知道自己無法擺脫她之後，他停下了腳步，轉身面對她。「我們在說的是我母親。」彼得注視著她的雙眼，想要尋求百分之百的確認。「安．史坦霍普。」

凱特表示，就過去幾個星期以來所發生的事來看，這個時間點確實很突兀。

「不只突兀。」彼得說。

「好吧。」凱特同意。不過，她也表示，早在彼得的職務受到限制之前，早在安出現之前，這陣子以來，她就已經不斷地在思考一個事實，安的肚子裡懷著彼得，就像凱特的身體裡懷著他們的孩子一樣。有很長的一段時間，凱特只把安視為對她父親開槍的人。她忘了她也是彼得的母親。不只是稱謂上的母親，而且是實質的母親，至少一開始的時候是。安曾經親手用湯匙餵食過他，安撫他，幫他漱洗，就像凱特為他們的孩子所做的那樣，難道那沒有為她博得什麼嗎？凱特撥開前額上濕透的頭髮，問著彼得。這是她在有孩子以前從來都沒有想到過的，她說。在和彼得分道揚鑣之前，安曾經注入過多少心血。

「也許，生命中沒有母親可以解釋你……」

「可以解釋我……什麼？」

「進去吧，好嗎？我們擦乾身體再說。」

「不。現在就說。可以解釋什麼？」

「我不知道。我只是試著要想像，如果我犯了一個很可怕的錯誤，而且再也沒有見到法蘭基的話，會是什麼狀況。不見面是好還是壞？好壞之間，孰輕孰重？」

「不和我見面是她的選擇，不是我的選擇。」

「現在，她似乎做出了另一個選擇。」

「所以，我應該要讓她進入我的生活？我已經快四十歲了。我最後一次見到她已經是二十三年前的事了。二十三年。而這麼多年來，她對我，或者我們，都一直不聞不問。」

「這……」凱特回頭看著他們的房子，沒有繼續往下想。

「什麼？還有別的事嗎？」

「沒有。」

「那你父親呢？」彼得問。

「我不是在說我可以忘掉她對我父親所做的事，」凱特回答。「但是目前，我可以把這件事和她是你母親的事實分開來，她是你母親，就像我是法蘭基和茉莉的母親一樣。只是一個小時左右，然後，她就會離開。因為，我真的認為她是愛你的，彼得。而且，我認為現在和她見面，也許對你會有所幫助。」

他聽著她所說的每一個字，等到她說完時，他再度穿過院子。這是這麼多年以來，他第一次比她早上床睡覺。

——

偶爾，在他突然醒來的時候，夢境裡那股徹底迷失方向的感覺會依然籠罩著他，在那半秒鐘裡，他知道躺在他身邊的人是凱特，然而，她似乎像是個陌生人，所有關於她的一切——她側躺著的身形，她披散在枕頭上的頭髮——對他來說似乎都是那麼的陌生。不只陌生，那股理所當然的熟悉感更讓他感到害怕，就像電影裡演的那樣，一個人在不同的家庭裡醒來，但是，卻沒有人相信他不是外表看起來的那個人。

「你醒著嗎？」他小聲地問，雖然她沒有回答，不過，他不是很確定她真的在睡覺。當他審視著她時——他可以看得出來，她真的睡著了——他感覺到了一股愛的浪潮席捲而來。她一定感到了很絕望，才會同意讓他母親到他們家來。他多麼希望她把他母親趕走，而且永遠沒有對他提及此事。

「凱特？」他喚著她。「嘿。凱特？」

「嗯？」凱特低聲地回應，雙眼依然閉著。

「你記得我爬電線桿的那天嗎？」

凱特沒有作聲，也許正在試著回憶，也許又睡著了。

「那一定是夏天的時候，因為我當時穿著短褲。大概是我們九歲還是十歲的時候。」

「我不記得了。」凱特說。多年以來，每當彼得想起什麼凱特不記得的事情，她總是會對他說是他搞錯了，說她當時不在現場，說他想到的是別人。直到他不斷地提醒她，讓她想起來為止：你當時穿了一件這樣的衣服或那樣的衣服，那是你的飛盤，那是我的通靈板。他們都學會了一件事，記憶是一個經過多次染色、修剪、潤飾，以至於最終出來的結果，是那個房間裡沒有人認得出來的一個事實，是站在那根電線桿底下的草地上的所有人都認不出來的事實。

凱特的思緒慢慢地沉靜了下來，除了多年以前的一只小鈴鐺還在響以外。她想起了坐在自家外面的路邊，把樹枝從水溝的隔柵往下丟。過了一會兒之後，幾個其他的孩子走過來，其中有人建議他們應該試著去爬電線桿。

「噢，我想我記得。」她想起來了。

「電線桿沒有什麼地方可以讓手抓住。」當時她這麼說過。

「我可以做得到。」他說。

那是凱特可能會做的事，而非彼得，而他現在懷疑，他當下是否企圖想要讓自己更像她一點。他開始跑向電線桿，然後往上一躍，盡可能地跳到他能跳到的高度。然後，在緊抱著電線桿幾秒鐘之後，他開始往上蠕動，彷彿一隻毛毛蟲一樣，在他的雙膝往上攀爬的同時，他用雙臂抱住了電線桿，而當他需要往上爬得更高時，他就用大腿緊緊地夾住了電線桿。他說，是她開始帶頭幫他加油的。「彼得！彼—得！」在他一路往上爬的時候，他們不停地同聲為他助陣打氣。

然而，在他爬到三分之二的時候，他停了下來。他的手臂實在太累了，而且他很怕自己會摔下來。如果是凱特的話，她一定會想出一個藉口、一個好的說法，讓她自己可以安全地下來，但是，彼得只是說他害怕往上爬得更高，不過，並沒有人因此而笑他。吊在電線桿頂上的黑色電線距離他也許只有兩隻手臂的距離。

因此，他鬆開了手臂和雙腿，讓自己在電線桿上往下滑了幾呎。突然之間，他停住了，並且渾身顫抖地叫了出來。「救命！」他哽咽地喘著氣。他聽起來像個女孩一樣，讓凱特不禁咯咯地笑了出來。娜塔莉和莎拉也在那裡。馬多納度家的孩子也在那裡。還有誰？然後，在任何人來得及反應之前，彼得直接掉了下來，四腳朝天地摔落在草地上。「你還好嗎？」有人問他，不過，他只能把膝蓋抱在胸口，無聲地呻吟。

緊接著，彼得的母親跑了出來。

「我看看。」他母親蹲在他旁邊說道。彼得把腿張開幾吋，好讓她可以看清楚，只見從膝蓋到鼠蹊，許多的碎片扎在了他大腿內側所有最軟嫩的皮膚上。凱特皺著眉頭，用手上下撫摸著電線桿。電線桿往上摸起來雖然很光滑，但是反方向往下摸卻很粗糙。

經過了三十年以後，凱特躺在五十哩外的床上，依然可以感覺到電線桿在她手掌裡那份粗糙的感覺，如此強烈的記憶讓她不禁握緊了拳頭。他們的眼前出現了一道光圈，彷彿有一根仙女棒，以一個小孩的手臂所能旋轉的最快速度，在夜空裡畫著圓圈，一圈一圈又一圈地，那個畫面完整地在他們面前展示了一秒鐘：彼得骨瘦如柴的膝蓋、被太陽烤焦的草地、凱特和其他四、五個孩子，目瞪口呆地站在電線桿底下看著他。另一個光圈出現了：凱特的父親——五分鐘以後？還是一天以後？——大吼著說，只要一碰到那些電線，彼得就會沒命，如果凱特自願先爬上去，並且一路爬到電線桿頂上的話，沒命的就會是凱特。等到他吼完了，凱特才冷靜地問，如果那麼危險的話，那麼，小鳥為什麼可以棲息在上面？

「為什麼提起這件事？」凱特問。

「我不知道我有沒有告訴過你後來發生的事。」

於是，他告訴了她。回到家裡之後，那個和外面比起來宛如墓穴一樣的家裡，那個不友善的家裡，他母親把一張床單鋪在沙發上，叫他躺下。她在他的頭底下放了一顆枕頭。在處理那些碎片之前，她先用酒精輕拍過那片皮膚，當她用鑷子將碎片一片一片夾起來的時候，她說他一定很堅強才能爬得到電線桿的一半。她說，她自己甚至無法在電線桿上撐得了一秒鐘。她花了將近一個小時，才把那些碎片全部都挑出來，他記得，其中一片就和他的小拇指一樣長。她把那個碎片遞給他看。之後，她幫他放了一盆溫水，拆了一塊新肥皂，告訴他要輕輕地沖洗，傷口才不會感染。在他把衣服脫掉之前，她帶著兩塊奶油糖果回來，放在了浴缸的蓋子上。

「你知道的，」他說。「這是為了讓沖洗的過程感覺好過一點。」

凱特很仔細地在聆聽，不過卻無法理解。

「我早已經知道她是愛我的。」他說。

# 18

安．史坦霍普將會來到他們家、坐在他們的餐桌旁吃飯，當那一天到來時，他們兩人都不太知道應該要做什麼，他們的言行舉止應該要如何表現，又或者應該要穿什麼、要如何對孩子們解釋即將來訪的這個人是誰。

「你可以打電話給她取消嗎？」不安到了某個程度的時候，他問她，但是，凱特沒有她的電話號碼，沒有辦法聯繫上她。

「那麼，等她到的時候，你告訴她說我不在。」他說。

「真的嗎？」凱特問。「你希望我這麼做嗎？」

他告訴她別理他，他需要十分鐘思考。不過，思考只是讓情況更糟糕而已。

「我們把孩子送走吧。」當彼得了解到這件事真的就要發生的時候，他說。凱特拿起電話，準備打給一個朋友，那人的兩個孩子正好和法蘭基以及茉莉同齡，不過，她終究沒有撥號，因為，她想不出任何理由來對朋友解釋為什麼她在一個夏日的週六午後，突然需要有人幫忙照顧小孩。她考慮打電話給莎拉，莎拉在幾年前搬到了西徹斯特，她不會介意來接小孩的，可是，那就意味著她得要告訴莎拉發生了什麼事。最後，他們決定讓孩子留下來。早餐之後，凱特帶著最燦爛的表情對孩子們說，她有一件很興奮的事情要告訴他們，那就是爸爸住在很遠很遠的媽咪那天要來家裡，而且很期待見到他們，所以，他們要表現得很乖很乖才好。

面色蒼白的彼得冷冰冰地站在水槽邊，雙臂緊緊地交叉在胸口點著頭。他勉強擠出了一絲愉快的神情，看得凱特的心不由得為他揪了一下。

「你有媽咪？我真不敢相信！」茉莉說著，展開雙臂抱著彼得，彷彿在恭喜他如此幸運。當孩子們離開廚房之後，凱特第二次問他是否考慮打電話給喬治。多一個人在這裡緩衝，也許會讓情況輕鬆一點。

「她不會高興的，」彼得說。「她從來都不喜歡他。」

「她欠他的。」

「沒錯。所以她才不會想要見他。」

「但是，你希望喬治來。我可以打這個電話。」

他確實希望喬治在場，不過，他不想讓她不安，特別是她應該已經覺得很緊張了。這是一種舊習慣，預測她的心情，而這種習慣很容易就又回來了。凱特說她似乎很冷靜，然而，那並不代表當她那天下午出現時，她還會是凱特那晚見到的那個人。

「好吧，你打給他。」彼得說。自從彼得那天晚上開槍之後，喬治至少已經打過他的手機十幾次了，那告訴了彼得，他已經聽說發生了什麼事。也許是寶琳諾太太告訴他的。她住在喬治和蘿莎琳那棟公寓的一樓，而且，她的孫子就在第五分局工作。他想像著喬治臉上困惑的神情，彷彿她可能搞錯了一樣。他知道喬治無論如何都會來的，只是這個時間點實在是太糟糕了。

「不，等等，」彼得說。「我來打給他吧。」

在聽到誰要來午餐的時候，喬治在電話那頭吹了一聲口哨。彼得不假思索地說出口，這樣，關於他在開槍之後發生或沒有發生或可能發生什麼事，就可以跳過不談了。不過，喬治還是繞回了這個話題。「寶琳諾太太不停地問我是否和你談過了。」他說。「發生了什麼事嗎？」

彼得很快地把事情告訴他。

「可是，你現在受到了職務限制的處置，而不是職務調整？你需要精神科醫生證明你沒有問題？」

沒有太多平民百姓知道限制職務和調整職務之間的差別，而喬治就是少數知道的人之一。

「對。」

「還發生了什麼事嗎？」

彼得把焦點拉回正題說，另外一件事就是他母親在幾個小時之內就要來他家吃午餐了，如果喬治可以在場的話，彼得會十分感激。

「我？」喬治幾乎是用吼的。「你要我在她出現的時候也去你家？喔，天哪。蘿莎琳等一下要去海邊。她的朋友在艾瓦倫的海邊有一棟房子。她們打算來個女士週末之類的。」

彼得不知道那和這一切有什麼關係，不過，如果喬治不想來的話，彼得也可以理解。

「好吧，別擔心。我會讓你知道午餐的狀況，我們很快會再和你們聯絡。」

「喔，不是的，我會去的。」喬治說。「你得給人一點時間考慮。我只是一時有點震驚罷了。我會去的。我會一個人去。」

「真的嗎？」彼得低下頭，兩手把電話壓在耳朵上。

「你在開玩笑嗎？我最後一次和安．史坦霍普一起吃飯的時候，她曾經企圖用吸塵器打我。這次應該不會比那一次更糟了吧？還有，你得考慮把孩子們送到鄰居家或者什麼的。」

彼得笑了，凱特立即從廚房裡探出身來，彷彿他正在痛苦地喊叫一樣。

「他們會待在家裡的。凱特和我已經討論過了。」

「如果場面失控的話，那就會多幾具屍體了。」

「喬治，」彼得再度大笑。「天哪，我為什麼笑？」

「不然，你還能做什麼？」

「不要對凱特開這種玩笑。」彼得往廚房瞄了一眼。「她累壞了，雖然她假裝沒有。」

「我不會的。總之，你要我帶什麼過去嗎？」

「什麼都不用。」

「職務限制的事呢？那是怎麼回事？我不懂。」

「喔，」彼得說。原本被挪開一兩秒鐘的那份擔心又回來了，而且變得更沉重了。「他們搞錯了。我們正在處理。」

凱特把早餐的盤子收拾乾淨，又擦了流理台。她檢查了冰箱裡的倫敦烤牛肉上面確實擠好了美乃滋，然後關上冰箱門，隨即又打開，確認義大利麵沙拉上面的保鮮膜包得夠緊。之後，她又把同樣的事重複做了十幾遍。她問彼得想要什麼，他設想這個下午會如何，不過，他不知道要如何開始回答她的問題，因此，他什麼反應也沒有。

凱特跟在他身後走到他們的臥室，然後在他打開蓮蓬頭洗澡時又走進浴室。她坐在蓋上的馬桶蓋上，在瀰漫著蒸氣的浴室裡等他和她說話，不過，他只是洗完澡，擦乾身體，然後把衣服穿上。

「我不斷地在想我父親會怎麼說。」

「你是這件事的始作俑者。是你答應她的。」

「我知道。」

「那就不要告訴他。」

「他會聽說的。」

「怎麼聽說？」

凱特聳聳肩。「他終究會知道所有的事。」

「因為你會告訴他。」

凱特嘆了一口氣。「我的腦子好像分裂成了兩邊。一邊知道她是你母親，因此，我願意和她見面。她一定做對了什麼，你現在才會在這裡。」

「可是？」

「可是，另一邊又認為她是幾乎殺了我父親的瘋狂鄰居。如果不是她的話，他還能再幹三十年警察。他不會有外遇。也許，我母親也不會得癌症了。」

彼得放下手中正在刮臉的刮鬍刀。「你真的那樣想嗎？甚至包括癌症的事？」

「是的。也許吧。我不知道。有證據顯示，病患在壓力之下，癌細胞複製的速度會更快。」

他繼續刮鬍子。「她需要感到抱歉的事已經夠多了。我不確定我們還得把這些都加上去。」

「不過，那些是我的部分。你有你的部分。我不會因為她需要對你感到抱歉的事情太多，就拿掉我的部分。她是一個具有破壞性的人。而我們現在竟然在為她前來午餐而做準備。」

「那你為什麼要讓她來？」

凱特站起身，在佈滿蒸氣的鏡子上抹出一個圓圈，這樣，她就可以看到自己的臉孔。她站在他的身邊，兩人的目光在鏡子裡相遇，不過，她並沒有說什麼。

一整個早上，他都試著在想像，如果他母親沒有出現的話，或者她打電話來取消的話，他會有什麼感覺。他會失望嗎？鬆一口氣？還是兩者都會？問題就在於，他不知道自己想要什麼，他不知道要怎麼做。

某方面來說，他覺得他們應該要多邀請一些人。鄰居。孩子們的老師。大學時代的朋友。他們應該讓房子裡塞滿客人，這樣，他們就不需要看著彼此，也不需要和彼此說話。但是，下一秒鐘，他又覺得他應該帶她到海邊，坐在沙灘上，就只有他們兩人。在凱特和喬治面前，她不會表現出真正的自己。他不停地想起當年的那個自己——看著火車時刻表，然後長途跋涉到西徹斯特去看她——他知道自己為什麼放棄那些週日。他愛她，他不想認為她是孤單的。他睡在喬治的沙發床上，和她一樣地孤單。那天，他在阿爾巴尼穿越醫院的停車場時，他也和她一樣地孤單，雖然被她趕走，但是，當時他就已經原諒她了。

那天早上，他想了很多關於他母親的事，而那也讓他想起了他的父親。法蘭基剛出生的時候，彼得會花一整個週末的時間陪他，然後在週一工作的時候，還拿出手機看他的照片。在接下來的幾年裡，法蘭基會改變很多，讓彼得可能也會想要離開自己的兒子，從此再也不和他見面嗎？他懷疑布萊恩・史坦霍普是否曾經想起彼得，想起安，想起他曾經有過的生活。他試著要想起他父親的面容，然而，他卻想不起來。他比較記得物品。他父親的車。他父親的槍。他父親一直吊在鑰匙圈上的指甲刀。不久之前，彼得曾經告訴法蘭基，要他在上場打擊的時候，保持手肘的高度，並且在第一球投出的時候，絕對不要揮棒打擊。這是誰教他的？他猜，是他父親吧，雖然他不記得是什麼時候的事了。他很好奇，他那不知道落腳在哪個南方城市的父親，是否曾經對他自己在某一個三月天裡，從他的車道上鏟除了四呎高的積雪感到佩服。而且，他曾經有過一個兒子，那次也幫忙他一起鏟雪。彼得已經帶自己的兩個孩子去過花旗球場了，不知道為什麼，他希望他父親知道這件事。他希望他父親知道，去做一件自己說過要做的事情，事實上並沒有那麼困難。他曾經告訴過彼得多少次，說要帶他去謝亞球場？最可笑的是，彼得每一次都相信他。

電視選台器上的數位時鐘跳到正午時，他下樓走到廚房，凱特也緊隨在後。他沒有看她，也毫不掩飾自己在做什麼，他把手伸向冰箱上的麥片盒後面，在凱特的詫異下，拿出了一瓶酒。他再次把手伸向另一個櫥櫃，從最上面那層放置烈酒杯的架子裡，拿出了一個小杯子，那些酒杯是他們多年的收藏。然後，在轉頭看了她一眼之後，又拿出了另一個杯子。他在兩只杯子裡都倒了酒，而凱特在意識到這整件事讓自己看起來有多麼像個偽君子之下，拿起了酒杯一飲而盡。

「再來一杯，」她說著，把自己的杯子放回流理台上。「你也是。然後就不能再喝了。」

---

那兩杯酒讓凱特的動作慢了下來，不再跟著他，也不再開開關關冰箱。彼得感覺到了一絲冷靜。當凱特上樓再度更換髮型的時候，他又喝了一杯。他討厭被人盯著，因此，他決定等他母親到的時候，他要私底下聽她說她想要說的一切。可是，他記起凱特說過，她想要看孩子們，那讓他打消了這個念頭。也許，她想看的是孩子，而不是他。她當然想要看孩子了，怎麼會不想呢？他們是那麼好的孩子。有趣、古怪又聰明。到了一點鐘的時候，孩子們正在屋外和鄰居玩著捉迷藏。茉莉在企圖跟上其他孩子的時候摔倒了，讓衣服上沾滿了草漬。凱特把她帶上樓去換衣服，幫她擦臉，當她們還在樓上的時候，一輛車子在他們的屋前減緩了車速。

「凱特？」彼得從樓梯底下喊著。「凱特？我想她到了。你要下來嗎？」

他知道她在樓上，就站在樓梯頂端聽他說話。她打算要讓他自己走出去。他嚥了嚥口水，挺起了肩膀。他在乎什麼呢？他什麼都有。他、凱特，和他們的孩子。她傷害不了他。

「凱特？」他試著再叫一次。

凱特在樓上緊緊地抱住茉莉，把自己的臉埋在孩子溫暖的脖子上。然後，透過窗台和窗簾之間的空隙偷看出去，她看到了彼得穿過草坪。她看著他在等他母親打開車門的時候，用雙手掠過自己的頭髮。凱特心想，他不知道自己該怎麼辦，然後，立刻就對自己的行為感到了抱歉，她強迫他接受他母親，她這樣出其不備地對待他。她緊緊地抱住茉莉，看著安走出她的車，面對著他。兩週以前的那個半夜，當她們交談的時候，她看起來是那麼地脆弱和憔悴，而現在，她的臉孔在閃耀，散發著光芒，並且將所有的光芒都轉向了彼得。她剪過頭髮了。她的衣服看起來才剛熨燙過。她走上前，拍了拍他的後背，他也拍了拍她的後背。他們並沒有擁抱。他們只是持續地拍著對方，就像在對待一個沮喪的陌生人一樣。凱特眯起眼睛，她可以看得出來，彼得正在努力地不讓自己哭出來，他的胸口正在劇烈地起伏。當他轉身時，他的臉上出現了一個她從來沒有見過的表情。

「我們在做什麼？」茉莉小聲地問，於是，凱特要她慢慢地數到十。然後才放開她，讓她乒乒乓乓地跑在自己身前下樓，去和那個她未曾謀面的祖母打招呼。

---

彷彿事先說好了一樣，他們並沒有提起過去。未經大聲討論，他們一致認同要慢慢來，按照

他們所需的盡可能地放慢速度。他們聊著孩子的事，每個孩子各自擅長什麼。安說，法蘭基和彼得長得很像，不過，他同時也很像法蘭西斯．葛雷森，聽到她父親的名字從安的口中說出來，讓凱特感到一陣驚愕。彼得看著她。他也有同感。不過，他們很快就恢復了正常，繼續往下聊。他們提起他們家到海邊的距離，以及最近的捷徑。彼得說，他們剛結婚的時候，曾經住在曼哈頓，凱特聞言，避開了安的目光。他們談著即將舉行的總統選舉，說一年前看似機會渺茫的事情，現在似乎大有可能。他們沒有問安關於她現在的生活，她是怎麼消磨時間的。彼得知道，她不喜歡別人問太多的問題。當他們坐著聊了好一會兒之後——咖啡桌上擺著一壺咖啡和餅乾，空氣之中瀰漫著低聲的音樂，這樣就不會有太安靜的空檔——安告訴彼得，她聽說他正在休息，他在工作上遇到了一些困難。

彼得很快地看了凱特一眼。

「對，」彼得說。「我們正在處理。」他已經給了凱特一個每當他喝醉時的那種激進的表情。她想起了麥片盒後面的那瓶酒，同時懷疑還有多少瓶酒被藏在這間屋子裡。他站起身，離開了房間。凱特聽到冰箱冷凍庫的門被打開的聲音，她不用看，就知道那瓶蘇托力伏特加瓶身上的結霜，在他用那四根巧妙的手指和一根拇指溫暖地握住瓶子，把裡面的酒液倒出來的時候，會瞬間在他的手指底下融化。兩個女人的眼神相遇了，她們同意要一起面對的那個問題現在就擺在她們面前。

凱特思量著安變得多麼蒼老，並且很好奇自己和彼得是怎麼看待安的。彼得鬢邊的頭髮已經變白了。凱特也已經染了好幾年的頭髮。她胸口上的細紋過去會在她每天早上刷牙的時候褪去，然而現在，即便到了午餐的時候，那些細紋都還在那裡。彼得臉上也有很深的凹陷從眼角擴散而出。不過，他們之所以注意到這些，是因為他們依然年輕，這些變化對他們來說都是頭一回。他們還會年輕個幾年。安則削瘦到她身上那件束腰襯衫不時地滑向另一邊的肩膀。她的鎖骨看起來就像茉莉的腳踏車手把。她在她選擇的那張椅子上動來動去，彷彿屁股很疼痛一樣。

當他們聽到喬治的聲音時，他們都還在起居室裡，透過窗戶，凱特看到他正在把他一路從桑尼塞德帶來的冰棒，從一只冷藏箱裡拿出來分送。他帶了夠多的冰棒可以分送給鄰居的小孩，可以給任何可能出現的孩子。

安直挺挺地坐在椅子上，抓緊了自己瘦骨嶙峋的膝蓋。

「彼得有告訴你喬治會來嗎？」凱特輕輕地問。不過，他哪有什麼機會告訴她？

「安．費茲傑羅。」喬治一進門就轟然出聲地說。

安站起身來和他打招呼。「哈囉，喬治。」語畢，在喬治衝向她，給她一個擁抱時，驚嚇地往後退開一步。然後又接著說：「你聽起來就像布萊恩一樣。你的聲音。剛才我還以為……」

「那傢伙？」喬治回應道。「你居然還記得？」他像往常一樣地和凱特打招呼，緊緊地將她抱離地面。他也擁抱了彼得，彷彿他並非幾星期之前才和他們見過面一樣。打完招呼之後，他從一只帆布袋最底下拿出了一碗包得很嚴實的水果沙拉，還有他從皇后區一家麵包店買來的一袋麵包捲。凱特可以看得出來，他決定要把這次見面裝作是一次尋常的聚會，彷彿是他們每個月的例行公事一樣，過去所有的怨恨都從記憶的板子上被擦掉了。「我快餓死了。」

他們排成一排地穿過屋子，走到陽台上，凱特早已將陽台上的椅子擦乾淨，並且將它們移到了陽傘底下的陰影處。

安啜飲著她的水，不過，滿心的激動讓她不得不先把水含在嘴裡，過了好一會兒才有辦法嚥下。他們也邀請了喬治，雖然她並不喜歡這個事實，不過現在，他人就在這裡，她因而感到了一股急切，覺得自己需要告訴他一件事。她默默地在心裡練習她要說的話，並且衡量著要在什麼時候開口。能單獨對他說最好，只有他們兩個人的時候。孩子們很快就會過來了。凱特正在切蘋果。彼得正在開一袋熱狗，並且把熱狗排在烤肉架上。我的天，他是那麼地英俊。他比布萊恩還要高大，看起來更像安自己的父親，她早就想不起她父親的臉孔，直到在彼得的臉上才又看到了他。他喝醉了。當他伸手去拿刀子把塑膠袋劃開時，她可以從他的大動作裡看得出來。她也可以從他雙腿岔開的模樣看得出來。不過，他偽裝得很好，他已經很熟練了。如果她沒有一直觀察的話，她也絕對不會發現。他完全跟得上聊天的內容，還會偶爾加入他自己的意見。喬治在安旁邊的座位上坐了下來，不過卻因為塑膠椅燙到了他短褲下的皮膚而立刻跳了起來。他抓來一條被扔在草坪上的海灘浴巾，摺疊好之後，墊在了他的屁股下面。

「差點把我的屁股燒焦了。」喬治自言自語著。

安很懷疑喬治是否看得出來彼得發生了什麼事。不過，只要說錯話題，給錯意見，他們就會回到他們開始的起點。她不應該提起法蘭西斯．葛雷森的名字。只要她再說溜嘴一次，凱特就會決定自己完全不需要她的幫助。只要她像剛才那樣再次說溜嘴的話，她就得立刻駛往高速公路，回到她那間現在看起來更加空虛的小公寓裡。那個晚上和凱特說完話之後，她回到自己的家，那裡看起來就和平常一樣——一個她只會待上一小段時間的地方，而非一個真正的家。然而，就算她一直提醒自己只說安全的話題，並且在開口前務必要三思，但是，她心裡的那股急切感卻越來越強烈。

「我想要謝謝你。」她並沒有看著喬治，只是逕自地說。喬治已經把襯衫從腰際拉了出來，他的肚子上明顯地濕了一圈。

「你做了一件非常了不起的事，你就那樣收留了他。我很感激你。」安的聲音哽咽。

她說出來了，放下心中的那塊大石頭讓她立刻感到了一陣暈眩。一個又一個的治療師都向她保證過，有朝一日，當時機來臨的時候，這麼說可能會是一件好事，對她自己和任何人都是件好事，不過，她從來都不相信他們的說法，直到他在那個下午走進了那扇門。在那個小時以前，她一直以為自己不會有這樣的機會。「我們會重複我們所不能修復的事。」阿巴斯醫生有一次這麼對她說過，而這麼多年以來，她一直把對這句話有限的理解視為是針對她個人，並且認為自己應該很安全，因為她沒有什麼機會重複她所犯下的那些最糟糕的錯誤，她已經沒有家人了，沒有人可以被她拋棄，沒有人可以被她趕走。然而，從那天晚上，凱特的臉孔出現在她駕駛座窗戶的那一刻起，她就開始懷疑自己是否一直都誤解了阿巴斯醫生的那句警語。醫生那句話裡的「我們」（她承認，在第一次聽到的時候，她還曾經翻了白眼）是多麼的廣義。「我們」可以包括彼得，可以包括他的孩子，以及所有被看不見的繩索將之和安連結在一起的人。

喬治很快地點了一下頭，完全沒有心理準備。

「那是我的榮幸。」過了一會兒他才開口，然後對著他那隻肉肉的手咳了一聲。

他們沒有談到吉勒姆，也沒有提起凱特的父母，或者猜測布萊恩當下可能正在哪一座高爾夫球場。他們聊著食物，聊著悶熱的天氣，以及孩子們對於天氣的感受似乎和大人不一樣。然後，喬治委婉地輕聲問安現在住在哪裡，當她告訴他的時候，他問她是否喜歡薩拉托加。他說，他曾經去那裡看過幾次比賽，不過，已經很多年沒有再去了。

「我在阿爾巴尼的一家醫院待了很多年，」她說，彷彿他們並不知道一樣。「所以，我早就已經住在那一帶了。」彼得懷疑，她是否還記得他曾經試著去看她的那一次。

「你今晚要一路開車回去那裡嗎？」喬治問。

凱特和彼得立刻交換了一個緊張的眼神。如果她是任何一個客人的話，現在就會是邀請她留下來過夜的時候。不過，安說她不會，她和一家位於高速公路上的傑里科汽車旅館說好了，會在那裡住一陣子。

「喔，」凱特說著，小心翼翼地放下手裡的盤子。「一陣子是多久？」

「一星期或兩星期，也許。」

「你不是說你在北部有份工作嗎？」凱特問。「還有一間公寓？」

「凱特。」彼得出聲說道。

「我申請了休假。我把我的休假日都累積起來了。」她沒有告訴他們，她以前從來沒有休過假，一次也沒有。

彼得可以看得出來，凱特正在小心地思考著接下來要說的話，不管她要說的是什麼。因此，他先開了口。

「聽起來不錯。休假很好。」他對凱特示意他們晚點再討論。

凱特心想，這都是我的錯。我邀請她來。我怎麼會相信她只會來看他一次，然後就繼續走她自己的路呢？不過，她隨即看著安穿過陽台走向冷藏箱，在彼得旁邊的座位坐了下來。她現在已經老了。脆弱。駝背。和她的兒子以及他的家人相處讓她感到緊張。

「給你。」凱特說著，起身去幫她拿了一顆抱枕。那張放在彼得旁邊的椅子，是所有的椅子裡最不舒適的一張。

「謝謝。」安對她說。看著她把抱枕塞在身後，凱特默默地告訴自己，她控制不了我們的。

---

安一直待到蚊子都出來了，孩子們也穿著睡衣下樓來，他們的氣息聞起來有薄荷的甜味。他們一個一個地來到陽台，展開雙臂抱著喬治，然後是彼得，再來是凱特，接著是安。「晚安。」他們說道，小男孩和小女孩先後將他們溫熱的小臉貼在她的臉上。茱莉還伸出她的手來握手，並且祝安回程一路平安，不管她來自哪裡。

「茱莉！」彼得警告地說。

安馬上就覺得這個小女孩最得她的歡心。

起身準備點燃香茅火把的彼得心想，如果我們還會再見到她的話，我不能期望情況還會像這次這樣。我現在不能假設她會一直都像這樣。我會好好享受今天——截至目前為止，一切都還不錯——可是，我不會期待更多。她今天對所有的事都感到興趣，但是，明天可能就不會了。他不知道在經過了這麼久以後，當她再度見到他時，她是否感到了失望。她曾經躺在他的床上，說出所有她想要帶他去的城市名稱。舊金山。上海。布魯塞爾。孟買。不過，他從來都沒有看到過那些地方，她也沒有。如果他們把他們所能找到的最大的地圖摺疊起來，一摺又一摺地摺疊起來的話，那麼，他起始的地方和他最後落腳的地方就會是地圖上的兩個小點，兩個並肩存在的小點。

# 19

班尼可以陪彼得等到最後一分鐘，不過，當他們叫到他的名字時，他必須自己一個人進去。

班尼把他們可能會提出來的問題、以及彼得在不要說太多的情況下可以給他們的答覆，全部都再耳提面命了一遍。然而，彼得並沒有全神貫注地在聽。那天早上，在他意外開槍之後的十二週之後，他坐在凱特床邊，告訴她說，她也許是對的，他也許有問題，不過，如果她對他的忍耐可以再多撐一陣子的話，他就決定要讓自己好起來。他說，關於她在幾星期前說過的一件事，他已經思考了一陣子：不是所有的問題看起來都一樣，不過，那並不代表那些問題就不是問題。關於她一直在對他說的那些事，一直在對他提出的那些警告，她有可能都是對的。她有可能是錯的，不過，她也可能是對的。自從他母親來訪之後，他就一直試著要早點就寢，所以，他最新的方法就是把鬧鐘設定在半夜。只要鬧鐘一響，他就得上樓去。如果他當時手裡正好握了一杯酒，那麼，他就得把酒倒到水槽裡。這個辦法維持了一個星期，之後，每當鬧鐘響時，他就不斷地按下暫停鍵，最後索性不再設定鬧鐘了。在那之後，他制定了一項規則，限制他自己只能喝啤酒，不能沾其他的烈酒。而這個方法只持續了三天。

問題是，昨天晚上他才自我承諾說他只會喝兩杯。但是，他卻喝了第三杯。第四杯。那就像在下坡時跑得太快，他的腳甚至都已經跑在身體的前面了。他停不下來。那讓他感到很驚訝。他不確定自己以前有沒有嘗試過這樣的跑法。

她從枕頭上抬起目光看著他，剎那之間，他以為她就要說她已經受夠了，說一切為時已晚了。然而，她卻從床上坐起身，抱著他的肩膀。然後傾身向前，直到她的額頭碰到了他的額頭為止。「感謝老天，」她說。「讓我們先過完今天，好嗎？」她說。「然後，我們晚點再說？你幾點得到那裡？」

---

聽證會被安排在九點整開始，不過，到了八點五十五分的時候，書記員走了出來，說他們得往後延到十點。洗手間在走廊的盡頭。自動販賣機則在大廳裡。

班尼趁著這段時間告訴他，如果這場聽證會的結果是他會被強迫退休的話，不管是不是以失能為名，那麼，接下來就會是另一場退休金的聽證會。

「你認為結果會是那樣嗎？」彼得問。「也許，他們會認為過去這段期間的處置是個很大的錯誤，然後讓我恢復全職。」

「是啊，他們可以這麼做，他們可以。」班尼說道。但是，他從來沒有看過有這樣的例子，至少他個人從來沒見過。

彼得和班尼並肩坐在五個行政區裡最不舒服的凳子上，試著要想起自己在心理治療期間所說過的最糟糕的話。班尼確定聽證會小組面前會擺著他的心理師所做的筆記和結論。這似乎並不合法。雖然班尼認為如此，不過，現在想這些事又有什麼意義，既然那些東西都已經在這裡了。他真希望彼得有告訴過他，他簽字同意放棄自己的隱私權，他原本可以警告彼得在治療的過程中要提高警覺，然而，彼得並沒有了解到他們會用那些筆記來對他不利。他站起身宣誓，並且試著要回憶那個心理師的行政人員告訴他的事：他們是在幫該部門蒐集縱向的數據。還有，他的指揮官告訴他，如果他不簽字的話，他們會考慮沒收他的退休金。在第一次的諮商治療之前，他的狀況很差，他甚至想不起來自己在簽名之前有讀過那些文件。他能怎麼辦？班尼了解雙方的立場。由於彼得自己也是一名指揮官，他們必須保護在他底下工作的那些人。如果這種事再度發生，而彼得的子彈射中的不是一面磚牆，而是一個人的話呢？

「你覺得警察部門能夠承受即將來臨的風暴嗎？他們已經有一堆壞警察要處理了。」班尼說。

「我不是壞警察。」

「我知道，彼得。可是，我不認為他們會冒險讓一個狀態不穩定的警察再回去工作。」

彼得退縮了。「我沒有不穩定。他們並沒有真的那麼想。」

「你知道那只是用字的問題而已，第九號臨時命令。那是條文裡的部分措辭。」班尼似乎很小心地在思考自己接下來要說的話。「問題就在你的檔案裡有一份命令懲戒。我的認知是，他們內部認為你很聰明，不過，他們也相信你在隱瞞什麼。」

彼得再度想起那天早上他對凱特所說的話，他多麼希望能夠爬上床，躺在她身邊，直到他弄清楚自己是怎麼來到了這個地步，又要怎樣才能走出來。

「彼得，這件事只有你我知道，我沒有把你在醫院要我幫忙的那件事告訴任何人，不過，他們很可能也知道這件事。當時，有太多人進進出出，我知道至少有一個護士聽到了。你那天有喝酒嗎？」

那天發生了什麼事？凱特前一晚徹夜在實驗室工作，所以那天白天的時候她在家裡。她坐在廚房的餐桌前，桌上堆了一疊教科書和被記號筆塗滿各種不同顏色的索引卡。諷刺的是，他記得在那一刻，他還覺得他們的生活很不錯。天氣很完美，車庫裡有木屑的味道，收音機裡正在轉播一場球賽，他在他的啤酒冰箱後面找到了一罐還沒喝完的IPA啤酒。他在四點的時候抵達警局報到。嚴格來說，那天，他喝了幾杯酒，不過，班尼應該和彼得一樣清楚地知道，對於上夜班的人而言，時間的算法是不一樣的。不管什麼時候，只要彼得開車離開家裡前往警局，對他來說，就代表著一天的結束和另一天的開始。他在三點鐘左右離開家，一直到大約晚上九點左右，他都沒有喝酒。如果他承認那天他喝了酒的話，那就等於釋放了什麼不實的訊息。

「事實上，不要回答這個問題。」

---

聽證會小組的醫生成員裡包含了兩名骨科醫生和一名精神科醫生。骨科醫生之所以在那裡，是為了其他因為斷腿和椎間盤破裂而被調整職務去坐辦公桌的巡警。至於精神科醫生的出現，則是因為他的關係。

他們在友善的氣氛中開始。一名骨科醫生問他，他最近感覺如何，他睡得好不好，飲食是否正常。當他的回答太簡短的時候，他們就要求他詳細闡述。他還在和他的治療師見面嗎？他覺得自己有改善嗎？家裡的狀況如何？他的孩子好嗎？他的妻子？從彼得的角度來看，他的妻子是怎麼處理一切的？彼得提醒他們——那一定在他們的筆記裡——凱特也在警察部門工作，她的資歷僅次於犯罪實驗室的主任。他們沒有反應，只是等著他多說一點。那名精神科醫生提及了筆記裡的一項註記。

「還有你喝酒的事。在你遭到職務限制之後，你喝酒的習慣有變得更糟嗎？我們有拿到一名醫院員工的聲明說，那天傍晚，你企圖要叫你的工會代表去幫你買酒？在你接受評估的時候？你就不能等到評估結束？再多等一個小時，也許？兩個小時？」

彼得把手用力地壓在雙腿上，以保持雙手的穩定。他按照稍早練習時的回答說：「那天晚上我很激動，我想，我被嚇到了。不過，那天發生的事和喝酒並沒有關係。然而，如果這麼做會讓警局感覺舒服一點的話，如果警局認為有必要的話，我願意去參加康復計畫。」

「你開槍的時候喝醉了嗎，彼得？」

「沒有。」

「你認為你喝醉的時候還可能執行你的工作嗎？」

「不可能。絕對不可能。」

他們似乎在思考他的回答，不過沒有人作聲。

「那你父母呢？你父親，他曾經是名警察，對嗎？你告訴伊莉絲醫生說，你有二十五年沒有見過你父親了？你也說，你母親在某家州立精神機構裡待了超過十年，而那是認罪協議裡的一部分？」

不斷地被問及房間裡每個人都已經知道答案的問題，讓他感到很惱火。

「你可以描述發生了什麼事嗎？在你十四歲的時候發生的那場意外？」

雖然，彼得已經預料到他們會問這個問題，不過，當他們現在真的問了的時候，他卻想不出要如何回答。他們面前那疊資料裡都有這件事的細節。為什麼還要他說出來呢？

「二十四年。我最後一次看到我父親是二十四年以前。不是二十五。」

「還有你母親。那是暴力攻擊，對嗎？她對你的鄰居開槍了？你告訴伊莉絲醫生說，她有偏執妄想症。她一度被認為罹患思覺失調症，不過，那可能是誤診？你對她的診斷和治療有多清楚？」

「是的。」彼得說。

「是的什麼？」精神科醫生問道。

「是的，那是暴力攻擊。」

「你和她有聯繫嗎？她還在接受治療嗎？」

「我最近有和她見面，她現在好多了。現在的藥物比以前進步很多。」

「彼得，」精神科醫生說。「你得要回答我們所有的問題。你不能挑問題或者選擇性地回答。」

彼得嘆了一口氣。「你所說的那場意外，沒錯，是很可怕，不過，我母親生病了，而她在家裡也沒有得到足夠的支援。我當時還是個孩子，所以我什麼都不懂，不過，我父親，他應該要知道她需要治療。反正，我們都往前邁進了，包括我岳父，而如果他都能往前邁進的話，我實在看不出那件事和現在這些審訊有什麼關係。」

「你岳父？他和那個事件有什麼關聯？」

彼得往後靠向椅背。他從來都沒有提過那個細節嗎？在那十二週不斷談話的治療過程裡，他從來都沒有提起過這部分嗎？他認為他們早已經知道了。他很快地思索著，同時也感覺到他們往前傾靠，豎起了耳朵等著要聽到他的回答。

「我妻子的父親。他就是那個鄰居。是遭到我母親開槍的那個人。」他們全都低頭俯視著他們的筆記本，飛快地寫下了什麼。

---

最終，他們在商議的時候，甚至連暫時把他請出房間都懶得安排。他會立即退休。他們會繼續支付他的薪水直到年底。

他一走出房間，就看到了班尼。還有和班尼並肩坐在長凳上的法蘭西斯．葛雷森。

「你在這裡做什麼？」彼得問。法蘭西斯打了幾次電話到他們家裡，想要知道聽證會進行得如何，發生了什麼事。彼得不知道凱特是否有回過他的電話。

「我想來這裡，」法蘭西斯說。他戴著他慣常戴的那頂花呢扁帽，低壓在額頭上。他是這棟建築物裡唯一一個進來之後沒有把帽子脫下來的人。「聽證會進行得怎麼樣？」

班尼不需要開口問，因為他已經知道結果了。「你要上訴。」班尼說。

彼得越過兩人，逕自走向電梯間。他按下電梯按鈕，不過，隨即卻往樓梯的方向走。

「你告訴他們你要去康復中心嗎？」班尼朝著樓梯間大喊。「你那麼說了嗎？」

——

終於，屋外有了秋天的味道。那是他最喜歡的季節。天氣變涼的第一個徵兆總是讓他渴望著擁有一疊新的筆記本，讓他想要吃一顆蘋果，然後以最快的速度跑上一段十公里的長跑。那是適合越野賽跑的天氣，在悶熱的夏天和第一道冷冽的冬風出現之間，那宜人又完美的幾個星期。

班尼加快腳步趕到停車場和彼得會合。法蘭西斯也沒有太落後。

「好好考慮一個星期，」班尼說。「如果你不想上訴的話，我會讓他們安排一場退休金的聽證會。」他歪著頭，把一隻手搭在彼得的肩上。「你還好嗎？你沒事吧？」

「應該吧。事實上，我覺得我還好。」

「彼得！」法蘭西斯從停車場另一頭大喊。彼得看得出來，他已經以他最快的速度在移動了。於是，彼得靠在自己車子的保險桿上等他。

班尼先行告辭，好讓這對翁婿獨處。

「你需要搭便車去哪裡嗎，法蘭西斯？」

「不用。我的好朋友會載我。我只是想說——」

「什麼？」

為了看清楚彼得，法蘭西斯舉起一隻手擋住了陽光。

「放輕鬆點，好嗎？我是站在你這邊的。」

「你的意思是，你是站在凱特那邊的。」

「是啊，」法蘭西斯說。「沒錯。我是站在凱特那邊。不過，據我所了解，你們兩個是同一邊的。」

「你為什麼來這裡？」

法蘭西斯四下環顧著停車場。「我只是想要告訴你，一切都會沒事的。你還年輕。這看起來好像是世界末日，不過並非如此。我知道不得不提早退休是什麼感受。」

彼得拉掉領帶，把它纏繞在自己的拳頭上。

「我是個好警察。」

「我知道。」

「那是個意外。事實上，這種事很常見，多到會讓你感到驚訝。班尼的手裡有一些其他案例的數據和細節。只要沒有人受傷，據我所知，沒有人會被強迫離職。」

法蘭西斯似乎在考量著他的反應。

「也許是真的，不過，那是你為什麼被迫離職的原因嗎？因為你對著一面牆開槍了？」

彼得轉過身，從褲子的口袋裡掏出鑰匙，繞向車子的駕駛座。

「我來這裡也是因為……」

「因為？」

「我想要說，你還是應該要去康復中心。如果他們不願意支付這筆費用的話，我會付的。如果你們負擔不起的話。你和凱特。或者，我們可以把它當作秘密。你和我的秘密。」

「我對凱特沒有秘密。」

「沒有嗎？」法蘭西斯一邊拖著腳步離開，一邊回頭問道。

---

凱特在那天早上去工作了，不過，當彼得把車駛近他們的屋子時，凱特的車卻停在車道上。孩子們去上學了。當他進屋時，她正坐在廚房桌子前面，雙手捧著一杯茶。他默默地來到她的對面坐下。她的目光落在他的臉上，試著尋找一點蛛絲馬跡。

「他們會付我薪水到十二月，」他說。「明天有人會過來把車開走。班尼會處理退休金的事情。」

她緩緩地吐了一口氣。「好，」她說。「至少，事情已經結束了。」她把手放在他的手上，馬克杯的溫度在她的手裡留下了暖意。

「我不能做的事很多。有一部分的我認為，我也許可以轉任到某些機構去當保安。可是，沒有任何一家保安公司會雇用一名被繳械的警察。」

他可以看得出來凱特並沒有想到這點，並沒有想到有些路現在行不通了。

「我覺得你今天不需要擔心這件事，好嗎？」她說。「那可以等到明天再想。還有，我有一個東西要給你。」語畢，她走到冰箱前面，拿出一個從他最喜歡的糕餅店買來的美式檸檬派。她把檸檬派放在他面前。就在她站到他身邊時，他用雙手圈住了她的腰，將頭靠在她的肋骨上。

「我把醫院那間房間弄得亂七八糟，」他低聲地說。「我好沮喪。我只是，我不知道。他們清掃了那間房間，並且幫我做了心理測試。他們還帶了一些約束行動的器具到那間房間裡。」

凱特立刻感覺到有一道門閂被打開了，一抹光線掃過了黑夜。這終於說得通了。她想起了很多年以前，他那艘失蹤的模型船，後來，他是怎麼告訴她說，他母親把那艘船砸成了碎片，而那讓他產生了一股強烈的感覺，讓他也想要把東西砸碎。

「他們用了嗎？那些約束行動的器具？」

「沒有。」彼得說著，把她抱得更緊。

「很好。嗯，那很好。」

「我可能還是會離開一陣子，」他說完，立刻就感到她的身體繃緊了。「只是一陣子，直到我對那東西有掌控的能力。」

「康復中心。」她說，只是為了確定他們在說的是同一件事。她把雙手放在他的頭髮上。

「我一直很擔心，你今天早上說的不是你的心裡話。我一路開車去上班，結果又掉頭回來了。」

他是真心的嗎？在這個問題上，他的想法每個小時都在改變。他們誰都沒有說出那個字眼。一個酒鬼不僅容易絆倒，還會咆哮。如果他可以堅守一些規則的話。如果他不在家喝酒，只在派對上喝，或者當他們外出上館子的時候才喝的話。只在週六週日才喝。如果他設限的話。只有啤酒，不能碰其他的烈酒。只有在大都會比賽時才喝，就像喬治那樣，直到滴酒不沾為止。他現在退休了，那表示他的日常習慣將會改變，而他的部分問題所在，就是那些舊的日常習慣，也許，如果他們把房子賣掉，搬到一棟新房子的話，他就可以把所有的壞習慣都拋諸腦後。也許，如果他們搬到另一州，一個沒有人認識他們的地方。

然後，他想到了孩子，很快地，他們會發現到他的生活是如何地繞著這些規則打轉。他想到了凱特，想到她溫柔卻清晰地告訴他，如果他再不停止的話，她就會離他而去。

---

凱特把該打的電話都打了。當他一說願意去的時候，她就連一秒鐘都不想浪費。等到他把西裝脫掉的時候，她已經得到了一些資訊。他們的保險雖然還不錯，但是，由於他們並沒有購買附加條款，因此，他們大部分的支出，還是得自掏腰包。她查過他們的銀行存款，他們的退休帳戶。他們幾乎從來都沒有去度假過，而現在，他們永遠都去不了了。不過，那沒關係。凱特笑了笑，揮了揮手腕，趕走他的擔憂。她不希望他停下來去想這個問題，因為這樣，他就可能會改變心意。他們的保險公司客戶服務代表把她的電話轉到了一個指定的部門，凱特原本預期對方會充滿敵意和預設立場，然而，那個人卻很友善又有耐心。當一切都安排好之後，凱特再三地道謝，並且說他會立刻動身。她感到欣喜若狂。她已經好幾個月都沒有這麼快樂過了。現在，事情終於要好轉了。直到他康復之前，帳單都不會寄來。他們一起解決了這個問題，就像他們一直以來的

那樣，而他們未來也會如此。

「喔，史坦霍普太太，不，他不能自己開車。他需要一個至親接送他。」

「他有有效駕照。他從來都沒有酒駕違規或者什麼的。」凱特幾乎要說，那是他向來都很謹慎的事。

「這只是我們的政策。如果這是個問題的話，或者我們應該要換個日期？他會錯過這個床位，不過，我可以看看在接下來的一兩週裡，別的地方是否還有空床？」

「不，我們還是要這個床位，」凱特堅持地說。「他會過去的。沒有問題。」

時間已經過了中午一點了。稍早，凱特離開工作回來時，已經取消了保姆的安排，那個和他們住在同一條街上的青少年保姆，通常都會幫忙把孩子從校車上帶下來。她又打電話給那個孩子的母親，說她還是需要她過來，不過，那個母親告訴凱特，她已經約好了齒顎矯正醫生，因此，只能對她說聲抱歉了。他們安排好的那家設施位於紐澤西中部，車程大約要兩個半小時，來回就是五個小時。她開始打電話，看看有誰可以在這幾個小時裡幫忙照顧孩子。毫無疑問地，一定會有文件需要填寫。全部加起來，她預計至少會離開六個小時。「工作上走不開。」凱特打給住在城市另一頭的朋友時這麼解釋，由於不住在附近，他們就不會看到凱特和彼得的車正停在自家的車道上。她也敲了鄰居的家門，但是，沒有人前來應門。她打電話給曾經送茉莉去過的日照中心，看看是否剛好有人可能願意接受可觀的鐘點費，幫忙照看孩子幾個小時。在這麼趕的時間內，沒有人可以趕得到這裡。時間一分一秒地過去。彼得正在樓上的家庭室裡看電視，彷彿深怕靠近地下室的門一樣。凱特在絕望之下打給莎拉，不過，她不想告訴莎拉自己為什麼需要幫忙。

「我把我自己的行程弄混了。我有一個重要的會議。我真的很抱歉，你能來嗎？」不過，莎拉說，她最快也要五點半才趕得到，而五點半對凱特而言實在太晚了。

「彼得還好嗎？」莎拉問。「你聽起來很奇怪。他的事情不是今早就結束了嗎？」

「喔，他很好，」凱特說。「我晚點再打給你。我要繼續找保姆了。」

彼得最遲得在那天傍晚七點報到。否則，他的床位就會被分派給別人。

「如果你很急的話，你可以試試看媽媽和爸爸。」莎拉提議。「喔，等等。媽媽和她常常去散步的那個朋友去了暢貨中心。她們通常在離開之後會一起吃晚餐。」

她告訴莎拉不用擔心，不要在意她打過這通電話，她會再試試看別人。

在接著打了幾通沒有結果的電話之後，她感覺到彼得來到了她身後。

「打給我媽吧，」他說。「她會來的。」

沒錯，安似乎回來了，也許是因為她知道聽證會就在這週。幾個早上以前，彼得看到她走在大馬路上，等著交通號誌轉換好過馬路，並且在回家之後立刻告訴了凱特，說他不知道自己是否應該做些什麼。自從他們一起午餐的那個下午之後，他們只和安說過一次話，當時，安帶了幾本益智書籍來給孩子，並且問彼得的狀況如何，雖然凱特邀請她進門，不過，她最多只願意走到前門，而不願意坐下來。

安・史坦霍普單獨和她的孩子在一起。凱特試著想像這樣的畫面。

「我們能確定她不會傷害他們嗎？」

「她當然不會傷害他們。」彼得說。

「當然？不，不要表現出一副這個念頭很荒謬的模樣。你知道，我們並沒有問過她太多問題，不過，我想要知道她現在在服用什麼藥物，她是否經常性地會和什麼人見面。」

「她來的那天看起來似乎很好，凱特。我們沒有別人可以找了。這就是她為什麼回來的原因。就是這個理由。以防我們需要她。」他交叉雙臂，考量著另一個選擇。「或者，也許我應該要再等一兩週。等到有另一張空床的時候。也許這一切都有點太趕了。」

「不，」凱特說。「不，你不能等。」最多七個小時。如果她加快速度的話，也許六個小時就可以了。她把電話遞給他。「你來打。如果她接電話的話，告訴她，我們會付錢給她。或者不用告訴她。我不知道。你覺得怎麼說最好就那樣說吧。我要去換衣服了。」

她才剛解開胸罩，彼得的聲音就從樓梯底下傳來了。「她十分鐘後就到。」

———

當安到達的時候，她接受著他們的指示，彷彿他們交給她的是核彈密碼一樣。她沒有問他們要去哪裡或者為什麼，雖然，凱特覺得她應該已經猜到了。當她在看清單的時候，她要求他們兩人不要走開——他們晚餐應該要吃什麼，他們的睡衣放在哪裡，他們幾點應該要上床睡覺。凱特試著要想出一個辦法，好讓安知道，快要滿十歲的法蘭基什麼事都會向他們報告。只要凱特一回到家，任何可能發生的怪事，他都會準備好要告訴她。

「如果你們覺得可以的話。」安的表情嚴肅，以至於凱特暗自決定，如果她即將要說出口的事情很可怕的話，她一定會把這整個計畫都取消。

「什麼事？」凱特問。

「晚餐後，我可以帶他們去吃冰淇淋嗎？山丘大道上有一家卡維爾冰淇淋專賣店。」安從口袋裡拿出一張她從網路上印下來的地圖。

那得要開車去。看起來應該會下雨。空氣裡已經有一股下雨的低壓感了。在他們離開前，凱特可以先去買一加侖的冰淇淋回來放在家裡。她可以選一些配料，這樣，他們就可以在家裡自己做聖代。不過，這樣至少要花上二十分鐘的時間。

「可以。」在凱特有機會回答之前，彼得先開了口。他把他的皮夾拿出來，不過，安撥開了他的手。

「你確定可以嗎？」安問。

「對啊，你確定嗎？」凱特也跟著問。

「他們會很喜歡的。」彼得說。

---

他們在三點鐘左右的時候出發了，彷彿兩個逃學的孩子一樣。安送他們走出家門，然後坐在前門的台階上等著校車抵達，儘管校車還要四十分鐘才會到。彼得和凱特都走到凱特車子的駕駛座門邊，她以為他會和她爭辯誰來開車的問題，會建議他們在快要到達康復中心的時候再換座位

就好，如果她擔心那些政策的話。然而，他卻什麼也沒說地走回了乘客座的門邊。車子沿街開出的時候，凱特的目光一路上都緊盯著後視鏡，不停地看著安。等他們開到高速公路的時候，凱特告訴他說，如果他想的話，他可以睡覺，不過，他繼續保持著清醒。

「我們開到墨西哥去吧，」過了一會兒之後，他說。「在海邊待個幾天，然後，我就會完好如新了。我母親會很樂意陪他們到我們回來為止。」

「喔，別這樣，」過了一秒鐘之後，他又說。「這個笑話很好笑。」

交通在靠近機場的時候十分擁堵，但過了那一段路之後，卻又幾乎見不到其他車輛。他們沿著曼哈頓北邊而行，然後跨越了喬治華盛頓大橋。

「如果一路上的交通都像這樣的話，我們很快就會到了。」凱特說。他們之間的氣氛很平靜，那是一種強烈的樂觀感，讓凱特想要游進去。她在付費高速公路上轉向南方，雖然，她知道那一片往西蔓延的丘陵是垃圾場，不過，那裡長滿了草，此刻的她但覺那片土地看起來很美。過去發生的事，沒有什麼是不能修復的。而現在也不會發生什麼事。他們會一起面對這件事，一起並肩奮鬥。他坐在她旁邊調轉著收音機，光是這樣看起來似乎就健康很多了，彷彿開關已經被打開了一樣。他們曾經誓言要相守在一起，無論是順境還是逆境，現在，看看他們。如果這還不算是逆境的話，那麼，怎樣才算呢？而到目前為止，他們的表現都還不錯。

她朝西而行，再往南，然後再度朝西，道路在他們面前展開，又在他們身後蔓延而去。她怎麼會曾經以為他們有可能撐不過去呢？

「我們到那裡之後會怎樣？」他若有所思地問。

「他們會評估你，判斷你是否符合戒癮的標準，然後，等他們決定你確實符合之後，他們就會讓你留下來。先經過幾天的戒治，然後，你就會開始適應。幾星期後，你就可以回家了。」

「然後呢？」

「我不知道。不過，把它當作一個機會吧。有多少人有機會可以從頭來過的？你在二十二歲的時候決定當個警察。你真的有徹底想過你所有的選擇嗎？你記得當你告訴我你已經決定的時候嗎？在那天以前，你從來都沒有提起過要當警察，一次也沒有。你可以當個甜點師。當個圖書館員。不管當什麼，你都依然是個丈夫，是個父親。」她說。「那才是最重要的。」

「你知道我們的收入會少很多。」

「是啊，也許。不過，如果你不振作起來的話，錢多錢少都沒有什麼意義。」

「為了他們，」他說，「他們是很棒的孩子。」

「為了你自己，彼得。不是為了他們。也不是為了我。是為了你自己。」

他們開上當地的一條小路，路的兩邊遍布著濃密的森林。他們又經過了一排農場攤位，不過，所有的攤位都封起來了。

「你真的想過要離開嗎？」他終於問她。「我是說，你現在有這麼想嗎？那似乎有點太急了，你不覺得嗎？整體來說的話。」

「急？」她重複著，同時試圖不要讓她明亮的希望因為這個問題而罩上一層陰影，因為有那樣的希望，她的腳才能踩著油門一路開了一百多哩路，並且繼續往下開。「這個情況已經持續很長一段時間了。你一直沒有站在我的角度來看。還有。生活的節奏也變快了。你有注意到嗎？曾經以正常速度在運作的事情，現在都加快了。」她所沒有說的是：嚴格來說，你才是那個要離開的人。我會留下來，讓孩子們留在他們原來的地方。

「你也一直沒有站在我的角度來看。」

「對，我沒有。」

「好吧。」

「好吧。」

---

安讓孩子們在圖畫上著色，不過，那只用了十五分鐘，因此，她讓他們開始做紙飛機。不多久，所有的紙都用完了。法蘭基把一支蠟筆掉到了地板上，在茉莉來得及尖叫之前，蠟筆就被狗吃掉了。然後，他們列出那隻狗一輩子裡曾經吃過的東西，他們又問安，她有沒有養狗，他們又要安再一次告訴他們她到底是誰。

法蘭基拿著某種電子設備消失在了樓上，而她不知道自己是否應該要阻止他。他可能在那個東西上看色情圖片，然後，他們就會責怪她，說她甚至無法在短短的幾個小時裡好好地看著他們。小女孩在看著電視上播出的大象的節目，不過，那個節目在二十二分鐘之內就結束了，安甚至都還來不及把他們的晚餐加熱好。這是她幾年來第一次使用一只真正的爐子，而不是用微波爐或者電熱板。等到雞肉好了，馬鈴薯也沒那麼燙的時候，她把他們都叫到廚房裡。當安聽到外面有車子減速的聲音時，他們才剛在餐桌邊坐下來。

「那是誰？」安問他們。她看著凱特寫給她的指示。「誰會在晚餐的時間來？」

孩子們聳聳肩，嘴巴裡塞滿了雞肉和牛奶，凱特並沒有提到會有訪客。當車子朝著它開來的方向駛離時，安正站在桌子旁邊，思考著該怎麼辦。她才剛感到鬆了一口氣，但不到兩分鐘，就傳來了一陣敲門聲。

「哈囉？」有人正在轉動門把，試圖要進門來。「凱特？」

孩子們都在椅子上挺直了身體，聽著門外傳來的聲音。「爺爺！」茉莉在一秒鐘後叫了出來，手上的叉子在她跑向門口的時候 噹一聲地掉在了地上。她轉開上了鎖的門把，把門打開。安在廚房角落的食物櫃邊上聽著這一切。她盡可能地往後退，試圖屏住呼吸。

「媽咪在哪裡？」他的聲音響起，孩子們爭先恐後地告訴他各自的事情，說他們像平常一樣地下了校車，可是，來接他們的不是他們的保姆，要他猜猜是誰在等他們？他們爸爸的媽咪！而且，她還讓他們看了電視節目，即便那天是星期四，她還說，如果他們好好吃晚餐的話，他們晚點就可以出去吃冰淇淋。另外，他們的媽咪很晚才會回來，因為她要送爸爸去別的地方工作。

「誰的媽咪在這裡？」法蘭西斯緩緩地說，安可以聽到他越來越接近。

「爸爸的。」茉莉回答。

「她有白頭髮，」法蘭基說。「剪得像男孩子一樣短。」

隨即，他就出現在了廚房裡，她被抓到了。她把臉頰貼在冰冷的牆壁上，然後數到三，才轉頭面對他。

「哈囉。」她說。

「噢，好個意外啊。」他張大了嘴。

「好久不見。」她看著他的臉，看著他的拐杖。「他們有急事。我剛好在附近。」

「沒錯，那就是我為什麼來這裡的原因。」他說。他向她靠近一步，彷彿想要看清她。「我搭了計程車。莎拉打電話給我，告訴我說凱特需要我。計程車費是一百二十元。過路費和小費還要另計。」安在心裡想，他告訴她這些也太奇怪了。

安看得出來，孩子們很喜歡他。他環顧著廚房，似乎想要發現還有什麼被隱藏的秘密。

「給我一點時間，」他對著正在纏著他、拉著他，試著要讓他聽他們說話的孩子們說道。「爺爺需要五分鐘。」

語畢，他繼續盯著安。

「你和他們恢復聯絡有多久了？」最終，他問道。他重重地在喘息，彷彿有人讓他無法呼吸一樣。

「沒有多久。」她說。

「我以為你住在薩拉托加。」

安感到自己臉紅了。看來，他知道中途之家的事。他什麼都知道。

「是的，沒錯。」

他交叉起雙臂。「完全自由了。」他說。

她得要看著他的臉，才能提醒自己他有資格這麼說。某種程度上來說，她是自由了，除了她對彼得所感到的那份羈絆。

「你好嗎？」她的聲音既薄弱又細小，聽起來完全不像她自己。相較於那麼多年來的不聞不問，她可以聽得出來這個問題是多麼地沒有意義。他臉上的疤痕看起來又像銀色又像紅色，讓她聯想到里肌肉最薄的尾端，為了均勻煮熟，必須把尾端和其他的部分疊在一起。他為什麼不把那道疤修補好？現在的整形手術可以達到很好的效果。幾年前，她曾經看過一個電視節目，一枚煙火在距離一名男子的鼻子幾吋的地方爆炸了，該名男子事後接受了重建的手術。當時，她曾經認為法蘭西斯應該也是如此，他應該有了一張新的臉孔，從此告別過去。現在，她知道她想錯了。他看起來仍然像他自己。那道疤並沒有完全佔據他的臉。他比他實際的年齡看起來要年輕——六十歲中旬，就像她一樣，安猜測著。他很苗條，不像很多男人那樣變胖了。他依然用那隻好的眼睛把一切都看在眼裡。

「老天，」他沒有回答她的問題。「他們大可事先警告我的。」

「我想，他們得要盡快出發，」安低聲地說。她應該要走了。他可以照顧得了這兩個孩子；反正，他們和他也比較熟。

「他們那麼匆忙是要去哪裡？」他問。「他要去哪裡戒酒嗎？」

這聽起來真讓人不愉快，明明是心知肚明的事，卻要如此公然地說出來。「既然你來了，那我就離開吧。」她說。

他實在很難理解，這個矮小的女人竟然就是讓他多年來感到憤怒、同時也是為他帶來所有麻煩的人。即便當她低頭看著地板，當她在他的注視下漲紅了臉，彷彿被摑了一記耳光時，他也無法將眼光從她身上挪開。她似乎並非完全不具傷害性，不過也沒有危險性。她沒有什麼秘密武器，也無意傷害任何人。警察的工作讓他練就了他的第六感，而那就是他的第六感正在告訴他的。她很緊張，她在顫抖，她的手指在襯衫前面動來動去，彷彿那裡有什麼鈕釦可以把玩一樣。突然之間，他發現她從來都不應該要被責備，至少不能把全部的事情都怪罪於她。布萊恩在哪裡？為什麼法蘭西斯在第一時間要過去那裡？這點已經讓他困惑了超過二十年。他只知道，當他此刻看著她時，她看起來是那麼地柔弱，憎恨她並沒有什麼意義。他想要說什麼，但是，他卻想不出來那是什麼。如果她留下來的話，他可能會想起來，他可能會有機會說出來。

「你也許可以留下來，」他說。「你從來不知道這個家裡到了就寢時間是什麼樣子。那會需要我們兩個的。還有，如果你現在走了，他們會以為是我把你趕走的。」

「這點，我想他們會理解的。」

「是啊。」

孩子們又回到了廚房，還抱著他們的書和遊戲板。然後把所有的東西都丟到他的腳下。

「你們想要我的命嗎？」孩子們在他大聲喊叫之下又是尖叫、又是咯咯亂笑，完全忘記了安也在那裡。

---

之前，他就有一種感覺。在見到她以前。幾星期前，凱特曾經在電話裡說過一句什麼「從意

想不到的方向而來的幫助」之類的話。在那段對話裡，她還告訴他一個法蘭基的故事，她說，他最近試圖要拆開他的遙控飛機，而不願拿出來和他們鄰居的兒子共享，這顯露出他的某種特性，而這個特性也許永遠都不會改變。

說完，她問他：「你覺得父母永遠都最了解孩子嗎？即便那個孩子變成大人以後？」

法蘭西斯當時說：「一個母親也許會。」對他而言，他自己的女兒在她們生命中所做的決定，他連一半都無法預測得到。在芸芸眾生之中，凱特選擇了彼得．史坦霍普，這就是一個他一直無法解開的謎。此外，還有更多的謎：他的凱特，他聰明的女兒，選擇了假裝發生在她家裡的事情並沒有發生，而不是直接去面對這些事。

「不要管那些孩子。」當他試著要和莉娜討論時，莉娜卻這麼說。她一直都說彼得是個好孩子，當你想到他所經歷過的一切，你會覺得，他可以像他現在這樣正常，簡直就是個奇蹟。還有，他愛凱特。對莉娜而言，那才是最重要的。當他們在沒有告知任何人的情況下結婚的時候，她曾經受到了傷害。他們太大膽了。人們早已不會在那麼年輕的時候就結婚。他們來到了吉勒姆，一起告訴他們這個消息，他們四個人圍坐在一張桌邊，彼得的腿不停地在抖動，並且緊張到把杯子裡的水都灑了出來，還弄濕了法蘭西斯和莉娜在他們來到之前正在檢查的那堆帳單。一個那麼高大的年輕男人竟然如此緊張，給人感覺似乎有點可悲，因此，法蘭西斯幫他倒了一杯酒。他現在常常會想起這件事。他當時以為一杯烈酒會讓彼得難以招架，然後，彼得卻一飲而盡，彷彿那只是一杯檸檬汁一樣。他當時就應該知道的，法蘭西斯心想。還有很多類似這樣的事。他一直都知道安．史坦霍普的腦子有點問題，但是，他又不全然知道。如果有人問他，她是否有能耐可以對著一個人的臉開槍，他一定會說沒有。安自己也會說不可能。那天，在凱特和彼得離開之後，莉娜坐在桌邊哭著說，她看到自己女兒踏出人生最大一步的機會遭到了剝奪，隔天，她就出門買了一組八件套的骨瓷餐具要給凱特，她說，如果凱特有辦新娘聚會、有舉辦婚禮的話，那就是她會送給女兒的禮物。凱特在拆開盒子的時候開心地笑了。一個個閃閃發亮的盤子。還有小杯子和碟子。

「我們甚至連吸塵器都沒有。」凱特說。

「那種東西你們可以自己買。」莉娜對她說。

娜塔莉和莎拉也送了她禮物，不過，法蘭西斯不記得她們送了什麼。重點似乎不是禮物本身——好像是床單——而是藉此告訴凱特，她們覺得沒關係，她們可以理解為什麼沒有通知她們。而且，她們也接受彼得。她們不會因為他的母親是誰就反對。她們去了梅西百貨，花了一堆錢在沒有用的東西上面，然後回家來，用銀色和白色的緞帶把禮物包起來，再送給她，她們藉此表達了她們也愛彼得，因為凱特愛他。

法蘭西斯就是在那個時候知道，她們三姊妹像莉娜遠多過像他。

看到安．史坦霍普出現在凱特和彼得的廚房，不知道為什麼，他並沒有感到太驚訝。這是一個震撼，不過同時也不是。他從來都不曾完全地擺脫掉她。看到她的感覺，就像一件無可避免的事終於發生了。最主要的是，這讓他感到很疲憊。

毫無疑問地，現在，她不停地在偷瞄他，看著她自己的傑作。他真希望自己把拐杖留在家裡。

法蘭基走進廚房裡，臉上帶著一副他好像弄錯了什麼的表情。「我們沒有去吃冰淇淋。」他嘟著下唇說。安立刻感到了不安。她不希望自己對孩子的第一個承諾竟然食言。然而，她不知道要怎麼辦。法蘭西斯．葛雷森會一起去嗎？她要開車載他們一起去，然後大家像老朋友一樣地吃冰淇淋嗎？

「我問過，如果他們把晚餐吃完的話，是否可以去吃冰淇淋，」安解釋說。「凱特說可以。」

「法蘭基，」法蘭西斯說著傾身，這樣，他們的眼睛就可以在同一個水平線上。「外面在下大雨。我們得外帶回來，這樣就不好玩了。看看我帶了什麼來。」法蘭西斯把手伸進口袋，拿出了兩根愛爾蘭糖果棒，那是他從莉娜保存在家裡的東西裡挑選出來的。

法蘭基似乎覺得有點勉強，不過，依然抵抗不了那些酥脆糖果棒的魅力。「你下次來的時候要帶冰淇淋。」他對安說道，聲音裡流露著一絲警告。

等孩子們吃完他們的糖果棒，並且上樓去刷牙時——這是他們那些滑稽的就寢程序中的第一步——法蘭西斯以為她可能會偷溜出去，不過，她卻看著他開口了。

「如果一個人做了我曾經做過的事，他應該要怎麼道歉？我真的不知道。」

他覺得很困惑。這是個好問題。他沒有想到她會說出來。

「那就是我從來不曾嘗試的原因。我不知道要從何開始。」

她的愛爾蘭口音早已隨著時間消退了。他猜，他的應該也是。

他等著她編出什麼藉口。把一切怪罪於布萊恩，或者精神疾病，或者其他什麼原因。然而，她並沒有。孩子們又回來了。她把茉莉帶上樓去幫她唸故事書。他則帶了法蘭基上樓，不過，法蘭基比較喜歡讀故事給他聽。他們帶了水和衛生紙，回答著孩子們的問題。法蘭基不停地說如果一隻鯊魚和一隻殺人鯨打架的話，哪一方會贏，而法蘭基說得越久，他就覺得和安·史坦霍普待在同一個屋簷下的感覺越不真實。他很想溜到走廊上，看看那是否真的是她。當他想起安·史坦霍普的時候，他記得那是一個高挑強悍的女人。她習慣把她的頭髮盤在頭頂上，總是穿著色彩鮮豔的衣服，是一個漂亮的女人，真的。但是，現在的這個女人卻是那麼黯淡，法蘭基的衣服穿在她身上可能都很合身。法蘭西斯先行下樓，等待著。

終於，他聽到她的腳步聲在樓梯上響起。

「你知道，」她一坐下來，他就說道。「我一直都認為幫助需要幫助的人是對的，可是，那天晚上之後，我改變了我的想法。當時，我認為你們兩個其中之一會受到傷害。不過，那件事發生以後，我決定順其自然，讓該發生的發生。我應該要打電話報警，然後像個平民百姓一樣地等警察來到。我應該要讓彼得留在我家，並且讓正在你家裡發生的事情繼續發生。即便你可能會殺了布萊恩，或者他會殺了你。如果他們讓我回去工作的話，經過那件事以後，我一定會是個壞警察。在我又去介入別人的事情以前，我會先讓人們自相殘殺。」

「不，我不相信。」她說。

說完，他們沉默了很長一段時間。

「在愛爾蘭的時候，有一次，一個老師建議我要找人談一談，」她說。「當時，我母親突然死了，而我也身陷困境。」

「那你找人談了嗎？」

「他建議我去找牧師。那是一九六〇年代。」

「啊。」

「所以，我對那個老師說，謝謝，不過，不用了。那個牧師就是不讓我母親埋在教堂墓園裡的那個人。我幹嘛要告訴他我在想什麼？教堂的墓園外圍有一堵牆，他們就把她放在牆的另外一邊。一個不被視為聖地的地方。」

法蘭西斯想起了他自己家鄉發生的一起自殺事件，當地的牧師是如何不准許葬禮的舉行，因此，那個死亡事件並沒有被大眾所知，也沒有人談論。他母親曾經送了十幾個熱麵包給那個寡婦。他從來都沒有想過那個人被埋葬在了哪裡。

「在美國，當我失去第一個孩子的時候，我也應該要找人談的。但是，我並沒有。」

「啊，沒有人真的會那麼做。」

「有的。當時已經開始有人那麼做了。」

「有人。不過不是我們。」

「你和人談過嗎？在發生那件事之後？」安問法蘭西斯。

「沒有。想都沒有想過。我甚至也不知道要去哪裡找那樣的醫生。」

「彼得有找人談嗎？」

「我懷疑。他去找了警察局的心理師，不過，那也只是在最近這件事發生之後才去的。而且，那不一樣。」

「他們現在會要他去找人談的。如果他去的地方是我猜的那種地方的話。」

他們又沉默了一會兒，屋裡只有雨點打在屋頂和窗戶上的聲音。

「聽著。有很多人都需要找人談談，但是他們並沒有那麼做，而他們最終也沒有做出你所做的事情。」

她看著他的方式，彷彿在問他是在指控她還是原諒她。她實在聽不出來。

「我想，那天晚上，你我都不知道你會做出什麼事，你並沒有比我清楚。」

原諒。安用雙手蓋住了臉，轉向牆壁。法蘭西斯想著莉娜會怎麼做，不過，他沒有辦法走過去，揉揉她的背，或者幫她泡一杯熱茶。稍微把過錯從她身上移除，對一個晚上來說已經足夠了。而這麼做帶給他的驚訝，並不亞於帶給她的驚訝。因此，他站起身走到窗邊，好讓她能有一點隱私的空間。

有好多年的時間，他覺得憎恨她是一件很重要的事，不過，他現在了解到，那些年已經過去了。絕大部分來說，他為她感到遺憾。她擁有的那麼少。即便他對她所知甚少，他都可以感覺得到一份孤單從她的皮膚底下竄起，填滿了她四周的空間。而他擁有的卻很多。他有三個他隨時可以去探望的女兒。七個孫子。還有莉娜。當他在夏天之初跌倒在院子裡時，她們四個在一個小時之內都來到了他的身邊，共同決定著他是否應該到醫院去。而她又擁有誰呢？

在他減輕她的重擔之際，他覺得他自己的重擔也跟著減輕了。他剛才所說的話，完全都是真的。

———

凱特的車在九點剛過之後回來了，當她從窗戶看到她父親的身影時，她考慮立刻就倒車離開。她在心裡想著，這還用說嗎，她可以看到為什麼會發生這種事：儘管凱特叫莎拉不要說，但是，她還是打了電話給他，而他立刻就叫了計程車。上次，他獨自開車到長島的時候，莉娜把他痛罵了一頓，所以，他向她保證，如果她認為不妥的話，他絕對不會再這麼做。他信守了他的承諾。凱特考慮著掉頭，然後打電話回來說她的行程被延誤了，因為暴風雨太大，她沒有辦法開車回來。確實是有暴風雨。這部分不是謊話。但是，他就在窗邊，透過屋裡明亮的燈光，她可以看到他的剪影，他用手圈住窗戶上的玻璃，正在往外觀望。

他們的去程充滿了脆弱的希望，宛如小心翼翼地在看著一個水晶球裡的畫面，而回程則籠罩在一片悲傷之中，她有好幾次都差點把車停到路邊，因為胸口的沉重讓她難以呼吸。當雨勢大到雨刷來不及掃去擋風玻璃上的雨水時，她在一家甜甜圈店停了下來，好買杯咖啡，然而，她卻沒有力氣走下車。在整個評估過程中，他的精神都很集中。他誠實地回答了他們所有的問題，他也要求讓她留下。他的部分回答讓她感到寒意，而她並沒有發現自己開始在顫抖，直到一名顧問緊緊地握住了她的手。他們問的問題包括：他是否曾經想過傷害他自己？他停了一下，時間短促到只有她，這個世界上最了解他的人，才會注意到。「沒有。」一道巨大恐怖的裂痕正在她的肋骨底下打開，不過，她可以看得出來他們對他的回答不疑有他。在他們討論他的案例時，他們讓凱特和彼得暫時先離開房間，在那個小小的等候區裡，他看起來很冷靜，在回答了那麼多問題之後——他提醒她，除了她剛才見證到的那些問題以外，還有那天早上的問題，以及過去十二個星期裡被問及的所有問題——他似乎很想睡覺，不過，當那些人走出房間，遞給他意味著他已經被接受了的文件時，他轉向她，彷彿一隻掉入陷阱的動物一樣，而她也幾乎就要拉起他的手，帶他離開那裡。那似乎是一件他們可以一起解決的事，就靠著他們兩人，而現在，在他說了所有她希望他說的話以後——實話、細節——也許，他們真的可以靠自己做到。也許，他們根本不需要這些人。她可以暫時休假，然後，他們可以想出一個計畫。他們可以把房子拿去做二次貸款，然後她可以把他和她自己鎖在同一間房間裡，一起想出對策。

「凱特？」他叫了她一聲，一隻手停在簽名欄上，之後，她被帶了出去，一個名叫瑪麗索的女人試著要安慰她，說他們不會任由他在那裡撒謊胡扯的。

「不要那樣說他，」凱特對她說。「你不知道他經歷過什麼。你根本不知道。」她並沒有徹底看過這家機構的資料。她只是很快地搜尋了一下，在網上稍微做過瀏覽，然而，那是他們方圓兩百哩之內唯一的空床，而且保險還可以給付一部分的費用，因此，她立刻就付諸行動了。現在，她真希望自己有暫停一下。他這輩子從來都沒有對任何人不好過。他不僅慷慨、公平，也有耐性，他現在不應該受到他們不友善的對待，如果他們會對他不友善的話。

然後，她想到了當他開槍的時候，有人可能因此喪命。一個警察同事。一個無辜的旁觀者。一個孩子。

「嘿，嘿，嘿，」瑪麗索搓揉著凱特的手臂。「第一次嗎？第一次向來都是最難熬的。」

第一次？難道他們都假設還會有第二次嗎？他們剛才對他說教過，要他做好失敗的準備嗎？她有一股衝動，想要伸手去抓瑪麗索的臉。不過，她只是轉過身，推開門，衝進了滂沱的大雨裡，在她的車內坐了十五分鐘，注視著那棟建築裡的燈光，看看是否有燈光在原本漆黑的窗口亮起，這樣，她就會知道他的房間在哪裡。

在孩子們終於睡著之後，法蘭西斯和安聊起了關於愛爾蘭的事，那裡的冬天相較於紐約是多麼地溫和、那裡的夏季有多麼涼爽，還有聖史蒂芬節。一開始的時候，他們都很僵硬地坐著，法蘭西斯坐在扶手椅上，安則在沙發的盡頭，不過，慢慢地，他們都在回憶裡放鬆了。他們都曾經在聖史蒂芬節穿扮成稻草人的模樣。他們都曾經騎馬去參加彌撒，不過卻都被困住了。他們都記得那裡的食物嚐起來味道不同，特別是奶油、牛奶和雞蛋。在某種程度上，愛爾蘭都讓他們感到寂寞，或者說，在他們知道必須做出決定之前，在他們知道悔恨會越來越多之前，也許是他們自己的童年讓他們感到了孤單。法蘭西斯可以在她身上看到那股同樣的不知名傷悲——不完全是思鄉，而更像是一種微微的憤怒，憤怒自己不得不在第一時間、在幾乎身無分文和一無所知的狀態下離開家鄉，然後在一個不是家的地方待上那麼多年，雖然兩邊都算不上是家，不過卻仍然是個家，而那樣的決定又帶給了他們什麼？安來自於都柏林，沒錯，不過，並非都柏林市，正如法蘭西斯向來猜測的那樣。他們都有一隻叫做薛普的狗。他們都不曾回去過愛爾蘭。當凱特進門時，他們正在談論著那些五、六十年前來到美國的愛爾蘭人，在他們死的時候，他們依然選擇了要埋葬在愛爾蘭。這是法蘭西斯十幾年來第一次想起了他的派西叔叔，以及把他的遺體運回康尼馬拉的費用。

「你不會被埋葬在那裡的，」安說，「會嗎？」她再度感到他們一起坐在這裡是多麼怪異的一件事。拜她之賜，他差點就在幾年前入土了。

凱特對自己的晚歸表示抱歉。他們真的在聊死亡？埋葬？雨下個不停。收費高速公路上發生了事故。在回家的路上，她曾經試著要理解她童年裡那個最可怕的人，為什麼當下會坐在她的起居室裡，等著她，是她們對彼得——那個她們最愛的人——的擔憂，將她們綁在了一起，將她們放在了同一條船上，她們可以同心協力一起划船，也可以在他絕望溺斃的時候各自漂流。

凱特一進門，安立刻就站起身，看似隨時準備離開。

「彼得怎麼樣？」她問，法蘭西斯抬起頭，臉上也帶著同樣的問題。他看到了女兒臉上那抹歷盡千辛萬苦的蒼白和茫然。

「他們收治他了。」凱特說。「我想，我們就靜觀其變吧。」

也就是說，事情結束了，她現在可以走了，安這麼想。她可以不要打擾這些人了。等到彼得回來的時候，她也可以再回來。在那之前，這個房子都是葛雷森家的領域，也許，莉娜會來，還有那幾個她不知道名字的姊姊也會來。不過，她想到了孩子們，他們正在樓上睡覺，他們的血液裡傳承著她的過去，就像他們也傳承了法蘭西斯．葛雷森、莉娜．葛雷森，以及布萊恩的過去一樣。安想起了自己剛到醫院裡的那幾個晚上，在她睡覺的時候，走廊上還亮著一盞燈，每個小時都有護士穿越她的房間，偶爾在沒有告訴她為什麼的情況下就掀開她的床單，把她從一間房間轉到另一間一模一樣的房間裡，卻從來都沒有解釋過原因。她懷疑他們是否會給他藥物，如果他們會的話，她祈禱他會乖乖地服下，而不會把藥偷藏在他的舌頭底下或耳朵裡，或者掉到地上踢開。那些恢復得好的人，就是那些立刻妥協的人，是那些會參加團體活動、並且盡力而為的人，當她想起小時候的彼得曾經是那麼認真的一個小男孩時，她知道他也會是那些人其中之一。他會按照他們所說的一切去做，然後，他終將會沒事的。

法蘭西斯說：「你有其他的選擇，凱特。只要記住這點就好。你和孩子想要搬來和我們住一陣子的話，我們會一起想出辦法的。不要忘記這點。你姊姊們也說過同樣的話。我們都有空房間。」

這席話讓安倏地轉向法蘭西斯，彷彿一根鞭子一樣。她想說，閉上你的嘴，並且再度想起了這些人讓她感到心煩的原因——他們說話、提出建議，以及介入別人生活的那種莽撞的方式。那麼，彼得的其他選擇是什麼？安很好奇。我嗎？

然後，一個從來都不曾萌生的念頭出現了，那是來自她內心深處的一道哭喊，讓她無力到不得不再度坐下來。不要離開他，她無聲地、絕望地哀求著凱特。不要丟下他。他已經被拋棄太多次了。

# 20

一個月。月曆上的一頁。

當他離開的時候，屋外的樹依然蒼翠蓊鬱。然而，在那一個月裡，樹葉已經變色飄落，孩子們把地上的落葉堆積到了他們的胸口，然後在尖叫聲中將成堆的葉子拋向空中。空氣已經轉冷，夜裡，茉莉的鼻子和嘴唇之間也出現了兩條皮膚皸裂的痕跡。連續兩個週六，凱特都把落葉掃到一張床單上，再將床單拖到路邊。法蘭基會幫忙抬起床單一角，這樣，葉子就不會散落到床單外面。「爸爸呢？」他不停地追問。還有一次：「我父親在哪裡？」他的臉流露出成長初期的憂慮。

一天早上，在他們就要出門展開例行的一天時——流理台上散落著早餐的杯盤，外套和連帽衫還躺在前一天晚上堆擲的位置——一聲巨大的碰撞聲在前門響起，當他們打開門時——他們帶著同樣的好奇一起把門打開，不知道誰會這麼早就來敲門——卻發現一隻受傷的小鳥正躺在前門的腳踏墊上，一隻翅膀還在努力地撲打著。孩子們得趕去校車的巴士停靠站，凱特也需要去上班，但是，他們都停了下來，把各自的袋子放在地上，目光全都集中在小鳥身上。法蘭基從餵鳥器上取來一點種子，擺在鳥喙旁邊。茉莉從屋裡拿了一張衛生紙當作小鳥的毯子。凱特則暗自在想，要如何在不被孩子們看見的情況下弄走那隻鳥——牠顯然已經沒救了——只見小鳥眨著眼，跌跌撞撞地靠著那雙小腳站了起來。茉莉伸出一根手指輕撫著牠的翅膀，小鳥原地跳躍了一次、兩次、三次，然後從他們的面前飛過，飛進了鄰居草地上那棵茂密的黃楊樹裡。他們發出一陣歡呼，隨即拾起各自的東西。他們三人今天肯定會不斷地告訴別人這個故事。

凱特倒車開出車道時說：「我還以為我得要替牠埋葬，然後告訴你們牠飛走了。」

茉莉說：「你會對我們說謊嗎？」

「不會。」凱特說，不過，後視鏡裡的兩個孩子看起來都一臉懷疑的模樣。

---

一整天、一整個星期，一整個月，她都覺得彷彿在期待著什麼消息，不過，卻始終沒有任何消息傳來，不管是什麼消息。孩子們晚餐吃了蘋果。她讓他們不用洗澡。讓他們看電視。如果他們的衣服夠舒服的話——運動服而非牛仔褲——她就讓他們直接穿著睡覺，而不用換睡衣。在法蘭基的小聯盟比賽上，她和其他孩子的父母聊天，當他們問起彼得時，她說，他對於錯過這場比賽感到很失望，不過，下次他絕對會出席。而到了下一場比賽的時候，她又說了同樣的話。

當她和彼得通話的時候，他們的對話很牽強。他會說，一切都很不錯。他感覺很好。他想念他們。他很期待回家。凱特握著電話，試著要解碼什麼秘密的訊息。她告訴他說，她想要想像他所在之處，房間、窗戶、窗簾。有人在聽他們講電話嗎？他可以外出嗎？她告訴他一件又一件的趣事，就像把石頭丟進湖水裡，看著石頭激起的漣漪一圈圈推向岸邊。

「我們幾天後再聊吧。」他總是用這句話來做結尾。他並不想和孩子們說話。

十月來了一場反常的暴雪，學校因而停課了兩天。收音機報導指出，天氣出現了破紀錄的低溫。傾倒的樹木讓全城都停電了，這讓凱特開始擔心管線的問題。她把孩子趕上車，跑了三家五金行，才找到一台發電機。「不要在室內啟動。」銷售員在幫她把發電機裝上她的後車廂時警告她，一邊將操作手冊遞給她，彷彿他依然不確定她會不會不小心讓她全家人都喪命。「有人幫你嗎？等你回到家的時候，有人可以幫你從車子上搬下來嗎？」

「喔，有的。」她說著揮了揮手，掃去他的疑慮。回到家之後，她讓孩子們上樓，獨自思索著要如何處理這具一百磅重的機器，然後，她想到了一個計畫。她走到車庫裡，推出一輛手推車。她用一條腿抵住車子的後保險桿，使勁地拖著發電機，直到渾身都在發抖。當她終於把發電機拉到卡車邊緣時，她暫停下來，重新聚集力氣。接下來，她只要一鼓作氣地把機器抬起來，扔下車就可以了。

莎拉來過了。娜塔莉也來過了。她們都問起了彼得，不過，當她們看到凱特不願多說時，除了最基本可見的事實：他不在家，他還有好幾星期才會回來，她們也沒有追問。安．史坦霍普回到了薩拉托加。她每週都會打一次電話來，不過，她們的對話總是很簡短。法蘭西斯每天晚上在七點鐘的新聞結束之後都會打來。而凱特總是在他第三次或第四次打來時才會接電話。

她會在孩子們睡著之後看一些沒有營養的電視節目。有一天晚上，她下樓到地下室去，在被她視為是他的那張沙發上坐了下來。她撫摸著沙發的椅墊，那是他過去經常睡覺的地方。她把臉埋在沙發上的那條小毯子裡，等著淚水流下來。當淚水終究沒有流下時，她便離開地下室，重新再回到樓上。

他在一個週二被釋出了。他在前一個週日打了電話通知她。「對不起，你得大老遠再來一趟。」他說。

「完全沒有關係！」凱特說。她算了一下。三十三天。這是他們在重新回到彼此身邊這麼多年之後，分離最久的一次。不管帳單上的數字會是多少，對於一個回歸正軌的生活來說，這都是微不足道的代價。

那天，她申請了休假。也讓孩子待在家裡，沒有去學校，並且幫他們準備了在車上吃的午餐便當和零食。

路上的交通比她送他去的那天要擁堵。每隔十分鐘，孩子們就要問一次還有多久才會到。他們在九月那個下雨的晚上經過的那排關閉的農場攤位又開始營業了，凱特停下車，希望能買到她可以作為紀念的東西，也許某個上面寫有這個城鎮名字的東西，如此一來，她就永遠不會忘記這個讓他拯救了他自己的地方。回到車上之後，她打開一罐蜂蜜的蓋子，讓兩個孩子把手指伸進去到第一個指節，沾滿蜂蜜。

---

他在外面等候，坐在一棵楓樹底下的長凳上，紅色的楓樹彷如著火一樣，散落在他腳邊的落

葉則宛若灰燼。當他看到車子的時候，他站起身，隨即在看到後座上拍著手、一副坐立不安的孩子們時，臉上立刻洋溢著喜悅。

「嘿。」當他們湧向他，爭相對他說著各種各樣的事情時，他越過他們的頭頂和她打招呼。

「嘿。」她回應著，不過，她卻無法讓自己更靠近他。她很清楚，如果能夠把自己該做的動作都貫徹完畢的話會比較好，她也訓斥了自己，然而，她卻無法動彈。她應該要展開雙臂，像孩子們那樣地抱住他。她應該要親吻他，緊捏著他，告訴他一切都會好起來的。然而，她卻覺得好像有什麼東西退縮了——她一路上所感受到的那份溫暖、希望和迫不及待，以及她在燉鍋裡準備好晚餐等他回家共享的期待。

「你看起來氣色很好，」她說。「你感覺好嗎？」

「嗯。」他把眼光挪開。

之後，幾個月以後，她才了解到她的問題意思是：「你痊癒了嗎？」

不過，他還是會回答：「嗯。」

為了他的返家，她把屋子刷洗了一遍。她把所有的東西都擦拭得發亮，並且打開了窗簾，讓明亮的光線歡迎他回到家。她在冰箱裡塞滿新鮮的水果和蔬菜。孩子們做了卡片和巨型的橫幅。然而，一天一天地過去，她卻依舊很難讓自己的身體靠近他。為了擔心他可能會知道她在想什麼，為了害怕看到他也有類似的想法，她盡量避免讓自己直視著他。在他離開的那段期間，她曾經拿出他們的結婚相簿。不同於莎拉和娜塔莉買來收藏她們結婚照片的那種包裹著亞麻布和緞帶的相簿，凱特和彼得從一元商店買來的相簿裡，是他們在去工作的路上，請陌生人幫他們隨手拍攝的一些快照。照片裡的凱特穿著一件幾乎蓋不住大腿的淡粉紅色洋裝，頭髮上還插了一朵紫丁香。至於高瘦的彼得，則穿了一件雙肩垂垮的西裝。他們的手臂環抱著彼此。他們的臉上洋溢著勝利的光芒。

她原本以為他會感到無聊和茫然，不過，他剛回來的那幾天，他在家裡似乎很忙碌。他會在早上的時候埋首在他的手提電腦裡，然後去圖書館，回到家後繼續埋首在電腦裡。當她問他在做什麼的時候，他說：「沒什麼。」目光完全沒有離開過螢幕。班尼來電告訴他說，他的退休金聽證會已經安排好日期了，不過，他似乎並不在乎。他在人行道上一邊踱步一邊打了個電話，凱特則透過窗戶看著他。根據他們的說法，他「在紐澤西」的時候開始喝花草茶，而現在，他一天會喝上十杯、十二杯、十五杯。她在家裡到處都可以發現裝著濕茶包的馬克杯，就像她過去發現空酒瓶一樣。她幾乎就要提出抱怨——他至少可以把茶包倒掉，把馬克杯放到水槽裡——不過，突然而生的一股自責，讓她站在他們的起居室裡，一手握著兩只髒馬克杯暗自發誓，如果他一直持續喝茶的話，她絕對絕對不會再抱怨。

終於，在回家兩星期以後，他告訴她說，他想當個老師。說得更清楚一點，他想當個高中歷史老師。他在紐澤西的時候萌生了這個想法，而且也已經開始進一步了解。他沒有碩士學位；他也沒有教師證。不過，一所郊區的學校可能會考慮聘雇他。他以前分局的副牧師幫他和一所天主教高中的男校牽了線，那所高中距離他們住的地方並不遠。他的面試安排在感恩節之後的那個週三。

「太好了，」凱特說，「我看得出來你真的喜歡這份工作，彼得。這個想法很棒。」她為他感到高興。她覺得很欣喜、鬆了一口氣，原來這就是他忙碌的原因。不過，這件事也讓她有一種置身事外的感覺，即便她一再地告訴自己他會很快樂，告訴自己這正是他所需要的改變，然而，她卻感到了地殼的板塊在移動，一道斷層線出現在了中間，他在斷層線的那頭，而她在另一頭。在所有那些言不及義的電話通話裡，他從來沒有提起過這件事。她受傷了，然而，感覺受到傷害也讓她覺得自己很自私，因此，她試著拂去這樣的感覺。

現在，他醒得很早，幫忙孩子準備上學。她可以看得出來他在嘗試、他希望自己過得健康和快樂，這讓她對他湧起了滿心的愛。在她洗澡的時候、穿衣服的時候、倒車駛出他們的車道時，她一次又一次地列出自己值得慶幸的事情。這是一種戲法，是她母親教她在心情低落時使用的戲法，而這個戲法向來也都很管用。她試著讓自己了解他的感覺，他曾經做那個職務做了那麼久，而現在卻被禁止再也不能做了，那會是什麼樣的一種感覺。然而，在某些早上，當他對家庭生活的熱忱出現疲態的時候，她不禁感到自己的那些同情全都崩潰了，她想要質疑他，問他是否認知到她的好，孩子們的好，問他是否知道世界上有多少人巴不得能夠站在他所站立的地方。

「那對你來說，真的有那麼重要嗎？當個警察？」有一天早上，當他明顯地又露出那種勉強努力的神情時，她忍不住問道。當她這麼說的時候，她知道自己刻意忽略了某些重要的細節，然而，生活終究要繼續的，不是嗎？這個章節結束了。換下一個章節。為什麼要這麼頹廢呢？

他看似受到打擊地走出廚房，但不出五秒又折了回來。「你太嚴酷了，凱特。每個人都說你很堅強，但是，其實你是嚴酷。」

實際。冷靜。理性。但絕對不是嚴酷。

直率，也許。誠實。但絕非嚴酷。他怎麼敢這麼說。

他們就這樣過了幾個星期，往前兩步，後退一步。不過，慢慢地，日子似乎變得比較容易度過，凱特感覺到那些牆倒塌了。夜裡，她向他靠得更近。當他們在廚房流理台調換位置時，她會把手放在他的背後或者胸前。有一天晚上，當他碰她的肩膀時，她轉過身，將他的手握在手裡，吻了他的手掌。

為了省錢，他們不再讓孩子們參加課後活動，而當凱特去工作的時候，他就帶著他們到圖書館去玩樂高和聽音樂。有一天晚上，茉莉在晚餐的時候宣布，所有所有的媽咪都喜歡和她的爸爸說話，彼得越過茉莉的頭頂對凱特咧嘴而笑，臉上的那絲淘氣讓他看起來神采奕奕。當凱特下班的時候，大部分的晚上，他都已經把晚餐準備好了。他開始參加匿名戒酒聚會，他會告訴凱特聚會在哪裡舉行，幾點開始，幾點結束，即便她從來都不曾要求他要對她報告。當他回到家的時候，他會來到沙發上，坐在她的身邊，問她那天過得如何，也告訴她自己那天做了些什麼。她會盤問他關於聚會裡那些人的八卦，要他發誓，如果有什麼意外的人出現在聚會裡的話，他一定會告訴她——例如，法蘭基的老師，或者當地的參議員——而他只是大笑著說，如果這樣的話，他會被關入匿名戒酒會的監獄裡。

終於，一天晚上，他撥開她脖子上的頭髮，吻了她的喉嚨，然後是她的嘴。當他感覺到她的顫抖時，他立刻往後退開，緊緊地將她擁在懷裡好一會兒，然後告訴她會沒事的，一切都會沒事的。現在，當他們睡在一起時，凱特覺得自己彷彿在一個岸邊，一個距離他們的出發地很遙遠的岸邊，以至於她發現自己不斷地在回頭、不斷地往回看著他們來時的那道閃爍的光，一次又一次地比較當時和現在的情況。他們之間曾經有過的那種暢通無阻，現在似乎很難想像，也難以理解。然而，彼得說，事情本來就會改變。因為生活會改變，人也會改變。只要我們一起改變，我們就不會有問題。

他去高中面試的那一天，也是他從紐澤西回來的六週之後，那天，他套上了那件他穿去出席聽證會的西裝。

凱特可以想像得到面試進行得很順利。他知道關於歷史的一切，所有的角度，所有錯綜複雜的事件。那所高中的男孩會很幸運能擁有他，結果，學校的管理階層認同了他。他們讓他參加了第二次的面試，在那之後，他們就給了他一份工作。他需要學會如何安排課程，規劃考試，不過，他們也告訴他，他可以在聖誕節假期之後，等他們的一名老師請產假的時候再開始上課。那位老師教的是美國歷史II，因此，他得要接手那門課，不過，在接下來的九月份，他需要教授現代歐洲歷史。夏季的時間則會被用來進行專業能力的發展。如果他想的話，他可以指導學校的田徑隊。在第二次的面試之後，歷史部門的主管羅比，一名年紀看起來和彼得相仿的男子，陪他走出面試房間，然後對他說，他記得在高中的時候，曾經在田徑賽上見過彼得，事實上，他們還曾經是競爭對手。「我們有好幾次都在同一場比賽裡。」羅比害羞地說。「完全沒有機會跑贏你。也許你還記得我？當時，我代表唐森哈里斯高中參賽？」

「你知道嗎。我覺得你看起來很眼熟。」彼得這麼回應，雖然，他完全不記得唐森哈里斯田徑隊的任何一名選手。

凱特和彼得向來都會舉辦聖誕聚會，在聖誕節的時候，凱特打電話給她的父母、娜塔莉和莎拉，告訴他們那個聖誕節不能喝酒，不過，她知道那很讓人失望，因此，她告訴他們，如果他們想要去其他地方，她也可以理解。她沒有興趣回答他們的問題，不過，她知道他們都心知肚明——法蘭西斯毫無疑問地會告訴她們，而他們也必定都一起討論過了——因此，她覺得自己也可以事先讓他們知道。他們都來了——提早到了，也提早離開——雖然彼得堅持自己沒事，他們完全可以像過去一樣到家裡來，不過，彼得還是感到了尷尬，感到了不自在。當凱特問他發生了什麼事的時候，他只說他事先並沒有發現他們都知道了。

起初，他說這沒什麼關係，不過，他轉而又說他希望她能提前告訴他，他說他覺得凱特告訴他們的是很私人的事，那是他個人的事，而非凱特的私事，那就是他的感受。凱特幾乎可以從這番話裡聽到治療師的聲音在告訴他、鼓勵他說出自己的感受。

「我從來都沒有告訴過他們，也從來都沒有和他們任何人討論過你的事。不過，你離開了一個月，彼得。他們不是笨蛋。」

---

安一直等到彼得在三十三天之後回到家，才又來到他們家，不過她拒絕進屋，她告訴彼得，

她只是想親眼看看他，確定他沒事。她告訴他們，她希望他們可以找個時間去看她，他們一家一起去。她在那裡住了那麼多年，但她從來沒有去看過賽馬。孩子們也許會喜歡看到馬兒賽跑。「那應該不錯。」他們同聲回應，不過，當彼得陪同安走回她的車子時，凱特兀自在想，我絕對不會去薩拉托加看你。

之後，在他即將展開新工作的前一晚——三件熨燙過的全新卡其褲吊掛在他們臥室的衣櫥裡，還有一雙新鞋——他從一場匿名戒酒聚會回來，直接走到了樓下。當凱特經過地下室的門口時，她覺得自己聽到了一聲玻璃和玻璃碰撞的聲響。

「彼得？」她往樓下叫了一聲。「你在做什麼？」

「沒什麼，」他回答。「我只是在找東西。我馬上就上來。」

她站在那裡，動也不動地屏住了呼吸。她可以感覺到他也僵住了。

「燈為什麼沒亮？」她又朝下喊了一聲。

「我不知道，」彼得說。「我來開燈。亮了。」

地下室瞬間浸淫在一片明亮之中，他就站在樓梯底下，抬起頭看著她。

過了一段感覺很長的時間之後，她轉過身，上樓走進他們的臥室，把臥房的門在身後關上，蜷縮在棉被底下。

隔天早上——在他像瘋子一樣地在整間屋子裡找著什麼東西，不過卻不讓任何人幫他一起找之後，在他咒罵著咖啡壺的開關永遠都沒有被打開之後，在他終於開車離開之後——她聽到法蘭基在叫她，於是她抬起頭，看到一輛她不認得的車子從路邊開走了。

「你在這裡！」當凱特出現的時候，法蘭基說道。「有一個人把爹地的皮夾送過來。他說爹地把它忘在酒吧了。他打開皮夾，發現了這裡的地址。」

凱特拿著皮夾，冷靜而理性地回憶著他所說的每一句話：那是一場九十分鐘的聚會，車程要十五分鐘。

他出去了超過兩個小時，當他回來的時候，就在他下樓之前，他說他會因為聚會裡那些人帶來的甜甜圈和垃圾食物而變胖。「這些癮君子，」他說。「他們用一種東西取代另一種。」

「喔—喔，」凱特回應道，她的心因為他在一個多月後終於回到家而感到輕鬆。「別這麼說，他們會把你送進匿名戒酒會的監獄。」

她想起前一天晚上，她覺得自己聽到玻璃碰撞的聲音從地下室裡傳出來，以及當他打開電燈時，他臉上的表情。她走下陰暗的樓梯，立刻就看到那只藍色的小冰桶被挪動過了，夏天的時候，他們會把三明治裝在那個冰桶裡，帶到游泳池去。她打開冰桶，發現裡面有三個小酒瓶，藏在一本舊的廣告宣傳冊底下。

她首先打電話到紐澤西的機構，彷彿她可能可以要求退費一樣。他們的訴求是基於什麼樣的科學方法？那裡的醫生都是些什麼樣的人？他們都有些什麼樣的學經歷？現在問這些問題已經晚了好幾個月了。她要求和瑪麗索說話，她是第一個提起可能失敗的人，因此，她應該要對此完全負責。不過，瑪麗索卻不為所動，她的語氣暗示著那天早上，她已經接到過三十通類似的電話了。然後，她打給了彼得那些聚會的主辦人，一個名叫提姆的人，此人曾經在匿名戒酒會的出版品上簽下他的名字和電話號碼。沒有人接電話。之後，她打給她的父親，他說他一點都不感到驚訝，因為要一個人突然戒癮實在是很困難的事，既不實際也沒有必要，而且，反正他從來也不曾見到彼得對匿名戒酒會所主張的那些高於自我的至高力量表示認同。他現在應該做的是，很快地再開始戒酒，並且改喝棕色的酒，不過只能在晚上七點到九點之間喝。那些酒癮很大的人向來都喝透明無色的酒。因此，他們應該把這點當作觀察的第一個線索。

她也打了電話給喬治，不過，在她可以說得上任何話之前，他問她是否可以稍後再回電給她，因為蘿莎琳身體不太舒服，事實上，她前一天晚上已經先預約好了要去倫諾克斯醫院。

「當然可以！」凱特說。「她沒事吧？」

「她的心臟，」喬治說。「我不知道。我得走了。」凱特很快地掛斷電話，同時立刻覺得自己的反應也太冷淡了。

然後，她清楚地看清了一切，他們生活全部的軌跡，暗灰色的冬日天空裡出現了一道閃爍的光線：我們出生、生病、死亡。開始、中途、結束。她看著自己的生命，彷彿它就浮在她自己的雙手上方，然後又在瞬間轉開，離她而去。她希望它降落在哪裡？她現在正處於中途。不偏不倚的中途。彼得也是。她怎麼會沒有注意到所謂的開始已經走到了盡頭？

她無法等到他回家。她坐上自己的車，出去找他。她站在他新生活的停車場裡，站在他新買的轎車旁邊，等著他走出來看到她，然後知道她知道了。她曾經考慮過，很短暫地考慮過，不要當著他的面說出來，不要在他第一天上班的時候說出來，直到他對他的新工作上手之前都不要，然而，她很快地就認知到，她並沒有那樣的自我控制能力。

「來看看什麼叫做嚴酷吧。」她對著冷冷的空氣說道，學校的門彷若監獄般森嚴。她覺得自己彷彿幽靈般地孱弱、蒼老。

她想到了法蘭基和茉莉，他們的一生都將會背負著他們的痛苦——她的和彼得的——如果他們不小心處理的話。

然後，學校的門打開了，一群人蜂擁而出，他走出人群，朝著她走過來。

# 21

他走向她，他不知道他這輩子曾經有幾千次搜尋著她的身影，期待看到她在等待著他。他這輩子曾經有多少次在轉向她、想要對她說某一件事的時候，卻發現她已經知道了？那天早上，她走出淋浴間，肩膀和背後被熱水燙到發紅，她用一條破舊的毛巾把頭髮紮起來，讓水沖在她的胸口。她說她很抱歉佔據淋浴間那麼久，她忘了他也需要進去。

當熱水溫度降低時，他不禁發出了詛咒。並且在水溫完全變冷之前，匆忙地把身體沖濕。

「抱歉。」當他洗完澡出來時，她再一次地對他說。當時，她穿著內衣褲在整理床鋪，讓塗抹在腿上和手臂上的乳液趁著空檔吸收進皮膚裡，才好把衣服穿上。在他成長的過程中，他從來都沒有看過他母親身上只穿著內衣褲，不過，他們的孩子卻經常看到凱特如此。他們會進進出出他們的臥室要這要那，要凱特幫忙，彷彿她穿得很整齊一樣。

然而現在，他才是那個應該感到抱歉的人。工作的第一天，他緊張到難以置信，儘管他曾經是個指揮官，而且認為指揮官也沒什麼了不起，然而，這卻不一樣。有誰能比一整班的十八歲青少年更能分辨得出冒牌貨？當他開始對他們講話時，他看到的是十八對低垂的眼皮，十八顆低垂的頭。不過，他說了前一天晚上他在地下室裡練習的話，於是，他們一個一個地抬起了頭，更認真地豎起耳朵傾聽。他告訴他們，歷史並非記誦。不是念書，不是把頭埋在書裡。歷史是我們的日常生活；是當下，它就住在我們體內。他會用這一年剩下來的時間來證明這點。

他看到她的手裡拿著他的皮夾。他看得出來，雖然他告訴過她說，他前一天晚上去參加了戒酒聚會，不過，她知道他去了哪裡。這個女人，這個知道他這輩子所有秘密的人，他對她說了謊。

她不發一語地把皮夾遞給他，那張臉在她厚重的冬衣下是那麼地蒼白。

「對不起，」他說。「不會再發生了。」他是真心的。不過，他也聽得出來這句話聽起來有多麼廉價。車門關上的聲音在他們周圍此起彼落。

她的目光尋覓著他的眼睛。她原本準備好要來面對一場戰爭，但是現在，她卻不知道該怎麼辦。

「這是第一次嗎？自你從紐澤西回家以後？」

「不是。」

她抱住自己的肚子，原地蹲了下來。

「這是第三次。就只是這個星期，凱特。我一直感覺很良好，所以，我就以為我可以像個正常人一樣到酒吧去喝個兩杯啤酒。兩杯。只是啤酒。」

這是真的。他喝了兩杯，付了錢，然後離開。他為自己感到驕傲。然而，隔天，就在他站在廚房無所事事的時候，那股再去一次的需求在他的體內燃起。他感到那股需求爬過他的頭皮，穿過了他的下巴。他感覺到喉嚨在發燙，一股熱流填滿了他的胸口。因此，他又去了。只是兩杯啤酒。然後是隔天晚上。不過，到了第三個晚上，他在回家的路上去了一間烈酒專賣店，買了幾瓶店家擺放在收銀機旁邊的伏特加，那種飛機上供應的小瓶酒。這是一種警察的習慣：他把他的現金放在一個現金夾裡，因而沒有注意到他把自己的皮夾落在了酒吧，直到那天早上。一整天裡，他都不知道自己為什麼這麼做。他並沒有從中得到樂趣，而且，這代表了他又重新踏進了那道他曾經那麼努力游離過的急流裡。他告訴她，即便在她出現之前，他就已經決定再也不會這麼做。

「我怎麼會知道？」她問，他看得出來這不是一個不需要回答的問題。她要一個明確的答案，一個具體的行動計畫。「你怎麼知道？我為什麼要相信你？」

當他無法回答時，她只是坐進她自己的車子裡，開車揚長而去。

---

那天晚上晚餐的時候，以及接下來的幾百個晚上，他試盡各種方法，想要讓她知道一切現在都結束了，情況已經好多了。那股想要喝酒的需求並沒有消失——任何時候，只要他想要的話，他都可以閉上眼睛，想像著手裡握著那些飛機上的小瓶酒——但是，每個白天和夜晚，他都在對抗著那份需要，而他也都戰勝了。她做著她向來都會做的事情，只是完全不再看他，而每當他和她的眼神相遇時，她立刻就將目光轉開。她問孩子們每天都發生什麼事，也回應著他們的敘述。她問他每天過得如何，當他告訴她時，她也會給出適當的反應。當他為了任何原因而到地下室或者車庫裡時，她就傾聽著他的動靜，聽著他所做的每一個動作，當他回到起居室時，她就又重新埋首她正在忙的事，彷彿她並沒有受到驚嚇。她打掃家裡、煮飯、念書、到處找她的鑰匙。現在，她依然做著同樣的事，只不過她的周遭圍上了一堵玻璃牆，而當他和她說話時，他覺得自己

彷彿得把話從玻璃的縫隙裡塞進去。是的，他是動搖了好幾天。那晚，當她抓到他待在黑暗中的地下室時，他說謊了。不過，他不是他父親。他也不是他母親。他就是他自己，他花了超出他所預期的時間，才確定了做他自己所代表的意義。那花了超過三十三天的時間。她聽著他所說的每一件事，但是，有很長的一段時間，她對任何他所說的事都沒有回應。

「我要怎麼做？」一天晚上，他抓住她的手腕，讓她無法跟著孩子上樓。她含著滿眶淚水把手抽走。

「我不知道。」她說。

他決定了，他唯一能做的就是盡可能地待在她身邊。他開始在她睡覺的時候也跟著上床，就像過去一樣。當她晚上熬夜念書的時候，他就沖壺熱茶，在廚房裡陪伴她，也許看著報紙或準備上課的資料。當她坐在沙發上，試著要選擇好看的電視節目時，他就坐在她旁邊。她又開始注視他了，有時候，她只是看著他，讓他知道她很清楚他在做什麼。當他必須從舊書的箱子裡找資料給學生時，他會把那些箱子搬上樓，在廚房裡搜尋他要的資料。

「如果你告訴我你在找什麼的話，我可以幫你。」她說，然後，他們一起攤開腿，坐在地板上，翻閱著一箱又一箱的舊書。

他知道，她並非不愛他。相反地，她太愛他，以至於讓她自己感到害怕，她是如此地愛他，以至於她擔心她必須保護她自己，不要讓自己那麼愛他。他試著想要讓她知道他終於懂了，想讓她知道她無須解釋，然而，他很快就察覺到，她自己可能根本就沒有意識到這個事實。

那個學年結束了，展開在他們眼前的是漫長而空洞的夏日。他去上了一些課，並且只選擇在上午開班的課。他學會了如何掌控和安排課程的內容，如何和難以捉摸的學生有最好的相處。他所學到的東西，有些和他過去給予那些年輕警察的忠告沒有什麼太大的不同。凱特完成了她的論文；現在只等著進行答辯，然後，她就可以拿到她的碩士學位了。以前，當他還整天都待在分局裡的時候，他從來都沒有看過她為了這個學位花了多少心血。他從來不曾真正了解這個學位對她有多麼重要。

九月初的一個夏日晚上，他們的結婚紀念日，就在新學年開始的前三天。他們在很年輕的時候就結婚了，因此，他一遍又一遍地數著，好確定自己沒有弄錯。

那是一個星期六。在結束越野練習的指導之後，他回到家，幫忙凱特打包午餐，然後和孩子們在鎮上的游泳池裡消磨了一整天。不過，她似乎一直在想著什麼事情。終於，當他們回到家，把濕漉漉的毛巾丟進洗衣機，也讓孩子們在曬了一天的太陽後乖乖坐在電視前面時，她小心翼翼地問，她是否應該要找個保姆過來，這樣，他們就可以出去慶祝。十五年並不是一件小事。而他們已經很久很久沒有出去晚餐了。

「這樣應該不錯吧，不是嗎？」她拾起他的手，放在自己的手裡，掌心相對。

「是啊，」他說。「我很樂意。」

「你覺得你可以做得到嗎？」

「可以，」他說，「當然可以。」

她的臉上蕩漾著微笑，就像過去的那個凱特，他看得出來她一直很害怕他會拒絕。幾分鐘之後，他聽到衣架來回滑動的聲音，那是她在他們的衣櫥裡找衣服，試著要決定應該穿哪一件才好。

他選好了餐廳，一家他們都沒有去過的餐廳，因為它開張的時間正好是他在等待聽證會召開的黑暗期。餐廳面對著海灣，不過，他們抵達的時候已經天黑了，因而錯過了夕陽的美景。當他們從停車的地方走向餐廳時，他們可以聽到浪花拍打著岸邊的聲音。等他們就座之後，隔著放在桌面中央的那瓶沛綠雅，他們繞著孩子和房子的話題聊了好一會兒。他們談著凱特在實驗室的職位是否會改變。他們談著彼得工作的那所學校，還有他當初是否應該在大學畢業後就當老師，他是否後悔沒有在二十歲出頭的時候、在他絞盡腦汁思考著要做什麼的那幾個月裡，把教書納入他的考量。既然他們已經談到了這個話題，加上晚餐也已經吃得差不多了，他們索性開始漫談起是否還有其他懊悔的事情。他們從小的事情開始。從安全的部分開始。他們希望自己有上過哪些課。他們希望自己有去過哪些地方。

「可是，有很後悔的事嗎？」凱特問。「我從來都沒有認真想過。有什麼意義呢？我猜，我應該要後悔那天晚上和你偷溜出去。」

「意思是你並沒有後悔？」

「對於那之後所發生的一切，我感到很遺憾，可是，如果我們那天晚上沒有溜出去的話，也許我們現在就不會在一起。法蘭基和茉莉也不會在這裡。」

彼得思索著這番話。

凱特拿起她的紙巾，放在面前整齊地摺疊起來。她撫平紙巾的邊邊角角，然後一連塞了好幾次，才把一撮頭髮塞到耳朵後面。

「我不確定那算不算是後悔，不過，有件事我得要告訴你。」她望著他們隔壁的那張桌子，望著坐在那張桌邊的人們。看到她似乎很掙扎的模樣，彼得不由得感到有東西在自己的內心裡崩塌了。她抿著嘴唇。脖子上的一條青筋凸起。

「什麼事？」他覺得自己腳下的地板似乎比這幾個月以來的任何時候都還要岌岌可危。

「你母親。那個晚上，當她出現來找你的時候，那並不是第一次。好幾年前，我曾經看到過她，當時，我們還住在城裡。在我們結婚以前。結婚以後也看過。搬到這裡之後也看到過幾次。」

「然後呢？你把她趕走了？」

「沒有。不完全是。我只是知道她在那裡，在觀察。在看你好不好。而她知道我知道。她並沒有主動上前，我也沒有。直到那天晚上。我出門走到她的車旁邊，因為我覺得我需要幫助。我需要找個人談談，一個和我一樣那麼愛你的人，一個把你的利益放在第一位的人。在那件事上，我說謊了。她並沒有主動來敲門。」

彼得撐著手肘往前傾靠，好弄懂她所說的話。

「那麼多年裡，我一直以為沒有她，你會比較好，然而，讓你知道她在那裡也許反而對你比較有幫助。也許，那會讓你好過一點。知道她並沒有忘記你，知道她確實在乎你。也許，如果你在十五年、十七年前，就知道她在那裡的話，你就不會感到這麼茫然。」

沒錯，這對他來說是個新的訊息，但是，那顯然並不如她想像的那麼嚴重。就像他以前曾經試著要解釋給她聽的那樣，他從來不曾懷疑他母親是否愛他。不過，就像法蘭西斯・葛雷森有一次曾經對凱特說的，愛並不是全部。

「我以前會告訴我自己，我之所以不讓你知道，是為了要保護你，然而，我現在很確定，我那麼做其實更多是為了我自己。」凱特緊緊地看著他，想要知道他會如何看待這件事。

「好。」他說。如果他早就知道的話，他會怎麼做？也許什麼也不會做，就像她一樣。他想要告訴她，早在他母親走出他的生命以前，他就已經茫然很久了，不過，如果他這麼說的話，勢必會毀了他們的晚餐，毀了他們的這個晚上。他想到了法蘭基和茉莉在做功課，背景洋溢著音樂、聊天聲和笑聲的畫面。門鈴響了，鄰家的孩子們順路來訪，凱特在電話上，鍋子裡的東西正在煮沸，一切都呈現著一片愛的混亂。然後，他想到了自己在他們這個年齡時，大部分的時候都獨自待在一間寂靜的房子裡，傾聽著樓梯隨時可能響起的吱吱聲。

「你不生氣嗎？」她問。

「不生氣。」他在心裡自我檢視著，確定這是真的。「我得要再想想，不過，我沒有生氣。」

他看到她的臉上閃過一絲解脫的神情，她的肩膀放鬆了下來。

「我有一件後悔的事。」彼得說。他想起他們決定要結婚的那一天。

凱特在座位上坐直，仔細地聆聽，彷彿在其他客人面前關起了門，把他們的談話聲和刀叉聲都屏蔽在了門外。她的頭髮垂落在肩膀上，他想到她那天晚上看起來是如此地可人。他看著那張臉看了多麼多年，以至於有時候他都忘了多加留意。

他告訴她，關於這件事，他最近想了很多。他們就那樣結婚了，也許是因為結婚是他們打從孩提時代就一直懷抱著的幻想。然而，他甚至連一枚戒指都沒有。她為什麼答應？他總是說，有一天他會給她一枚像樣的戒指，但是，他從來沒有做到。她依然戴著那枚他在布里克街花了七十五元買來的戒指。也就是說，他一直沒有正式地向她求婚過，沒有。

如果她嫁的是其他任何一個人的話，那個人一定會鄭重其事地問她，會獻給她一枚閃亮的鑽戒。他真希望自己那麼做過。

她透過桌子中間的那盞小蠟燭聽著他說話，隨即往後仰頭大笑。

「所以，你不是後悔和我結婚，而只是後悔你求婚的方式？噢，彼得，我可以想得出來太多你需要感到後悔的事了。」

「沒錯。」他低頭看著空盤子。「也許吧。」

「嘿。抬起頭。」凱特用雙手覆蓋住他的手。「如果你那麼後悔的話，那麼，現在可以再問一次。再問一次。這回正式一點。」

然而，如果有什麼方法可以讓她事先看到他們結婚後會發生什麼事的話，說真的，她會怎麼說？這是他今晚第二次感覺到內心裡浮現一股不安。

服務生來收走了他們的盤子。她的目光依然停留在他臉上。

「狀況現在比較好了，感覺上越來越好了——不是嗎？不過，也許還會有更多的事情發生。這件事可能只是最輕微的。你想過這點嗎？我們不懂得成長代表什麼，不懂得身為伴侶、為人父母、不懂得這一切代表著什麼。我們什麼都不懂。也許，我們現在也依然不懂。如果當時你已經知道會發生什麼事的話，你還會答應嗎？」

「可是我現在知道了。所以，你現在可以問我。」

可是，他不知道要怎麼開口。

「我來給你一個暗示吧，」她說著捏了捏他的手，直到他迎向她的目光。「過去和現在，我都會答應。」

# 22

自從彼得從康復中心回來，自從安開車離開花卉園返回北部，時間已經過了一年。安沒有電話，因此，她留了老人中心的號碼給他們，以防他們需要和她聯絡。每次，當她到老人中心輪班的時候，她都會去護理站檢查看看是否有她的留言。彼得在聖誕節當天打來過，並且很驚訝地發現她那天竟然在工作。她告訴他，她那天傍晚會去一個朋友家吃耶誕晚餐。說她只會工作幾個小時，然後就出發去朋友家。她告訴他，她要負責帶一樣蔬菜過去。她說，那個朋友叫做布莉姬。

不過，在那之後好幾個月，她都沒有再接到他的來電。也許，她應該要送禮物給孩子們，可是，他們會喜歡什麼呢？她可以寄給他們每個人一張閃閃發亮的卡片，然後把二十元的紙鈔夾在卡片上，塞入一只鮮紅色的信封裡。每年，當她幫老人中心的住戶分發聖誕郵件時，那些五彩繽紛的卡片，彷彿透過郵政系統寄來的裝飾品，總會讓她感到一陣心痛，而那年，在見到她的孫子之後幾個月，她也收到了一張：一只綠色的信封，信封的內裡還描有金色的葉子。那是一張孩子們的照片，孩子們後面還有一條狗。她很希望也能收到一張彼得的照片。她把那張卡片放在冰箱上面，並且把打開的信封放在流理台上直到一月中旬，因為即便在午夜的時候，信封內裡的金色線條也會在路燈的照耀下閃閃發亮。

她想要回到那裡，但是，現在一切都會不一樣了。她不能只是把車停在那裡，然後偷偷地觀察著他。她得要走上門，但是，那樣就意味著不請自來，而在危機已經稍微過去了之後的現在，他們也許並不想看到她。她不知道應該要怎麼做。那次，凱特要求她幫忙，但是，她並沒有真的幫到什麼。也許，凱特後悔對她開了口。

五月的時候，彼得又打電話來了，他說只是看看她過得如何。他告訴她關於他在教導的那些孩子的事，關於法蘭基和茉莉的事。他說，凱特寫了一份很長的報告，並且拿到了她的碩士學位。

「一切都很順利？」她問道，避免太急切。「你覺得很好嗎？」

「是啊，」他說。「你呢？」

「嗯。我也很好。」

在掛斷電話之前，他問她，他們何時會再見到她，然而，她不知道他之所以這樣問，是因為他覺得不得不這麼問，還是他真的想要再見到她。

她知道，如果狀況不好的話，他絕對不會告訴她，不會在電話裡說。而他在掛斷電話時，心裡想的也是同樣的事。

之後，在二〇一七年感恩節過後的一個星期，一個週二的上午，她站在她公寓的窗戶旁邊，決定要在那一年寄給孩子們一張卡片，每個人一張，這樣，她就不需要選擇要把誰的名字寫在前面。市政府的工人站在戶外的梯子上，把花圈吊掛在路燈頂上。她在寄給他們的卡片上寫著，她希望他們找一天來看她，可是，她要怎麼寫，才能在表達歡迎的同時，又讓他們知道她的地方太小，他們得要住在旅館裡過夜？在她考量著把現金放在信封裡寄出是否安全的時候，她的公寓管理員突然來敲門，當她應門時，他遞給了她一只厚到郵差無法塞進信箱裡的黃色信封。

「這是什麼？」安問。

郵寄的地址是喬治亞的某個地方，一個安從來沒有聽過的地方，地址上面還有一行字：「律師」。

「你打開就知道了。」管理員說。

喬治亞，安思量著。有一次，布萊恩曾經問安是否知道喬治亞海岸外有一些小島。她記得是黃金群島。他想要在孩子出生以後到那裡去，因為他們在那之前一直沒有時間去蜜月旅行。可是，他們失去了那個嬰兒。

她把那只信封放在流理台上，在茶壺因為水滾而開始鳴叫的同時，定定地注視著它。他若非終於要和她離婚了，就是死了。

「來吧。」當她準備好的時候，她對著空蕩蕩的公寓說道。

——

看完那份文件之後，她從流理台上拿起鑰匙，開車前往老人之家，那份文件就放在乘客座上。在他們結婚之前，有一回，他們約好在第十八街和第五大道交叉口的街角見面。先到的她在那裡看著人潮經過。她不知道他會從哪個方向過來，不久之後，她就看到他了，遠處的他，看起來只是一個在人群中隨波逐流的人形——那些人的外套和圍巾在風中飄動，身上的袋子彷彿就要壓垮他們——不過，他走路的那種方式，卻讓她在看清他的臉孔之前，就已經知道那就是他。那天，她在心裡想著，那個人是我的。

當她想起這件事的時候，她感到很驚訝。她愛過他。也許斷斷續續的。也許愛得不夠。但是，她確實愛過他。她試著要想起把鑰匙插在門上，知道門的另一邊可能有人在的感覺。

當她抵達老人中心的時候，她告訴負責的護士說，她知道那天是她的休假日，不過，她家裡有急事，她要到個人會議室裡去打個電話，而且，她不知道自己會講多久。如果帳單上顯示那通電話的費用很貴的話，安會很樂意支付的。只要有人讓她知道費用多少就可以了。她在家裡的時候已經把那份文件徹底看過了，然而，有一些問題在文件上並沒有答案。例如，他是怎麼死的？她算了一下——他應該只有六十五歲。老人之家裡經常會有六十五歲的人來探視他們九十歲的老母親。也許，她對於誰算老人、誰算年輕的看法因此被扭曲了。他已經死了一個月。她的名字被列在了妻子和受益人的空格上。

她撥打了文件封面上的那個電話號碼，要求和一名福特．狄維尼先生談話。櫃檯人員立刻就幫她把電話轉了過去。

---

有個問題是——從他的語氣裡，安聽得出這只是布萊恩引起的許多問題之一——布萊恩留下的是一份很簡單的遺囑。他應該要有一份帶有免責聲明、附加條款的複雜遺囑才對。他和一個女人持續地住在一起十年之久，不過，他卻連一毛錢都沒有留給她。

「他並不殘忍，」狄維尼先生說。「他只是沒有想到而已。」他在最後這幾年需要有人照料，而那個女人照顧了他。他有糖尿病，每一天，她都會檢查他的腳和腿是否有變色，是否有皸裂和傷口。她幫他準備了特別的襪子。她在他的腳趾之間幫他塗抹爽身粉。然而，布萊恩的左腿還是在二〇一三年的時候被迫截肢。安知道這件事嗎？即便截肢之後，他也沒有變得比較小心。不管是在糖分的攝取和其他的問題上面。這種說法讓安覺得他實在很客氣。

「你似乎很了解他，」安說。「你當他的律師很久了嗎？」

「我根本不是他的律師，」狄維尼先生說。「我是他的朋友。我們一起去過路易斯維爾幾次。去看比賽。我們是在這裡一個叫做信風港的地方認識的。你來過嗎？」

「沒有。」安說。

狄維尼先生繼續說道：「我並不知道你或你兒子的事，直到他堅持要我幫他立那份遺囑時我才知道，那時，我已經認識他將近二十年了。我多少知道蘇西，所以，我覺得很糟糕。我有一種感覺，她應該完全不知道你的存在，結果，我的感覺是對的。」

看起來，當他去世的時候，他的另一隻腳原本也應該要截肢了。布萊恩有一棟房子，蘇西也住在裡面，不過，房子只登記在布萊恩名下，而他把房子留給了安，還有他的兒子，他們兩人各分得一半。他也留了一筆錢和一些私人物品給他的哥哥喬治．史坦霍普。他還留了一點私人物品給法蘭西斯．葛雷森先生。

安把頭埋進雙手裡。「他能有多少錢？我想，他退休的時候甚至不到四十歲。」

「這個嘛，他在這裡一直工作到他的腿惡化之前。而且，他還有退休金。就某種標準來看，他還滿有錢的。總之，就是這樣。他沒有負債，以他這樣一個人來說，那倒讓我滿驚訝的。」

「你是怎麼找到我的？」

「他死了之後，我用他的社會安全號碼查了一下。結果發現了他以前的結婚登記證。然後，又花了三個星期才追蹤到你。」

「可憐的蘇西，」他嘆了一口氣。「她是個好女孩，真的。這實在很令人震驚。」

「你通知其他的受益人了嗎？」安問。「我們全都收到這樣的文件嗎？」

「應該是。相關的通知和遺囑的影印本都在同一天寄出去了。噢，還有，史坦霍普太太？還有一件事，他想要被安葬在北部。」

「北部哪裡？」

「紐約。比較靠近你們。」

「靠近誰？我嗎？」

「你，對。還有他兒子。以及他過世的父母。他特別提到了他母親。」狄維尼先生進一步解釋說，然而，他們沒辦法不先把遺體火化。誰知道要花多久的時間，才能追蹤到他的家人？因此，在尚未封棺的時候，他們在那裡幫他舉行了一場天主教的小型守靈，然後，他就被火化了。

安望著窗外的停車場，她無法理解這一切。完全無法理解。一輛冰淇淋卡車在七號公路上加速駛過，冰淇淋車的音樂並沒有打開。他母親甚至從來都沒有認可過他們的婚姻，以及他們第一個孩子死亡的事實。安雖然去參加了她的守靈和葬禮，不過卻拒絕跪在她的遺體旁邊。

「過去二十五年裡，這個人的影子我連見都沒有見過。」

「呃，」狄維尼先生嘆息地說。「一個詩人曾經說過，每個野蠻人都喜歡自己家鄉的海岸。你講話有一種口音。你不認同這個說法嗎？」

「不。不完全認同。蘇西可以保留他的骨灰。那是她的名字嗎？蘇西？」

「不。她不想要。她很憤怒。這不能怪她。還有，布萊恩也不想要那麼做。」

「那麼，她可以擁有那棟房子，只要她保留骨灰的話。我不在乎。」

狄維尼先生沉默了很長一段時間。「我明白你和布萊恩是在困境下分開來的。」

安默默地想著，看來，他把一些事告訴了他的朋友。突然之間，她正在使用的電話上有一個燈開始閃爍。她不知道那代表什麼意思。

「我會建議你好好考慮一下，史坦霍普太太。此外，那棟房子有一半是你兒子的。」

一名護士在那個時候來到了那間辦公室的門口。她把小指和拇指按在頭旁邊，不停地在模仿著什麼動作，直到安不得不告訴狄維尼先生稍等一下。

「什麼？」安問那名護士。

「有人打電話給你。彼得。他說他是你兒子？我要把那通電話接過來嗎？」

「好！」安說。「我要怎麼做？」她匆忙掛斷了狄維尼先生的電話，並且瞬間緊張了起來，深怕彼得會因為等太久而改變主意。

不過，那名年輕的護士走到桌子旁邊，按下了那個閃爍中的按鈕，朝著她點了點頭。他還在線上。

在吉勒姆，法蘭西斯面前放著一杯茶，在打電話給凱特之前，他已經把文件看了五、六、七次了。莉娜只讀了一次。法蘭西斯看到她的目光往下瀏覽過受益人的名字，彷彿她可能會在那裡看到她自己的名字一樣，因為他的名字也在上面，而當她沒有看到自己的名字出現時，她表示她要出去散步。當他站在流理台邊，聽著凱特那頭的電話通話聲響起時，他瞥見了自己在微波爐那扇不鏽鋼門上面的倒影，那是一個憔悴的影像，彷彿一根在洶湧的潮水裡浸泡了太久的漂流木。他的頭髮豎直，他又開始戴起眼罩，最後的那隻義眼，品質比以前的那些都更快下降。不到三年，虹膜邊上就出現了一道深色而細微的隆起，讓他的眼皮在每天要閉合上一千次的情況下磨出了水泡。他不想再訂製一個新的。每一隻新的義眼都是一段時間的紀錄——自從上一隻義眼裝上以來，他的臉又老化了多少。

「我知道是你打來的，」凱特在接起電話時說道。「你能相信嗎？我們整個早上都很忙，所以一直沒空拆開郵件。他到底留了什麼東西給你？」凱特想要知道。她不停地在喘氣，彷彿是在聽到電話鈴響時，一路從院子裡衝進來接電話一樣。

「不知道。幾天後才會收到。信裡面說會分開來寄。」

「可能會是什麼東西？」

不管會是什麼，法蘭西斯都決定不要。如果那東西有任何價值的話，他會把它送給彼得。如果沒有價值，他就直接丟掉。

「彼得還好嗎？」

「還好，」凱特降低了音量回答。「看起來似乎沒事。我猜，有點驚訝吧。他從來都沒有預期會再見到他，但是也沒有預期到他會死掉。」

很多年以前，當法蘭西斯聽到他父親的死訊從遙遠的地方傳來時，他的感覺正是如此。

——

他不想要布萊恩留給他的任何東西，不過，他發現自己看著時鐘的頻率比平常更高，他在等郵差上門。法蘭西斯預期會收到一個盒子。也許是一個大盒子。如果是一只信封的話，就比較可能是張支票。或者是他擁有的什麼東西的契約。或者是一把密碼箱的鑰匙，而他認為法蘭西斯有能耐可以找到那個密碼箱。他甚至也許並不知道他自己的兒子曾經是一名紐約市警局的警監。

然後，他又想到，天啊，如果那是一封信呢？

莉娜不在家，因此，法蘭西斯打了電話給凱特。

「收到了嗎？是什麼？」

「收到了，但是你母親不在。」

「那現在就打開吧。我會留在線上。或者，你知道嗎？我們過去，一起打開來。噢，等等，別掛斷。」她從話筒上轉開，他聽到彼得的聲音在背景微微地響起。然後是凱特聽來彷如被蒙住的聲音，因為她用手蓋住了話筒。

「爸？你能等一個小時嗎？我們會過去。到時候媽媽也應該回家了。告訴她不用擔心煮飯的事。我們會幫孩子們買披薩或什麼的。」

---

彼得一走進門，法蘭西斯就可以看得出來他並非百分之百心甘情願地想來。最近，他看起來很健康，也比一年前看起來年輕。不過，那天，他臉上的神情就和當年他和凱特來告訴他們說他們要結婚時一模一樣，他的眼睛四周有一種不尋常的恐懼。

「那有可能是什麼？」法蘭西斯拿著那只信封問道，而彼得則往後退開了一點，彷彿他並不想要知道一樣。凱特已經把喬治亞那棟房子的價值告訴了法蘭西斯，還有股票，以及布萊恩在罹患糖尿病之前購買的那份微薄的保險。不過，他並沒有留下任何私人的訊息給彼得，而凱特也私下告訴法蘭西斯，她知道彼得很失望。他並沒有期待會獲得道歉或什麼的，但是，也許他可以有某種表示，承認當年情況並不如人意。並且告訴彼得說，儘管發生了那些事，但是，彼得一直都表現得很好。可是，布萊恩怎麼會知道彼得過得如何？凱特不禁懷疑。他根本不知道任何關於彼得長大後的事。凱特告訴法蘭西斯，有個女人和他一起住在南方，照顧著他，不過，布萊恩什麼也沒有留給她。不只如此，他從來沒有提及自己已婚、還有一個兒子的事。

法蘭西斯發出了一聲不屑。總是這樣。人是不會改變的。

「所以，他們母子私下決定，」凱特繼續說，「要讓她也分得一份。」

那讓他很驚訝。甚至感到了震驚，而他不知道自己居然也會感到震驚。「那很高尚。」他說。他不知道如果自己站在他們的立場，是否也能那麼高尚。

「好了！」莉娜說著，把一盤餅乾放在桌上。「我們不要再拖了。」

因此，他們靠向桌子，一個個傾身向前觀望。法蘭西斯撕開信封口，然後把信封倒過來輕敲著桌面，直到裡面的東西滑出來為止：三張照片，外加一張大天使聖麥可的祈禱卡。他們四個人直挺挺地坐在原地，看著信封裡的東西，企圖要弄懂這是怎麼一回事。第一張照片是一張快照，那是一個脖子細長的金髮美女。第二張是兩名坐在謝亞球場看台上被曬到發紅的年輕人。第三張是彼得，看起來約莫是幼兒園的年紀。每一張照片都已經斑斑泛黃了。

「你確定這是給你的嗎？」莉娜在一段很長的靜默之後問。「那個律師確定嗎？」

「這些照片怎麼了？」凱特問著，拿起那張彼得的照片。「被水泡過了？」

「汗漬，」法蘭西斯說。「這些照片我以前看過。」他想起了那一天。熱浪。布朗克斯在火災中的味道。那天的每一分鐘裡都不斷地充斥著警笛聲、消防車的叮噹聲和嗡嗡聲。那是很瘋狂的幾年，有時候，當他回首過去時，他不禁懷疑自己為什麼要選擇一份那麼辛苦的工作。他經常想起自己在巷弄裡、在黑暗的大廳裡、在樓梯間裡追逐著嫌犯。他為什麼就不能混水摸魚，像其他人那樣？他為什麼不能放棄追捕，然後說嫌犯逃走了？每個人都會相信他的。一直到多年以後，很多年很多年以後，當他回憶著自己曾經經歷過的某些情境時，他才發現自己至今還能活著真的很幸運。

他拿起那張安的照片，轉向彼得。「他在一九七三年的時候，給我看過這張照片。當時是七月。我們正在巡邏。他把它保存在他的警帽內襯裡面。」他撫摸著那張祈禱卡，以及那張布萊恩和喬治的合照。「還有這兩張也是。」

「這張應該是他後來放進去的，」他拾起彼得的那張照片。法蘭西斯記得那個年紀的彼得：一個古怪的孩子，總是拿著士兵的玩偶，坐在屋後的巨石上面喃喃自語，彷彿在讓那些玩偶互相打仗。他也許是個古怪的孩子，不過，他的父親曾經愛過他，並且把他的照片塞在帽子的內襯裡，這樣，當他的巡邏車處在空檔的時候，或者當他那天過得不順的時候，又或者當他感到害怕的時候，他就可以看著他。

「他為什麼要把它們寄給你？」彼得問，「而不是寄給我？」他緊盯著他自己的那張照片。

「我不知道。」法蘭西斯說。

他之所以寄給法蘭西斯，也許是因為他相信，法蘭西斯是唯一一個會知道這些照片對他代表著什麼意義的人，而且會告訴彼得。現在的年輕警察也許會把他們所有的照片都存在手機裡，他們的警帽內襯裡不會有任何東西。

或者，布萊恩是在對法蘭西斯表達歉意，不管法蘭西斯扮演的角色是什麼。也許，他想說的是，在一九七三年的夏天裡，他們曾經一起搭檔過炙熱的六週，因此，曾經身為搭檔的法蘭西斯應該可以做得更多。

或許，他什麼特別的意思也沒有，而只是純粹地想把這些東西寄給某個人，某個不會因為這些東西而感到不安的人，因為他不想把它們丟掉，畢竟，在他多年的巡邏過程中，它們一直保護著他。這個脖子細長的女人是和他結婚的女人。而這個男孩是他和她共同製造的孩子。也許，他需要把他們的影像弄出那棟房子，以防蘇西來幫他的腳趾塗抹爽身粉時看到。

信封裡沒有任何的紙條，至於曾經寫在那些照片背後的字跡，也早已模糊不清了。

「骨灰要怎麼處理？」莉娜問。

「骨灰會被寄給我母親，」彼得說，「她收到之後，會把它們帶到這裡，我們會把他的骨灰和他母親的埋在一起。這是喬治建議的。」

「那很容易，」凱特說，「他們只要在那塊地上掘開一個小位置就可以了。」

法蘭西斯心想，總比放在某人家裡的架子上好。

慢慢地，每個人開始從自己的位置上離開。莉娜首先站起來，從冰箱裡拿出幾片豬排。然後從櫥子上方取出麵包粉，再拿出雞蛋。幾分鐘之後，當凱特繼續一張一張地看著照片時，彼得起身去幫忙莉娜。他主動從碗裡拿來幾顆蘋果。然後把蘋果切片，連同奶油一起放入一只淺鍋裡，很快地做成醬汁。他低下頭，望著窗外正在巨石上面玩耍的孩子們。

「凱特。」他回過頭說著，然後抬起下巴指著屋外正在發生的事情。他們很快地看了彼此一眼，神秘地笑了一下。法蘭西斯知道，那是對其中一個孩子或者兩個偷偷感到驕傲的表情。

然後，他看到了他從來不曾見過的畫面。彼得很好。凱特也很好。莉娜很好。而他，法蘭西斯．葛雷森也很好。他們生命中發生過的一切，都沒有對他們造成基本的傷害，儘管他們在當時曾經相信過什麼。他並沒有失去任何東西；他只有獲得。對彼得來說也是如此嗎？對凱特呢？是的，對他們都是如此。如果一切都沒有發生的話，他們會比現在更好嗎？他們的生命會更充實、更快樂嗎？看看現在的他們，他看不出有這樣的可能性。這是他第一次，第一次感到彼得是他的血親。

「嘿。」莉娜說著走到他身後，把手放在他的肩膀上。他可以感覺到她又在看著那些照片，因此，他的目光也再度投向照片。

「你知道我在想什麼嗎？」她問。

「什麼？」法蘭西斯問她。

莉娜加重了手上的力道。她彎下身，他可以感覺到她的臉貼在他頸窩的那股暖意。

「我想，我們比很多人都幸運。」

他讓這句話像海浪般地將他淹沒，當他從黑色的潮水裡浮上來時，他的胸口發脹，他的身體感到了疲憊，而他頭頂上的天空則比他潛下水時更加湛藍。

「你覺得呢？」她問，她聲音裡的溫柔壓過了她手上的力道。

「是的，」他說，「沒錯。」

# 鳴謝

我深深地感謝幾位值得信賴的讀者和朋友，感謝他們在忙著他們自己的小說和其他工作的百忙之中，還抽空閱讀了以簡陋形式完成的《如果再重來》的幾頁初稿，而他們的問題也讓我更加看清這些角色。非常感謝珍妮·庫明絲、瑪麗·高登、凱斯莉·史密斯、卡莉·萊特，特別是艾莉諾·韓德森以及布蘭登·馬修斯，他們看過好幾輪的初稿，並且不斷地敦促我寫下去。

還要感謝約翰·西蒙·古根漢基金會選擇了我。這份夥伴關係讓我在創作這本小說的時候，得以擁有更多的寫作時間，不過，更重要的是，在我最需要的時候，它給了我信心。

感謝雷斯里·威廉森暨薩爾頓斯戴基金會二度提供給我空間和安靜，讓我可以在幾乎不受干擾之下工作。我在薩爾頓斯戴一週裡所完成的部分，比我在自己現實的環境中三個月裡所完成的還要多。我在那兒的一樓工作室裡，完成了這本書最後的兩章。

對於紐約市警局的警官們，無論是退休還是仍然在任的，我都要向他們表達我深深的謝意，感謝他們和我坐在一起，回答我那些也許聽起來很愚蠢的問題，而完全沒有退縮或翻白眼。我要特別感謝阿提·馬里尼、奧斯汀「提米」·墨頓，特別是馬特·多納格。同時要感謝希拉·布洛斯納韓醫生，就一名警官在精神健康狀況引起關注時，紐約市警局內部所採取的紀律程序，提供了他的洞察和見解。此外，也要感謝霍華德·佛曼醫生，在我開始構思這本書、並且對於司法精神病學一無所知的時候，和我有過長談。如果我有弄錯什麼的話，那也完全是我的責任，而不是他們任何人的問題。

感謝南・葛拉漢索取這本書，也感謝卡拉・瓦森謹慎的編輯。能夠再次和斯克里布納出版公司合作，讓我既感激又驕傲。

謝謝我的經紀人暨朋友克里斯・卡爾宏，堅持相信我尚未達到自己的極限。

最重要的是，感謝馬提在很久很久以前，就讓我知道了愛唯一的秘訣就是善良。

GroWing 25

# 如果再重來 Ask Again, Yes

如果再重來 / 瑪莉.貝絲.琴恩作 ; 李麗珉譯. -- 初版.
-- 臺北市 : 春天出版國際文化有限公司, 2023.1
面 ;　公分. -- (GroWing ; 25)
譯自 : Ask Again, Yes
ISBN 978-957-741-615-5(平裝)

874.57　　111018170


ISBN 978-957-741-615-5
Printed in Taiwan



作　者　瑪莉・貝絲・琴恩
譯　者　李麗珉
總編輯　莊宜勳
主　編　鍾靈

出版者　春天出版國際文化有限公司
地　址　台北市大安區忠孝東路四段303號4樓之1
電　話　02-7733-4070
傳　眞　02-7733-4069
E－mail　frank.spring@msa.hinet.net
網　址　http://www.bookspring.com.tw
部落格　http://blog.pixnet.net/bookspring
郵政帳號　19705538
戶　名　春天出版國際文化有限公司
法律顧問　蕭顯忠律師事務所
出版日期　二〇二三年一月初版
定　價　499元

總經銷　楨德圖書事業有限公司
地　址　新北市新店區中興路二段196號8樓
電　話　02-8919-3186
傳　眞　02-8914-5524
香港總代理　一代匯集
地　址　九龍旺角塘尾道64號 龍駒企業大廈10 B&D室
電　話　852-2783-8102
傳　眞　852-2396-0050